V.K. Forrest vit avec sa famille à Seaford dans le Delaware. Elle écrit sous divers noms de plume de nombreux romans historiques, mais aussi des romances paranormales. *Impitoyable* est le deuxième tome de la série *Le Clan Kahill*.

Du même auteur, chez Milady :

Le Clan Kahill :
1. *Éternelle*
2. *Impitoyable*
3. *Immortel*

www.milady.fr

V.K. Forrest

Impitoyable

Le Clan Kahill – 2

Traduit de l'anglais (États-Unis) par Florence Cogne

Milady

Milady est un label des éditions Bragelonne

Titre original : *Undying*

Suivi d'un extrait de : *Immortal*

Illustration de couverture :
© Chad Michael Ward

ISBN : 978-2-8112-0543-0

Bragelonne – Milady
60-62, rue d'Hauteville – 75010 Paris

E-mail : info@milady.fr
Site Internet : www.milady.fr

Chapitre premier

À l'ombre de l'Acropole, sur la colline dominant la ville d'Athènes, il observait les derniers rayons de soleil s'évanouir. Alors que les ténèbres gagnaient du terrain, il sentait le mal de la nuit se répandre, à l'image de la proie qu'il guettait ce soir-là.

Tête baissée, Arlan traversa rapidement l'Agora, laissant derrière lui les touristes bruyants qui montaient dans leurs bus d'excursion.

Deux semaines auparavant, à des milliers de kilomètres de là, dans la petite ville de Clare Point, aux États-Unis, le vote avait désigné un humain dénommé Robert Romano. Douze dagues plantées dans une antique table de chêne avaient scellé le destin de cet homme. Depuis plus de dix ans, les forces de l'ordre poursuivaient ce pédophile, un monstre qui vendait clandestinement des enfants comme esclaves sexuels, sur plusieurs continents. Robert Romano, connu sous de nombreux noms d'emprunt, figurait depuis peu parmi les criminels les plus recherchés par le FBI après avoir enlevé un enfant de cinq ans dans une épicerie de la banlieue de Detroit. Les fédéraux ne savaient pas où il se trouvait actuellement. Romano était prudent, et intelligent.

Mais pas suffisamment.

Dans vingt minutes, cet homme de quarante-six ans attendrait à l'endroit convenu, à l'extrémité sud de l'Agora. Ce lieu s'animait, une fois la nuit tombée, des fantômes du passé et des esprits du présent. L'humain se trouverait là pour percevoir le paiement en liquide pour deux garçons de six et neuf ans, retenus dans un appartement situé deux rues plus loin. La livraison devait s'effectuer une fois que Romano aurait récupéré la somme en euros et en petites coupures. L'acheteur malchanceux ne recevrait pas sa marchandise, car Arlan ferait le guet. Une équipe de nettoyage se chargerait de sauver les enfants et de faire arrêter l'acheteur par la police locale. Quant à Romano, les autorités n'auraient plus à s'en préoccuper.

Il faisait presque nuit à présent, et la douceur de l'air s'était emplie des sons et des senteurs de la cité antique. Curieusement, lorsqu'Arlan avait les yeux fermés, il émanait pour lui de toutes les villes les mêmes bruits et les mêmes odeurs. Il aurait pu s'agir de n'importe quelle rue, dans n'importe quelle ville au monde où il s'était rendu au cours du dernier millénaire.

Il prit une profonde inspiration et releva le menton, les narines dilatées. Dans un des restaurants voisins, on faisait griller de la viande pour les touristes… de l'agneau. Ailleurs, l'odeur des égouts l'emportait. Arlan marchait seul dans le crépuscule, pourtant il percevait le parfum bon marché d'une femme. L'air nocturne dégageait également l'effluve aigre des corps humains. Le parfum fétide de puces se régalant sur des rongeurs.

Plus loin, au-delà des ruines, Arlan entendit des portes s'ouvrir et se refermer. Des bruits de pas légers et d'autres, lourds, résonnèrent dans le brouillard qui se formait. Au fil du temps, les toussotements des moteurs avaient remplacé le rythme des roues en bois des charrettes et des voitures à cheval, mais pour lui, d'une certaine manière, c'était la même chose.

Il s'agissait des sons et des odeurs de l'humanité. Pour le meilleur, et pour le pire. Malgré toute la laideur de ce monde, Arlan désirait ardemment en faire partie. Il enviait l'homme qui faisait griller la viande d'agneau pour les sandwichs grecs au coin de la rue, la femme qui claquait la fenêtre pour étouffer les paroles très dures lancées à son amant infidèle. Arlan ne connaîtrait jamais la vie banale d'un mortel.

Il se figea en entendant un rire strident. Malgré l'obscurité qui jouait en sa faveur, se tenir debout, en ce lieu et sous sa forme humaine, le rendait vulnérable. Il regarda intensément en direction de Plaka, à plusieurs rues de là. Quartier plus animé et plus bruyant où les touristes se pressaient pour goûter la moussaka et l'ouzo. Impatients d'acheter des babioles en souvenir de leur voyage, ils ne se doutaient absolument pas de la présence du Mal tapi dans l'ombre ou des deux enfants sans défense qui seraient bientôt sauvés.

Arlan vérifia son téléphone portable et nota l'heure. Aucun appel, et Regan, son partenaire, avait vingt minutes de retard.

Arlan grinça des dents.

Selon le plan, Regan devait jouer le « client » et rejoindre Romano à l'Aréopage. Arlan tiendrait le rôle du guetteur. Regan était censé attirer Romano dans un endroit isolé parmi les ruines, où l'exécution aurait lieu, conformément aux ordres du Haut Conseil. Arlan et Regan s'en chargeraient tous les deux, avec deux dagues. Comme l'exigeait la loi originelle du clan.

Mais Regan n'était pas là, et le temps pressait. Si Romano leur échappait, impossible de dire à quel moment les planètes et les lunes seraient de nouveau alignées. Il n'y avait aucun moyen de savoir quand l'occasion de l'attraper se représenterait, ni combien d'autres enfants perdraient leur innocence entre-temps.

Le rire vulgaire s'amplifia et se rapprocha. Arlan distingua la voix d'une seconde femme. Elles discutaient en grec. Elles étaient ivres, ou droguées, ou les deux à la fois. Il aperçut des jupes courtes et de longues jambes nues. Des prostituées. À la tombée de la nuit, quand les musées fermaient et qu'on orientait les groupes de touristes vers les rues sûres du quartier de Plaka, la pègre d'Athènes reprenait ses droits ici. Depuis la sombre colline de l'Aréopage, sous les lumières de l'Acropole, on dominait toute la ville. Dans ce lieu, on pouvait acheter de la drogue, du sexe… et même des enfants.

Arlan prit sa décision. Il n'avait pas le temps d'appeler le Conseil ni d'attendre d'autres consignes. Le clan surveillait ce salopard depuis dix-huit mois. Ses membres ne pouvaient pas se permettre de le laisser filer. Telle était la responsabilité des Kahill envers Dieu.

Arlan se transforma en un instant, passant d'un trentenaire en jean et veste de cuir noir à un canidé de quarante-cinq kilos au poil tacheté et miteux et aux yeux jaunes. Se métamorphoser physiquement était pour lui aussi facile que d'enfiler un vêtement fait sur mesure.

Dès la transformation terminée, Arlan sentit le changement s'opérer dans son esprit. Sa lucidité diminuait. Dans ce corps animal, seul comptait le moment présent. Envahi par l'odeur du danger, il devait lutter pour que son cerveau d'homme conserve la maîtrise de la bête. Et il sentait qu'il était sur le point de perdre ce combat.

Il se dirigea furtivement derrière un rocher et traversa rapidement le sentier en suivant les prostituées, sa queue effleurant une jupe. Une des deux femmes l'insulta, d'abord en grec, puis en italien, mais elles ne s'arrêtèrent pas. Les habitants ne prêtaient aucune attention aux centaines de meutes de chiens sauvages qui erraient dans les rues d'Athènes. Arlan savait qu'il pouvait passer pour l'un d'entre eux.

Conscient qu'il disposait de quelques minutes avant l'arrivée de Romano, Arlan avait le temps de reconnaître le terrain et de décider comment accomplir seul sa mission. Il se demanda s'il serait plus sûr de se montrer sous sa forme humaine ou actuelle, un prédateur quadrupède. Il remonta d'un trot léger une petite pente rocheuse, évitant la lumière argentée projetée par l'Acropole, et se fondit dans les ombres des oliviers.

Il faisait entièrement noir à présent, et Arlan se signa mentalement, même s'il n'était pas superstitieux. La nuit, dans des lieux antiques comme celui-ci, les esprits apparaissaient. Hommes ou bêtes avaient beau tenter de ne pas en tenir compte, il était impossible de nier leur présence. Les poils jaunes et drus de son épine dorsale se hérissèrent, et il sentit l'odeur d'une chose qui n'était pas vivante, mais pas complètement morte. Du coin de son œil humide, il aperçut une forme humaine brumeuse flotter juste au-dessus du sentier. Certains affirmaient que les fantômes ne possédaient pas de véritable présence et qu'ils n'étaient que des marques laissées par le passé. Arlan ne connaissait pas leur nature ; il savait seulement qu'il n'aimait pas cette sensation d'être observé. Au cours des derniers mois, il avait fait des rencontres de ce type dans plusieurs endroits : au Colisée de Rome, à Stonehenge en Angleterre, et sur le champ de bataille ensanglanté de Culloden, dans les Highlands, en Écosse.

Tête baissée et langue pendante, Arlan évita le frêle fantôme. Il balaya les alentours de ses yeux jaunes. Grâce à son long museau et à son odorat plus aiguisé, il scruta les environs comme seules les créatures de Dieu à quatre pattes en étaient capables.

Les pierres lui blessaient les coussinets tandis qu'il suivait un chemin très fréquenté de jour. L'Agora avait été la place du marché, un lieu public qui faisait partie intégrante de l'antique cité-État grecque. Elle avait non seulement servi de lieu de commerce, mais aussi de débat pour ses citoyens. Des hommes s'étaient autrefois rassemblés ici pour acheter et vendre des marchandises ainsi que pour discuter de leurs affaires, de la politique et de l'actualité. C'était là que la démocratie grecque était née, ouvrant la voie à plusieurs grandes cités du monde antique.

À l'autre bout se trouvait la colline rocheuse surplombant l'Agora, où Arlan retrouverait Romano. La zone connue sous le nom d'Aréopage avait été le lieu de rencontre sacré du premier conseil grec, qui avait géré à la fois les questions judiciaires et législatives au cours des Ve et VIe siècles avant Jésus Christ. On racontait que bien plus tard, l'apôtre Paul s'était tenu sur cette même colline pour prêcher aux premiers chrétiens.

Un lieu saint. Un lieu hanté.

Arlan perçut l'odeur d'un autre chien dans l'air nocturne et leva le museau. Il remua sa truffe noire. Deux chiens. Trois. Plus. Une meute.

Arlan sentit les muscles de sa croupe se raidir à leur approche. Il pouvait se transformer en n'importe laquelle des créatures de Dieu, mais certaines lui convenaient davantage, et étaient beaucoup plus faciles à maîtriser que d'autres. Malgré son expérience, il éprouvait toujours un moment de panique quand il rencontrait un animal de l'espèce qu'il avait choisie. Il courait le risque d'être identifié comme l'imposteur qu'il était et de subir une attaque. Ils ne parviendraient pas à le tuer, car pour cela il faudrait le décapiter, mais des morsures de chien pouvaient immobiliser un homme pendant des semaines.

Un gémissement puis un grondement le firent s'arrêter. Trois, quatre, cinq chiens, tous de sa taille ou plus grands, surgirent d'un bosquet d'oliviers chétifs. Le chef de cette meute, composée de trois femelles et d'un jeune mâle renfrogné, était un imposant chien gris à la fourrure de loup. Les animaux ne parlaient pas, mais communiquaient. Les membres du clan Kahill possédaient une forme de perception extrasensorielle : tous pouvaient, à divers degrés, s'entretenir entre eux sans parler. Arlan avait de surcroît le don d'entrer en contact avec les bêtes.

Les pensées du chien flottaient autour de lui, simples et primitives.

Peur. Méfiance. Faim.

Mais il y avait également une certaine curiosité, notamment de la part du jeune mâle qui se tenait en retrait pour protéger leurs arrières.

Le chien gris s'écarta de la meute, tandis que les autres restaient derrière lui, attendant ses ordres. À son signal, ils attaqueraient tous aussitôt. Arlan n'aurait pas le temps de reprendre sa forme humaine avant d'être grièvement blessé.

Le gris s'approcha.

La fourrure d'Arlan se hérissa. Il se figea, les yeux baissés. Il haletait tout en essayant d'étouffer la peur qui pointait au plus profond de ses entrailles de canidé.

Un autre chien, une femelle noire à l'oreille arrachée, gémit. Elle sembla être la première à saisir qu'il ne leur voulait aucun mal et qu'il n'avait pas l'intention de s'attribuer l'autorité du chef de meute ou de prendre ses femelles.

Le gris montra les crocs, mais resta silencieux. Il se demandait ce qu'Arlan faisait là. Il se rendait compte que cet étranger était l'un d'entre eux… sans pour autant l'être vraiment.

Arlan leur communiqua que la meute n'avait rien à craindre de lui. Qu'il ne faisait que passer. Sans savoir exactement la façon dont cela se traduisait en langage chien, il tenta d'avoir l'air décontracté.

Arrivé museau à museau avec lui, le gris le flaira. Arlan garda les yeux baissés. Regarder le chef de meute dans les yeux équivaudrait à une provocation directe.

— *Je ne vous veux aucun mal*, transmit-il fermement. *Je désire simplement passer.*

S'il devait faire comprendre qu'il n'avait pas l'intention de prendre la place du chien gris, il ne pouvait pas non plus se montrer soumis, ce qui serait un aveu de faiblesse. Car les créatures de Dieu avaient pour habitude de tuer les plus fragiles. Une forme de sélection naturelle, supposait-il.

— *C'est notre territoire. Que fais-tu ici ? Que veux-tu ? Il y a à peine assez de nourriture pour nous.*

— *Je voyage. Pour une mission. Je ne fais que passer. Je ne prends pas ce qui ne m'appartient pas.*

Arlan leva lentement les yeux sous le regard attentif du gris. Le mâle dominant remua la truffe. Il tentait encore de le jauger, mais semblait comprendre que ce dernier ne représentait pas une menace pour sa meute.

— *Je désire juste passer*, répéta-t-il, soulevant un peu plus la tête.

Il évitait toujours de croiser les yeux du chien, mais à présent Arlan l'examinait tout comme le gris le faisait.

Le regard du mâle alpha restait insistant, rappelant à Arlan un jeu auquel il jouait autrefois avec les autres garçons du clan pendant la messe ou un dîner en famille particulièrement ennuyeux. Un bras de fer visuel. Ils se regardaient droit dans les yeux jusqu'à ce que l'un d'entre eux rompe le charme ; le premier à détourner le regard était déclaré perdant, et subissait par la suite des railleries puériles et des bousculades, dans un esprit bon enfant.

— *Passe, et poursuis ton chemin*, l'avertit le gris. *Si je te recroise, je t'arrache la gorge. Mes femelles mangeront tes tripes.*

Aïe. Arlan ravala le grondement qui montait dans sa gorge et resta immobile jusqu'à ce que le chef de la meute s'éloigne. Les autres chiens se retournèrent et s'empressèrent de le suivre.

Arlan expira bruyamment. Son haleine chaude et fétide s'insinua dans ses narines. Son cœur martelait sa poitrine. Il attendit de voir disparaître la dernière queue dans l'oliveraie puis se remit en route dans la direction qu'il s'était fixée au départ. La langue pendante, il sonda l'air nocturne.

Faute de temps, il ne pouvait faire le tour du point de rencontre qu'une seule fois avant de se mettre en place pour guetter l'arrivée de Romano. Il regarda par-dessus un rocher en avançant prudemment, et maudit Regan en silence.

Depuis un an, son partenaire n'était plus lui-même. Ce n'était pas la première fois qu'il ne se montrait pas en temps et en heure pour une des missions du clan. Arlan savait qu'il avait tenté de le couvrir plus longtemps que de raison, parce que c'était le frère de Fia.

Il sourit en pensant à elle, du moins intérieurement. Il ne croyait pas que les chiens puissent réellement sourire.

Arlan aimait Fia Kahill. Cet amour durait depuis plus de mille ans, mais il était à sens unique. C'était ce qu'elle affirmait. En ce moment, elle avait un petit ami, humain de surcroît. Elle avait expliqué à Arlan que, même s'ils étaient parfois amants, une relation suivie ne l'intéressait pas. Avec aucun homme du clan. Mais il était persuadé que peu à peu il était parvenu à créer une faille dans cette résolution de fer, depuis au moins un siècle. Fia l'aimait, mais elle ne le savait pas encore.

Et, pour la protéger… il veillait sur son petit frère. Finn, l'autre frère de Fia, ainsi que certains jeunes hommes du clan gardaient également un œil sur lui.

Arlan se demandait à présent s'il n'avait pas été négligent de ne pas signaler au Conseil les manquements de Regan, dont le comportement irresponsable avait non seulement des conséquences sur Arlan, mais aussi sur les autres. Il affectait la capacité du clan à mener ses missions à bien. Ils ne pouvaient pas se permettre que l'un d'entre eux s'écarte autant du droit chemin.

Il était peut-être temps qu'il parle au Conseil, ou du moins à Fia. Inutile de continuer à s'adresser à Regan. Ses avertissements étaient manifestement restés vains.

Arlan s'assit et examina l'endroit où Romano viendrait chercher son argent. Le lieu était idéal pour qu'un homme qui pratiquait la traite d'êtres humains effectue une transaction. L'obscurité offrait une certaine sécurité. Pas de policiers dans les parages, peu de personnes présentes, et celles qui l'étaient regarderaient dans la direction opposée si jamais elles voyaient quelque chose de suspect. Aucun bon citoyen ne flânerait au milieu des ombres de l'Aréopage, attendant d'apporter son témoignage aux autorités.

Arlan sentit l'humain avant d'entendre le bruit de ses pas. La puanteur de cet homme mauvais pénétrait l'air plus intensément encore que l'arôme puissant de la cigarette qu'il fumait.

En effet, l'endroit était parfait pour qui voulait commettre un crime, mais également dangereux pour un homme devenu la proie d'un chien.

Ou celle d'un vampire.

Chapitre 2

Debout derrière la baie vitrée, Macy contemplait l'obscurité. Le néant. Il était un peu plus de minuit. Elle devait effectuer un reportage pour le prestigieux magazine *Maisons et Jardins* le lendemain et aurait déjà dû dormir, mais elle ne trouvait pas le sommeil.

Pas ce soir. Pas quand elle le savait dehors, quelque part, surexcité. Agité. Elle ressentait son impatience grandissante, et savait qu'il ne tarderait pas à passer à l'acte.

Elle replia les bras sur elle-même. Dans le noir, elle distinguait à peine son reflet dans la vitre. Une douce brise humide traversait les pins et s'insinuait par les fenêtres ouvertes.

Elle vivait seule. La maison la plus proche se situait à huit cents mètres de là. La nuit, elle ne fermait ni ses fenêtres, ni sa porte à clé.

Un désir de mort ?

Macy observa le magnolia qui se dressait dans le jardin. Sa mère avait toujours aimé ces arbres.

On en avait déposé une branche en fleur sur le cercueil blanc de sa mère. Ni lys, ni gardénias, ni autres couronnes funéraires. Juste des magnolias.

Des marguerites sur celui de Mariah.

Des pivoines sur celui de la petite Minnie.

Pas de fleurs sur celui de son père. Il n'était pas du genre à les apprécier.

Macy s'éloigna de la fenêtre, dépourvue de rideaux depuis son emménagement dans ce cottage de la banlieue de Charlottesville, en Virginie, un an auparavant. Elle n'avait rien à cacher. Son âme avait été exposée à la cruauté du monde depuis bien longtemps.

Pieds nus et vêtue uniquement d'une culotte et d'un débardeur moulant, elle se déplaça dans la maison plongée dans l'obscurité. On était seulement au mois de juin, mais à cette époque de l'année il faisait chaud en Virginie.

À l'exception du bruit de ses pas, le silence régnait dans la maison. Elle n'avait pas de chien ni de chat pour lui tenir compagnie. Elle n'avait plus eu d'animal domestique depuis l'âge de quatorze ans.

Fritz avait fini à la fourrière. Personne n'avait jamais su ce qui était arrivé à Blanche-Neige, le persan de sa sœur. Macy supposait qu'il s'était perdu dans la confusion des voitures de police et des véhicules de secours.

Elle poussa un soupir, luttant contre les idées noires qui lui envahissaient l'esprit.

Elle avait beau se maudire pour cela, elle ne pouvait s'empêcher de songer à Winnie.

Elle croyait qu'il pensait à elle. C'est pour cette raison qu'elle ne parvenait pas à dormir. Il existait entre eux un lien à la fois étrange et mystérieux, qui semblait toujours avoir été présent et auquel elle ne pouvait échapper. Cette connexion était semblable à un cancer, un immense trou noir qui la dévorait de l'intérieur.

Elle passa du salon au bureau. Le jour où elle avait loué ce logement, la propriétaire avait mentionné que cette pièce agréable conviendrait parfaitement pour héberger des amis ou de la famille. Macy n'avait plus de famille, et aucun ami.

Malgré le logo en forme de pomme luisant de son ordinateur portable, il faisait aussi sombre dans cette pièce que dans les autres, et la fenêtre était tout aussi nue.

Elle entendit le ululement d'un hibou au loin.

Elle s'assit dans son fauteuil et alluma la lampe. Un cercle de lumière tamisée vint éclairer le vieux bureau en chêne qu'elle avait trouvé dans un vide-grenier. Elle l'avait laissé en l'état et s'était contentée d'ôter le tiroir du milieu pour le remplacer par un support pour clavier. Quand elle résidait là, soit pas si souvent, elle aimait utiliser un vrai clavier, et parfois même un écran supplémentaire qu'elle connectait à son portable pour mieux se rendre compte des proportions des photos qu'elle avait prises.

Elle toucha la tablette, qui coulissa vers elle. Elle appuya sur la souris située à côté du clavier sans fil et l'écran s'illumina. Un message instantané s'y trouvait.

Il l'attendait.

L'estomac de Macy se noua. Il semblait toujours savoir quand elle ne dormait pas au milieu de la nuit. Pire encore, elle devinait quand c'était lui qui était réveillé.

Winnie : T'es là ?

Le curseur clignotait.

Elle sentait qu'il attendait sa réponse.

Elle jeta un regard furtif par la fenêtre obscure. Il affirmait l'avoir à l'œil. Elle n'avait jamais su si l'expression était à prendre au pied de la lettre. Est-ce que c'était ce soir ? Allait-il la tuer cette nuit et mettre fin à cette attente atroce qui durait depuis quatorze ans ?

Elle contempla de nouveau l'écran.

Peut-être allait-elle prendre les choses en main ce soir. Peut-être allait-elle ne pas lui répondre, voire le prévenir qu'elle appellerait la police s'il la contactait encore une fois.

Bien sûr, il s'agirait d'une menace en l'air. Il serait presque impossible de le localiser grâce à son ordinateur. Son travail aussi l'amenait à voyager. Il l'avait contactée par messagerie instantanée depuis des cybercafés et des halls d'hôtels. À présent même les relais routiers proposaient un accès Internet à leurs clients. Et quand il lui envoyait des messages depuis chez lui, il disait changer régulièrement de fournisseur d'accès et passer par un proxy. En vérité, même si elle parvenait à convaincre le FBI qu'il était le taré qu'ils recherchaient, ils n'arriveraient certainement pas à remonter jusqu'à lui par le biais de ses connexions. La police ne le trouverait jamais. Il le savait, et elle aussi.

Le curseur clignota.

Winnie : Marceline ?

Il l'appelait toujours par son nom complet, comme son père dans le temps. Quand, enfant, Macy se plaignait du fardeau qu'un tel prénom représentait à ses yeux, son père lui promettait qu'un jour, elle finirait par l'accepter, de la même façon que Minnie s'habituerait à Minerve, mais cette dernière n'avait pas vécu assez longtemps pour cela.

Macy se cala contre le dossier de son siège et remonta les jambes contre sa poitrine, les bras entourant ses genoux. Elle contempla l'écran. Elle brûlait d'envie d'éteindre l'ordinateur. Si seulement elle pouvait s'éloigner… Mais elle en était incapable.

Et il le savait pertinemment.

Sans changer de position, elle tapa sur le clavier d'un doigt.

Macy : Pourquoi ne me laisses-tu pas tranquille ?

Winnie : Parce que je ne peux pas.

Macy : Dans ce cas, pourquoi ne pas me tuer ?

Winnie : Je ne veux pas te tuer, je veux t'aimer.

Elle retira sa main et observa ces derniers mots. De l'amour ? Assassiner sa famille, la traquer depuis plus de dix ans ?

Macy : Fils de pute, tapa-t-elle frénétiquement de son index, avant de reculer la main une fois de plus.

Winnie : Salope.

Elle regarda de nouveau l'écran, puis s'accorda une minute de réflexion avant de répliquer :

Macy : Qu'est-ce qui t'empêche de dormir ?

Winnie : Je l'entends.

Macy : Est-ce qu'elle parle fort ce soir ?

Winnie : Si fort que je n'entends rien d'autre.

La lèvre tremblante, Macy pensa que ce qu'il disait n'avait aucun sens. La pleine lune était passée. Il aurait dû se sentir mieux à présent.

Macy : Qu'est-ce qu'elle dit ?

Winnie : Tu sais, rien de bien nouveau. Elle m'embête. Elle me contrarie. Tu sais ce qui se produit quand elle me contrarie…

Macy : Winnie, je t'en prie, ne fais pas ça.

La gorge de Macy se serra tandis qu'elle tapait ces mots.

Winnie : Je n'ai pas le choix.

Macy laissa son regard s'attarder sur le curseur un long moment avant de puiser le courage de tendre le bras et de rabattre le capot de l'ordinateur. Elle éteignit la lampe, sortit du bureau puis retraversa le salon plongé dans le noir pour rejoindre sa chambre.

Elle s'allongea sur son lit défait. Les draps avaient gardé l'odeur de l'homme avec lequel elle avait couché la veille. Derrick.

Ou était-ce Thomas, la nuit dernière ?

Elle se demandait où il se trouvait. Ce qu'il faisait. Pas Thomas, ni Derrick. Winnie.

Est-ce qu'une famille allait mourir ce soir ? Cela semblait trop rapproché par rapport aux meurtres précédents. Sept mois à peine s'étaient écoulés. Mais cela paraissait chaque fois trop tôt, non ?

Elle se tourna sur le côté et scruta la fenêtre ouverte, en attendant des larmes qui n'arrivèrent jamais.

Comme d'habitude.

Pour une raison ou pour une autre, Arlan s'était imaginé Romano plus grand. Il ne se l'expliquait pas. Par expérience, il savait que le Mal se présentait sous les formes les plus variées et qu'il pouvait apparaître sous les traits d'une femme brillante comme sous ceux d'un homme mystérieux et renfrogné. L'éventail de possibilités était infini.

Mince et petit, Romano ne devait pas mesurer plus d'un mètre soixante-cinq. Il avait le front dégarni, et ses cheveux blonds tiraient sur le roux. Il était vêtu d'un pantalon beige, d'un polo et d'une veste de sport bleu marine dotée d'une poche sur la poitrine, de laquelle dépassait un petit mouchoir ridicule. Il n'avait pas l'air suspect, et ressemblait à monsieur tout le monde.

Mais quand Arlan leva le museau pour flairer l'air nocturne, il reconnut rapidement les différentes odeurs. Par terre, le papier d'un chewing-gum mentholé récemment déballé, puis l'agneau grillé, le parfum de la prostituée, et les chiens. Parmi tous ces effluves, il percevait la malveillance de Romano, qui ignorait que la puanteur de ses mains le trahissait. L'argent sale qui avait été échangé. Le fait d'avoir touché ce qui ne devrait jamais l'être.

Arlan sentit son estomac se contracter et la bile monter dans son gosier. La colère faisait bourdonner ses oreilles. Son instinct premier lui dictait de sortir de l'obscurité et de sauter à la gorge de Romano. Il voulait déchirer sa jugulaire et laper le sang qui en jaillirait.

Tout son corps de chien trembla d'impatience à cette perspective. Cet homme ne méritait pas de mourir si facilement. Il méritait d'être torturé avant d'être tué. Il méritait d'assister au spectacle d'un chien se nourrissant de ses entrailles.

Mais le côté humain de son esprit le rappela à l'ordre : là n'était pas le but de sa mission. Le Haut Conseil et son clan bien-aimé lui avaient confié cette exécution.

Son pouls battait dans sa gorge. Son cœur cognait dans sa tête.

Arlan ne pouvait pas laisser la bête en lui prendre le contrôle. La mise à mort devait se dérouler comme prévu, telle qu'elle avait été ordonnée. Ou plutôt, cette fois-ci, compte tenu de l'absence de son partenaire, du mieux qu'il le pouvait.

Quelque chose le démangea derrière l'oreille, et il se gratta avec la patte arrière. La métamorphose était réussie, puces comprises.

Romano sortit une cigarette roulée de sa poche et la ficha entre ses lèvres. Il tâta ses poches de pantalon, en vain.

Il avait perdu ou oublié son briquet. C'était l'occasion rêvée.

Arlan dut se concentrer pour utiliser sa voix humaine tout en restant sous sa forme canine.

— Du feu ? demanda-t-il en grec.

Romano se tourna en direction des herbes denses qui poussaient entre les ruines rocheuses de l'Aréopage. Même si les archéologues consacraient les dix prochaines années à creuser, ils ne découvriraient pas tous les trésors antiques enterrés sous les pierres, les déchets laissés par les hommes, et la sédimentation naturelle née au fil du temps et des combats.

Arlan plissa ses yeux jaunes de chien, le moindre muscle de son corps vigoureux prêt à attaquer tandis que le monstre à l'apparence ordinaire se tournait vers l'obscurité.

— Oui, accepta Romano, la cigarette collée aux lèvres, les yeux mi-clos pour distinguer l'étranger dans le noir.

Arlan jeta un coup d'œil à gauche, puis à droite, et se releva sur ses puissantes pattes arrière. Dressé ainsi, il était presque aussi grand que le criminel.

Il planta ses canines pointues comme des aiguilles dans la gorge de l'homme, et serra la mâchoire. Romano en lâcha sa cigarette et écarquilla les yeux sous l'effet du choc.

Arlan le traîna dans les fourrés pour que personne ne tombe sur eux par hasard. L'homme se débattit, appela à l'aide et se releva en chancelant.

L'espace d'une seconde, Arlan craignit d'avoir commis une erreur. Dans sa hâte de voir la tâche accomplie, avait-il compromis la mission ?

Le son d'un grondement en provenance des buissons fit sursauter Arlan, au point qu'il manqua de lâcher Romano. Une ombre bondit hors de l'obscurité. Surpris, Arlan poussa un grognement guttural.

Le chien gris percuta Romano au flanc, le renvoyant à terre. Puis le jeune mâle de la meute attaqua à son tour. La victime cria une fois, mais sa voix fut étouffée par les chiens qui grognaient et aboyaient. Les femelles se jetèrent sur le vendeur d'enfants et, pendant un instant, tous s'abandonnèrent avec frénésie à l'appel de la chair sanglante.

Arlan, les crocs toujours profondément enfoncés dans le cou de Romano, se laissa étourdir par le goût du sang humain. Pour certains, ce n'était que de la nourriture, voire quelque chose de déplaisant, mais il s'agissait pour lui d'une drogue planante. L'homme se mit à s'agiter à cause de convulsions. Avec l'aide de la meute de chiens sauvages, Romano serait démembré en quelques minutes.

Pas comme ça, dit l'humain au fond du cerveau canin d'Arlan. *Il faut agir selon les règles. Il n'y a pas de place pour l'erreur. Tu ne peux pas te laisser contrôler par la rage au lieu du bon sens.*

Il ne pouvait rien faire de plus pour reprendre ses esprits. Il desserra la mâchoire, ses crocs déchiquetant la chair délicate.

Selon la loi, l'exécution nécessitait deux dagues, mais il faudrait se contenter d'une seule. Arlan en répondrait plus tard devant le Haut Conseil.

Le temps d'un battement de paupières de l'homme mourant, Arlan reprit sa forme humaine.

—Allez-vous-en, ordonna-t-il aux chiens qui étaient venus à son secours.

Choqué par la transformation, le gris retomba sur le sol, les yeux révulsés.

—Allez, partez d'ici! grogna Arlan en grec.

Le gris s'éloigna, suivi par sa meute. Des gémissements et des glapissements accompagnèrent leur retraite effrayée.

—*Merci,* leur communiqua Arlan par télépathie, *vous avez accompli une bonne action ce soir, amis canins.*

Le goût métallique du sang humain toujours présent dans la bouche, Arlan sortit la dague ancienne de sa veste en cuir et se pencha sur Romano.

—Pour les enfants innocents, dit-il doucement en gaélique.

Il plongea l'arme dans le cœur de l'homme et la lumière dans les yeux de Romano vacilla. Elle s'éteignit avant même qu'Arlan retire la lame d'acier.

Dommage qu'il n'ait pas souffert plus longtemps.

Arlan regarda fixement le corps de l'homme pendant quelques instants, puis leva les yeux. Il entendit des voix au loin. Une transaction pour de la drogue. Mais personne ne l'avait vu tuer Romano, ni ne le verrait quitter les lieux.

Il arracha le mouchoir ridicule qui dépassait de la veste ensanglantée de l'homme puis s'essuya d'abord la bouche, avant de s'en servir pour envelopper la lame. Il glissa la dague dans son blouson en cuir, enjamba le cadavre et partit dans la faible lumière que projetait l'Acropole depuis la colline derrière lui.

—Tu veux t'amuser? lui lança une des prostituées alors qu'il se dirigeait vers l'ouest pour regagner le cœur de la ville et le restaurant où le reste de l'équipe le rejoindrait plus tard pour prendre un verre de vin.

—Non, répondit Arlan dans un grec impeccable, l'haleine chargée du sang de Romano. Je me suis déjà amusé ce soir, ma jolie.

Chapitre 3

Quand Jimmy et Sean arrivèrent au *Restaurant de Dieu* situé dans la rue Makrygianni, Arlan buvait son deuxième verre de vin. Les deux hommes prirent place à la table qui donnait sur la rue. Jimmy servit deux verres et remplit celui d'Arlan.

— Mission accomplie ? demanda-t-il avant de goûter le vin de la maison à la robe rouge sang.

— Mission accomplie.

Jimmy jeta un coup d'œil vers le quatrième verre resté vide, puis regarda autour de lui.

— Et Regan ?

Arlan fit tourner le vin dans son verre, observant la façon dont le liquide montait et redescendait sur les parois en tourbillonnant vers le centre.

— Il n'est pas venu.

— Ah, bon sang, jura Sean à voix basse. Tu te fous de moi ?

Sean était grand et fort, tout comme son père, le chef de police de leur ville natale, et, comme lui, il avait conservé, même après tous ces siècles, un léger accent irlandais qui ressortait avec l'émotion, chez le père comme chez le fils.

Arlan évita les regards de ses deux compagnons. Il porta le verre à ses lèvres, but une gorgée et leva les yeux vers l'Acropole éclairée qui brillait dans la nuit. Quand le vin toucha sa langue, il se rendit compte que le goût du sang de Romano était toujours présent dans sa bouche.

— Et tu es quand même allé jusqu'au bout ? C'est contraire au protocole. Tu aurais dû renoncer, dit Jimmy d'une voix tendue.

C'était l'anxieux de l'équipe. Il s'inquiétait, et Arlan se moquait, dispensant ainsi les autres de le faire.

— Vous avez récupéré les enfants ? demanda Arlan.

Depuis sa rencontre avec les chiens et Romano, son humeur était maussade. Ce soir, il avait failli perdre le contrôle et céder à l'animal en lui, ce qui le contrariait et l'effrayait. Après toutes ces années, il pensait avoir appris à se modérer. Il croyait être devenu quelqu'un de bien. De plus humain. S'était-il bercé d'illusions ? Il regarda Jimmy.

— Est-ce que nous les avons récupérés ? répéta-t-il. Les enfants ?

— Ouais, on les a retrouvés. Encore en vie tous les deux, visiblement terrorisés, mais… indemnes, répondit Jimmy d'une voix douce.

Il voulait dire qu'ils n'avaient pas été agressés sexuellement. Jimmy était sensible et émotif, depuis toujours, et l'était resté même après que le clan fut tombé en disgrâce, ce qui avait endurci bien des Kahill.

— Et j'ai eu Romano, donc tout est bien qui finit bien.

— On l'a vue, cette pièce. Shakespeare, affirma Sean en pointant son doigt sur Arlan. Vers 1740, à Londres, sur la scène du théâtre de Goodman's Fields… ou de Drury Lane ? Tu t'en souviens ? Les vendeuses d'oranges…

Jimmy laissa brusquement retomber son verre vide sur la table.

— Sean !

— Pardon.

Sean saisit la carafe et versa le reste du vin dans son verre, puis la souleva à l'intention d'un serveur qui s'occupait d'une table de touristes.

Jimmy dévisagea Arlan.

— Tu ne comprends pas. Une fois de plus. On ne fait pas cavalier seul. Tu dois suivre le protocole. C'est ce qui te protège, déclara-t-il.

— Qu'est-ce que j'étais censé faire ? lui répondit Arlan en le foudroyant du regard. Laisser ce pervers, ce meurtrier nous filer entre les doigts ?

— Le protocole nous préserve, tous autant que nous sommes. Il ne s'agit pas que de toi. Ou même de nous, insista fermement Jimmy en désignant le groupe uni qu'ils formaient d'un mouvement circulaire avec son verre.

Arlan posa le sien et se passa la main dans les cheveux, évitant toujours de lever les yeux sur ses compagnons.

— D'accord, dit-il calmement. Tu as raison : la prochaine fois, je suivrai les règles.

— Sans aucun doute, rétorqua Sean avec un petit rire.

Les hommes se turent à l'arrivée du garçon, qui leur apporta une autre carafe de vin et débarrassa celle qu'ils avaient vidée.

— Bon, qu'est-ce qu'on fait pour Regan ? Il a téléphoné ? demanda Jimmy une fois le serveur parti.

Arlan sortit son portable de la poche de sa veste en cuir et vérifia l'écran.

— Pas d'appel.

— On sait où il est ? interrogea Sean en remplissant leurs verres.

Arlan fit « non » de la tête.

— Plus de nouvelles depuis notre réunion à l'aéroport il y a deux jours. (Il haussa les épaules.) Bien entendu, je ne m'attendais pas à le voir avant ce soir, sauf en cas de problème.

— En tout cas, on doit le trouver, il a peut-être des ennuis, dit Jimmy en serrant son verre.

— Ouais, c'est ça, répliqua Sean en piquant une olive sur un plateau de la table avant de la sucer bruyamment.

— Je ne plaisante pas. Nous devons le localiser, reprit Jimmy en regardant Sean, puis de nouveau Arlan.

Arlan posa son verre. Soudain, il n'avait plus envie de vin, ni de la compagnie de ses amis. Cela faisait déjà un moment qu'il avait perdu le contrôle de la situation avec Regan. Et si cette fois il avait un vrai problème ? Et s'il n'était pas simplement parti se soûler jusqu'à plus soif, jouer et fréquenter des prostituées sans avoir vu le temps passer, son excuse habituelle ? Si quelque chose lui arrivait, ce serait la faute d'Arlan. C'était lui qui avait insisté pour que les autres membres de l'équipe n'ébruitent pas les activités infâmes auxquelles Regan se livrait.

— Comment penses-tu qu'on va le localiser, Jimmy ? Combien y a-t-il d'habitants dans cette ville, trois millions, peut-être quatre ? (Il leva la main puis la laissa retomber.) De plus, le protocole exige que nous retournions à Clare Point sans attendre.

Jimmy garda le silence pendant une minute. Sean cracha le noyau de son olive dans sa main puis le jeta sur un plat devant lui.

— Tu as raison, reconnut Jimmy. Il vaut mieux rentrer à la maison. Regan retrouvera son chemin. Comme d'habitude.

Arlan se leva et lança quelques euros sur la table.

— On se voit une fois de retour au bercail, les amis.

Envahi par un sentiment de solitude, il s'éloigna des lumières du restaurant et pénétra dans l'obscurité.

Macy s'éveilla en sueur, submergée par une sensation d'angoisse. Tandis qu'elle se douchait et faisait sa toilette, elle tenta de ne pas penser à ce que cela signifiait, ni aux messages instantanés de la veille. Combien de fois avait-elle vécu cela ? Elle ne pouvait rien faire. Ni la nuit dernière, ni ce matin. À part passer ce coup de téléphone qu'elle redoutait.

Cet appel qui rendrait les choses réelles.

Elle s'habilla et versa l'équivalent d'une tasse de café noir dans un mug isotherme. Son rendez-vous d'aujourd'hui n'était qu'une réunion préalable, mais l'enjeu était de taille : cinq pages couleur de l'extérieur et du jardin d'une maison située au nord-est de Richmond. Elle prit son ordinateur portable, quelques dossiers et photos sur son bureau, ainsi que le sac à dos en toile qu'elle gardait toujours dans son placard. Elle ne ferma pas la porte à clé en partant.

En fin de matinée, Macy rencontra les propriétaires, se promena dans leur jardin et leur fit des suggestions d'améliorations esthétiques avant la prise de vues. Souvent, elle se chargeait elle-même des clichés, mais pour cet article le magazine avait décidé d'envoyer sa photographe attitrée. En attendant son arrivée, Macy s'excusa pour aller écouter ses messages.

Au lieu de consulter son répondeur, ce qui était assez compliqué, elle composa le numéro qu'elle connaissait par cœur.

—Agent spécial Kahill.

Macy hésita, comme toujours à ce stade. Pourquoi se torturait-elle ainsi ? Le FBI ne se rapprochait pas plus de lui que quatorze ans auparavant. Pourquoi passait-elle ces appels ?

Parce qu'il le fallait.

Parce que c'était sa pénitence.

—Agent spécial Kahill, répéta la femme à l'autre bout de la ligne.

—Fia, c'est moi, Maggie.

C'était Macy qui avait choisi ce prénom. Pas de nom de famille, juste Maggie, pour Magnolia. Pour sa mère.

—Comment allez-vous, Maggie ? s'enquit Fia après un moment de silence.

—Vous avez du nouveau dans l'affaire McNaughton ? demanda Macy d'une voix douce.

Il s'agissait de la dernière famille assassinée.

Une Toyota bleue s'engagea dans l'allée. La photographe. Macy devait raccrocher.

— Pas vraiment, Maggie. Je vérifie de temps en temps. Les agents gardent l'enquête ouverte, mais aucun changement significatif.

Maggie passa la main dans ses longs cheveux blonds et fins. Il faisait chaud. Elle avait besoin d'un élastique pour les attacher en queue-de-cheval.

— Que puis-je faire pour vous, Maggie ?

Macy soupira.

— Il…

Sa voix s'étrangla. Elle s'arrêta puis reprit :

— Vous devez consulter les rapports de la matinée. Aujourd'hui, et pendant les deux prochains jours.

Inutile d'en dire plus. Elle entretenait avec Fia Kahill une relation particulière. L'agent spécial acceptait que Macy choisisse les informations qu'elle voulait bien lui fournir. D'autres membres du FBI auraient pu la pousser jusqu'à ce qu'elle cesse complètement d'appeler. Mais Fia semblait comprendre à quel point son informatrice était fragile.

— Sainte Marie mère de Dieu, murmura l'agent. Si vite après la dernière famille ? C'est surprenant.

— Je me trompe peut-être, répondit Macy à mi-voix.

Mais le silence qu'elles observèrent montrait qu'elles n'y croyaient pas. Leur instinct ne mentait pas. Fia savait que le sien ne la trahissait pas.

La photographe était descendue de voiture, avait soulevé le hayon et sortait des sacs du coffre.

Macy tourna le dos au véhicule.

— Je… je suis au travail, je ne peux pas trop discuter. Je ne sais rien, Fia, excepté que Winnie est là, quelque part. Il se déplace. Il va recommencer… si ce n'est pas déjà fait.

Fia soupira. Macy l'imagina en train de se passer la main sur son joli visage. Elles ne s'étaient jamais rencontrées, mais Macy avait vu la photo de l'agent dans les journaux l'année précédente quand elle avait résolu une affaire sur une série de meurtres dans sa ville natale. Macy l'avait contactée après cet épisode. Elles se parlaient environ une fois par mois, mais c'était seulement la deuxième fois qu'elle appelait à ce propos. La première, elle avait tapé en plein dans le mille : nord de l'État de New York. Une mère. Un père. Deux petites filles et leur frère, un nourrisson.

— Où se trouve-t-il, à votre avis ?

La photographe remonta l'allée et se dirigea vers la maison, des appareils photo pendant à chaque épaule. Souriante, elle salua Macy d'un geste de la main. Macy répondit par le même signe et se retourna, resserrant ses doigts sur le combiné.

— Écoutez, je dois raccrocher. Vérifiez. Il n'y avait rien aux informations de ce matin, mais vous savez comment ça se passe. Il faut parfois plusieurs heures pour les localiser.

Une fois, cela a pris quatre jours, pensa-t-elle.

— Puis-je vous rappeler, Maggie, une fois que je me serai renseignée ?

Macy hésita. Ce n'était pas dans sa façon de procéder, mais son portable serait hors service d'ici à quelques minutes. Ensuite, elle s'en débarrasserait. Le nouveau l'attendait déjà à l'arrière de sa voiture, sur le plancher. Elle l'avait acheté deux jours auparavant dans un supermarché.

— D'accord, vous pouvez m'appeler.

— Quel est votre numéro ? demanda Fia innocemment.

Macy faillit sourire. Elle appréciait Fia Kahill. Dans une autre vie, elles auraient même pu devenir amies.

— Inutile de vous emballer, agent spécial Kahill. Vous ne me trouverez pas. Je me sers d'un téléphone jetable, comme d'habitude. Je m'en débarrasserai ce soir, que j'aie de vos nouvelles ou pas.

— Vous êtes maligne, Maggie-tout-court.

Macy lui donna le numéro avant de raccrocher. Elle rejoignit la photographe devant le portail en fer forgé couvert de lilas des Indes et se concentra sur son travail, laissant de côté l'agent spécial Kahill et Winnie pour quelques heures.

Arlan alluma son téléphone portable dès que la lumière signalant d'attacher sa ceinture s'éteignit dans la cabine. Il vérifia les derniers appels manqués. Un seul importait à ses yeux.

— Fi, dit-il lorsqu'elle décrocha.

— Arlan. Tu es rentré ?

Elle avait l'air stressé. Elle s'efforçait d'adopter un ton professionnel, peut-être parce qu'elle n'était pas seule, mais Arlan la connaissait mieux qu'elle-même. Elle était contrariée.

— Je viens d'atterrir. Je suis encore sur la piste.

Même si l'avion se déplaçait toujours, les passagers commençaient à se lever et à s'affairer à la recherche de leurs bagages et de leurs chaussures perdues.

— Ta mission s'est bien déroulée ?

— Ouais.

— Elle était importante, Arlan, approuva-t-elle sans cacher la fierté dans sa voix.

— Elles le sont toutes, Fi. Qu'est-ce qu'il y a ?

Elle n'appelait jamais pour bavarder. Quand elle avait envie de discuter, elle apparaissait sur son perron au milieu de la nuit.

— Tu veux faire un tour avec moi ?

L'avion entra doucement dans l'aérogare, et les passagers commencèrent à se diriger vers la porte.

— Bien sûr. Où allons-nous ?

Il tenta de prendre un ton léger, mais devina qu'il ne s'agissait pas d'un voyage d'agrément. Fia et lui n'étaient pas très doués pour communiquer par télépathie d'aussi loin, mais, d'après sa voix, il savait que c'était professionnel. Et pas très beau à voir, s'il devait faire un pronostic.

— Au nord-est de la Virginie. Sur la péninsule. J'ai besoin de… (Elle s'interrompit le temps d'une respiration.) J'ai besoin de ton avis.

— C'est une affaire officielle ?

— Est-ce important ?

— Non, répondit-il en souriant.

— Je suis déjà en route.

Il entendit le tintement d'un ascenseur.

— Je te récupère devant le tapis roulant, reprit-elle.

— Je n'ai pas de bagages.

— Ah oui, c'est vrai, gloussa-t-elle.

Au milieu de l'après-midi, Macy avait terminé et convenu avec les propriétaires de revenir la semaine suivante. D'ici là, elle aurait le temps de regarder les premiers clichés et de se faire une meilleure idée de ce qu'elle voulait exactement pour son article.

D'ordinaire, Macy serait rentrée chez elle pour lire, ou pour travailler. Au lieu de cela, elle conduisit vers l'est, sans savoir où elle allait, ni pourquoi. Elle ne fut pas surprise d'entendre sonner le téléphone jetable sur le siège passager.

— Agent spécial Kahill, dit Macy en décrochant.

— Vous attendiez mon appel.

— Je ne dévoile pas mon numéro à beaucoup de personnes, répliqua-t-elle d'un ton désinvolte.

— Si vous me donniez votre numéro permanent, ce serait beaucoup plus facile.

— Mais ce ne serait pas aussi amusant, n'est-ce pas, agent spécial Kahill ? Vous ne pourriez pas passer toutes ces heures à réfléchir à mon identité et aux motifs pour lesquels je vous ai choisie.

— Bien vu, reconnut Fia.

Toutes deux essayaient de gagner du temps. Macy sentait les longues griffes noires de l'angoisse approcher. Pendant ce moment de silence, elle sut que Fia aussi.

— Vous aviez raison, déclara l'agent du FBI à l'autre bout du fil, d'une voix dénuée d'émotion.

— Où ?

— À la périphérie d'Accomack, une petite ville sur la côte est de la Virginie.

Macy connaissait cette région. Elle connaissait le pays entier. Elle s'était rendue dans presque tous les États, et les avait quasiment tous traversés en voiture. En fuyant. Toujours en fuyant.

— Maggie ? s'enquit Fia au bout d'un moment.

— Je suis toujours là.

— Je voudrais que vous envisagiez que l'on se rencontre là-bas, dit-elle.

— Sur place ?

Macy secoua la tête. Elle mit son clignotant, regarda par-dessus son épaule et doubla un 4 × 4 tractant une caravane pliante. Elle s'efforça de ne pas regarder les visages heureux de la famille à son bord.

— Oh non ! Hors de question. Je n'ai pas envie de les voir, reprit-elle.

— Rien ne vous y oblige, répliqua immédiatement Fia. Vous n'en auriez pas l'autorisation, de toute manière. Laissez-moi me rendre sur la scène du crime, et nous pourrions nous entretenir ensuite. Vous pouvez peut-être m'aider. Nous aider à attraper ce type.

— Je ne peux pas vous aider, répondit Macy d'un ton incrédule. Ce n'était pas une bonne idée. Je n'aurais jamais dû vous appeler. Je vais raccrocher.

— Non, ne raccrochez pas ! Maggie ?

Macy mit son clignotant et regagna la bonne file.

— Maggie, écoutez-moi. J'ignore ce qui vous rattache à lui, mais je sais que c'est forcément personnel, et que vous souhaitez que je le retrouve.

Macy demeura silencieuse.

— Si vous n'aviez pas envie de contribuer à son arrestation, poursuivit Fia, vous cesseriez de me téléphoner si souvent. Vous arrêteriez de vérifier les autres affaires et de vous assurer que nous faisons ce que nous avons à faire.

— Je… j'appelle juste parce que je veux qu'on l'attrape. C'est… c'est un monstre.

— Il y a autre chose, Maggie. Des monstres en liberté, nous n'en manquons pas. D'une façon ou d'une autre, cette histoire est personnelle, entre vous et lui. Vous avez envie de m'aider. Vous en avez besoin.

Était-ce la vérité ? Macy désirait-elle vraiment aider le FBI à l'appréhender ? Cette idée était ridicule. Elle ne pouvait pas aider. Que pouvait-elle faire ? Elle était impuissante, comme toujours lorsqu'il s'agissait de lui.

— Maggie ?

— Je… j'ignore si j'en suis capable, dit Macy, la voix tremblante.

— Je pense que oui.

Macy se cramponna au volant et regarda droit devant elle. Elle conduisait dans la bonne direction. Depuis plus d'une heure. Comme si elle avait su, inconsciemment, où les meurtres avaient eu lieu. Comme si elle avait su qu'elle allait se rendre sur place, cette fois. Elle pourrait y être d'ici à deux heures.

— Maggie ?

— Je vais réfléchir. (Le téléphone émit un bip dans son oreille.) Écoutez, ce portable a presque expiré. Il faut que je raccroche. Désolée.

— Maggie…

Macy appuya sur le bouton de fin d'appel et lança le combiné sur le siège passager. Elle voulait faire demi-tour et rentrer chez elle.

Mais elle ne le fit pas.

C'était plus fort qu'elle.

Chapitre 4

Arlan observa Fia reposer son téléphone sur la console entre eux. Il regarda le paysage défiler par la vitre. De l'herbe verte. Des arbres. Elle roulait à plus de 25 kilomètres-heure au-dessus de la limite autorisée. Elle conduisait toujours cette voiture trop vite. Cette vieille BMW six vitesses qu'elle avait depuis des années. Arlan possédait un pick-up, et ne comprenait pas la soif de vitesse de Fia. En tant qu'immortels, ils avaient l'éternité devant eux.

— Drôle d'appel, dit-il alors qu'elle ne s'exprimait pas à propos de la conversation qu'il venait d'entendre.

Elle garda les mains à dix heures dix sur le volant. Ils avaient appris à conduire ensemble, vers 1910, en tournant en rond pendant des heures dans un champ de blé. Elle avait ri, laissant le vent souffler dans ses cheveux, roux et courts à l'époque, penchée par la vitre ouverte d'un pick-up Ford T emprunté à un des anciens de la ville. Arlan regrettait de ne plus l'avoir. Il aurait voulu voir Fia s'amuser comme en ce temps-là. Mais ils étaient jeunes. Ils avaient vu moins de choses. Et tué moins de personnes.

— Quel est le rapport entre elle et ce dossier ? demanda-t-il en pointant le téléphone de l'index.

— Je ne sais pas exactement.

Arlan dévisagea Fia. Il ne pouvait pas observer ses yeux, dissimulés derrière des Ray-Ban noires qu'elle portait aussi bien que Tommy Lee Jones et Will Smith. Mieux même. Cela lui conférait une allure très « incognito » et très *Men in Black*.

— Tu ignores quel est son lien avec l'affaire ? C'est une informatrice ?

Elle haussa une épaule.

— En quelque sorte. C'est une situation particulière.

Elle avait ôté sa veste de tailleur bleu marine et portait un chemisier sans manches soyeux et moulant qui dévoilait ses épaules musclées. Pour un agent du FBI, elle était sexy, bien plus que Will Smith.

— Mais c'est elle qui t'avait rencardée sur ce dossier avant tout le monde ?

— Elle m'a contactée pour la première fois il y a un an. (Fia lui jeta un coup d'œil, avant de reporter son attention sur la route.) Elle m'a vue à la télé après les décapitations. Elle m'a demandé d'examiner les cas des victimes enterrées vivantes. Je n'ai rien appris de plus que les autres du Bureau, mais je me suis tenue informée des affaires. Elle appelle régulièrement pour faire le point. Et il vient de tuer de nouveau.

— Combien de meurtres a-t-il commis, s'il s'agit du même criminel ?

— Oh, c'est le même.

— Comment peux-tu en être certaine ? Tu ne t'es pas encore rendue sur place.

— Attends seulement de les voir. Tu ne dormiras pas cette nuit.

Il regarda une fois de plus par la vitre, tentant de réprimer le frisson qui lui parcourait l'échine. Voir les atrocités épouvantables dont les humains étaient capables faisait partie de son travail, en être témoin pour pouvoir justifier leur mort. Mais pourquoi était-ce toujours aussi pénible ?

— Combien de fois a-t-il tué ?

— On en est à onze familles.

Arlan était toujours impressionné par le calme de Fia et la distance qu'elle établissait entre elle et son métier. Elle n'avait aucun mal à mettre de côté ses émotions. Il aurait aimé être un peu plus comme elle. Sous sa forme animale, et c'est ainsi qu'il accomplissait le plus souvent les missions pour le clan, il était sans cesse à vif sur le plan affectif. En permanence sur le fil du rasoir. Il avait le sentiment de ramener cela dans sa vie personnelle.

Sa nièce Kaleigh disait tout le temps qu'on lisait en lui comme dans un livre ouvert.

— Pourrait-il y en avoir plus ? Des affaires pas encore rattachées aux autres meurtres ? Cela arrive, avec les tueurs en série.

— Je ne pense pas, articula-t-elle. Maggie serait au courant.

— Comment ?

Fia secoua la tête.

— J'ignore quel est son lien avec ce type, mais elle le connaît. Elle sait ce qu'il fait, sans pouvoir le stopper. C'est peut-être son frère, son père, ou son petit ami. Les femmes se retrouvent constamment piégées dans ce type d'histoires. Tu vois le genre. C'est assez courant.

— Carrément bizarre et flippant ! Cela ne fait-il pas d'elle une complice ? Tu ne devrais pas l'arrêter ?

— Je ne l'ai jamais rencontrée. Elle utilise des téléphones jetables pour me contacter. Le numéro change tout le temps, impossible de le localiser. Parfois, elle m'envoie un e-mail, mais elle réussit je ne sais comment à pirater les comptes de messagerie d'autres personnes. Elle s'assure que je ne puisse pas remonter jusqu'à elle.

— On dirait bien qu'elle a quelque chose à cacher, dit-il en ajustant ses lunettes de soleil. Comment es-tu sûre qu'elle n'aide pas le tueur ? Et qu'elle ne t'appelle pas pour soulager sa conscience ? Bon Dieu, comment sais-tu que ce n'est pas elle l'assassin ? Elle me semble sacrément coupable.

— Je ne pense pas. Je ne pourrais l'expliquer, mais tout ce que je peux t'affirmer, c'est qu'elle le craint. C'est même plus que de la peur. (Elle lui coula un regard puis scruta de nouveau la route.) Pour le moment, je ne saisis pas encore toute la complexité de la situation. Mais j'ai un pressentiment, tu vois ce que je veux dire ?

— Qu'est-ce qui, dans ta vie, ne dépasse pas les limites de notre compréhension ? la taquina-t-il.

Comme il l'avait espéré, elle sourit.

— Alors, comment va ton mortel ? demanda-t-il.

— Je déteste quand tu l'appelles comme ça, rétorqua-t-elle en fronçant les sourcils.

— Quoi, c'est la vérité, non ? protesta Arlan d'un air innocent.

— Glen va bien. Tout va bien pour nous.

Il lui jeta un coup d'œil.

— Tu as dit ça beaucoup trop vite, répliqua-t-il avant de faire claquer sa langue. Ça ne me dit rien qui vaille, Fi. Vraiment rien qui vaille. Tout n'est plus tout rose ? Tu en as marre de devoir te faufiler dans la cuisine une fois qu'il dort et d'attendre que le sang décongèle dans le micro-ondes, pour ensuite le boire en cachette dans les toilettes ?

Il se contentait de la taquiner. Ils adoptaient tous ce comportement à un moment donné. Cela faisait partie du prix à payer pour vivre parmi les mortels. Pour tenter de s'intégrer. Mais l'expression qu'il lut sur son visage lui donna envie de retirer ce qu'il venait de dire. Quelque chose clochait réellement. Son humain et elle rencontraient effectivement des problèmes.

— On peut parler d'autre chose ?

— Comme de quand tu vas m'épouser et me faire des enfants ?

C'était une vieille plaisanterie entre eux. Les membres du clan ne pouvaient se marier qu'avec leurs propres conjoints, vie après vie, et ne pouvaient pas se reproduire. Une des bénédictions de Dieu.

— Non, un autre sujet, dit-elle.

— Quel temps magnifique !

Macy se gara le long de la route derrière une vieille BMW, et resta assise sur le siège conducteur pendant un moment. Elle se demanda si elle devait sortir la carte de presse qu'elle gardait dans sa boîte à gants. Les sept ou huit véhicules stationnés de chaque côté de la chaussée étaient tous tournés dans le même sens.

Vers l'est la route goudronnée devenait une allée gravillonnée qui passait à travers les rangées d'érables bien alignées avant de disparaître derrière une colline. Ici, la péninsule de la Virginie était étroite, et même si Macy ne voyait pas l'océan qui entourait la pointe de terre, elle pouvait le sentir. La famille habitait du côté de la baie, à trois kilomètres au sud-ouest de la ville. Elle avait trouvé la propriété facilement, en suivant les véhicules d'urgence qui, elle le savait, feraient des allers-retours sur les autoroutes et les sentiers au cours des vingt-quatre prochaines heures. Il fallait du temps pour traiter une affaire de ce genre.

Depuis la chaussée, elle ne distinguait que le toit de la ferme familiale, ainsi que les lumières rouges et bleues des véhicules qui clignotaient…

Finalement, elle décida de glisser sa carte de presse dans la poche de sa veste en jean. Des camions de télévision et de radio étaient garés sur la route, mais elle doutait qu'on leur autorise l'accès. La police ne laissait jamais les meutes de journalistes s'approcher d'une scène de crime aussi effroyable. Il y avait trop de risques qu'un imbécile cherchant à augmenter l'audimat tourne un film que personne ne devrait avoir à visionner.

Macy laissa les clés sur le contact et le sac à dos avec son portefeuille à l'intérieur sur le plancher de la voiture. Il ne contenait pas de pièce d'identité. Rien à voler. Pas de carte bancaire et peu de liquide. Elle conservait ses cartes de crédit et ses papiers d'identité dans le coffre fermé à clé. La plupart du temps, elle se servait d'espèces, mais aussi parfois de cartes de crédit prépayées que l'on pouvait dorénavant se procurer dans des supérettes. En revanche, elle prit le nouveau téléphone dont elle avait retiré l'emballage en s'arrêtant pour faire le plein. Pour l'instant, elle ignorait si elle allait appeler Fia. Elle ne saurait pas ce qu'elle ferait tant qu'elle n'aurait pas atteint la ferme en bas de la colline.

Macy remonta l'allée et passa devant plusieurs représentants de la police locale et nationale. Elle garda la tête baissée en marchant d'un pas décidé, comme si elle habitait dans les environs. Au fil des ans, elle avait été étonnée de voir à quel point cette tactique lui réussissait.

Elle sentit les cailloux rugueux et irréguliers sous ses semelles. En ce début de soirée, il faisait chaud, et les coassements des grenouilles et le chant des insectes dominaient le bruit des graviers qui crissaient sous ses pieds. L'air était chargé de l'odeur de la baie de Chesapeake, et Macy perçut le parfum léger du chèvrefeuille qui poussait le long des bois jusqu'au nord de la propriété. Le pas lourd, elle emprunta un virage dans l'allée et la ferme apparut dans son champ de vision. Bardée de bois blanc, elle avait deux étages, comme la plupart des fermes construites au début du siècle dernier dans la région. Elle avait réalisé un reportage sur une maison semblable dans le Maryland l'année précédente. La pelouse avait été tondue récemment et des bouquets de fleurs orange vif s'épanouissaient au pied des poteaux de la palissade en bois qui entourait le jardin. Des lys des prairies.

Un cadre serein pour un massacre.

Chapitre 5

— Il va peut-être falloir qu'on resquille un peu, prévint Fia.

Ils approchaient de la scène de crime, délimitée par un ruban placé entre deux pêchers et gardée par trois policiers.

— Je ne suis pas autorisée à me trouver ici, poursuivit-elle.

— Cela ne t'a jamais arrêtée, souligna Arlan à mi-voix.

— Toi non plus, murmura-t-elle en effleurant la manche d'Arlan. Sois prudent.

Ils n'avaient pas besoin de communiquer par télépathie. Elle savait ce qu'il allait faire. Dans des moments comme celui-ci, leur relation semblait encore plus forte que celles qu'ils entretenaient avec leurs amis et leurs familles du clan, et c'est pourquoi Arlan avait le sentiment qu'ils étaient faits l'un pour l'autre.

Il s'éloigna d'elle, les mains dans les poches de son jean. Il était facile de se mêler à une telle foule : policiers en uniforme, détectives en costume, ambulanciers urgentistes, représentants des médias, voisins, connaissances, et sûrement des membres de la famille élargie.

Sur l'aire de stationnement près de la ferme régnait un véritable chaos. Le Fossoyeur, comme la presse le surnommait, avait frappé de nouveau. Tout le monde parlait en même temps. Certains pleuraient, incrédules. Les intervenants de première ligne prenaient soin de ne pas élever la voix et de ne pas laisser transparaître leurs émotions, sans toujours y parvenir. De l'autre côté du ruban jaune se tenait un jeune ambulancier urgentiste, les mains sur les genoux, la tête baissée, tandis qu'une femme plus âgée vêtue du même uniforme était penchée sur lui et lui parlait doucement. Elle le réconfortait.

Les équipes de reportage, armées de leurs caméras et de leurs micros, s'étaient installées dans l'allée, entre un monospace rouge et un pick-up Chevrolet. Un policier tentait de les éloigner des véhicules, qui appartenaient peut-être à la famille. Qui savait quelles preuves avaient été laissées ?

Le regard d'Arlan se perdit sur la décalcomanie en forme de ballon de football sur le pare-brise arrière. Elle portait l'inscription « Allez les Shore Cats ! ». Sûrement le nom d'une équipe junior de la région.

Il continua à marcher, la gorge serrée. Il entendit Fia parler à l'un des policiers, même s'il ne parvint pas à distinguer ce qu'elle disait exactement. Les agents du FBI en provenance de Baltimore ne tarderaient pas à arriver, s'ils n'étaient pas déjà présents. Cette affaire ne relevait pas de la juridiction de Fia et ne lui avait pas été confiée, mais, contrairement à ce qui se passait dans les téléfilms, dans la réalité les policiers trouvaient souvent un terrain d'entente et, dans de telles situations, ne tenaient pas compte des règles.

Arlan perçut un doux miaulement et leva les yeux vers le porche à l'arrière de la maison. Un chat tigré portant un collier bleu avec une clochette se tenait assis sur le bord, observant l'agitation du jardin. Avait-il été témoin des meurtres ?

Arlan s'approcha et prit place sur la dernière marche menant à la véranda blanche qui sentait la peinture fraîche.

Arlan tendit la main vers le chat, qui vint s'y blottir. Il lui caressa le dos et lui gratta les oreilles.

— *Tu peux me dire ce qui s'est passé ici, mon pote ? Tu sais quelque chose à propos de cette pagaille ?* roucoula Arlan par télépathie.

Le félin leva ses grands yeux verts vers lui et cligna des yeux. Il semblait conscient qu'Arlan essayait de communiquer avec lui, mais le message restait crypté. Sous sa forme humaine, Arlan avait du mal à s'adresser ainsi aux animaux.

— *Tu as vu quelque chose ?* insista Arlan. *Quelque chose que tu voudrais me dire ?*

Il perçut une forte tristesse.

— Mon pauvre, dit Arlan en le caressant pour le rassurer.

Le chat fit le dos rond sous sa main, la queue bien droite, puis sauta de la véranda et s'enfuit à toute vitesse en traversant la pelouse. Il franchit une plate-bande d'impatiens violettes, évita une brouette d'enfant en plastique rouge et dépassa un pêcher. Il passa sans problème sous la ligne formée par le ruban jaune. Une fois de l'autre côté, il s'arrêta et se retourna.

Arlan jeta un coup d'œil autour de lui. Bien entendu, personne ne se préoccupait du chat. Ni la police, ni la présentatrice blonde avec son micro, ni même Fia.

Le chat attendait.

Arlan savait reconnaître une invitation quand elle se présentait.

Il regarda furtivement en direction de la foule que l'on orientait vers le bout de l'allée pour la tenir à distance des véhicules de la famille, puis vers Fia, toujours en conversation avec les agents. Il doutait que quelqu'un le remarque disparaître vers l'arrière de la maison. On accorda encore moins d'attention au deuxième chat qui apparut un instant plus tard.

Arlan marcha avec légèreté sur l'herbe fraîchement tondue, en soulevant bien haut ses pattes de jeune chat. Il préférait se changer en grand félin plutôt qu'en chat domestique, mais l'arrivée d'une panthère aurait paru incongrue, même au milieu de ce tumulte.

Au moment où Arlan, la queue droite comme un « I », franchit la barricade formée par le ruban, des pales d'hélicoptère fendirent l'air. Un des nouveaux amis de Fia recula jusque sur une zone découverte de la pelouse, et fit signe à l'engin de s'éloigner.

Arlan jeta un regard devant lui. Le chat tigré l'attendait, un œil inquiet sur l'hélicoptère. La caméra dans le ciel semblait le surprendre davantage que la métamorphose d'Arlan. Il repartit, et Arlan le suivit en trottinant.

Le chat avait à peine dépassé l'adolescence. Arlan sentait qu'il était terrorisé et ignorait ce qui se passait à part que c'était terrible. La clochette à son cou tintait tandis qu'il courait sur l'herbe.

Ils firent le tour de deux ambulances et d'une camionnette blanche sur laquelle était marqué en grosses lettres « CORONER DU COMTÉ ». Le chat tigré ne savait ni lire, ni ce que ce véhicule représentait, contrairement à Arlan. La vision de ces fourgons le dérangeait toujours. Il ne pouvait concevoir qu'une personne puisse exercer un tel métier, enquêter sur des décès et pratiquer des autopsies, jour après jour.

Bien sûr, le coroner n'aurait sans doute pas mieux saisi sa profession. On comprenait souvent très mal que des vampires puissent redresser les torts causés dans le monde en exécutant des individus sélectionnés. Plutôt étrange, dans le genre.

— *Où est-ce qu'on va ?* demanda Arlan au chat alors qu'ils se faufilaient entre les jambes de plusieurs policiers en uniforme.

— *C'est mauvais. Mauvais,* répéta le chat tigré.

Ils traversèrent à toute vitesse un carré d'herbe et se dirigèrent vers un petit groupe d'hommes et de femmes rassemblés sous un pittoresque érable argenté à la forme si parfaite qu'elle semblait avoir été crayonnée par un enfant.

Arlan remarqua tout de suite que les humains qui se tenaient sous l'arbre et parlaient à voix basse portaient tous des gants en latex. Il sentit les poils de son échine se dresser et sa queue se hérisser. L'air était soudain chargé d'une odeur de chair morte.

De chair humaine.

Une partie de lui voulait faire demi-tour et retourner en courant jusqu'à la véranda, aller renifler autour des dépendances derrière la ferme pour dénicher une bonne taupe, ou une souris. Il voulait se transformer en autruche et enfouir sa tête dans le sable... Enfin, façon de parler : il ne faisait pas dans les autruches.

Mais Fia avait besoin de son avis. Elle avait besoin de lui, et il ne pouvait jamais rien lui refuser. Impossible. Il suivit donc son ami tigré, qui avait ralenti et trottait. Ils s'approchèrent des personnes qui portaient des gants et conversaient à voix basse.

Fia avait tenté de le prévenir qu'il devait se préparer avant de voir les victimes. Les ambulances qui devaient emporter les corps étaient là, mais ces derniers n'avaient pas encore été déplacés. L'équipe de la police scientifique était toujours en train de relever des pièces à conviction et de prendre des clichés.

Tandis qu'il marchait sous l'érable, juste derrière son ami félin, Arlan se sentait prêt. Il avait déjà vu de nombreux cadavres, et en avait lui-même créé quelques-uns.

Mais il n'était pas préparé.

Pendant un moment, il resta immobile, faisant cligner ses yeux de félin en amande. La scène qui s'étalait devant lui, sous cet arbre graphique, paraissait tout droit sortie d'un mauvais film d'horreur. Elle semblait irréelle. Les visages étaient cireux, et les yeux exorbités gélatineux. Les bras avaient l'air artificiel.

Le chat tigré laissa échapper un miaulement étranglé et Arlan tituba. Pas à cause de la peur. Les cadavres ne l'effrayaient pas. Beaucoup moins que les humains. Le choc et la surprise venaient de le prendre de court, alors qu'il pensait avoir vu le pire dont l'humanité était capable.

Ce n'était pas le cas, apparemment.

Cinq têtes.

Cinq paires de bras tendues au-dessus des têtes.

Des humains assassinés.

Tous enterrés jusqu'au menton.

Enterrés vivants, avait indiqué Fia, puis étouffés, les uns après les autres.

Plus Macy se rapprochait de la ferme, plus son malaise grandissait. Il n'était pas là, mais l'avait été. Elle percevait les vestiges de sa présence. Elle pouvait presque sentir son odeur dans l'air chaud de ce début de soirée. Il la narguait.

Macy pensait qu'elle aurait peur de venir. Elle avait toujours peur. Elle se rendait toujours sur la scène de crime, que ce soit après plusieurs heures, plusieurs jours, ou même plusieurs semaines, comme attirée par un fil invisible. Et cela l'effrayait chaque fois. Cependant quelque chose différait ce soir.

Plus elle s'approchait de la foule compacte composée des équipes de télévision, des policiers, du personnel médical et de simples badauds, plus elle se sentait troublée. Mais aujourd'hui, cette sensation n'était pas semblable à toutes les autres fois où elle était venue sur une des scènes épouvantables après le passage du tueur. Alors qu'elle marchait et analysait ses émotions, Macy se rendit compte avec surprise que ce n'était pas la peur qui nouait son estomac et menaçait sa respiration. Ce n'était pas la terreur qui lui asséchait la bouche et faisait bourdonner ses oreilles, mais simplement de la colère à l'état brut.

De la colère envers lui. Envers elle-même.

Au moment de pénétrer dans cette foule disparate, dont elle sentit la peur, elle prit conscience du fait qu'elle était lasse de vivre dans la crainte. De s'enfuir. De se cacher. De louer des maisons, d'acheter des minutes de communication pour des téléphones jetables et de faire tenir toute sa vie dans le coffre de sa voiture. Elle lui en voulait de lui imposer cela, et elle s'en voulait encore plus de le laisser faire.

La puissance de l'émotion qui la balaya fut telle qu'elle dut s'arrêter un instant afin de reprendre son souffle. Personne ne semblait la remarquer, comme si elle était invisible.

Elle leva les yeux vers l'hélicoptère, qui survola la ferme en décrivant des cercles avant de se diriger à toute vitesse vers le nord, comme pour fuir l'horreur qui, elle le savait, attendait quelque part au-delà de la ligne délimitée par le ruban de police jaune.

Comment avait-elle laissé sa vie en arriver là ? Comment avait-elle pu le laisser lui infliger cela ? Il aurait mieux valu qu'elle le laisse la tuer des années auparavant.

À quoi cela servait-il ? Est-ce qu'il la laissait vivre pour la torturer ainsi ?

Macy contourna la foule, évitant les caméras et les micros. Elle n'aimait pas être prise en photo, car les clichés pouvaient réapparaître à tout moment par la suite.

Elle ignorait ce qu'elle cherchait là. Une chose était sûre, elle ne voulait pas voir la famille assassinée. Elle supposa qu'elle ne cherchait pas quelque chose, mais quelqu'un.

Elle la repéra qui marchait à l'extrémité du ruban déroulé entre les arbres, entourée de deux hommes en costume, et ne la vit que de profil, mais elle sut que c'était elle.

L'agent spécial Fia Kahill était plus jolie en réalité que lors de ses apparitions à la télévision ou dans les journaux. Elle était d'une beauté obsédante. Ses cheveux auburn retombaient comme un rideau de soie sur ses épaules, sa peau était claire et délicatement rosée, et ses yeux à la fois sombres et lumineux. Et elle était grande. Plus grande que Macy, d'au moins quinze centimètres. Elle devait dépasser le mètre quatre-vingts. Une amazone.

Comment les caméras n'avaient-elles pas su capter cela ?

Comme la plupart des Américains, Macy était restée scotchée devant les informations télévisées quand des décapitations avaient commencé dans une paisible petite ville côtière du Delaware. Mais après le premier meurtre, l'information avait été reléguée au second plan au profit des combats au Moyen-Orient, d'un accident de train à Spokane et d'un tremblement de terre en Amérique du Sud. L'histoire avait éclaté de nouveau à la fin de l'été. Tout à coup, on n'avait plus pu échapper au visage de l'agent spécial Fia Kahill : elle faisait des déclarations et donnait des interviews. Elle était devenue une célébrité. Elle avait résolu le mystère des meurtres par décapitation, et à l'heure actuelle deux jeunes hommes purgeaient plusieurs peines de prison à perpétuité pour leurs crimes. L'agent Kahill était une héroïne.

Macy avait lu les articles et écouté le témoignage de Fia au journal télévisé. Elle n'avait pas été fascinée par les décapitations, ou par le fait que l'agent ait eu l'intelligence nécessaire pour élucider cette énigme. La curiosité de Macy avait été piquée par Fia. Elle se démarquait des autres agents. Elle était différente, d'une façon ou d'une autre. Macy l'avait vu dans son regard ténébreux et incandescent.

Macy glissa la main dans la poche de sa veste et s'éloigna de la foule. Elle se retrouva devant une véranda au charme suranné dont l'odeur faisait supposer qu'elle venait d'être repeinte, s'assit sur les marches et composa le numéro.

Elle observa Fia réagir à la vibration de son portable. L'agent spécial Kahill était trop professionnelle pour laisser son téléphone sonner sur une scène de crime.

De l'autre côté de la pelouse, à travers les branches et les feuilles des pêchers, Macy vit Fia jeter un coup d'œil à l'écran du combiné, noter le numéro, puis s'adresser à l'un des agents du FBI en costume, qui poursuivirent sans elle. Fia ne pouvait connaître le numéro, car il s'agissait d'un nouveau portable, mais Macy était sûre que Fia savait que c'était elle.

— Agent spécial Kahill.

Macy ne la quitta pas des yeux.

— Hé, c'est moi, dit-elle, éprouvant soudain une certaine timidité.

Qu'est-ce qui lui prenait d'appeler Fia, à l'endroit où il s'était trouvé ?

— Hé, vous. Vous avez pensé à ma proposition ? demanda-t-elle d'un ton léger.

— J'y réfléchis en ce moment même.

Macy l'observa se retourner et regarder dans la direction des deux agents qui s'éloignaient. Ils devaient se rendre là où les victimes étaient enterrées, derrière la grange attenante.

— J'aimerais vraiment vous parler, Maggie. Vous rencontrer, en face à face. Je crois qu'il est temps.

Le coude posé sur le genou, Macy baissa la tête jusqu'à ce que son front touche la paume de sa main. Ses cheveux blonds retombèrent sur son visage alors qu'elle tenait délicatement le téléphone contre son oreille. Entendre la voix de Fia à l'autre bout du fil lui faisait prendre conscience de sa solitude. Elle aimait simplement entendre la voix de l'agent. C'était pathétique.

— Vous allez venir ? insista Fia.

Macy leva la tête et rejeta ses cheveux en arrière.

— Je suis là, murmura-t-elle.

— C'est vrai ? Vous êtes ici ? Sur la scène du crime ?

Macy l'observa faire volte-face et scruter la foule. Elle retourna vers le ruban jaune à grandes foulées. Fia ne posa pas son regard au-delà des gens et de l'agitation, et ne vit pas la véranda à l'arrière de la maison, et la femme blonde assise sur les marches, seule et invisible.

Macy était passée maître dans l'art de demeurer invisible.

Sauf pour lui, bien entendu.

Elle sentit de nouveau la colère bouillonner dans sa poitrine.

— Je veux vous parler, s'entendit-elle dire. Face à face.

Fia s'arrêta, sans cesser de balayer la foule du regard. D'autres policiers en uniforme étaient arrivés. Si elle souhaitait rester davantage, Macy serait obligée de rejoindre la foule. Sinon, elle allait se faire repérer. Dans la mesure du possible, elle évitait toujours qu'on la remarque. Elle détestait même se retrouver seule à la caisse d'un supermarché.

— Mais pas ici, poursuivit-elle rapidement. Je ne peux pas vous parler ici. De plus, vous devez aller les voir. Vous devez… être témoin, ajouta-t-elle.

Fia ôta ses lunettes de soleil.

— D'accord, j'y vais de ce pas.

— Il y a une… une plage pas loin d'ici, dit Macy, le regard encore rivé sur elle. Seriez-vous d'accord pour m'y rejoindre vers 23 heures ce soir ?

Macy s'y était déjà rendue environ dix-huit mois auparavant. Elle s'était promenée le long de la plage après la prise de vues d'une maison à Chincoteague. Elle aurait donc le temps de descendre dans un motel. De réfléchir à ce qu'elle voulait dire à Fia. Et même de savoir si elle souhaitait ou non remonter dans sa voiture et rentrer chez elle.

— J'aurai certainement fini avant 22 heures, mais il fera plutôt sombre pour se balader sur le rivage. Pourquoi pas dans un café ou un autre lieu du genre ?

Elle vit Fia consulter la montre à son poignet. Macy, quant à elle, n'en portait jamais, car elle n'accordait pas une grande importance à l'heure. Elle trouvait toujours qu'elle avait plein de temps à tuer. Toute une vie.

— La lune est descendante, dit-elle. La plage est très jolie au clair de lune.

— OK. Bien sûr. Je peux vous rejoindre à 23 heures, lança Fia en glissant sa main dans la poche de son pantalon, sous sa veste.

Elle se retourna, semblant avoir renoncé à localiser Macy.

Macy lui donna les indications.

— Compris.

Fia Kahill hésita, puis reprit :

— Comment est-ce que je vous reconnaîtrai ?

Macy étouffa un petit rire.

— Vous êtes un agent d'élite, Fia. Je croyais que vous autres étiez capables de repérer votre homme à deux kilomètres de distance. (Elle parvint à sourire de façon moqueuse.) À part vous, je serai la seule personne suffisamment folle pour rester assise sur la plage à cette heure-là.

Chapitre 6

Son téléphone à la main, Fia jeta un coup d'œil par-dessus son épaule, en direction de la ferme. Elle examina la foule, qui s'agitait de plus en plus. Où était Maggie ? Était-elle vraiment là ?

Elle sentait sa présence, et devinait que Maggie l'observait. Son informatrice était une femme tout à fait intéressante. Quelque chose en elle faisait vibrer la corde sensible de Fia, elle qui pensait en être dépourvue…

D'autres hommes en uniforme étaient arrivés pour contenir la foule, qui semblait grossir à vue d'œil. *Comment autant de personnes ont-elles pu être au courant des meurtres en si peu de temps, dans un endroit si reculé ?* se demanda-t-elle. *Elles n'ont pas de métier ? Pas de famille ? Pas de repas à préparer ?* Cette fascination des humains pour les morts était malsaine. Il lui semblait qu'ils ne seraient pas aussi captivés s'ils appartenaient au monde des morts-vivants.

Son regard passa de visage en visage, sans voir Maggie. Du mois, elle ne pensa pas l'avoir vue. Elle s'était fabriqué une image de Maggie à partir de sa voix, mais en réalité elle ignorait à quoi ressemblait cette dernière. Elle avait connu des personnes dont l'apparence correspondait à la voix, mais ce n'était pas toujours le cas.

Dans l'assistance commençait à régner une frénésie propre aux foules. Les voix des reporters télé partaient dans les aigus, même celles des hommes. L'hélicoptère, qui avait déjà été écarté une fois, tentait apparemment de survoler la ferme de nouveau, dans l'espoir de prendre quelques clichés horribles en mitraillant les visages.

À ce jeu de mots déplorable, Fia s'adressa un grognement de reproche. Elle exerçait ce métier depuis trop longtemps. Dans sa prochaine vie, elle serait paysagiste, ou peut-être tresserait-elle des paniers. Malheureusement, elle n'avait pas la main verte, ni la fibre artistique. Ce qu'elle maîtrisait, c'étaient les morts. Il y avait des jours où elle considérait qu'il s'agissait d'un don que Dieu lui avait confié pour servir l'humanité et contribuer à réparer les torts causés par son clan. D'autres fois, ce n'était qu'une mauvaise plaisanterie divine. Une malédiction.

Elle mit le téléphone dans sa poche et commença à descendre le chemin qui traversait le verger. Les agents Richter et Evans du bureau opérationnel de Baltimore avaient indiqué que les corps se trouvaient juste après la cabane à outils, derrière la colline. Ils étaient enterrés sous un arbre, dont Fia apercevait déjà les branches et les feuilles. Un gros érable. Vieux de plusieurs siècles. Elle aimait les vieux arbres. Grâce à eux, elle se sentait… moins vieille.

Elle rejoignit Arlan sur le chemin, à côté de la cabane. Il se baladait, les mains dans les poches, comme s'il était chez lui. Elle s'arrêta pour lui demander :

— Tu es allé sur place ?

Il acquiesça.

Elle remarqua qu'il était un peu pâle, et pourtant toujours d'une beauté à couper le souffle. Dans les grandes villes, on lui proposait tout le temps de s'essayer au mannequinat. Avec un tel visage et un tel physique, il aurait pu figurer sur un panneau publicitaire à Times Square ou à Tokyo, et doper les ventes de caleçons noirs ajustés pour une célèbre marque de lingerie.

— Tu viens de t'approcher d'une scène de crime et de voir cinq membres d'une même famille, morts et enterrés jusqu'au menton, et personne ne t'en a empêché ?

— Personne n'a empêché deux chats malheureux de jeter un coup d'œil aux corps de leurs maîtres.

Elle savait qu'Arlan pouvait se transformer en n'importe quel animal. Une fois, dans le jardin de sa mère, elle l'avait vu se changer en un ours polaire de plus de deux mètres cinquante. Mais la plupart du temps il s'en tenait à des créatures plausibles, en accord avec la région. Le principe était de s'intégrer. Mais, s'il avait le choix de l'espèce, il était en revanche incapable de se diviser en deux animaux. Pas même deux misérables chats de deux kilos chacun. Son don ne l'y autorisait pas.

— Vous étiez deux ?

— Je me suis trouvé un ami. Il est là-bas, dit-il en pointant le doigt derrière lui. De l'autre côté de la cabane. C'est le chat de la famille. Il n'a rien vu. Quand c'est arrivé, il poursuivait des lapins quelque part dans un champ. Lorsqu'il est tombé sur eux, ils étaient déjà morts.

— Il a appelé la police ? railla-t-elle. (Cette vaine tentative d'humour ne les fit pas sourire.) Au fait, mon indic m'a téléphoné, lança-t-elle en donnant une tape sur le bras d'Arlan.

Il portait encore ses lunettes de soleil. Le hâle de ses joues semblait revenir. Qui aurait cru qu'un vampire bronzerait aussi bien ?

— Elle prétend qu'elle est ici, même si je ne l'ai pas vue. Enfin, je ne pense pas l'avoir aperçue. Il y a tellement de personnes, c'est de la folie, reprit-elle, esquissant un geste vers le brouhaha de l'allée.

— Qu'est-ce qu'elle voulait ?

— Figure-toi qu'elle est d'accord pour me rencontrer.

Arlan fit une grimace qui révéla à quel point les compétences de Fia en tant qu'agent l'impressionnaient.

— Elle n'a pas accepté de me rencontrer ici, mais plus tard dans la soirée, poursuivit-elle. Parmi tous les endroits possibles, elle a choisi une plage déserte.

— Tu crois que c'est sûr ?

Fia fit la moue à son tour.

— Pour moi ? C'est plutôt elle qui devrait avoir peur de moi dans le noir.

— Oui, je suis au courant.

Il sourit et leurs regards se croisèrent. Son sourire s'évanouit. Il sembla soudain perdu dans ses pensées.

— Je les ai vus, Fi. C'est vraiment affreux.

— Je n'en doute pas. J'ai vu la famille d'avant.

Elle remit ses lunettes de soleil. À présent, il faisait trop sombre pour en porter. Elles étaient superflues, pour Fia comme pour Arlan. Mais tous deux se cachaient derrière elles, dissimulant les émotions qui n'avaient pas leur place ici, dans le cadre professionnel.

— Alors, qu'en as-tu pensé ? Quelle est ton impression ? demanda-t-elle.

Elle tenta de repousser cette sensation d'oppression dans sa poitrine, qui se serrait autant pour cette famille que pour Arlan et ceux qui avaient dû les voir ainsi.

Arlan avait toujours eu ce que la Conseillère de leur ville appelait une « belle âme ».

— Un fils de pute détraqué, lâcha-t-il en secouant la tête. Je veux dire, des enfants ? Une grand-mère ?

Elle grimaça.

— Je sais.

— Comment fait-il pour les mettre dans les trous ? Combien de temps cela lui prend de les creuser ? (Il se mit à parler de plus en plus vite, comme pris de frénésie.) Comment fait-il, je veux dire, physiquement, Fi ? Comment arrive-t-il à maîtriser toute une famille ? Comment fait-il pour s'introduire et repartir sans que personne le remarque, pas même le chat ?

— Jusqu'ici, toutes les autopsies ont révélé la présence de drogue injectée dans le sang de chaque victime. Il ne s'agit pas toujours de la même substance, mais cela suffit à les assommer pour une courte durée. Parfois, il creuse les trous des heures avant d'enfermer la famille. C'est ce qu'il a fait la dernière fois. Mais auparavant, avant que je ne suive ce tueur, j'ai lu dans l'un des dossiers qu'il avait forcé le père à creuser les trous pour sa famille avant de lui faire perdre connaissance. Les enquêteurs en sont venus à cette conclusion en raison des ampoules sur les mains et du sang sur la pelle. Nous pensons que chaque fois le meurtrier enterre ses victimes pendant qu'elles sont droguées puis les laisse se réveiller.

— Pour les obliger à regarder les autres se faire étrangler ? demanda Arlan d'un ton incrédule. Putain, je n'y crois pas ! (Il s'essuya la bouche avec le dos de sa main, comme pour essayer de chasser le goût infect des crimes du tueur.) Je veux coincer ce type.

— Moi aussi, renchérit-elle.

— Non, ce que je veux dire, c'est qu'une fois qu'on l'aura retrouvé, je veux faire partie de l'équipe d'exécution. C'est ma dague qui transpercera son cœur noir en premier, affirma-t-il en mimant le geste d'un air agressif.

— Je t'accompagnerai sans problème, assura-t-elle avec douceur, pour tenter de tempérer sa colère. Écoute, je dois y aller, poursuivit-elle après un temps d'hésitation. Il y a ces agents du bureau de Baltimore qui m'attendent. (Elle passa devant lui tout en lui tapotant le bras.) On se retrouve tout à l'heure à la voiture ? On trouvera un endroit où dormir et on ira manger un bout rapidement avant mon rendez-vous.

— On prend un lit double ou deux lits une place ? demanda-t-il avec un haussement de sourcils suggestif.

— Je suis monogame, Arlan. J'ai un petit ami. Combien de fois je te l'ai dit ? Peut-être une centaine de fois en un an.

— On ne sait pas, si jamais tu changes d'avis. À plus.

Il se retourna pour la regarder partir, les mains dans les poches.

— Qu'est-ce que tu vas faire ?

— Je ne sais pas, je vais voir si je peux discuter avec mon pote le chat. Peut-être trouver des croquettes.

Fia s'éloigna, le sourire aux lèvres, regrettant de ne pas pouvoir tomber amoureuse d'Arlan.

Arlan parla de nouveau avec le chat tigré, chassa sans enthousiasme une souris dans la cabane à outils avec lui, avant de lui souhaiter bonne chance. Alors qu'il regagnait la voiture de Fia garée sur la route principale, il se demanda ce qu'allait devenir ce chat dont les maîtres avaient été assassinés. Est-ce qu'un membre de la famille éloignée ou un voisin penserait à le récupérer, ou allait-on l'oublier et le laisser vivre tout seul ? Il en était attristé, mais partout dans le monde on abandonnait des bêtes comme Tigré. Arlan ne pouvait les secourir toutes. Certains jours, il parvenait à peine à se sauver lui-même.

Il existait des refuges pour chats, quand même. Peut-être qu'une fois rentré, il appellerait une association locale. Ils ne manqueraient pas de trouver un bon foyer à Tigré.

Appuyé contre le capot de la voiture, Arlan regrettait de ne pas avoir de cigarette, même s'il fumait rarement, quand il entendit la voix de Fia. En provenance de l'allée, elle se rapprochait de la route tout en parlant au téléphone.

— M'man, écoute-moi. Il faut que tu te calmes. Je ne comprends pas ce que tu me dis.

Elle marqua une pause, puis poursuivit :

— Non, non ! Ne me le passe pas ! Papa fait preuve d'encore moins de calme que toi ! Il n'y a personne d'autre dans les parages ? Un des garçons ?

Nouveau silence. Fia était dans la rue et marchait droit sur Arlan. Ses mocassins à talons sonnaient creux sur la chaussée.

— Non, pas tante Mary. À cette heure, elle a déjà pris son sherry. Il n'y a personne d'autre ? Où est Finn, m'man ?

Elle leva les yeux vers Arlan.

— Regan a téléphoné à la maison, lui dit-elle. Il n'est pas rentré de Grèce. Il a des ennuis.

Elle baissa de nouveau le regard vers le portable.

— M'man, soit tu te calmes, soit tu vas devoir me rappeler.

Elle plongea son regard dans celui d'Arlan :

— Je ne sais pas quoi faire avec elle. Je n'arrive pas à comprendre ce qu'elle dit.

— Elle t'a dit d'où il appelait ? Elle sait où il est ?

Fia fit « non » de la tête.

Arlan eut soudain des remords. Il n'aurait pas dû quitter Athènes sans Regan. Procédure ou pas. Le frère de Fia s'exposait à des ennuis depuis des mois. Arlan aurait dû s'y attendre.

— M'man, je ne peux pas rentrer ce soir. J'ai un rendez-vous que je ne peux… M'man, je t'en prie, arrête de pleurer ! M'man…

Fia se passa la main dans les cheveux, visiblement désemparée.

— Tu veux que je rentre ? proposa Arlan. Laisse-moi lui parler. Je peux louer une voiture et y être en moins de trois heures.

— M'man… M'man, et si Arlan vient ? Tu lui dis ce que t'a dit Regan et…

Elle se tut l'espace d'une seconde, puis regarda Arlan.

— Elle veut que ce soit moi, soupira-t-elle, presque vaincue. Je ne peux pas gérer cela, lui confia-t-elle, la main sur le micro du combiné. Je suis incapable de m'occuper de ma mère et de cette affaire en même temps. Il faut que je rentre, mais…

— Pourquoi ne me laisses-tu pas rencontrer ta Maggie ce soir ?

— Elle n'acceptera jamais.

Fia retira sa main du micro.

— M'man, une minute. J'essaie de trouver une solution.

Elle écarta le portable de son oreille. Arlan entendit les sanglots hystériques de Mary Kay Kahill.

— On ne lui dira pas que c'est moi qui viens. J'arrive au point de rendez-vous, je me transforme, j'évalue la situation et ensuite je décide si je dois ou non tenter de la rencontrer. Si je pense que ce n'est pas sûr, je t'appelle, puis tu téléphones et tu lui dis que tu as eu un empêchement, suggéra-t-il en haussant les épaules.

— Je ne sais pas…, commença Fia d'une voix hésitante. Il… il est évident qu'elle a peur. Je crois qu'elle est fragile. Il faut s'y prendre en douceur.

— Qui mieux que moi peut gérer une humaine en prenant des gants ?

Il leva les mains vers elle et agita les doigts en lui lançant son sourire le plus charmeur.

Fia reprit le téléphone.

— M'man, je veux que tu ailles en cuisine préparer des muffins. M'man… Oui, à la myrtille c'est parfait. Et ensuite aux cranberries et aux noix. Quand tu auras terminé la deuxième fournée, je serai presque arrivée.

Arlan ouvrit la portière pour Fia et elle monta dans la voiture, le portable toujours collé à l'oreille.

— On va le retrouver, m'man. J'irai le chercher moi-même s'il le faut. (Elle marqua une nouvelle pause.) M'man, tu sais comment il est. Il exagère. Je suis sûre qu'il est juste soûl. Je suis certaine qu'il va téléphoner demain pour dire qu'il va bien et qu'il est en train de rentrer.

Arlan prit place sur le siège passager de la BMW. Ses parents étaient morts tous les deux, et même après tous ces siècles ils lui manquaient encore. Il pensait parfois que Fia ne se rendait pas compte de la chance qu'elle avait d'avoir ses parents, même si son père était un alcoolique froid et égocentrique et que sa mère était à moitié folle.

— Je vais raccrocher maintenant, m'man. Je raccroche, dit-elle d'une voix chantante en démarrant la voiture et en faisant ronfler le moteur. On se voit dans deux heures. Myrtille et cranberries.

Elle raccrocha.

— Tu es une bonne fille, dit Arlan.

Elle s'éloigna du bord de la route, laissant derrière elle des traces de gomme sur la chaussée et les cadavres que l'on chargeait dans les ambulances.

Macy gara sa voiture sur le parking gravillonné, sans la fermer à clé ni remonter les vitres. De jour, l'endroit devait être rempli de monospaces et de 4 × 4, des familles en vacances ou qui profitaient d'une journée sous le soleil. Contrairement à Ocean City ou à Rehoboth Beach, plus au nord, il n'y avait pas de concessions ni de magasins le long de la plage sur la péninsule de Virginie. Ici, il n'y avait que des kilomètres de sable et d'océan pour la plupart vierges d'appartements, de restaurants et de galeries marchandes. L'endroit était idéal pour pique-niquer, faire du surf, ou simplement lire au son cadencé des vagues.

Mais, à une heure aussi tardive, il n'y avait ni monospaces ni familles en vacances. Le parking était désert, à l'exception de deux cabines de toilettes chimiques et de deux poubelles pleines à ras bord.

Macy saisit un sweat sur le sol de sa voiture, l'enfila, releva la capuche et remonta doucement le sentier de sable pour atteindre l'autre côté des dunes artificielles. Elle avait découvert cet endroit alors qu'elle se rendait vers le sud de l'État, après un de ses reportages. Bien que située sur le côté de l'autoroute donnant sur l'océan, on apercevait non loin la lisière irrégulière d'une forêt. D'une manière ou d'une autre, au fil de millions d'années, les plantes et les arbres étaient parvenus à évoluer suffisamment pour vivre dans le sol sablonneux, à une cinquantaine de mètres de l'étendue d'eau salée. Elle admirait ces arbres épineux et ces buissons bas aux branches filiformes. Ils avaient réussi à survivre dans des conditions défavorables. Ils s'étaient adaptés.

De la même façon qu'elle-même s'était adaptée.

À l'extrémité de la dune herbeuse, la plage s'étirait vers le nord et le sud. Comme elle l'avait promis à Fia, l'éclat de la lune se reflétait sur l'océan. Mais elle n'était plus pleine. Winnie avait manqué son coup. Elle traversa la plage immaculée et se dirigea vers l'eau. Elle était en avance, l'agent du FBI n'arriverait pas avant quelques minutes.

Plus tôt, Macy était descendue dans un motel. Assise sur le bord d'un lit à couverture jaune, elle avait réfléchi à ce qu'elle allait dire à Fia. Elle n'avait pas de véritables informations à fournir. Tout ce qu'elle éprouvait, c'était cette sensation d'être la passagère d'un train lancé à toute allure. Sans freins. Sur le point de dérailler. Pourquoi se trouvait-elle ici ? Pensait-elle vraiment pouvoir stopper ce train ?

Était-ce possible avec l'aide de Fia ?

Elle avait l'impression que Fia comprenait en partie Winnie. Elle avait fait remarquer qu'il était trop tôt pour que le tueur frappe de nouveau. Elle semblait deviner que Winnie commençait à se montrer impatient.

Macy s'arrêta au bord de l'eau et envisagea d'enlever ses chaussures pour sentir le sable mouillé entre ses orteils. Elle contempla l'écume qui s'échouait sur la plage, puis les vagues, et regarda au-delà des déferlantes, vers l'Atlantique, cette immense surface ondoyante qui semblait vivante.

Elle marcha vers le sud, tout en gardant un œil sur le parking. Le bruit de la voiture de Fia ne s'était pas encore fait entendre. Et Macy n'avait pas vu de phares non plus. L'heure du rendez-vous devait approcher.

Elle serait là. Macy savait qu'elle viendrait.

Au moment où Macy allait se retourner et se diriger de nouveau vers le nord, son regard fut attiré par un mouvement à la lisière du bois. Elle s'arrêta et scruta la pénombre. Deux yeux brillants, reflétant la lueur de la lune, lui rendirent son regard.

Elle sentit un demi-sourire monter sur ses lèves. C'était un renard gris. Une rencontre hors du commun. Les renards gris venaient d'Amérique du Nord, contrairement au renard roux, que l'on croisait plus souvent et qui avait été introduit sur le continent par des colons désireux de le chasser. Macy demeura immobile, les yeux rivés sur l'animal. Celui-ci, comme s'il allait détaler, bandait tous les muscles de son corps mince en la fixant du regard. Elle savait qu'il serait effrayé si elle bougeait, et qu'il disparaîtrait à toute vitesse dans la nuit.

Macy se sentit soudain des affinités avec cette créature de la forêt. Elle comprenait parfaitement son instinct de fuite. C'était la méthode qu'elle adoptait depuis quatorze ans.

Chapitre 7

Arlan se tenait sous la branche la plus basse du pin épineux, le regard posé sur la femme, seule face à l'étendue de la plage. Elle était petite et mince, avec une silhouette presque androgyne. Elle portait un jean et un sweat de couleur foncée dont elle avait relevé la capuche. Sous cette dernière, on apercevait des mèches de cheveux dorés. Le clair de lune faisait ressortir ses yeux lumineux.

Arlan balançait sa longue queue d'un côté, puis de l'autre, incapable de détacher son regard du sien. Il avait pris la forme d'un grand *Urocyon cinereoargenteus* mâle afin d'examiner de plus près la Maggie de Fia. Il était arrivé avant elle et l'avait observée dès qu'elle avait posé le pied sur la plage. Quand elle l'avait remarqué, il aurait dû filer comme une flèche dans les broussailles, comme n'importe quel renard doté de bon sens, mais quelque chose chez cette femme l'avait envoûté.

Quand elle l'avait vu, elle s'était figée, pour éviter de l'effrayer, semblait-il. Elle n'avait pas peur. En fait, à travers l'intensité de son regard, il sentait que cette fascination momentanée était réciproque.

Cette petite femme aux yeux verts et aux cheveux d'or ne correspondait pas à ce qu'Arlan avait imaginé. Il avait déjà collaboré avec des informateurs masculins et féminins. La plupart du temps, il s'agissait de drogués ou d'alcooliques. Des humains à la dérive, disposés à accepter de l'argent en échange de renseignements. Ils étaient maigres, mal nourris, et leurs regards étaient vides. Leur apparence les rendait souvent pathétiques. Maggie n'avait jamais demandé d'argent à Fia, ni rien d'autre d'ailleurs, et son aspect n'avait rien de pathétique. Elle était en bonne santé et en pleine possession de ses moyens. Il percevait tout cela dans l'air nocturne et salé. Pourtant, elle paraissait également triste. Seule.

Quand leurs regards se croisèrent, il sentit un lien immédiat avec elle. Une compréhension mutuelle.

Arlan ne pouvait pas sonder l'âme des humains, mais elle dégageait une vulnérabilité qui lui donna envie d'aller vers elle. De la toucher. De la prendre dans ses bras.

Et son cou était si joli, si pâle et si gracile…

Arlan secoua la tête, tentant de chasser les pensées interdites de son esprit.

Elle ne recula pas. Elle alla même jusqu'à le surprendre en faisant un pas hésitant dans sa direction.

Il se demanda quelle serait sa réaction s'il se précipitait vers elle. Aucune, décida-t-il. Elle n'aurait pas peur de lui, elle ne craindrait pas qu'il soit enragé. Elle resterait là et le laisserait trotter jusqu'à elle.

Arlan se fit violence pour se détourner. Il s'enfuit dans les broussailles et retourna à la voiture qu'il avait louée et stationnée sur la route. Il ne se transforma qu'après avoir atteint le véhicule, monta à bord puis conduisit jusqu'au parking. Il se gara à côté de la voiture de la jeune femme et remonta la dune en marchant.

Elle l'attendait sous le clair de lune.

— Maggie ? appela-t-il en franchissant les dunes et en descendant la pente sablonneuse pour la rejoindre.

À présent, c'était elle qui semblait prête à détaler dans la nuit. Elle portait toujours la capuche sur sa tête. Il ne pouvait voir que ses cheveux et ses yeux. Aucun trait de son visage.

— Qui êtes-vous ? demanda-t-elle.

Il eut soudain très envie de voir son visage.

— Je m'appelle Arlan Kahill. C'est Fia qui m'envoie.

— Elle ne m'a pas parlé d'envoyer quelqu'un. Fia m'aurait avertie par téléphone si elle avait eu un empêchement.

— Elle a eu un problème d'ordre familial et elle m'a demandé de venir à sa place. Si elle vous avait appelée pour vous prévenir, vous ne seriez pas venue, Maggie.

— Vous êtes aussi du FBI ? lança-t-elle en lui adressant un regard circonspect.

— Non.

Il resta immobile pour éviter de l'effrayer, tout comme elle avait tenté de ne pas lui faire peur quelques minutes plus tôt, plus bas sur la plage, quand elle l'avait approché.

— Je… je suis un vieil ami, reprit-il. Je lui donne parfois un coup de main pour certaines affaires difficiles.

— Ça n'a pas l'air très légal.

Il sourit intérieurement. Malgré sa remarque, elle n'essayait pas de partir.

— Fia souhaitait vraiment venir, mais…

— Oui, le problème familial.

— Le problème familial, répéta-t-il.

Ils se jaugèrent l'un l'autre pendant un moment.

— Vous dites que vous êtes son ami, mais vous portez le même nom.

— Nous venons de la même ville. Nous sommes nombreux à nous partager ce patronyme.

Elle acquiesça, puis ajouta d'une voix douce :

— Je n'en sais pas vraiment plus qu'elle. Je ne sais pas trop quel était l'objectif de cette rencontre.

— Mais vous êtes là, souligna-t-il.

Elle resta silencieuse.

Arlan plongea les mains dans les poches de sa veste en cuir.

— Fia se… On s'interrogeait sur votre lien. Avec lui. Comment le connaissez-vous ? demanda-t-il avec circonspection.

— Je ne le connais pas, répondit-elle d'un ton acerbe.

Il attendit qu'elle poursuive.

— Winnie me contacte parfois. Il me dit des choses. Des choses horribles, souffla-t-elle.

La vulnérabilité qu'il avait décelée plus tôt refaisait surface, si intense à présent qu'il en sentait presque le goût sur sa langue.

— Winnie ?

— Je suis sûre que ce n'est pas son véritable nom. Il se fait appeler ainsi.

— Et par quel moyen vous contacte-t-il ?

Il avança d'un pas. Il avait suggéré à Fia que Maggie pouvait être le tueur, ou tout au moins être impliquée dans ces meurtres, mais après l'avoir rencontrée et eu l'occasion de percevoir sa nature profonde, il avait changé d'avis.

Elle le regarda, mais ne bougea pas.

— Par Internet. On ne s'est jamais parlé.

— Donc… il vous traque ?

— Je suppose qu'on peut dire ça.

— Pourquoi vous ?

Elle baissa les yeux vers le sable, détournant le regard pour la première fois depuis qu'il s'était approché.

— Je l'ignore, murmura-t-elle.

— Et depuis quand vous contacte-t-il ?

Elle haussa ses minces épaules.

— Je ne sais pas, peut-être un ou deux ans.

Elle mentait. N'importe quelle personne harcelée par un tueur saurait exactement quand cela avait commencé, jusqu'à avoir retenu la date et l'heure. Il plissa les yeux.

— Et vous n'avez aucune idée de comment ou de pourquoi il vous a choisie ?

Elle fit « non » de la tête, sans parler. Son regard revint sur Arlan et se fit presque implorant.

Arlan voulait la croire. En toute logique, il n'aurait pas dû, mais il le souhaitait. Il tenta une approche différente.

— Est-ce qu'il vous demande de participer aux meurtres ?

Elle glissa les mains dans les poches de son sweat. Le vent en provenance de l'océan s'était rafraîchi.

— Non.

— Est-ce qu'il vous menace ?

Elle tarda à répondre, comme si elle réfléchissait à la question.

— Pas vraiment.

— Je ne veux pas vous sembler indélicat, Maggie, mais je trouve tout cela plutôt difficile à croire. Les hommes comme ce… ce monstre ne laissent rien au hasard. Tout ce qu'ils disent. Toutes les décisions qu'ils prennent. Vous ne me dites pas toute la vérité.

— Vous me traitez de mythomane ?

Elle redressa très légèrement la tête.

— Possible.

Lorsqu'elle avança le menton, la lune éclaira son nez et sa mâchoire.

— Vous m'en voudriez si je mentais ? Au moins à propos de certains détails ?

C'était une remarque pertinente. Si elle disait la vérité, si le Fossoyeur la contactait, elle devait se montrer prudente. Et il y avait de quoi avoir peur. Il avança encore d'un pas, dans l'espoir de mieux distinguer ses traits. Elle sentait bon, comme une pluie fraîche.

— Pourquoi ne pas être allée voir la police, tout simplement ? De quoi avez-vous peur, Maggie ?

Elle réagit avec incrédulité.

— Il dit qu'il va tuer d'autres personnes. Beaucoup plus. Et que ce sera ma faute.

Arlan regarda par-delà Maggie, en direction des vagues qui s'écrasaient et de l'écume qui balayait le sable, le laissant propre et doux. Il se remémora la nuit du naufrage. La nage jusqu'au rivage de Clare Point. Un nouveau départ pour lui et pour le clan.

Il reporta de nouveau son attention sur Maggie. Elle le regardait intensément. Il prit le risque de tendre doucement la main et de baisser sa capuche. Ses cheveux blonds retombèrent en cascade dans son dos, soyeux, lisses et longs, et il se rappela une autre femme dont les cheveux avaient exactement la même couleur. Et la même texture.

Il ferma les yeux quelques instants et son esprit fit un bond en arrière. Il la vit aussi clairement que si elle s'était tenue devant lui. Lizzy, sa douce et jolie Lizzy. Puis il vit le sang.

Maggie se racla la gorge.

— Arlan ?

Il ouvrit les yeux et cilla. Parfois les souvenirs le submergeaient avec la puissance des vagues de l'océan. Il ne pouvait pas lutter contre eux, et ne parvenait jamais à les arrêter.

Maggie ressemblait vraiment à Lizzy, et pourtant elle était différente. Lizzy était sûre d'elle, si audacieuse, si forte et pleine de vie. La jeune femme devant lui n'était qu'une ombre en comparaison. Il n'aurait pas été surpris d'essayer de tendre les bras vers elle et de ne toucher que de l'air.

— Tout va bien, dit Arlan.

— Vous pensez à quelqu'un ? Une personne qui est partie. Décédée ? demanda-t-elle d'une voix aussi légère et innocente qu'un enfant, presque éthérée.

Il se demanda comment elle le savait. En général, les humains étaient insensibles aux sentiments. Tout devait être écrit, dit, exprimé clairement pour qu'ils comprennent. Et malgré cela ils ne les saisissaient pas toujours.

— Vous voulez vous asseoir ? proposa-t-il en désignant d'un geste le rivage.

— Non. Je n'aborderai pas ce sujet avec vous. Je veux parler à Fia.

— Et elle veut discuter avec vous.

— Donc je suppose qu'il va falloir qu'on attende.

Les nuages dérivèrent et s'installèrent au-dessus de la péninsule, cachant en grande partie le clair de lune, et la nuit se fit soudain plus sombre. Ils levèrent tous les deux les yeux vers le ciel noir.

— Fia a-t-elle un moyen de vous contacter ? demanda-t-il. Un numéro de téléphone ?

— Je l'appellerai.

Le rendez-vous était visiblement terminé, mais Maggie restait là.

— Vous vous sentez seul, Arlan ?

La question le choqua. Il ne sut pas comment réagir.

— Parce que moi, je me sens seule. Et les gens solitaires sont particulièrement doués, poursuivit-elle en faisant un pas vers lui et en lui prenant la main avec audace, pour repérer leurs semblables.

Elle leva sa main et l'attira sur sa joue.

Arlan sentit littéralement la force déserter ses jambes. Beaucoup de personnes lui avaient fait des avances au cours de ses vies. Il plaisait sans aucun doute aux femmes, aux humaines et aux autres. Et il les aimait. Mais il avait renoncé aux mortelles depuis longtemps. Au lit, les vampires et les humains ne faisaient pas bon ménage. C'était trop risqué. Il avait appris cette leçon plus d'un siècle auparavant. Tout au moins pensait-il l'avoir retenue…

— Une aussi belle femme que vous, dit-il pour tenter d'alléger le ton de la conversation. Vous n'avez pas de mari ? Pas de petit ami ? Pas de famille ?

— Je n'ai personne, lui confia-t-elle de façon simple et détachée. Personne pour savoir si je suis vivante ou morte.

Je suis toute seule. Alors, rentrez avec moi jusqu'à ma chambre de motel.

Elle leva le menton pour le regarder.

Un cou des plus merveilleux...

Arlan se sentit grisé par sa proximité, son contact, sa voix.

Il savait qu'il ne devait pas le faire, et pourtant il se pencha et effleura les lèvres de la jeune femme des siennes. Un baiser timide. Juste pour goûter.

Ses lèvres étaient soyeuses, sucrées, et appelaient un autre baiser. Plus intense.

— Viens, murmura-t-elle. (Elle commença à s'éloigner, le tirant par la main.) Prends ta voiture, et moi la mienne. Tu n'es pas obligé de rester dormir. Suis-moi, dit-elle en lui lâchant la main.

Et, que Dieu bénisse la douce âme torturée de sa mère, c'est ce qu'il fit.

— Embrasse-moi, murmura Maggie dans l'embrasure de la chambre de motel faiblement éclairée par une lampe de chaque côté du lit. Elle ôta son sweat et le jeta sur un fauteuil. Son tee-shirt vert pâle ajusté laissait transparaître ses tétons. Elle ne portait pas de soutien-gorge.

— Embrasse-moi. Fais tout disparaître. Juste pendant quelques minutes.

Il fit glisser sa main le long de son cou et caressa sa nuque délicate sous ses cheveux. Elle se tenait face à lui, sans le toucher avec ses mains ni aucune autre partie de son corps, mais son regard le pénétrait. Ce lien était si fort et si profond qu'il eut peur qu'elle le perce à jour. Malgré son immense solitude et son besoin de communiquer avec quelqu'un, cela l'effrayait également. Il ferma les yeux pour dissimuler la vérité et ses lèvres trouvèrent la bouche de la jeune femme.

Maggie fit remonter ses paumes le long de son torse, et se blottit contre lui avec la même force qu'elle appliquait dans ce baiser. Cette caresse et ce baiser trahissaient son désir ardent.

— Fais tout disparaître, le supplia-t-elle, avant d'entrouvrir les lèvres.

Il plongea sa langue au fond de sa bouche et sentit la fraîcheur de son haleine. Il perçut son désir, sa peur et, en reculant pour reprendre son souffle, il sentit ce très léger goût de lassitude. Arlan comprenait ce sentiment. Il était né au XVe siècle. Toutes les personnes aussi âgées que lui connaissaient cette lassitude, mais qu'était-il arrivé à cette jeune femme qui ne semblait pas avoir plus de trente ans, pour que son âme soit si vieille ? Était-ce l'œuvre du tueur ?

— Peux-tu le faire ? Faire disparaître cette sensation ? demanda-t-elle en empoignant son tee-shirt.

Arlan la poussa à l'intérieur de la chambre et ferma la porte d'un coup de pied.

— Je vais faire de mon mieux, lui murmura-t-il à l'oreille avant de glisser ses lèvres sur sa joue et de revenir sur sa bouche.

Il tendit la main derrière lui et tira le verrou, puis retrouva le chemin de ses lèvres.

Ils rejoignirent le lit, semblable à n'importe quel lit de motel, en chancelant. Ils tombèrent sur le dessus-de-lit jaune molletonné. Femme mortelle ou non, il avait le sentiment d'être ici à sa place. C'était normal de lui faire l'amour. D'être avec elle.

Toujours bouche contre bouche, elle lui ôta sa veste en cuir et la jeta au sol. Il la fit rouler sur le dos et s'allongea sur elle. Elle était si menue et semblait si fragile qu'il se montrait prudent. Mais ses baisers étaient intenses, et son corps réagissait violemment à ses caresses. Cette femme représentait une énigme incroyable. Sur la plage, sa voix avait été si douce, elle avait paru si peu sûre d'elle-même, mais à présent, sur ce lit, elle savait exactement ce qu'elle voulait et comment l'obtenir.

Il parcourut sa joue, son menton et son cou pâle de baisers.

Il s'efforça de ne pas penser au goût du sang qui battait dans sa gorge. Sans y parvenir. C'était pour cela que les humaines étaient dangereuses. Il était difficile, même pour un homme doté d'une volonté de fer comme lui, de ne pas goûter le sang quand celui-ci s'offrait d'aussi bonne grâce.

Il fit descendre ses lèvres sur le creux de sa gorge. Il déposa une série de baisers de son ventre plat jusqu'à son téton tout en caressant son autre sein de la main. Les aréoles larges et foncées de sa menue poitrine frottaient contre le fin tissu de son tee-shirt.

Elle était parfaite.

Maggie fit glisser ses doigts dans les cheveux d'Arlan et gémit doucement. Il aspira tour à tour ses mamelons, humectant le coton. Elle saisit le bord de son tee-shirt et le remonta en se trémoussant.

La lumière des lampes de chevet la baignait d'une douce lueur.

— Tu es tellement belle, susurra-t-il.

— Tu n'es pas obligé de le dire, répliqua-t-elle en faisant passer la chemise d'Arlan par-dessus sa tête d'un coup sec, avant de la jeter.

— Mais c'est la vérité.

Elle ne lui rendit pas son regard, et tendit la main vers la ceinture de son jean. Elle tira sur le bouton et parvint à l'ouvrir du premier coup.

— Hé, hé, pas trop vite, murmura-t-il en éloignant doucement la main de son membre en érection. Tu es pressée ?

— La vie est courte, argua-t-elle.

Il l'embrassa encore avec un petit rire.

— Pas pour tout le monde.

— Tu es trop bavard.

Il lui sourit et l'embrassa. Il avait rencontré de nombreuses femmes comme Maggie. Bon sang, il était pareil lui aussi.

Un petit coup rapide. Paupières closes. Sans parler. Prendre son pied et se tirer.

Mais Arlan garda les yeux ouverts, admirant son incroyable beauté tandis qu'il caressait ses côtes et les muscles de son ventre.

Maggie ôta son jean en se tortillant et se retrouva entièrement nue, à l'exception du petit morceau de dentelle noire qu'elle portait comme unique sous-vêtement. Arlan lui effleura la taille, les hanches, et fit descendre sa main le long de sa cuisse. Elle changea de position et roula sur le côté pour lui faire face. Alors qu'il caressait son corps mince et musclé, il la contempla, étudiant la pâle frange de cils qui entourait ses yeux bruns et les minuscules taches de rousseur sur le bout de son nez.

Elle caressa ses biceps et ses pectoraux d'une main experte et exquise. Elle toucha son téton, déclenchant un violent frisson de plaisir en lui, et il tenta de penser à autre chose qu'à son corps dénudé plaqué contre le sien. Ses caresses étaient si expertes qu'il eut peur, alors qu'il lui disait de ne pas se précipiter, que son corps atteigne la ligne d'arrivée en un éclair.

Il pensa à sa table de cuisine dont il devait réparer un pied.

Et à la perfection de ses tétons durcis.

Et au lait qui avait dû tourner dans son frigo pendant qu'il était en Grèce.

Et au triangle de poils blonds qu'il devinait sous le tissu noir de sa culotte…

Il la fit rouler sur le dos et vint s'allonger sur elle. Il embrassa ses seins, le creux de son ventre, puis rapprocha ses lèvres de l'élastique de sa culotte et tira sur le tissu extensible avec son index.

Elle prit une inspiration en glissant ses mains dans les cheveux d'Arlan.

Ses baisers se firent langoureux. Maggie gémit, et souleva les hanches, se tortillant sous l'effet de ses caresses.

Elle semblait tellement douce et tellement perdue qu'il désirait prolonger son plaisir le plus possible.

Pendant un moment, les minutes qui s'écoulaient sans fin dans la vie d'Arlan cessèrent de s'égrener. Il lui donna deux orgasmes avant de retirer son jean. Elle garda les yeux fermés lorsqu'il la pénétra.

Il bougea d'abord lentement, observant son visage. Sa moue, le frémissement imperceptible de ses narines, ses petites mains serrées sur ses épaules.

Elle passa ses jambes autour de lui et souleva ses hanches à sa rencontre. Arlan tenta de se retenir, mais sans succès. On aurait dit que toutes ses émotions s'étaient soudain accumulées dans sa poitrine, au point de l'empêcher de respirer. La seule façon de reprendre son souffle était d'aller et venir en elle, encore et encore.

Comme il l'avait craint, tout fut bien trop vite terminé. Mais, étant donné ses sentiments, cela aurait fini trop tôt même s'il avait pu continuer toute la nuit. Tous les muscles du corps de Maggie se contractèrent et elle planta ses ongles dans son dos alors qu'elle se cambrait contre lui et jouissait de nouveau.

Il ne put donner que deux coups de plus avant de s'abandonner également à l'extase.

Après, elle ne parla pas et se pelotonna contre lui, le dos contre son torse, et il mit la main sur sa taille fine. Enlacée dans ses bras, elle s'endormit presque immédiatement, mais Arlan resta longtemps éveillé. Et, pour une fois, pas parce qu'il ne trouvait pas le sommeil, mais parce qu'il n'en avait pas envie.

Chapitre 8

Quelque peu désorienté, Arlan fut réveillé à l'aube par le cliquetis de la climatisation. Les fesses nues d'une femme étaient fermement plaquées contre son bas-ventre. Maggie. Maggie la mystérieuse. Maggie, l'informatrice de Fia. Peut-être Maggie la tueuse.

Les premiers rayons du soleil filtraient à travers les rideaux légers et il observa son épaule découverte qui dépassait du drap qu'ils avaient tiré sur eux au milieu de la nuit, après avoir fait l'amour une seconde fois.

Il laissa son regard glisser le long de son cou fin. Sur l'arrière de sa tête. Ses cheveux blonds en bataille. Puis revenir sur son cou. Elle l'avait pleinement satisfait sexuellement, mais un soupçon de désir demeurait en lui.

Il baissa les yeux sur elle. *Il serait si facile de goûter son sang.*

Cela faisait longtemps qu'il n'avait pas goûté un humain, vraiment savouré tel qu'il en rêvait. Comme la plupart des Kahill, il assouvissait ses besoins nutritionnels grâce aux cerfs de leur réserve de gibier à l'extérieur de la ville. On prenait soin des animaux, qui fournissaient suffisamment de sang pour tous ceux qui en désiraient, sans qu'il soit nécessaire de les tuer. Lorsqu'il voyageait pendant de longues périodes, la saignée était un peu plus problématique, mais, dans la mesure où il ne lui fallait du sang qu'une ou deux fois par mois, cela ne le dérangeait pas beaucoup.

Boire du sang humain, comme ils l'avaient fait à une époque, était désormais interdit par le clan. Ils avaient dépassé un comportement aussi primitif, ou du moins aimaient-ils à le penser.

Tout au début, quand la famille avait été maudite pour s'être battue contre saint Patrick et pour avoir refusé de renoncer à leur culte païen et que Dieu les avait changés en vampires, ils avaient ravagé les vallons et les collines de leur terre natale et pris du sang, sans invitation et sans discernement, sans se préoccuper de la valeur de la vie, humaine ou non. Ils s'étaient persuadés qu'ils le faisaient pour subsister. Certains avaient tué, d'autres avaient, de manière effrénée, transformé des humains en vampires. Ils s'étaient détestés d'être devenus ainsi. Le mot « bestialité » était bien faible pour décrire leur comportement.

Mais à présent tout cela était derrière eux. Au XVIIe siècle, ils avaient fui l'Irlande et les tueurs de vampires acharnés et trouvé refuge dans le Nouveau Monde. Victimes d'un naufrage causé par une tempête, les membres du clan qui avaient survécu s'étaient échoués sur le rivage de la baie du Delaware. Épargnés, ils pensaient qu'on leur avait offert une seconde chance. Dans un appel à la rédemption, ils s'étaient consacrés à un seul véritable Dieu et s'étaient fait le serment de débarrasser la race humaine de ses représentants les plus odieux. Ils traquaient les tueurs en série et les pédophiles que les mortels ne pouvaient capturer et condamner, et se chargeaient de les exécuter. Chaque meurtrier éliminé représentait une étape qui leur ferait un jour regagner la faveur de Dieu. Avec chaque criminel éradiqué, ils priaient pour redevenir un peu plus humains. Tous les hommes et toutes les femmes du clan espéraient se rapprocher de la mortalité et mettre fin à la damnation éternelle qu'ils enduraient.

Arlan regarda de nouveau la femme endormie dans ses bras. Même s'il était réellement convaincu que le travail auquel il se consacrait le plaçait sur le chemin de la rédemption, une partie de lui avait encore soif de sang humain. Cet instinct primitif ne semblait pas changer au fil du temps. Il rêvait toujours de sang humain. Il pouvait encore en sentir le goût en observant Maggie dans la pâle lueur du jour.

Il existait des solutions pour boire tout son content et assouvir pleinement sa soif. Des moyens de tuer sans transformer un humain en vampire. Elle avait reconnu n'avoir ni famille ni amant. Personne ne la chercherait ni ne saurait qu'elle avait disparu de la surface de la Terre. S'il se révélait qu'elle avait un lien avec le Fossoyeur, ce serait une façon simple de mettre fin à son implication, et économiserait certainement beaucoup d'argent au contribuable.

Arlan fit descendre sa bouche sur le cou de Maggie et pressa ses lèvres contre la chaleur de sa peau. Il la lécha doucement et délibérément, comme l'aurait fait un amant. Au même moment, le crucifix qu'il portait toujours autour du cou tomba sur l'épaule nue de la jeune femme, qui soupira dans son sommeil. Une partie d'elle en avait également envie…

Non. Il se dégagea lentement, s'éloigna d'elle et s'extirpa prudemment des draps sans la réveiller.

Pris d'un dégoût de lui-même et de ses pensées malsaines, sinistres et malfaisantes, Arlan attrapa son jean et son tee-shirt et s'habilla rapidement. Assis sur le bord d'un fauteuil pour mettre ses chaussures, il leva le regard vers elle. Elle était allongée, lovée sur le côté, complètement inconsciente de la nature de celui qu'elle avait choisi sur cette plage la nuit dernière.

Sa veste en cuir sur l'épaule, Arlan s'arrêta dans l'embrasure de la porte ouverte pour jeter un ultime coup d'œil sur elle. Il se sentait coupable de la laisser sans lui dire au revoir, mais à cet instant il ne se faisait pas confiance. Il devait rentrer chez lui, où il serait entouré de personnes comme lui, qui comprenaient ses ignobles désirs. Là-bas, il serait en sécurité. Et Maggie aussi.

Macy ouvrit les yeux et cilla à cause de l'intensité de la lumière qui inondait la pièce par la fente des rideaux du motel. Elle sentait encore l'odeur d'Arlan sur sa peau, son goût sur sa langue, et la sensation de son corps à l'intérieur du sien.

Mais elle était seule.

Bien évidemment. C'était mieux ainsi, en fait.

Le réveil sur la table de chevet indiquait 10 h 10. Elle observa les dalles du plafond tachées d'humidité. Il était probablement parti depuis des heures. Tant mieux. Il avait été l'un des plus intelligents. Il avait compris sa raison d'être, et avait su ne pas abuser de son hospitalité. Macy détestait devoir mettre les hommes à la porte.

Elle se leva et marcha, nue, vers la salle de bains. En passant devant l'évier pour aller aux toilettes, elle constata que la cafetière était pleine. Elle posa la main sur la carafe en verre. Celle-ci était encore chaude. Il lui avait préparé du café ? Puis elle vit un paquet de donuts recouverts de sucre glace, qui semblait provenir du distributeur automatique du hall du motel

Il lui avait laissé du café et des beignets ? Cette idée la fit sourire.

Puis, alors qu'elle s'apprêtait à entrer dans la salle de bains, elle aperçut une tasse en plastique. Remplie d'eau, elle contenait une pâquerette irrégulière.

Et des fleurs. Qui était ce cinglé ?

Elle prit la fleur et la porta à sa joue, regrettant de ne plus savoir pleurer.

— Mary Kay.

Arlan pénétra dans la spacieuse salle à manger et déposa un baiser sur le haut du crâne grisonnant de la mère de Fia.

— Arlan, Dieu merci, tu es là. Tu es notre sauveur.

Elle lui adressa un grand sourire en relevant la tête.

— Laisse-moi t'offrir quelque chose à manger. Tu dois être affamé, poursuivit-elle.

— Reste assise, dit-il alors qu'elle faisait mine de se lever de sa chaise. Ne bouge pas. (Il toucha doucement son épaule pour l'inviter à se rasseoir.) Mange, je vais aller me servir tout seul.

— Fia est dans la cuisine, lui annonça-t-elle. Mais je suis si contente que tu sois là. J'ai dit à Fia qu'il fallait que tu rentres. J'étais sûre que tu saurais quoi faire.

— Pas de nouvelles de Regan ?

Elle fit « non » de la tête en tendant la main vers son verre de thé glacé maison agrémenté d'un brin de menthe.

— Il y a du poulet dans le frigo. Avec du raisin et des noix, comme tu l'aimes.

— Que Dieu te bénisse ! Je reviens tout de suite. Détends-toi.

Il poussa la porte battante qui séparait la salle à manger du *bed and breakfast* de la cuisine.

Mary Kay et Tom, les parents de Fia, avaient toujours, depuis leur arrivée dans le Nouveau Monde des siècles auparavant, tenu un hôtel sous une forme ou une autre. D'abord un relais de poste et, plus tard, une auberge, puis une pension. Enfin, dans les années 1970, ils s'étaient refaits une fois de plus. Compte tenu de la popularité des chambres d'hôtes auprès des vacanciers américains, le couple gagnait aujourd'hui bien sa vie en tant qu'aubergistes dans la ville balnéaire de Clare Point. Tous les jours, Mary Kay préparait du pain, cuisinait, faisait le ménage et jouait son rôle d'hôtesse, tandis que Thomas restait assis sur la terrasse à l'arrière de la maison et fumait cigarette sur cigarette en attendant l'heure d'aller au pub pour sa dose quotidienne de stout.

Arlan trouva Fia debout devant l'îlot central, en train de se servir du poulet dans une assiette sur laquelle était disposée de la laitue.

— Salut, lança-t-elle quand Arlan entra.

Elle ne leva pas les yeux, car elle savait que c'était lui.

— Salut, dit-il.

— Un peu de poulet ?

— Tu fais le service ? Volontiers. (Il l'observa sortir une autre assiette du placard.) Ta mère m'a dit que vous n'aviez pas de nouvelles de Regan. Finn en a eu ?

Finn était le cadet de Fia, l'aînée de la famille. Outre Finn et Regan, il y avait trois autres garçons, actuellement adolescents, qu'elle considérait aussi comme ses frères. Ces derniers s'étaient retrouvés orphelins après le massacre en Irlande et Mary Kay les avait recueillis comme ses propres enfants.

— Je n'ai pas parlé à Finn. Il est en mission, mais j'ai laissé un message sur son répondeur.

Arlan la regarda déchirer des feuilles de laitue romaine et les disposer sur la seconde assiette.

— Hé, je veux un croissant.

Elle mit du poulet sur la laitue.

— C'est mauvais pour la santé, trop riche en glucides.

Elle lui tendit l'assiette, et il posa les yeux sur la petite portion de poulet sur la salade.

— Mais Mary Kay me le sert toujours sur un croissant, protesta-t-il.

— Arrête de pleurnicher et bouge-toi. (Elle passa devant lui et lui donna au passage une claque sur le ventre avec la paume de la main.) Littéralement. Tu te ramollis, mon vieux.

Il pressa la main sur son abdomen. Il faisait régulièrement de la musculation. Il avait de beaux abdominaux. Qu'est-ce qu'elle racontait ?

— Pas du tout. Essaie de me frapper de nouveau. Je n'étais pas préparé, dit-il en bombant le torse et en rentrant le ventre.

Elle replaça le gigantesque saladier en aluminium dans l'immense réfrigérateur.

— Tu es sûr que Regan ne t'a pas dit qu'il devait se rendre quelque part après Athènes ?

— Hé, la conversation sur mon ventre mou n'est pas close !

— Si, répondit-elle en le contournant et en se faufilant jusqu'à un tiroir pour prendre deux fourchettes. M'man a déjà emporté le thé glacé dans la salle à manger.

Il la suivit par la porte battante.

— Il n'a pas parlé de se rendre ailleurs.

Quand il était arrivé à Athènes, Arlan avait rencontré Regan et les autres brièvement ; c'était la dernière fois qu'il avait vu le frère de Fia.

Quand il le lui expliqua, il ne mentionna pas le nom de la ville où ils s'étaient réunis. Comme elle faisait actuellement partie du Haut Conseil, elle savait où les hommes étaient allés, mais Mary Kay n'avait pas accès à cette information. Le Haut Conseil comptait toujours treize membres. Afin de protéger la ville, certains éléments concernant les criminels qu'ils poursuivaient demeuraient confidentiels. La plupart du temps, Mary Kay ignorait où le clan avait envoyé ses fils. Les enquêtes individuelles restaient secrètes, tout comme les exécutions.

Arlan prit place à côté de Fia, face à Mary Kay, autour de la grande table ancienne en chêne qui pouvait accueillir douze convives.

— Je suis convaincu que Regan va bien, Mary Kay.

Il avala une bouchée de poulet. Il était bon, mais aurait été encore meilleur sur l'un de ses croissants au beurre maison.

— Tu sais comment est Regan. Il n'est jamais là où il est censé être, ni au moment où on l'y attend, poursuivit-il d'un ton léger.

La mère de Fia refusait d'être réconfortée.

— Au téléphone, il a dit qu'il avait de graves ennuis. Puis nous avons été coupés avant qu'il puisse ajouter quoi que ce soit. (Elle servit deux verres de thé glacé d'un pichet rose.) J'étais persuadée qu'à cette heure-ci il aurait déjà rappelé, s'inquiéta-t-elle.

La porte d'entrée s'ouvrit sur un homme d'une quarantaine d'années, presque chauve et vêtu d'un short à carreaux. Il traversa le hall et pénétra dans la salle à manger. Il portait un bambin aux yeux remplis de larmes. C'était un humain qui séjournait dans une des chambres du *bed and breakfast*.

— Zut, je vois que vous avez de la compagnie. Excusez-moi, Mary Kay. Je me demandais si vous pouviez nous dépanner. (Il fit sauter l'enfant dans ses bras.) Je crois que Todd s'est fait piquer par une abeille. Auriez-vous une pince à épiler ou autre chose pour retirer le dard ?

Mary Kay s'était déjà levée de sa chaise et s'essuyait la bouche avec une serviette de coton jaune bien repassée.

— Bien sûr, Bradley. Ce sont ma fille et mon neveu. Venez, j'ai une trousse de premiers secours dans la cuisine.

Elle lui fit signe de la suivre, en parfaite hôtesse qu'elle restait, même au beau milieu d'une possible crise avec l'un de ses enfants. Elle en avait traversé d'autres au fil des siècles.

Arlan regarda la porte se refermer sur eux avant de se retourner vers Fia.

— Tu crois vraiment que Regan est dans le pétrin ? demanda-t-il à voix basse.

Elle haussa les épaules.

— Je ne sais pas. Tu connais Regan, il exagère. Je suis rentrée pour m'man, pas pour lui.

Elle mangeait le délicieux poulet de Mary Kay avec des bouts de salade, tandis qu'Arlan faisait tout son possible pour ne pas contaminer sa viande avec cette saleté de verdure.

— Tu veux me parler de Maggie ? (Elle avala sa dernière bouchée et se leva, attrapant son verre au moment de quitter la table.) Viens, on va dehors. À l'écart des touristes curieux.

Arlan saisit son verre, laissa sa laitue et rejoignit Fia sous le porche. Ils s'installèrent sur la balancelle.

— Qu'est-ce que Maggie avait à dire ? demanda-t-elle.

— Elle était fâchée de ne pas te voir.

Il donna un coup de talon sur le plancher et la balancelle partit en arrière.

— Mais elle t'a parlé ?

— Eh bien… (Il haussa les épaules en sirotant son thé.) En quelque sorte.

Elle le regarda.

— Alors, elle t'a parlé, oui ou non ?

Elle le dévisagea une seconde supplémentaire, puis lui assena un violent coup de poing sur l'épaule.

— Espèce d'idiot ! Tu as couché avec mon informatrice ?

— Aïe ! s'exclama-t-il en se frottant le bras, avant de passer la main sur son tee-shirt à présent taché de thé glacé. Tu m'as fait mal, Fi !

— Tu veux dire que tu n'as pas couché avec elle ?

Face à son absence de réponse, elle frappa l'accoudoir de la balancelle en bois.

— Putain de bordel de merde, Arlan. Tu ne peux jamais t'en empêcher ! Pourquoi tu n'arrives pas à garder ta bite dans ton pantalon ?

— Je me rappelle d'une époque où ça te plaisait que je ne la garde pas dans mon pantalon.

Elle grogna et détourna le regard.

— Alors, tu as pu obtenir quelque chose de mon informatrice, avant de coucher avec elle ? Ou peut-être après ?

— Je dois t'avouer qu'elle n'est pas vraiment douée comme indic, Fi.

Il tentait de la taquiner, mais visiblement elle n'était pas d'humeur.

— Donc, la réponse est « non ».

— En fait, je pense qu'elle sait quelque chose, mais j'ignore si on pourra facilement lui tirer les vers du nez.

— Et comment tu sais ça, monsieur le gigolo ?

— Tu es jalouse, dit-il dans un sourire.

Elle regarda droit devant elle.

— Je ne suis pas jalouse, Arlan. Tu m'agaces. J'ai un témoin potentiel de plusieurs homicides et tu déconnes avec elle. Littéralement et émotionnellement. J'attendais mieux de ta part. Je pensais que tu pouvais gérer la situation. Que tu pouvais le faire pour me rendre service.

— Mais je l'ai fait, protesta-t-il en se rendant compte trop tard qu'il s'agissait des paroles de trop.

Elle le foudroya du regard.

— J'ai essayé, OK ? J'ai été franc quant au motif du rendez-vous, Fi. C'est à toi qu'elle voulait parler, pas à moi. Je te rappelle que sans cette histoire avec Regan, tu aurais pu t'y rendre, la gronda-t-il avec gentillesse.

La balancelle s'arrêta. Ils ne la repoussèrent pas.

— Donc, elle ne voulait pas te parler des meurtres, mais elle voulait bien coucher avec toi ?

Il hésita et posa son verre vide sur le plancher, à côté de la balancelle. Fia avait raison, bien entendu. Comme toujours.

— Ouais, elle voulait coucher avec moi. C'est elle qui m'a fait des avances.

Elle le regarda d'un air sceptique.

— Je t'assure, se défendit-il. Je te le jure sur la tombe de ma mère.

Fia grimaça et posa son verre.

— Tu lui as fait autre chose ?

— Autre chose ? demanda-t-il d'un ton innocent.

Elle sous-entendait boire son sang. La loi du clan l'interdisait, et tous en étaient conscients. Et tous, à l'occasion, enfreignaient cette loi. Y compris Fia. Il le savait de source sûre. Il lui arrivait de traquer des hommes dans des bars et de se nourrir d'eux, ce qui était doublement proscrit par le clan. En tout cas, elle l'avait fait avant de se mettre en couple avec son petit ami actuel.

— Non, non, bien sûr que non, dit-il en tentant de paraître offensé alors qu'il se sentait coupable pour les mauvaises pensées qui s'étaient glissées dans sa tête ce matin tandis que Maggie était endormie dans ses bras. J'ai juste couché avec elle. Une relation sexuelle tout ce qu'il y a de plus banal. Quelques va-et-vient classiques, rien de plus.

— Je suppose que c'est déjà ça.

Fia soupira. Elle contempla la pelouse verte parfaitement entretenue qui entourait cette maison victorienne pleine de coins et de recoins.

— Je parie qu'elle ne t'a pas donné un moyen de la contacter ? Un numéro de téléphone ? Une adresse mail ?

— Non. Mais elle a dit qu'elle t'appellerait.

— Et tu l'as laissée. Tu l'as baisée, puis tu es parti ?

— Fi, qu'est-ce que j'étais censé faire ?

Elle secoua la tête.

— Tu aurais pu ne pas la baiser. Et si tu l'as fait fuir ? Et si elle ne me téléphone pas ? Il est question de cinq meurtres supplémentaires. Ce type est un salaud, et les autorités humaines ne sont pas plus près de l'attraper qu'il y a un an. Voilà ce que je peux t'affirmer maintenant.

Elle se leva de la balancelle et se dirigea vers la balustrade du porche.

Arlan la suivit, incapable de lui expliquer le lien qu'il avait ressenti entre Maggie et lui la nuit dernière. Elle ne comprendrait jamais, même s'il tentait de l'expliquer. Comment l'aurait-elle pu, alors que lui-même en était incapable ?

— Je suis sincèrement désolé, j'ai déconné.

— Oui, et en beauté.

Elle posa les mains sur la rambarde et se pencha en avant.

— Mais elle va t'appeler. Je le sais. Elle souhaite te parler. Elle veut nous aider à retrouver ce monstre.

— Comment le sais-tu ? demanda-t-elle en levant les yeux vers lui.

Il posa la main sur le dos de Fia et la caressa doucement.

— Je ne sais pas. J'ai un pressentiment à propos d'elle. Elle va te contacter.

— En tout cas, j'espère que tu as raison, dit-elle en laissant son regard dériver vers la pelouse.

Il se pencha à côté d'elle sur la balustrade.

— Qu'est-ce que tu penses qu'on devrait faire, pour Regan ?

— On ne peut rien faire. Je crois que je suis parvenue à en convaincre m'man hier soir. On doit se contenter d'attendre. Tu sais comment il est. Il va réapparaître.

Arlan se rendit compte qu'il tenait l'occasion rêvée pour avouer à Fia que Regan s'était probablement fait la malle avant l'exécution. Pourtant, cela lui paraissait comme de la délation. Ce n'était pas la première fois que Regan était aux abonnés absents. Et chaque fois, il était en train de s'amuser quelque part au lieu de travailler. Il avait juste besoin de gagner en maturité. Il finirait par apprendre son métier.

Mais pourquoi avoir passé ce coup de fil chez lui ?

Ce n'était pas la première fois qu'il téléphonait à quelqu'un en étant ivre pour bafouiller une histoire tirée par les cheveux.

Mais, d'habitude, il n'appelait pas sa mère.

— Tu… tu veux que j'essaie de trouver l'heure à laquelle son avion devait décoller ? proposa Arlan. De voir quelle était la destination ? Je ne suis même pas sûr qu'il rentrait aux États-Unis. Nous avons encore plusieurs enquêtes en cours dans cette région du monde.

— Je peux m'en charger, dit-elle.

— Non, tu es occupée avec ce dossier. (Il laissa retomber sa main.) Et d'autres affaires, ajouta-t-il en se souvenant qu'elle n'était pas officiellement responsable de celle du Fossoyeur.

— Ouais, j'ai demandé aux types de Baltimore de me laisser prendre part à l'enquête. En tant que simple consultante. Bien sûr, il faut que leurs chefs parlent aux miens. On peut trouver une solution, mais rien n'est gagné.

— Le fait d'avoir Maggie te permettrait d'intégrer l'équipe.

— Sûrement.

— Elle va t'appeler.

Le portable de Fia sonna, et elle le sortit de la poche de son jean. Elle vérifia le numéro qui s'affichait et jeta un coup d'œil à Arlan.

— Don Juan ? lança-t-il.

— Excuse-moi, dit-elle d'un ton cassant avant de s'éloigner. Glen, dit-elle en décrochant.

Arlan l'observa se rendre à l'autre bout du porche et parler doucement à son petit ami. Son petit ami humain. Il enfonça les mains dans les poches et descendit les marches, luttant contre l'envie de regarder en arrière. Fia n'avait pas besoin d'être jalouse qu'il couche avec une mortelle. Il refoulait assez de jalousie pour tous les deux.

Chapitre 9

Les femmes. Elles avaient toujours causé sa perte. Arlan le savait. S'il pouvait renoncer à elles pour de bon, il s'en porterait mieux. Il trouva de quoi s'occuper pendant le reste de la journée afin de ne penser ni à Fia, ni à Maggie, sans réellement y parvenir.

Il aimait les femmes. Sans discrimination de morphologie, de taille ou de couleur. Jeunes ou âgées, cela lui importait peu. Et, pour être tout à fait honnête, elles le lui rendaient bien.

Menuisier de métier, lorsqu'Arlan n'était pas en mission pour le clan, il se consacrait à de petits chantiers en ville. Après avoir effectué un devis pour la réparation d'une terrasse et la construction d'un meuble multimédia intégré, il s'arrêta au supermarché pour acheter un steak, un sac de pommes de terre et des haricots verts surgelés. Il renonça à la crème fraîche dont il avait envie pour accompagner sa pomme de terre au four. Il savait que Fia le taquinait ; il ne prenait pas du ventre, mais il n'était jamais trop tôt pour adopter une hygiène de vie plus saine.

Une fois chez lui, il débarrassa son réfrigérateur de récipients au contenu indéfinissable, mit une pomme de terre dans le four et lava la vaisselle douteuse qu'il avait laissée dans l'évier avant de partir en Grèce. Une fois la cuisine rangée et les ordures nauséabondes évacuées dans la poubelle à l'extérieur, il se rendit sur la terrasse à l'arrière de sa maison afin d'allumer le feu pour son barbecue. La plupart des gens s'étaient convertis aux barbecues à gaz, mais Arlan était un puriste. Il aimait l'odeur du charbon qui brûlait et le goût fumé de son steak saignant parfumé par les braises.

Il empila minutieusement les briquettes sorties du sac et dégaina son fidèle allume-gaz de sa poche arrière. Les feux au charbon de bois avaient mauvaise réputation à cause du temps qu'il fallait pour les préparer. Pourtant, ce charbon de bois qui ne nécessitait qu'une allumette était une innovation prodigieuse. Dans une vingtaine de minutes, il aurait un lit de braises idéal pour la cuisson de son délicieux steak.

Il appuya sur l'allume-gaz, mais aucune flamme ne sortit. Il appuya de nouveau, avant de se rendre compte que la sécurité était enclenchée. Il la fit glisser et appuya encore. Il fut récompensé par l'apparition d'une petite flamme bleue. Il sentait l'odeur de la pomme de terre qui émanait du four et salivait déjà à l'idée de son steak, saignant et à peine tiède au milieu.

La flamme bleue s'éteignit. Il regarda de plus près et constata que la briquette n'avait pas pris feu. Il appuya une nouvelle fois avec agacement. Au bout de trois tentatives, la flamme réapparut. Le liquide à l'intérieur devait baisser.

— Allez, marmonna-t-il. (Il commençait à avoir faim.) Allume-toi.

La froide tour de briquettes noires semblait le narguer.

— Merde, grommela-t-il.

Il avait supporté que Fia lui reproche d'avoir couché avec Maggie. Sa journée s'était bien passée. Il pouvait accepter d'avoir déçu Fia. Mais ce soir, il était incapable de faire face à ce charbon qui refusait de s'allumer. Il appuya sur l'allume-gaz à plusieurs reprises.

— Espèce de saloperie.

Il entendit le loquet cliqueter, puis le lourd portail de son jardin s'ouvrir.

— Arlan, c'est toi ?

Il reconnut la voix féminine. À force de vivre avec les mêmes personnes pendant des siècles, tout le monde connaissait la voix, l'odeur et le bruit des pas de tous les autres.

— Salut, Peigi.

Du bout de l'allume-gaz, il donna un coup dans une des briquettes de charbon et tenta frénétiquement de l'allumer, de plus en plus énervé. « Clic, clic ».

— J'ai appuyé sur la sonnette.

— Cassée, répliqua-t-il en appuyant encore. (« Clic, clic. ») Ça fait partie des choses que je dois faire.

Et ce, depuis plus de deux ans. Cette liste était longue, mais quand la vie était éternelle, deux ans ne représentaient guère qu'une goutte d'eau dans un énorme seau.

Peigi était une petite femme ronde d'une soixantaine d'années. Ses cheveux gris étaient coupés au bol, et elle portait un short large, un tee-shirt rayé et des chaussures pratiques. Elle ressemblait à un mannequin d'âge mûr pour un catalogue de vêtements confortables. Peigi Ross était une femme raisonnable.

— Tu as du mal à allumer ton feu ? s'enquit-elle en désignant le barbecue.

— Non, répondit-il en appuyant sur l'allume-gaz. Que puis-je faire pour toi ?

— Nous avons un service à te demander.

En plus de privilégier le côté pratique, Peigi était également une femme directe.

« Nous » ? Il n'aimait pas cela. Ce « nous » signifiait le clan, et la plupart du temps impliquait quelque chose de dangereux comme exécuter un tueur de vampires notoire ou s'occuper des cinq matous de la vieille dame aux chats.

— Je t'écoute. (« Clic, clic, clic, clic. ») Zut, je me demande si le charbon n'aurait pas pris l'humidité. Le sac est récent, je m'en suis servi la veille de mon départ.

« Clic, clic, clic, clic. » À présent, plus aucune flamme ne sortait.

— Comme tu le sais, la goutte de Johnny Hill lui rejoue des tours.

— Navré de l'entendre, je n'étais pas au courant.

— Ses deux pieds sont atteints, maintenant, expliqua Peigi. Il ne peut plus marcher de chez lui jusqu'au musée pour participer au Haut Conseil, c'est trop loin.

Arlan leva les yeux. Il commençait à avoir des crampes dans le pouce.

— Il ne peut pas prendre sa voiture ?

— On ne se rend pas aux réunions en voiture. On y va à pied. Depuis toujours, tu le sais. (Elle le regarda bousculer les briquettes avec le bout de l'allume-gaz.) Tu veux que je m'en occupe ?

— C'est bon. (Il le secoua pour vérifier la présence de liquide à l'intérieur, et essaya de nouveau.) Donc, que veut Johnny ? Il a besoin que je le conduise aux réunions ? (« Clic, clic. ») Il n'y a pas de problème. Pourquoi n'est-il pas venu me le demander en personne ?

— On ne s'y rend pas en voiture, point. Il lui faut du repos, voilà tout. (Elle posa les mains sur ses hanches de femme mûre et raisonnable.) Il souhaite que tu prennes sa place au sein du Haut Conseil.

— Il est hors de question que…

— De façon temporaire, l'interrompit-elle.

Arlan recula du gril, aussi frustré par cette conversation que par le fait de ne pas réussir à allumer ce satané charbon.

— Peigi, tu me connais, dit-il. Je ne suis pas fait pour être membre du Haut Conseil, mais pour m'occuper des basses besognes.

— N'importe quoi ! répliqua-t-elle. Tu serais parfait en membre du Haut Conseil. Tu figures déjà sur notre liste de candidats retenus si un poste permanent se libère.

— Peigi, grogna Arlan, je ne peux pas prendre ce genre de décisions. Essayer de déterminer qui doit vivre et qui doit mourir. Qui est malfaisant et qui est juste méchant. (Il fit cliquer l'allume-gaz au-dessus du barbecue, sans enthousiasme, en secouant vigoureusement la tête.) Tu sais comment je suis. J'aime qu'on me dise où aller et quoi faire.

— Recule, ordonna-t-elle d'un ton brusque.

Quand Peigi Ross disait de reculer, on obéissait.

Il y eut soudain un souffle d'air, comme si tout l'oxygène devant lui avait été épuisé. Des flammes jaillirent du barbecue à plus de six mètres de haut. Arlan fit rapidement un autre pas en arrière, sentant ses sourcils roussir. Il leva la main vers son visage pour éviter la chaleur.

— Je pense que ça fera l'affaire, Peigi.

Tous les membres du clan possédaient des capacités surnaturelles : leur odorat était extrêmement développé, ils pouvaient communiquer par télépathie et, bien sûr, vivre éternellement. Mais chacun d'entre eux disposait d'un don unique qui contribuait au bien-être de tout le clan. Celui de Peigi se trouvait être la pyrokinésie. Par la force de l'esprit, elle pouvait allumer une cigarette ou mettre le feu à un immeuble de dix étages avec des flammes si intenses qu'il serait réduit en cendres en quelques minutes. Elle était comme le personnage de *Charlie, les yeux de feu*, incarné à l'écran par Drew Barrymore, mais sous sa forme adulte et grisonnante.

— Tu ne crois pas que tu aurais pu me prévenir ? marmonna Arlan, qui tentait encore de se protéger de la chaleur avec sa main.

— Bon, tu seras là demain soir ?

Elle descendait déjà les marches de la terrasse, s'apprêtant à partir.

— Je n'ai pas dit ça, Peigi.

— Passe. Tu verras si ça te plaît.

— Tu me donnes une cape noire et une dague vieille de mille cinq cents ans, et tu me demandes de « faire un essai » ?

Il la suivit jusqu'au bord de la terrasse, dont les planches avaient besoin d'être teintes et recollées.

— Tu plaisantes, n'est-ce pas ?

— Je dirai à Gair qu'il peut compter sur toi, conclut-elle d'une voix chantante en le saluant d'une main tandis que, de l'autre, elle ouvrait le portail de derrière. Bon appétit. Contente que tu sois rentré.

Il se retourna. Inutile de discuter davantage avec Peigi Ross. Si elle lui demandait de faire quelque chose, il obéissait. Il avait beau protester vivement ou aller se plaindre, il finissait tôt ou tard par obtempérer. Elle en était consciente. Il l'appréciait comme il appréciait toutes les femmes, et elle en jouait. Encore un trait de sa personnalité qui faisait de Peigi une femme si pragmatique.

Peigi la raisonnable, dans ses chaussures confortables, qui pouvait mettre le feu à un cargo au beau milieu de l'océan Atlantique, sous des trombes d'eau.

Macy était assise dans sa voiture, les articulations blanchies à force de serrer le volant, le front plaqué sur celui-ci. Elle avait déjà klaxonné une fois par mégarde.

Le parking du motel miteux où elle avait passé la nuit était désert, et la circulation presque inexistante. On aurait dit qu'elle était figée. Elle était incapable de réfléchir ou de conduire. Elle ne pouvait que rester assise derrière le volant. Comme prise d'une sorte de crise d'angoisse silencieuse.

Par deux fois, elle s'était rendue dans les toilettes du hall. L'employé l'avait regardée attentivement quand elle avait acheté une bouteille de thé vert et des biscuits au distributeur. Il lui avait demandé si tout allait bien, et elle avait marmonné qu'elle attendait son cousin.

Macy leva la tête en prenant une profonde inspiration. Le soleil était sur le point de se coucher. Quand elle avait quitté sa chambre, il était au zénith. Était-elle restée assise là si longtemps ? Il fallait qu'elle parte avant d'éveiller les soupçons de l'employé et qu'il appelle la police.

Elle ne parlait pas aux flics. Pas si elle pouvait l'éviter. Sauf à Fia, mais cela ne comptait pas vraiment, n'est-ce pas ? Non, quelque chose différenciait Fia des autres policiers. Grâce à cela, Macy avait confiance en elle et pensait que l'agent pouvait comprendre les secrets. Elle croyait également que Fia en avait elle aussi quelques-uns.

Elle relâcha le volant en desserrant les doigts un par un. Ses mains étaient moites, chaudes et collantes.

Elle pensa à Arlan. Il avait eu l'intelligence de partir. Il savait quel genre de femme il devait fuir.

Puis elle se remémora le café et les donuts qu'il lui avait laissés. Et la pâquerette, qu'elle avait pressée dans le livre qu'elle lisait en ce moment. Un geste ridicule, digne d'une adolescente fleur bleue.

Pas plus ridicule que de croire qu'elle pouvait aider Fia Kahill à attraper le tueur. L'homme qui avait ruiné son existence. Et qui continuerait à détruire des vies.

Macy soupira.

Il était temps de partir. De retourner chez elle. Elle démarra la voiture et sortit du parking.

Mais au lieu de tourner à droite et de se diriger vers le sud, en direction du tunnel de Bay Bridge, elle prit à gauche. Vers le nord.

Qu'est-ce qui se trouvait au nord ? Qui était là-bas ? Qu'est-ce qui la poussait dans cette direction ? Était-ce Winnie ? Allait-il finir par la tuer ? Était-il dans une phase active, comme se plaisaient à le dire les policiers ? Était-elle la seule chose qui mettrait fin à cette phase ? Sa mort allait-elle calmer les ardeurs du tueur ?

Sa vie lui semblait un faible sacrifice à faire pour épargner celle d'autres personnes.

Mais elle savait que tout n'était pas aussi simple.

Arlan retournait son steak quand il entendit de nouveau le portail s'ouvrir en grinçant. Il ne pouvait pas croire que Peigi ait l'audace de revenir après l'avoir intimidé ainsi. Mais lorsqu'il leva les yeux, prêt à l'enguirlander, il vit sa nièce Kaleigh refermer le portail derrière elle.

— Salut, dit-elle. Tu es rentré.

Il reposa la pince sur un crochet du barbecue et ferma le couvercle. Il ouvrit les bras.

— Je suis de retour.

— Je pensais que tu devais rentrer hier soir.

Elle marcha jusqu'à lui et il la serra dans ses bras, puis il s'assit sur une chaise et, du pied, en poussa une autre vers elle.

— J'avais une mission à effectuer avec Fia. J'ai passé la nuit en Virginie et je suis revenu en voiture ce matin.

Elle s'affala sur sa chaise et croisa les bras. À la voir, on aurait dit n'importe quelle adolescente. Elle avait de longs cheveux roux tirés en arrière par une queue-de-cheval. Elle portait un short en jean si court que sa mère le qualifiait probablement d'indécent, et son débardeur était si moulant qu'il semblait avoir été peint sur elle. De larges créoles et du gloss à la cerise complétaient sa panoplie.

Mais elle n'avait rien d'une adolescente normale. Elle n'était même pas une adolescente vampire classique. Kaleigh était la Conseillère des Kahill, et quand elle grandirait pour redevenir elle-même, elle posséderait les pouvoirs paranormaux les plus puissants du clan.

Lors de chacune de ses morts et de ses renaissances, elle gagnait en force, en perception et en présence. Une fois adulte, elle disposerait de tous les pouvoirs du clan en un seul. Tous les membres se fiaient à elle pour prendre des décisions, que ce soit pour le groupe ou à titre personnel.

Cependant, comme tous les autres habitants de Clare Point, il lui fallait mourir, renaître en tant qu'adolescente et grandir pour redevenir adulte. Sa dernière renaissance remontait à moins de deux ans, et par conséquent elle mûrissait encore.

Malgré cela, Arlan ne se serait en aucun cas risqué à la défier dans un duel télépathique. Quand elle se mettait en pelote, elle pouvait faire peur. Elle terrifiait tout le monde, ce qui générait un respect, sans doute salutaire, envers elle, même dans son état actuel.

— Tu veux une bière ?

Il récupéra la bouteille là où il l'avait laissée sur la terrasse quand il s'était levé pour retourner son steak.

— Je suis mineure, rappelle-toi ! (Elle s'empara de la bouteille, but une gorgée d'un geste manifestement expert et la lui rendit.) Je ne bois pas d'alcool, dit-elle avec un petit sourire en coin.

Il sourit et inclina la bouteille pour la finir.

— Tu as besoin de quelque chose, ou tu cherches juste à te faire offrir à boire ?

Elle haussa les épaules, dans une parfaite imitation d'une adolescente humaine.

— J'suis surtout là pour la bière.

Elle se rassit sur sa chaise, sortit un tube de gloss de sa poche et commença à l'appliquer sur ses lèvres.

— Je travaille chez *Dairy Queen*, poursuivit-elle.

— Ça te plaît ?

Elle fronça les sourcils.

— Je déteste. Mais papa et maman m'ont dit que je devais trouver un petit boulot cet été. Tu sais, grimper les échelons petit à petit : caissière cette année, et Conseillère l'année prochaine, déclara-t-elle en levant les yeux au ciel et en continuant à étaler le gloss dont Arlan percevait le parfum de cerise. Ils semblent persuadés que le fait de porter ce chapeau en papier va m'éviter des ennuis.

Elle faisait allusion aux décapitations de l'année précédente. Elle s'était embarquée dans une relation avec un humain qui se croyait tueur de vampires. Il avait assassiné trois membres du clan avant qu'on l'arrête. Sans Fia, Kaleigh et deux autres adolescentes auraient pu perdre la vie et voir leur âme damnée et condamnée à errer dans les limbes ardents réservés aux vampires. Sans être mortes, puisque les vampires ne pouvaient mourir. Mais pas vivantes. Elles auraient cessé d'appartenir à cette terre.

— C'est bien d'avoir un petit boulot pour faire passer l'été. Tu peux parler à tous les beaux garçons humains qui viennent prendre une glace.

Elle se renfrogna, le tube transparent de gloss levé.

— J'en ai fini avec les mortels, je le jure devant Dieu. Je serai heureuse de n'en croiser aucun au cours de mes dix prochaines vies.

Sa naïveté arracha un petit rire à Arlan. Une partie de la condamnation infligée par Dieu consistait à vivre parmi les humains en gardant toujours ses distances, sans être vraiment capable de s'intégrer. Le clan ne pouvait pas briser cette malédiction sans œuvrer à sauver l'humanité, et il était impossible de la sauver sans vivre parmi les humains.

— Alors, si je passe chez *Dairy Queen*, j'aurai droit à un milk-shake gratuit ?

Elle fronça de nouveau les sourcils.

— Non. Si je prends le risque de me faire pincer à distribuer des milk-shakes gratuits, ça sera à des mecs mignons de mon âge.

Il rit et souleva le couvercle du barbecue pour surveiller son steak.

— Sinon, tout va bien ? Ton père et ta mère ? Et ton frère ?

— Ça va, marmonna-t-elle en imitant à la perfection l'adolescente humaine blasée. Connor est déjà un vrai petit con.

Son frère avait connu une renaissance récemment, ce qui expliquait son retour chez ses parents, et Arlan avait entendu dire que le frère et la sœur se chamaillaient de nouveau. Une semaine plus tôt, tous deux s'étaient retrouvés entraînés dans un concours et s'étaient jeté des frites à la figure lors d'un repas au petit restaurant du coin. Le propriétaire avait menacé d'appeler la police quand Kaleigh avait frappé un touriste sur le crâne avec une poêle trempée de ketchup.

Arlan souleva son steak avec une fourchette et, satisfait, le posa sur l'assiette qu'il avait sortie.

— Ça te dit ? J'ai plein de steak à partager, proposa-t-il en lui montrant le gros morceau de viande sur l'assiette.

Elle plissa son nez criblé de taches de rousseur, lui rappelant Fia au même âge. Cousins, oncles et tantes, par le sang ou par alliance, ils se ressemblaient tous.

— Je ne mange pas de viande. C'est dégoûtant. Je suis végétarienne, et j'envisage de devenir végétalienne.

Il leva un sourcil interrogateur.

— Mais tu bois toujours du sang ?

— Bien sûr, lui répondit-elle comme s'il était complètement stupide. Pas de steak, mais je vais goûter ces haricots verts. (Elle huma l'air.) Ils sentent bon. T'as mis de l'huile d'olive ?

Arlan ressortit de la maison quelques minutes plus tard avec deux assiettes et des fourchettes. Il tendit à Kaleigh l'assiette qui ne contenait que des haricots et s'assit pour manger son steak, sa pomme de terre accompagnée de beurre et ses légumes.

— Alors, quoi de neuf de ton côté ? demanda Kaleigh en relevant les genoux sur la chaise avant de planter sa fourchette dans un haricot. Fia et toi, vous vous débrouillez ?

— J'ai déjà tout prévu. C'est simplement qu'elle ne le sait pas encore.

— Je n'aime pas ce mec humain du FBI. Je me fiche qu'il ressemble trait pour trait à l'amour de sa vie, qui l'a trahie il y a des lustres, dit-elle en levant les yeux au ciel. Je trouve qu'elle devrait rompre avec lui pour te choisir toi.

Il goûta un morceau de steak. Il était parfait, tiède et saignant.

— C'est ce que tu lui dis ?

— Dès que j'en ai l'occasion. (Kaleigh piqua un deuxième haricot.) Alors, cette autre nana, comment s'appelle-t-elle ? Maggie ?

— Hé, tu n'as pas le droit de lire dans les pensées sans y être invitée.

Il pointa sa fourchette vers elle. Elle était douée. Il ne l'avait même pas sentie sonder son esprit.

— Tu sais que c'est interdit, jeune fille, ajouta-t-il.

— Je suppose que je ne m'en suis pas rendu compte.

Son sourire fit penser à Arlan qu'elle savait parfaitement ce qu'elle faisait.

— Maggie ne représente rien pour moi. Rien du tout.

— Encore une aventure d'un soir, c'est ça ? Tu sais, tu vas finir par t'en lasser, le critiqua-t-elle en agitant sa fourchette dans sa direction.

— Ah, me voilà en train de prendre des conseils sentimentaux d'une femme qui sort avec des tueurs de vampires psychopathes.

Elle projeta le haricot vert de sa fourchette vers lui. Il l'esquiva, et le légume passa derrière sa chaise.

— Je ne savais pas qu'il était cinglé, poursuivit Kaleigh d'un ton détaché. Ce n'était pas ma faute. J'étais temporairement… je ne sais pas. Tu vois ce que je veux dire. (Elle se mit à mâcher une autre bouchée de haricots.) Je ne veux pas parler de lui. Plus jamais.

— Alors de qui veux-tu parler ?

Arlan et Kaleigh s'étaient toujours bien entendus, mais ce n'était pas dans ses habitudes de passer chez lui. Pas en tant qu'adolescente. Elle avait plein de trucs d'ados à faire. De la maturité à prendre.

Elle posa l'assiette à ses pieds.

—Heu… Tu es au courant que Rob Hill est mort, hein ?

—Ah, dit-il avec le pressentiment de savoir comment la conversation allait évoluer. Bien sûr. On l'enterre mardi soir. J'y serai.

—Donc, heu… Il sera là d'ici au week-end.

Il allait renaître sous sa forme adolescente. En tant que vampire masculin, il entrerait de nouveau dans la vie à un âge équivalant à seize ou dix-sept ans chez les humains.

—C'est juste.

—Donc, est-ce que tu penses que je devrais passer chez lui, histoire de lui dire bonjour ?

Arlan sourit intérieurement, mais il savait qu'il ne fallait pas banaliser la situation. Tout en ayant le droit de coucher avec d'autres membres du clan, dès le départ il avait été établi que chacun devait rester avec son conjoint initial pour toujours. Kaleigh devrait épouser encore et encore celui qui était son mari le jour où ils étaient devenus vampires. Ce qui n'était pas simple, c'est qu'à chaque renaissance, ils devaient se souvenir. Ils devaient refaire connaissance, au point de traverser les mêmes phases de maladresse sentimentale que les humains.

Un jour, Rob Hill serait de nouveau le mari de Kaleigh.

—Je pense que ce serait sympa que tu passes le saluer. Peut-être lui offrir un milk-shake chez *Dairy Queen*.

Arlan coupa un morceau de pomme de terre et l'enfonça dans sa bouche. Ce goût salé et le fondant du beurre étaient agréables, mais pas aussi bons que le steak.

—Tu penses que ça irait ? demanda-t-elle en se tortillant sur sa chaise. Je veux dire… je sais qu'il ne se rappellera pas.

Elle se mit à contempler le jardin. La nuit tombait et des lucioles brillaient dans la pénombre.

— Enfin, moi-même, je m'en souviens à peine.

— Ça va te revenir, lui assura-t-il.

Elle se leva.

— Je pense que je ferais mieux d'y aller. J'ai dit à Maria que je la rejoindrais chez Katy. On va peut-être aller au cinéma. (Tandis qu'elle s'apprêtait à descendre les marches de la terrasse, elle se retourna vers lui.) Bon, à bientôt.

Il lui sourit.

— À bientôt.

Arlan termina son repas seul sur la terrasse, dans un agréable silence, puis rentra pour faire la vaisselle, mais au lieu de cela il la posa simplement dans l'évier et fit couler de l'eau dessus. Il consulta son portable pour s'assurer qu'il n'avait pas manqué un appel de Finn ou de Regan. Il leur avait téléphoné plusieurs fois dans la journée et avait laissé des messages. En voyant qu'aucun des deux n'avait tenté de le joindre, il se dirigea vers la porte d'entrée. Il était 20 heures, l'heure de la première tournée pour de nombreux habitants de la ville.

Chapitre 10

Le *Tertre*, comme on l'appelait en ville, était le deuxième plus vieux pub des États-Unis ouvert sans interruption, après la *Taverne du Cheval Blanc* de Newport, Rhode Island. S'il n'y avait pas eu d'ouragans au XVIIIe siècle, il aurait été le plus ancien. À l'origine, l'établissement était situé en bord de plage, au sommet d'une dune, et avait été bâti par un parent éloigné d'Arlan. Mais ils avaient fini par céder face à la puissance des éléments et l'avaient reconstruit à l'intérieur des terres. La ville s'était développée en spirale autour du pub qui, toute l'année, se trouvait au cœur de la vie du clan Kahill.

Arlan dut baisser la tête sous la poutre taillée à la main pour passer la voûte du bâtiment.

Dès qu'il pénétra dans le bar, il fut assailli par des visions, des sons et des odeurs ancrés en lui depuis des siècles. Cette résonance, non seulement des voix physiques, mais aussi de celles à l'intérieur de sa tête, le submergea. Lorsqu'ils étaient seuls, à l'abri des humains, les Kahill parlaient à voix haute et abordaient également d'autres sujets par télépathie, simultanément.

Parfois, surtout pendant les mois d'été, des humains s'aventuraient à franchir la porte du *Tertre*, mais ils ne s'attardaient pas et ne revenaient presque jamais. Il y avait un autre établissement dans la ville, le *O'Cahall's*, plus adapté aux touristes qui, guidés par un instinct d'auto-préservation, se rendaient plus facilement là-bas. Ce soir, le pub ne comptait aucun humain, ce qui provoquait une onde d'excitation, voire de soulagement parmi les habitués du lieu. Les vampires avaient eux aussi besoin de baisser la garde de temps à autre.

Quand Arlan traversa la pièce au plancher rugueux pour parvenir au bar, il fut bombardé de pensées et de paroles.

— Ton ardoise est de nouveau trop élevée, il faut la régler, Mungo.

— *Il était temps qu'il meure…*

— *Tu sais, la bleue avec le jabot. Je l'ai portée lors du dernier dimanche de Pâques.*

— Répète ça, Jimmy, et je laisse tomber, je…

— *Quel dommage !*

— *C'est vraiment dommage, et lamentable.*

Il prit place sur le seul tabouret libre, entre les frères Mungo et Sean Kahill, les oncles de Fia. Sean Senior était le chef de la police, et le père du copain d'Arlan, Sean.

— Bonsoir, messieurs.

— Bonsoir, répondit Mungo, qui approchait les cent quatre-vingts kilos, en faisant mine de soulever une casquette imaginaire. *Tavia a mis une nouvelle bière brune en fût. Nous devrions fêter ton récent succès, oui*, communiqua-t-il par télépathie à tous ceux qui étaient assez près pour l'entendre. Eva, une stout pour mon bel ami, cria-t-il à la barmaid.

— Sommes fiers de toi, fils, oui, dit Sean sobrement.

Il avait toujours été un homme jovial, mais depuis les meurtres de l'année précédente il n'était plus le même. Arlan savait que, dans une certaine mesure, Sean se sentait responsable de la mort de Bobby McCathal, de Mahon Kahill et de Shannon Smith, même si tous s'accordaient à dire qu'il n'aurait rien pu faire pour les sauver. Son changement de comportement était discret, mais Arlan l'avait remarqué. Il avait tellement maigri que la peau de ses joues pendait, et il buvait plus que de raison.

C'était une réaction normale aux décapitations de vampires. Une fois décapité, un vampire ne pouvait pas renaître. Il ne pouvait jamais réellement mourir, et, puisqu'il n'avait pas été sauvé par Dieu, il devait errer dans des limbes en feu, dans des conditions bien pires que celles de tous les Enfers humains. Seuls les tueurs de vampires savaient qu'il fallait séparer la tête du corps pour les assassiner. Toutes les autres absurdités, c'est-à-dire l'ail, les pieux dans le cœur, la lumière du soleil ou l'eau bénite n'étaient que des idioties littéraires ou cinématographiques.

— Tu es de retour, dit Eva en se penchant sur le bar pour dévoiler davantage son décolleté plongeant.

Arlan jeta un coup d'œil sur ses seins et sourit. Elle jurait être lesbienne, mais parfois il se demandait si elle n'était pas bisexuelle. Sinon, pourquoi montrerait-elle en permanence sa poitrine aux hommes ?

— Je suis rentré.

Elle essuya le dessus du comptoir en bois que l'on avait récupéré dans le pub d'origine sur le littoral. Il avait été fabriqué à partir de la quille du navire à bord duquel ils étaient arrivés en Amérique.

— Tous les autres sont sains et saufs et localisés ? demanda-t-elle.

Il leva les yeux sur elle.

— *Tu as parlé à Fia ?*

Mungo et Sean étaient absorbés par la télévision fixée dans un angle de la pièce. L'équipe des Phillies menait les Orioles d'un point. Les deux hommes criaient tandis qu'un joueur en orange atteignait la deuxième base. Ils n'écoutaient pas leur conversation, mais Arlan tenta tout de même de dresser une barrière mentale, et Eva en fit autant.

— *Je suis tombée sur Mary Kay chez le marchand de fruits et légumes. Regan est vraiment porté disparu ?*

Arlan haussa les épaules.

— *Avec lui, c'est difficile à dire.*

Il croisa son regard. Avec ses cheveux coiffés en pétard et son ombre à paupières bleu marine, mignonne pour une punk.

Eva sentit que l'esprit d'Arlan s'était égaré. Il ignorait ce qu'elle savait exactement des dernières fois où Regan avait foiré, mais il supposait qu'elle était bien plus au courant que Mungo et Sean. Eva appartenait à la même génération qu'Arlan et Regan. Ils passaient du temps ensemble dès qu'ils se trouvaient en ville.

— *T'as parlé à Finn ?*

Elle tendit la main pour saisir une chope propre et lui servit une stout.

— *Pas encore, mais il avait des choses à faire en Europe pour le clan. Il s'est peut-être arrêté avant de rentrer*, lui transmit Arlan par télépathie.

Il sortit un billet de sa poche avant et le nicha dans le décolleté d'Eva au moment où celle-ci faisait glisser la bière vers lui.

— Une tournée pour nous trois et pour toi.

Elle gloussa.

— Arlan, tu es un vrai gentleman. Si tu étais une femme…, dit-elle en agitant le doigt dans sa direction.

Il sourit, attrapa sa chope et en goûta le contenu.

— Tu as vu Fia ce soir ? demanda-t-il d'un ton qu'il voulait détendu.

— Je crois qu'elle est rentrée à Philadelphie. Mary Kay m'a dit qu'elle travaillait sur l'affaire du Fossoyeur, qui fait pas mal de bruit. Et qu'elle dirigeait l'enquête.

La stout était à la fois moelleuse et forte. Elle avait ce goût de chêne et de miel qu'Arlan appréciait tout particulièrement. Une chose était sûre : Tavia, maître brasseur et propriétaire du pub, connaissait son métier.

— Fia n'est pas chargée de l'enquête. Si elle apprend que sa mère raconte ça aux touristes, ça va chauffer.

— Je te répète juste ce que Mary Kay m'a dit devant le nouveau stand de pommes de terre.

Elle leva les deux mains pour prouver son innocence.

Arlan regarda autour de lui tout en savourant sa stout. Tous les visages lui étaient familiers. Il avait des affinités avec certains membres du clan, qu'il connaissait mieux. Mais tous faisaient partie de sa famille et il ressentait une profonde loyauté envers eux. C'était pour ces hommes et ces femmes, pour leur âme, qu'il risquait sa vie dans l'ombre de villes comme Athènes, en Grèce, et Akron, dans l'Ohio.

— Eva ! cria Johnny Hill depuis une des tables. Que doit faire un homme qui meurt de soif pour avoir une pinte dans ce bar ?

Elle leva les yeux au ciel et tapota le dessus du comptoir de la paume avant de s'éloigner.

— À plus tard, beau gosse, lui dit-elle avec un clin d'œil. Je glisserai un mot en ta faveur à Fia, si je la vois.

Maryann Hill attira l'attention d'Arlan et lui fit un signe joyeux de la main.

— *Tu seras là pour l'enterrement ?* demanda-t-elle par télépathie.

Il y avait trop de bruit pour qu'il entende sa voix à cette distance.

Elle faisait allusion aux obsèques de son fils. Dans de tels moments, tout leur cycle de vie prenait un tour bizarre. Maryann avait environ quarante-cinq ans. Son fils Rob était mort à l'âge de quatre-vingt-deux ans. Il allait renaître trois jours après son enterrement, en tant qu'adolescent.

Arlan leva son verre dans sa direction.

— *Je serai présent.*

— *Et ta jolie nièce, Kaleigh ?*

— *Je suppose qu'elle viendra aussi.*

Il se retourna sur son tabouret pour ne plus la voir. Il refusait de jouer les entremetteurs. Si Kaleigh et Rob devaient se mettre ensemble, ce serait par leurs propres moyens. Les couples devaient finir par vivre ensemble, car cela contribuait à sauver les apparences aux yeux du monde extérieur. Cependant, les lois du clan n'exigeaient pas que les deux époux restent des partenaires sexuels exclusifs pendant chaque cycle de vie. Ils s'étaient rendu compte dès le départ qu'il était difficile pour un couple de connaître quarante ans de bonheur conjugal. Quatre cents ans, c'était impossible. Les membres du clan avaient le droit, à dix-huit ans, de faire l'amour avec d'autres vampires adultes consentants, tant qu'ils continuaient à vivre avec leur conjoint permanent. C'était une forme étrange de monogamie, mais qui semblait bien fonctionner. L'inconvénient était que les hommes et les femmes comme Arlan et Fia, non mariés au moment de la *mallachd* ne pourraient jamais s'unir.

Un craquement de batte résonna à la télévision. Le poing levé en l'air, Sean cria :

— Je t'avais dit qu'ils allaient revenir au score, j'en étais sûr !

Son frère détourna le regard, dégoûté par l'erreur commise par son équipe sur le terrain. Sean descendit doucement de son tabouret et donna une claque dans le dos d'Arlan.

— Merci pour la bière, fiston. Dis à mon frère qu'il paie la prochaine tournée, c'est son tour.

Arlan observa Sean se faufiler entre les tables et distribuer au passage des tapes dans le dos des clients qui dînaient.

Au moment où Arlan fit glisser sa chope vide sur le bar, il perçut un changement audible d'atmosphère. Les voix baissèrent considérablement et les pensées transmises par télépathie fusèrent dans toute la pièce. Le volume de la partie de base-ball à l'écran sembla soudain augmenter.

— *Qui est-ce ?*

— *Pour qui se prend-elle ?*

— *Je veux juste passer une nuit tranquille, c'est tout ce que je demande.*

Arlan ne leva pas les yeux. Il s'agissait simplement d'une vacancière qui s'était égarée trop loin. Quelqu'un se chargerait de la remettre dans le droit chemin. Elle s'était sûrement trompée et avait sans doute rendez-vous avec des copines devant l'autre pub.

— Je t'en ressers une ? proposa Eva à Arlan.

Elle non plus ne s'intéressait pas aux touristes mortelles.

— OK, une autre.

Il fit glisser sa chope vers elle. Si Fia n'était pas arrivée quand il aurait fini son verre, il rentrerait chez lui. À présent qu'il était là, il se rendait compte qu'il n'avait pas tellement envie de voir du monde ce soir. D'autres préoccupations le tourmentaient.

Mais où était donc Regan ? Pourquoi Finn ne l'avait-il pas rappelé ?

Est-ce que Fia était retournée à Philadelphie voir son petit ami humain ? D'habitude, elle ne l'informait pas chaque fois qu'elle se rendait en ville, mais après ce qu'ils avaient partagé en Virginie, il pensait que peut-être…

— Et voilà, mon grand, dit Eva en poussant une nouvelle pinte sur le comptoir vers lui.

— Salut, mon grand.

Quelqu'un avait pris place sur le tabouret de bar à côté de lui. Sa voix le fit sursauter. Il lui jeta un coup d'œil.

— Je peux avoir la même chose que lui ? demanda Maggie à Eva.

Eva se tourna vers Arlan, qui hocha légèrement la tête.

— C'est parti pour une stout au miel.

— Qu'est-ce que tu…

Il referma ses doigts sur la chope fraîche et évita son regard. Il se demanda comment elle pouvait être ici. Il n'avait pas mentionné le nom de sa ville, et encore moins parlé du bar miteux où il aimait venir boire une bière deux soirs par semaine. C'était un peu étrange et inquiétant. Dans la vie, il traquait les mouvements d'hommes et de femmes. On ne suivait pas les siens.

— Comment m'as-tu retrouvé ?

Elle attendit que sa chope arrive, but une petite gorgée et essuya la mousse au-dessus de sa bouche dans un geste extrêmement sensuel.

— Je suis douée pour me cacher, dit-elle, aussi troublante qu'à son habitude, mais également pour trouver la personne que je recherche.

Fia fonçait à toute allure vers le nord. Si la circulation demeurait assez fluide, elle serait à Philadelphie dans une heure. Elle se sentait coupable d'être partie de Clare Point sans avoir parlé à Arlan, mais pas au point de l'appeler. Elle ne voulait pas discuter avec lui. Pas ce soir. Il savait lire entre les lignes.

Elle avait raconté à sa mère qu'elle devait retourner travailler, ce qui était vrai. Elle lui avait affirmé que Regan reviendrait, ce qui était probablement vrai. Elle avait dit à Glen qu'elle restait avec sa mère une nuit de plus, ce qui était un pur mensonge.

Mais elle ne pouvait simplement pas rentrer ce soir dans son appartement où son chat l'attendait. Elle était trop nerveuse, tellement tendue qu'elle se sentait sur le point de craquer.

Fia n'était pas partie en quête d'une proie depuis des mois, et cela jouait sur ses nerfs. Il lui fallait juste quelques gouttes de sang humain. Juste quelques gouttes.

Dans sa vie, rien n'allait comme prévu. Après avoir résolu cette grosse enquête à Clare Point l'an dernier, elle croyait recevoir une promotion au sein du FBI. Cela ne s'était pas concrétisé. Elle avait commencé à sortir avec Glen et pensait que cela la rendrait heureuse. Sans succès. Et, ces derniers temps, il semblait qu'elle ne le rendait pas heureux non plus.

Et les choses venaient de se corser. Regan avait peut-être disparu, et pouvait avoir de graves ennuis. Les meurtres du Fossoyeur commençaient à la gagner. Maggie se mettait à l'affecter, et elle ne laissait pas souvent cela se produire dans le cadre d'une enquête. Elle ne pouvait pas se permettre de ne pas effectuer son travail correctement.

Elle était contrariée qu'Arlan ne soit pas parvenu à en obtenir davantage de cette fille. Elle avait espéré qu'il s'en sortirait mieux. Il était tellement doué avec les femmes, et tout particulièrement avec les humaines, même s'il n'aimait pas qu'elle le lui dise.

À présent, sans aucun moyen de contacter Maggie, Fia devait se contenter de rester sans bouger et d'attendre que la femme l'appelle. Et si Arlan l'avait effrayée ? Elle ne pouvait pas croire qu'il avait couché avec son informatrice. Arlan était vraiment une roulure.

Elle sourit en jetant un regard à sa minijupe en cuir noir, aux bas résille et aux bottes à hauts talons qu'elle avait revêtus sur une aire de repos. Son tee-shirt noir était si ajusté qu'il laissait transparaître les contours de ses aréoles.

C'était l'hôpital qui se moquait de la charité.

— Pourquoi es-tu là, Maggie ? demanda Arlan.

Il ne s'attendait pas le moins du monde à la revoir, et à présent qu'elle était assise à côté de lui, si petite et si réservée, il se sentait de nouveau coupable d'avoir eu ces pensées au motel. Comment avait-il pu envisager de la mordre et de boire son sang ? Quel genre d'homme sur la voie de la rédemption était-il ? Les femmes vampires consentantes ne manquaient pas ici, en ville, et ailleurs dans le monde. Des vampires attirantes et intelligentes, avec lesquelles passer un bon moment, en Irlande, en France et en Allemagne. Pourquoi une humaine ? Et pourquoi celle-là en particulier ?

Il était contrarié que Maggie ait fait ressortir ses plus mauvais côtés et qu'elle se trouve à présent devant lui, pour le lui rappeler. Il savait qu'il n'aurait pas dû retourner dans la chambre pour laisser du café, des donuts et la fleur.

— Je t'ai posé une question, dit-il sèchement.

— Je ne suis pas une harceleuse.

Son ton était pince-sans-rire. Presque amusé. Cette mortelle était décidément intéressante. Elle paraissait si vulnérable et si nerveuse, et pourtant elle avait du cran.

— Je ne t'ai pas dit où j'habitais.

— J'espérais trouver Fia.

Elle sirota sa boisson et parcourut du regard le pub à la lumière tamisée.

Ainsi, elle n'était pas venue pour le retrouver. Arlan éprouva du soulagement. Et peut-être une pointe de déception.

— Fia a dû rentrer à Philadelphie. Elle attend ton appel.

— Je pensais juste que c'était mieux que l'on se rencontre en personne.

Il fit tourner son tabouret vers elle et les genoux de la jeune femme frôlèrent ses tibias.

— Tu as des renseignements à lui donner ?

— Je veux simplement lui parler.

Il baissa les yeux sur elle.

— Tu es une femme étrange, Maggie.

— T'es pas mal non plus, dans le genre, Arlan, répliqua-t-elle.

Il renversa la tête en arrière et rit. Et en plus, elle avait de l'humour. Il adorait les femmes qui avaient de l'esprit.

— Je t'offre la même chose ? demanda-t-il en indiquant sa chope.

Ils burent deux autres pintes chacun, puis Arlan décida que ça suffisait pour ce soir. Sinon, il craignait de finir par lui proposer de l'accompagner chez lui, ce qui figurait sans aucun doute tout en haut de la liste des très mauvaises idées. Il se leva et régla son ardoise.

Les clients du pub commençaient déjà à partir. Les membres du clan contrariés étaient rentrés. Arlan était convaincu qu'il entendrait parler de leur mécontentement le lendemain et qu'on lui reprocherait d'avoir fait entrer une humaine dans leur sanctuaire, même s'il ne l'avait pas invitée.

— Tu restes en ville cette nuit ?

— Au motel plus haut dans la rue, dit Maggie en ramassant son sac qu'elle avait posé au sol, sous son tabouret. Je suppose que j'ai eu de la chance, car la vieille dame à la réception m'a expliqué qu'ils étaient habituellement complets pendant presque tout l'été.

— Ah, Mme Cahall. Elle est plus âgée que les collines. Et dure de la feuille, aussi. (Il plaça sa main derrière l'oreille.) Comment, mademoiselle, vous voulez une chambre pour la pluie ?

Maggie gloussa, mais son rire était teinté de tristesse, tout comme son apparence. Arlan se demanda si elle allait l'inviter dans sa chambre. Bien sûr, il ne devrait pas accepter, mais si elle le faisait ? Ce n'était évidemment pas la même chose que de l'inviter chez lui.

Ils se dirigèrent ensemble vers la sortie. Avant de lui avoir ouvert la porte, il avait pris la décision de décliner son offre si elle la formulait. Ça chauffait déjà avec Fia ; inutile de la pousser à bout.

— Merci pour la bière, lui dit-elle une fois sur le trottoir. Bonne nuit.

Arlan resta debout dans l'obscurité pendant un moment, sonné. Elle ne lui avait pas demandé de la raccompagner. Il était persuadé qu'elle allait le faire. Il venait de voir sur son visage cette expression qu'il connaissait bien, de solitude et d'excitation.

Il rentra chez lui dans le noir, les mains enfoncées dans les poches, sans savoir s'il se sentait insulté ou tout simplement blessé.

Chapitre 11

Fia plaqua son dos contre le mur en briques de la ruelle et se laissa doucement glisser à terre, les genoux remontés contre la poitrine. Malgré la chaleur et l'humidité de cette nuit de juin, elle avait froid. Les bars avaient fermé depuis plus de trois quarts d'heure. Il lui fallait rentrer chez elle, prendre une douche, et dormir une heure ou deux avant d'aller travailler.

Mais d'abord, elle devait s'occuper de lui.

Elle jeta un coup d'œil à l'homme inconscient assis en face d'elle. Il était ligoté à une gouttière par des liens de serrage jetables en plastique qu'elle avait toujours sur elle, comme la plupart des membres des forces de l'ordre. Il était vêtu d'un costume gris à fines rayures, et avait porté une cravate rouge jusqu'à ce qu'il la glisse autour du cou de Fia pour tenter de l'étrangler.

Grosse erreur de la part de Costume. Il avait franchi la limite de la mauvaise minijupe.

Heureusement, elle s'était astucieusement débarrassée des boissons qu'il avait commandées pour elle. Au moins un des verres contenait une sorte de drogue du violeur ; elle l'avait vu verser la poudre dans son verre tandis qu'elle se trouvait sur la piste de danse. Il avait été facile de jeter les martinis dans cette plante en pot. Comment cet imbécile avait-il pu la croire aussi stupide ?

Plein de femmes étaient assez naïves pour accepter les verres offerts par un bel inconnu en costume hors de prix, sans pour autant mériter d'être droguées et agressées sexuellement. Personne ne le méritait.

Elle glissa la main dans son sac et sortit son portable. Elle composa le numéro de mémoire. En écoutant la tonalité, elle fut surprise par le nœud qui se formait dans sa gorge et cette sensation d'oppression dans sa poitrine. Des sanglots ? Elle allait pleurer sur le sort d'un homme qui avait tenté d'abuser d'elle ?

Le téléphone sonnait encore. Il ne le gardait pas toujours à côté de son lit. Il l'avait peut-être mis en charge dans la cuisine.

Elle était sur le point d'abandonner quand elle entendit un déclic à l'autre bout de la ligne, suivi d'une voix masculine endormie.

— Allô ?

Elle envisagea de raccrocher. Bien sûr, il saurait que c'était elle. Il vérifierait sa liste d'appels et verrait qu'elle lui avait passé un coup de fil à 2 h 35 du matin. Il se demanderait où elle était et ce qu'elle faisait. Il devinerait qu'elle était là où elle ne devrait pas être. Ils se connaissaient depuis trop longtemps.

— Fi ?

Elle pressa la paume de sa main contre son front, adoptant une position encore plus fœtale. Elle avait trouvé le moyen de déchirer ses bas.

— J'ai déconné, dit-elle.

— Où es-tu ?

Elle ferma les yeux.

— Je l'ignore. Dans une ruelle derrière un bar du quartier nord de Philadelphie. J'ai un type inconscient menotté à une gouttière.

Elle leva les yeux. Même dans le noir, sa vision était bonne. Surhumaine. Sur la tempe de l'homme poussait une grosse bosse écarlate.

— Il est vivant ?

Elle l'observa un instant. Sa poitrine se souleva et s'abaissa.

— Ouais, bien sûr, dit-elle d'un ton joyeux.

— Est-ce que tu…

Il n'avait pas besoin de terminer sa phrase. Malgré l'obscurité, elle distinguait les deux traces de morsure rouges, et le sang qui luisait.

— Un peu.

— Fi, tu ne peux pas faire ça ! grogna-t-il à l'autre bout du fil. Tu dois le laisser partir. Tu dois retirer les attaches et te barrer de là avant qu'il revienne à lui.

— Mais ce salopard a essayé de glisser du Rohypnol dans mon verre. Il voulait jouer à une sorte de jeu érotique malsain en m'asphyxiant dans la ruelle. Il n'a même pas eu l'élégance de m'emmener dans son appartement ou à l'hôtel.

— Fi, s'il se réveille et qu'il te voit, tu vas peut-être devoir te nourrir de nouveau, et ça pourrait le tuer.

Le fait de boire leur sang provoquait un effet secondaire étrange chez la plupart des humains. Ils perdaient leur mémoire à court terme et ne savaient jamais ce qui leur était arrivé. Le type en costume se souviendrait peut-être vaguement d'avoir rencontré Fia dans le bar, mais il était passablement ivre, et la morsure avait eu un effet suffisamment hypnotisant pour qu'il ne se rappelle jamais ce qui s'était passé dans la ruelle. Cependant, s'il se réveillait et la voyait, il pourrait reconstituer les pièces du puzzle. Si elle buvait de nouveau son sang, si peu de temps après la première fois, cela pouvait le tuer.

— Fi, tu dois le laisser partir. Maintenant !

Elle ferma les yeux et ne se concentra que sur sa voix.

— J'envisageais de prévenir la police.

— Pour leur dire quoi ? Que tu as essayé de lui mettre le grappin dessus dans un bar pour pouvoir boire son sang et qu'il a tenté de surenchérir ?

— Ça ne s'est pas passé comme ça ! Et regarde qui est menotté à une gouttière. Pas moi.

— Fi, tu ne vas pas faire cette erreur, lança-t-il d'un ton catégorique.

— Arlan…

Sa voix se brisa presque d'émotion. Que lui arrivait-il ? Elle était sur le point de craquer, de perdre son professionnalisme et son détachement de vampire. Elle devenait sacrément… humaine.

Il resta silencieux l'espace d'une seconde.

— Tu veux que je vienne te chercher ?

— Non. (Elle ouvrit soudain les yeux.) Bien sûr que non. Ne sois pas ridicule. Tu es à des heures d'ici.

— Où est ton mortel ?

— Là où il est censé être, en train de dormir chez lui.

— Il ignore que tu n'es pas rentrée ?

— J'ai gardé mon appartement, avoua-t-elle. On passe la nuit chez l'un ou chez l'autre. Et puis, il croit que je suis encore à Clare Point.

— Tu mens à ton petit ami, maintenant ?

Elle éprouva un malaise en percevant le ton de sa voix.

— C'est compliqué, Arlan. Tu le sais.

Il soupira dans le combiné.

— Écoute-moi, Fia. Tu ne peux pas appeler la police. Enlève-lui les menottes et tire-toi, tu m'entends ? Retourne chez toi avant de te mettre dans un pétrin duquel tu ne pourras pas te tirer facilement.

Cette remarque ne laissait rien présager de bon. Plusieurs issues étaient possibles si on la surprenait. Mais aucune ne lui serait favorable. Au minimum, elle ferait l'objet d'une enquête par son propre service. Ou, pire, le clan pourrait se renseigner à son sujet et décider de la punir. Il était interdit de se nourrir sur des humains, et les traquer restait absolument tabou.

— D'accord, dit-elle en se levant. Je vais couper les liens. Il se réveillera avec la gueule de bois et se demandera comment il a pu se retrouver là.

Elle fit glisser la cravate rouge de son cou pour la jeter sur sa tête, comme un drôle de bandana qui pendait sur une de ses oreilles. Il avait l'air stupide et le méritait. Si elle en avait eu le temps, elle aurait écrit avec son rouge à lèvres quelque chose de spirituel sur son front pour le ridiculiser encore plus.

— Où est ta voiture ? demanda Arlan.

— À quelques rues d'ici.

— Rejoins-la directement. Ne parle à personne, lui ordonna-t-il. Pas même à un clochard.

— « Pas même à un clochard », répéta-t-elle en coupant les liens en plastique avec un canif qu'elle gardait toujours dans son sac à main.

Les mains du type en costume retombèrent sur ses genoux. Sa tête s'affaissa légèrement, mais la cravate resta en place. Fia se dirigea vers les lampadaires situés au bout de la ruelle, qui semblaient former un tunnel dans la nuit.

— J'ai libéré cette raclure. Je suis en train de partir, dit-elle à Arlan.

Elle s'arrêta quand elle atteignit le trottoir. L'air était plus pur, là. Plus frais. Elle sentit qu'elle reprenait ses esprits.

— Ça va ? l'interrogea Arlan.

— Oui, ça va, répondit-elle en hochant la tête, même si elle était parfaitement consciente qu'il ne pouvait pas la voir.

— Bien. Tu m'appelles plus tard et on aura une conversation.

— Je ne souhaite pas en parler, Arlan. On va faire comme si de rien n'était, et que je ne t'avais jamais téléphoné.

— Très bien, concéda-t-il, même si elle perçut son manque de conviction. Et Maggie ? Tu veux qu'on parle d'elle plus tard ?

— Qu'est-ce que tu veux dire ?

Elle passa sous un lampadaire. Sa voiture, garée dans la rue suivante, était déjà visible de là.

— Elle t'a appelé ? Je croyais que c'était moi qu'elle devait contacter.

— Elle est là, Fi.

— Là ? Là où ? Dans ton lit ?

— Pas du tout, répondit-il avec dédain, comme s'il était offensé. Bien sûr qu'elle n'est pas dans mon lit. Elle est en ville. Apparemment, tu lui as dit où tu habitais.

— J'habite à Philadelphie, Arlan. Elle connaît Clare Point parce qu'elle m'a trouvée grâce aux décapitations. L'affaire a fait la une des médias, tu te souviens ? (Elle sortit les clés de son sac et déverrouilla sa BMW.) Où est-elle, au juste ?

— Elle a dit qu'elle était descendue au *Motel du Phare*.

— Et tu es sûr qu'elle y est ?

— Non, je n'en suis pas certain. C'est toi le flic, pas moi. Elle veut te parler en personne, affirma-t-il.

— Je n'ai pas envie de la perdre de nouveau. Dis-lui de me téléphoner.

Fia monta dans sa voiture.

— Je ne sais même pas si je vais la revoir.

— Rends-toi au motel dans la matinée et dis-lui de ne pas bouger, l'enjoignit-elle en démarrant le moteur. Mieux encore, essaie de la convaincre de séjourner chez m'man. Tu pourras la surveiller plus facilement.

— Je ne suis même pas sûr de la trouver, Fi.

— Fais ce que je te demande, répliqua Fia.

Elle raccrocha avant de devenir trop sentimentale et de remercier Arlan d'être là quand elle avait besoin de lui.

Arlan se laissa retomber sur son oreiller, le portable dans la main, et fixa le plafond du regard. Les pales du ventilateur tournaient doucement, mais ne semblaient pas rafraîchir la pièce.

Quel était donc le problème de Fia ? Il pensait qu'elle avait arrêté de chasser dès qu'elle s'était mise en couple avec son humain. N'avait-elle pas travaillé sur ce point avec son psy pendant des années ?

Il jeta son téléphone sur la table de nuit et repoussa le drap. Il lui fallait boire quelque chose de frais. De l'eau ou, mieux encore, une bière.

Nu, il sortit de la chambre et traversa le couloir. Dans la cuisine, il ouvrit le réfrigérateur, qui projeta sa lumière sur le carrelage du sol. Il regarda droit devant lui, comme si quelque chose de surnaturel allait bondir sur lui.

Un bruit à l'avant de la maison attira son attention. Il n'avait ni chien ni chat. Le poste qu'il occupait actuellement au sein du clan l'éloignait trop longtemps de chez lui pour qu'il puisse s'occuper d'un animal domestique. Il attrapa une bouteille de bière mexicaine et laissa la porte du frigo se refermer. Il se rendit dans le salon et observa le jeu d'ombres projetées par le réverbère sur les meubles. Tout était à la même place que quand il était allé se coucher. Des livres empilés se trouvaient à côté de son fauteuil inclinable en cuir. Sur le canapé, des vêtements propres attendaient d'être pliés, ou au moins d'être jetés dans le tiroir d'une commode.

Il laissa son regard glisser vers les fenêtres ouvertes qui donnaient sur le perron de la maison. Il avait installé un système de climatisation, mais détestait le mettre en marche. Il aimait sentir l'odeur de l'océan en dormant. Cela lui rappelait les côtes d'Irlande, son pays natal, et l'époque où il était encore humain.

Décapsulant la bouteille, il avança à pas feutrés jusqu'à la fenêtre. Une légère brise souleva le rideau, mais à l'extérieur rien ne bougeait. Tout était si calme et si tranquille qu'il ne l'aperçut pas tout de suite. Il ne vit que la balustrade du perron. Les marches. L'envahissant buisson de forsythia. Il ne la vit pas, mais la sentit, à la fois grâce à ses sens exacerbés et au parfum érotique qui émanait d'elle et qu'il avait gardé à l'esprit.

Il alla jusqu'à la porte d'entrée et l'ouvrit d'un coup sec.

Elle se leva de la marche où elle était assise comme si elle l'avait attendu. Elle passa devant lui et entra dans la maison, en attrapant sa bière au passage.

Sans un mot, elle traversa le salon et continua dans le couloir.

Arlan la suivit en silence.

Elle laissa tomber son sac dans le couloir. Elle retira son jean devant la porte de la chambre d'amis, sans jamais lâcher la bière. En entrant dans la chambre d'Arlan, elle se débarrassa de son tee-shirt léger du bout des doigts. Puis elle s'assit au bord du lit ; la lumière douce de la lune baignait sa peau nue tandis qu'elle buvait une gorgée de bière.

— Qu'est-ce que tu fais là ? demanda-t-il enfin.

— À ton avis ?

Elle effleura le goulot de la bouteille du bout de la langue.

Il fronça les sourcils et choisit de maintenir une distance raisonnable entre eux.

— Je ne plaisante pas, Maggie. Comment m'as-tu retrouvé ? Tu m'as suivi jusqu'ici ?

— Je n'ai pas eu à le faire. Dans une petite ville comme celle-ci, tout le monde sait tout sur tout le monde. Le neveu de Mme Cahall tient la réception la nuit. Il s'est fait un plaisir de m'indiquer le chemin. Un peu de bière ? proposa-t-elle en lui tendant la bouteille.

Il traversa la pièce et la lui arracha des mains.

— Qu'est-ce que tu veux de moi ?

Elle leva les yeux vers lui, et la sincérité pouvait se lire sur son beau visage diaphane.

— Tu veux que je m'en aille ? Je peux partir si tu le souhaites.

Il s'assit délicatement à côté d'elle. Elle sentait incroyablement bon.

— Je veux juste savoir ce que tu attends de moi. Je n'ai pas l'habitude que des femmes me suivent.

Il but une grande rasade de bière fraîche.

— Tu veux dire, par exemple, est-ce que je désire une relation suivie ? Avec mariage, maison et enfants ? (Son rire acerbe contrastait avec la grâce de son visage.) Pas du tout, dit-elle en posant la main sur le genou nu d'Arlan. Je veux simplement être avec toi, Arlan. Tu n'as pas envie d'être avec moi ?

Ses paroles transpiraient le sexe, mais le ton de sa voix et la douceur de ses traits annulaient leur vulgarité. Dans sa bouche, la proposition semblait presque innocente.

— Tu m'effraies un peu, Maggie. (Il but une nouvelle gorgée.) Tu es sûre que tu ne me harcèles pas ?

Elle lui ôta la bouteille des mains et s'assit à califourchon sur ses genoux. Elle le regarda dans les yeux, sans ciller.

— Je suis tout sauf une harceleuse, murmura-t-elle tout contre sa bouche mais sans la toucher.

Il n'avait qu'un geste à faire.

Il pensa à Fia. Ne lui avait-il pas affirmé à peine dix minutes plus tôt que Maggie n'était pas dans son lit ? Ne venait-il pas de lui reprocher ses mauvaises décisions ? Et voilà que Maggie était là. Ils étaient tous deux nus, et brûlaient déjà de désir.

Il savait qu'il devait la chasser de chez lui. Il savait parfaitement pourquoi, mais il n'y parvint pas. Il l'embrassa. Il ne pouvait simplement pas s'en empêcher.

Elle avait le goût de la bière qu'ils venaient de partager. Mais il y avait aussi autre chose. Quelque chose de ténébreux.

Elle fit glisser la main sur la merveilleuse épaule d'Arlan et laissa ses doigts explorer la fermeté de ses muscles sculptés. Elle ouvrit ses lèvres pour accueillir les siennes. Elle ignorait ce qu'elle faisait chez lui. Elle ne savait pas vraiment comment elle était arrivée là. Elle avait effectivement demandé son adresse au réceptionniste, mais elle ne se souvenait pas d'avoir marché jusqu'à la maison. Elle était incapable de dire combien de temps elle avait attendu sur les marches du perron avant qu'il ouvre la porte. Une fois de plus, on aurait dit qu'elle avait été inexorablement attirée vers lui.

Cette ville avait quelque chose d'étrange. Arlan avait quelque chose d'étrange. Il était dangereux, elle le sentait au plus profond d'elle-même. Mais elle ne pouvait rester éloignée de lui. Comme un papillon de nuit attiré par une flamme ?

Arlan changea de position sous elle et elle perçut son érection entre ses jambes. Le désir. C'était une chose sur laquelle elle pouvait toujours compter. La seule chose qui l'emportait loin de l'obscurité qui régnait dans son existence. Ne fût-ce qu'un moment.

Juste un petit coup en vitesse, se dit-elle. *Ensuite, je rentre au motel.*

Si elle avait suffisamment de bon sens, c'était là-bas qu'elle aurait dû se trouver.

Mais elle en avait marre des chambres d'hôtel impersonnelles, et de son lit vide dans sa maison déserte. Elle voulait mettre fin à ces ténèbres, d'une façon ou d'une autre. Quelle importance si Arlan était un tueur fou armé d'une hache, un monstre du même acabit que celui qu'elle fuyait depuis tant d'années ? Quelle importance si elle était assassinée dans le lit d'un inconnu, en plein coït ? Au moins, tout serait fini.

Arlan passa les doigts dans ses cheveux et elle sentit un picotement agréable sur son crâne. Il l'embrassa sur la bouche, puis la joue. Il était un amant délicat et attentionné. Il savait s'y prendre pour qu'elle se sente vivante, ne serait-ce que pendant quelques brèves minutes.

Elle leva le menton pour l'inviter à embrasser la zone sensible de son cou, juste en dessous du lobe de l'oreille.

Il embrassait divinement bien, et tout particulièrement le cou.

Il saisit la bouteille de bière qu'elle tenait et la vida avant de la faire rouler sur la moquette. Puis il l'enlaça de nouveau et elle se mit à bouger en rythme sur ses genoux, pressant ses hanches contre les siennes tandis que leur baiser s'intensifiait encore.

Elle mêla ses doigts à ceux d'Arlan et se pencha en arrière pour le laisser prendre un de ses tétons en bouche. Il le lécha et le taquina du bout de la langue jusqu'à la faire rire puis gémir de plaisir. Puis il le mordilla et le suçota avec douceur.

Ses gémissements se firent plus rauques.

Elle était déjà humide et prête à l'accueillir. Elle sentait le parfum du désir brûlant qui montait entre eux. Elle se leva, enfonçant ses orteils dans la moquette moelleuse, puis, d'une main, elle guida son sexe en elle. Il ouvrit ses yeux aux paupières lourdes, et elle lui adressa un sourire triste. Elle aimait bien cet homme. Sa façon de parler, de faire l'amour. La gentillesse qui se dégageait de lui.

Même s'il était un tueur avec une hache.

Elle grogna intérieurement. Que faisait-elle là, non seulement dans le lit d'Arlan, mais aussi à Clare Point ? Elle ne pensait pas réellement qu'Arlan pouvait la réconforter, n'est-ce pas ? Elle n'était pas persuadée de pouvoir aider Fia à trouver le tueur. Elle ne pensait pas vraiment que ce cauchemar éveillé qu'était devenue sa vie allait prendre fin. Pas vraiment. Ou bien si ?

Macy ferma les yeux et laissa ses pensées flotter hors de son esprit et s'attarder là où elle ne pouvait pas les atteindre. Elle s'accrocha au cou d'Arlan, savourant le poids de ses mains d'homme sur sa taille. Elle se souleva et il gémit. Elle hésita avant de redescendre, et fut récompensée par un autre grognement de plaisir.

Elle sentait sa propre jouissance monter en elle. Au départ, ce n'était qu'une étincelle au creux de son ventre… une infime sensation de volupté, mais elle ne tarda pas à s'épanouir. Des vagues de plaisir se mirent à grossir au plus profond d'elle avant de se propager dans tout son corps et d'en gagner chaque nerf.

De la sueur perlait sur sa lèvre supérieure. Malgré le plafonnier ventilateur qui tournait au-dessus d'eux, il faisait chaud dans la chambre.

— Maggie, lui murmura-t-il à l'oreille. Ma douce Maggie.

Un sentiment de remords gonfla dans sa poitrine, et elle se souleva de nouveau pour redescendre violemment sur lui, afin de chasser la culpabilité. Elle avait menti à propos de son prénom à de trop nombreux hommes. Parfois, elle ne se rappelait pas qui elle prétendait être.

Mais il s'agissait d'Arlan.

Elle haleta. Elle connaissait cet homme. Le remords qui la tourmentait disparut.

Elle se souvenait de lui. Elle avait pensé à lui après qu'il eut quitté son lit. Sa peur, qui semblait l'accompagner en permanence, diminuait quand elle était avec lui.

Arlan accéléra ses mouvements. Elle chercha sa respiration, en émettant de petits halètements. Elle essaya de se retenir pour prolonger un peu l'effet des vagues de plaisir, qui s'étaient transformées en océan, et le faire durer pour toujours.

Mais elle ne pouvait pas lutter. Elle n'en était jamais capable. Elle renversa la tête en arrière et cria tandis que chaque muscle de son corps se contractait et se relâchait pour mieux se crisper. Il se mit debout en la soulevant avec lui et la pénétra davantage alors qu'il enfonçait les doigts dans la chair tendre de ses fesses. Elle s'agrippa à lui.

— Arlan, murmura-t-elle en fermant les yeux.

— Maggie.

Puis ce fut terminé. Il jouit dans un ultime gémissement et retomba sur le lit, l'entraînant avec lui. Elle se dégagea de son étreinte et roula sur le dos, les jambes pendant au bord du lit. Elle regarda les pales du ventilateur tourner au plafond et écouta le léger bourdonnement du moteur en reprenant son souffle. Avoir un orgasme l'étourdissait toujours et lui donnait la sensation de flotter. C'était bien mieux que n'importe quelle drogue disponible sur le marché.

— Il faut que j'y aille, dit-elle doucement.

— Maintenant, Maggie ? demanda-t-il, haletant.

Elle se força à se lever. Elle ramassa son tee-shirt dans l'embrasure de la porte et l'enfila sur la fine couche de sueur qui luisait sur son corps.

— Je m'appelle Macy, lança-t-elle en traversant le couloir dans le noir. Macy Smith.

Chapitre 12

— Hé, où es-tu ? s'écria Arlan, le téléphone sur l'oreille.

— En train de commander un café au *Starbucks* à côté de mon bureau, si tu veux tout savoir.

Fia était redevenue fidèle à elle-même, aussi pleine d'assurance et hautaine que d'habitude. Son heure sombre était passée.

— Ah, on va la jouer comme ça, ce matin, c'est ça ?

— Absolument, lança-t-elle d'un ton malicieux. Un *latte* allégé.

— Tout de suite, madame.

Arlan descendit du trottoir pour éviter une famille qui se rendait à la plage. Le père tirait un chariot qui contenait une glacière, des chaises et une demi-tonne de jouets de plage en plastique. Un garçon et une fille trottaient derrière le chariot. La mère, vêtue d'un débardeur trop moulant et d'un short en tissu éponge, fermait la marche.

— Alors, tu vas bien, ce matin ? demanda-t-il à Fia, le regard rivé sur les fesses en mouvement de la jeune maman. Les flics ne sont pas venus te voir ?

— Merci, bonne journée.

Il devina que ces mots s'adressaient au serveur plutôt qu'à lui.

— Personne n'est venu me chercher. Excuse-moi de t'avoir appelé. C'était stupide. Fin de la discussion. Qui n'aurait même pas dû se prolonger.

— Ce qui était stupide, Fi, c'est ce que tu as fait.

Il finit de doubler la famille et remonta sur le trottoir.

— Tu vas m'engueuler ? Parce que, si c'est le cas, je n'ai pas le temps maintenant. J'ai une pile de dossiers qui m'attend sur mon bureau et une vidéoconférence avec les agents chargés de l'affaire du Fossoyeur dans deux heures. Si je veux prendre part à l'enquête, je dois me bouger les fesses.

Il adoucit son ton.

— Je ne t'ai pas appelée pour t'enguirlander. J'ai l'intention de le faire en personne la prochaine fois que je te verrai. Je te téléphone à propos de Maggie.

— Seigneur, ne me dis pas qu'elle a déjà quitté la ville.

— Non. Enfin, je ne pense pas. Je me rends en ce moment à son motel, mais je voulais te prévenir. Elle ment sur son nom. Elle s'appelle Macy, pas Maggie.

Fia ne répondit pas tout de suite. Il entendit une voiture klaxonner. Des bruits de circulation. Des voix. Apparemment, elle était dans la rue et se dirigeait à présent vers son bureau.

— Tu as entendu ce que je t'ai dit ? Elle nous a menti.

— Pas de quoi en faire un plat, répliqua Fia à l'autre bout du fil.

— Ah bon ?

— Non, en fait, c'est peut-être bon signe. Elle doit vraiment, d'une façon ou d'une autre, avoir quelque chose à voir avec ce salopard.

— Tu crois ?

Bonnie Hill passa devant lui dans sa nouvelle décapotable bleue et lui fit signe. Il leva la main pour la saluer.

— Bien sûr. Les choses deviennent bien trop complexes pour qu'il s'agisse d'un canular. Elle ne prend pas son pied à me mener en bateau. Elle sait quelque chose et souhaite nous le révéler.

— Tu penses qu'elle est dans le coup ? demanda-t-il.

— Et toi ?

Arlan hésita. Il voulait répondre qu'elle n'était évidemment pas impliquée. Pas sa douce Maggie. *Macy*, se corrigea-t-il mentalement.

Mais elle lui avait vraiment menti. Et c'était pratiquement une harceleuse.

—Je suis devant le motel. Si je la trouve, je lui dis qu'elle doit t'appeler. Je vais voir ce qu'elle envisage de faire, et si elle a envie de rester en ville pour quelques jours je la persuaderai de se rendre dans le *bed and breakfast*.

—Super. Ça marche. Hé, comment as-tu su qu'elle mentait à propos de son nom?

—Bonjour, madame Cahall. Comment allez-vous? tonna Arlan d'une voix forte.

—Arlan, comment as-tu…

—Il faut que je raccroche. À plus tard.

Il glissa son téléphone dans l'une des poches de son short.

—J'ai dit: comment allez-vous ce matin? répéta-t-il encore plus fort.

—Je suis vivante. C'est toujours une bonne chose. (La vieille dame frotta son coude décharné.) Mais mon *tennis elbow* fait des siennes. Il va sûrement pleuvoir.

Elle portait une courte jupe plissée blanche, des baskets et un polo bleu sans manches avec une raquette brodée sur un de ses seins tombants. À la connaissance d'Arlan, elle n'avait jamais joué au tennis en plus de soixante-dix ans. En revanche, elle lisait *Gatsby le Magnifique* une fois par an. Son sport c'était le gin-rami. Et, étrangement, sa boisson favorite était le gin. Elle pouvait mettre une sacrée raclée à n'importe qui, que ce soit au gin-rami ou pour descendre des gin tonics.

—Je me demandais si vous pouviez me donner le numéro de la chambre de Maggie Smith.

—Qui est-ce qui glisse?

— Non, non, Maggie Smith, répéta-t-il patiemment. C'est une de vos clientes. J'ai besoin de savoir dans quelle chambre elle se trouve.

— Tu sais que nous ne divulguons pas ce genre d'informations.

Elle prit une gorgée de café, laissant une trace de rouge à lèvres rose sur le bord de la tasse.

— Tu vas à la veillée funèbre de Rob Hill demain soir ? Mary Kay a préparé du crumble aux myrtilles. J'adore le crumble aux myrtilles, pas toi ?

— Madame Cahall, je ne vous poserais pas la question si ce n'était pas important. En fait, c'est Fia qui m'a demandé de contacter Mlle Smith de sa part. Je pense qu'il s'agit d'une affaire du FBI, poursuivit-il en lui adressant un regard entendu par-dessus le comptoir en Formica.

— Pourquoi ne me l'as-tu pas dit plus fort, fiston ? Chambre 22, ajouta-t-elle en criant presque.

Il lui tourna le dos.

— Merci. On se verra demain soir. Assurez-vous que Mary Kay me réserve une part de ce crumble.

— Tu peux monter si tu le souhaites. C'est là qu'elle loge, mais elle n'y est pas pour l'instant, lui indiqua la vieille dame.

— Elle est repartie ? interrogea-t-il en se retournant.

— Il est trop tôt pour une partie. (Elle fronça les sourcils et frotta son coude, semblant complètement perdue.) Les courts de tennis ne sont pas encore ouverts. Elle est sortie prendre son petit déjeuner au café-restaurant. Je lui ai dit que Mary Ann préparait des pancakes au babeurre du tonnerre. Pour ma part, j'adore son sirop à la fraise.

— Elle vous a dit combien de temps elle allait rester ?

La femme lui lança un drôle de regard.

— Non, elle n'a pas pesté. (Elle se redressa, l'air indigné.) Enfin, elle aurait eu le droit de se plaindre.

— Combien de temps va-t-elle rester ? insista-t-il en se dirigeant à présent vers la porte opposée.

— Quelques jours. Tu sais, elle écrit des articles dans des magazines comme *Maisons et Jardins* et *Vivre dans le Sud*. Si elle bougonnait sans arrêt, elle ne pourrait pas exercer ce métier. Elle gagne très bien sa vie. Elle va faire un article sur certaines maisons de Clare Point, annonça-t-elle avec fierté.

— Ah ? Première nouvelle ! marmonna Arlan. Merci, Madame Cahall, ajouta-t-il en lui faisant un signe de la main avant de sortir.

— Laisse-la donc pester si elle en a envie, lui cria la vieille dame.

Au café-restaurant, Arlan passa devant le panneau qui indiquait aux clients d'attendre pour être placés. Il retrouva Macy au fond de la salle, dans l'alcôve du coin. Dans les lieux publics, Arlan choisissait toujours cette table. C'était le meilleur moyen de garder un œil sur les allées et venues, et donc de rester en vie.

Il se glissa à côté d'elle sur la banquette en vinyle.

— Qu'est-ce que tu en dis, pancakes ou gaufres ? lui demanda-t-elle sans même lever les yeux, comme si elle avait prévu qu'il arriverait d'une minute à l'autre. Mme Cahall recommande les pancakes, mais j'ai envie d'une gaufre ce matin.

Arlan se recula quand Mary Ann, chef de rang et propriétaire du restaurant, approcha la verseuse en acier inoxydable au-dessus de sa tasse, attendant son feu vert. Les vampires n'étaient pas des fanatiques d'excitants, mais ce matin, il en avait besoin. Il acquiesça.

— Je reviens prendre votre commande dans deux minutes, ma belle, déclara-t-elle.

— Pourquoi m'as-tu menti à propos de ton nom ? l'interrogea Arlan dès que Mary Ann ne put plus les entendre.

— À ton avis ? Tu donnes toujours ton vrai nom à tes aventures d'un soir ? Cela m'étonnerait, dit-elle en posant son menu.

Il croisa son regard. Ses yeux étaient d'un vert absolument incroyable, entre la couleur de la mousse et celle des feuilles qui tombent à l'automne, au moment où elles ne sont plus vertes, mais pas encore marron. Même les paupières closes, il pouvait voir les yeux de Macy.

— Ce n'est pas une réponse valable. Tu as menti à Fia. Pourquoi mens-tu à des agents du FBI, Macy ? Si c'est ton vrai nom.

— Mes parents m'appelaient ainsi, murmura-t-elle, passant en un éclair du cynisme à la tristesse.

Il se sentit de nouveau coupable. C'était un sentiment lourd, oppressant. Encombrant. Il avait brusqué Macy, sans raison. Il y avait suffisamment de méchanceté dans le monde pour qu'il n'en rajoute pas.

— Tu as menti pour te protéger ? De quoi ?

Elle fronça les sourcils. Elle avait choisi un jus d'orange et laissé la tasse destinée au café retournée sur la table. Comme lui, sa Macy ne semblait pas avoir besoin d'excitants supplémentaires.

— Qu'est-ce que tu crois ? Tu ne comprends donc pas ? Il les enterre jusqu'au cou, attend qu'ils se réveillent et ensuite il les étouffe, grommela-t-elle d'un ton sévère. Il prend son pied en observant la peur dans leurs yeux, celle qu'ils éprouvent non seulement pour eux-mêmes, mais aussi pour les autres quand ils se rendent compte de ce qui se passe. Quand ils se rendent compte qu'ils ne peuvent absolument rien faire.

— On dirait que tu saisis très bien ce qui motive cet homme.

Elle fronça les sourcils, sans relever l'insinuation d'Arlan.

— Simple analyse psychologique, tu ne crois pas ?

Il changea d'approche, conscient qu'endosser le rôle du méchant flic n'allait pas être plus efficace que celui du gentil.

— A-t-il menacé de te faire subir la même chose, Macy ? Si c'est le cas, le FBI peut te protéger.

— Ouais, c'est ça, répondit-elle avec un rire dénué d'humour.

— Mme Cahall m'a dit que tu allais rester quelques jours, et que tu faisais des recherches pour ton travail. La mère de Fia tient un *bed and breakfast* ici, en ville. Nous pensons que tu devrais t'installer là-bas, où nous te saurons en sécurité.

— Tu veux dire là où vous pouvez garder un œil sur moi.

— Je me contente de te transmettre un message de la part de Fia. (Il hésita.) Tu peux me parler. Tu peux avoir confiance en moi, Macy.

Elle but une gorgée de jus d'orange, fixant du regard la casquette de l'homme qui se trouvait dans l'alcôve droit devant elle.

— Ce n'est pas une question de confiance. C'est plutôt l'envie de révéler enfin certaines choses. (Elle soupira.) Si je te dis quoi que ce soit, tu seras toi aussi en danger.

— Et Fia ? Tu crois que lui donner ces renseignements ne va pas la mettre en danger ?

— J'y ai réfléchi, mais elle est flic. Elle a l'habitude de ce genre de choses. Elle a attrapé ces jeunes qui décapitaient des gens, non ? (Elle esquissa un sourire.) Pour moi, c'est une sorte de superhéroïne.

« Superhéroïne » ? Arlan se demanda ce que Macy penserait de Fia si elle savait qui cette dernière était réellement, et si elle apprenait sa soif insatiable de sang humain. Puis il ne put s'empêcher de s'interroger sur la réaction de Macy si elle savait ce qu'il faisait dans la vie quand il n'installait pas des gouttières. Il se demanda ce qu'elle penserait si elle voyait les siècles de sang humain sur ses mains.

— Non, reprit Macy d'un ton ferme. Je veux parler à Fia. Et j'ai juste envie de coucher avec toi.

Il ne tint pas compte de la seconde partie de la phrase et tenta de se concentrer sur ce que Fia voulait qu'il fasse.

— Alors, appelle-la, dit-il en sortant son portable de sa poche et en le faisant glisser sur la table. Appelle-la tout de suite.

— D'abord le déjeuner. Ensuite, le téléphone.

Elle leva les yeux vers Mary Ann, qui était de retour à point nommé, presque de manière magique, comme seules les serveuses chevronnées pouvaient y parvenir.

— Nous allons prendre les gaufres, indiqua-t-elle.

— Dis-moi au moins que tu réfléchiras au fait de t'installer au *bed and breakfast*, insista Arlan.

Ils se tenaient sur le trottoir, devant le café-restaurant. Il faisait beau et chaud, et Macy était convaincue que la température devait déjà atteindre vingt-six degrés.

— J'y ai déjà réfléchi. J'aime bien le *Motel du Phare*. J'apprécie Mme Cahall, avec sa jupe de tennis et ses genoux osseux. J'aime bien ses dessus-de-lit kitsch et les mouettes en céramique au mur.

Il fronça les sourcils en ajustant ses lunettes de soleil enveloppantes de surfeur.

— Écoute, je dois aller travailler.

Elle se demanda ce qu'il faisait, mais ne lui posa pas la question. Elle posait rarement des questions. Ainsi, il était plus facile de ne pas répondre à celles qu'on lui adressait. Elle avait donc développé ses capacités de déduction, et appris à bien cerner les gens.

À en juger par la façon dont il allait et venait librement par une matinée de semaine, il devait être à son compte. Un métier manuel, supposa-t-elle. Artiste ? Fabriquait-il des vases en céramique pour les vendre aux touristes dans cette ville où ils semblaient affluer ? Ou faisait-il quelque chose de plus viril, comme sculpter des statues de bronze ? Il aurait l'air sexy avec un tablier de cuir et des lunettes de protection. La scène serait chaude à plus d'un titre : elle imagina la sueur ruisseler sur ses pectoraux et ses abdominaux, et cette image la fit sourire.

— Quoi ? lança-t-il d'un ton légèrement soupçonneux.

— Rien. Merci pour le petit déjeuner, dit-elle en levant les yeux vers lui. Et pour la nuit dernière, ajouta-t-elle avec douceur. Je n'avais pas l'intention de te faire peur. C'est juste que…

Elle chercha à croiser son regard, mais ne pouvait distinguer ses yeux derrière les lunettes noires.

— … je ne voulais pas être seule.

Un silence gêné s'installa.

— D'accord. Eh bien…

Arlan commença à s'éloigner d'elle, glissant la main dans la poche.

Visiblement, il ne savait pas du tout comment interpréter le fait qu'elle n'ait pas tenté d'éviter le sujet de leur intimité physique. La plupart des hommes étaient ainsi. Tout ce qui comptait pour eux, c'était de descendre au-dessous de la ceinture, pourvu que vous ne le mentionniez pas ensuite.

— Je me rends au travail, et toi, tu seras sympa avec Fia, d'accord ? demanda-t-il en levant le pouce en l'air.

— Je vais l'appeler.

— Tu as besoin d'autre chose ? Je veux dire, que vas-tu faire pendant le reste de la journée ?

Elle fit glisser ses lunettes de soleil sur son nez.

— Tout ne tourne pas autour de toi, Arlan Kahill. J'ai réellement des recherches à faire pour un article sur les maisons balnéaires de style victorien. À bientôt.

Elle lui sourit, en pensant que cet homme possédait quelque chose qui déclenchait chez elle un sourire sincère. Elle n'avait pas besoin de se forcer, ni de faire semblant, comme si souvent.

Macy laissa Arlan en plan sur le trottoir devant le café-restaurant et se dirigea à pied vers l'est, en direction de l'océan. Dans le hall du motel, elle avait emprunté une de ces cartes touristiques imprimées de symboles en couleur indiquant les parkings ou les endroits où déguster des glaces, mais elle préférait se faire une idée d'une ville inconnue par ses propres moyens. Elle s'était rendue dans le Delaware à de nombreuses reprises et avait séjourné à Rehoboth Beach et dans la région de New Castle, mais elle n'était jamais venue à Clare Point. Mme Cahall lui avait suggéré d'aller à l'est, puis au nord, là où se trouvaient les plus belles maisons, avait insisté la vieille dame.

Par conséquent, Macy marcha vers l'est puis, à une rue de la baie, elle se dirigea vers le nord. Comme promis, la rue était bordée de maisons au charme suranné qui semblaient avoir été construites au tournant du siècle, ou avant. Dans un rayon de deux ou trois pâtés de maisons, chaque demeure sans exception paraissait avoir au moins cent ans. Bien que plus petites que les maisons de Cape May dans le New Jersey, celles-ci arboraient aussi des couleurs pastel victoriennes : rose, jaune et bleu, créant un décor pittoresque.

Ravie de sa découverte, Macy sortit son appareil photo du sac en toile qu'elle portait à l'épaule et commença à prendre des clichés au hasard. Ce soir, à l'hôtel, elle les examinerait plus en détail. Quand elle aurait choisi deux ou trois maisons intéressantes, elle discuterait avec un représentant de la chambre de commerce locale. Selon l'expérience de Macy, les chambres des petites communes faisaient toujours preuve d'enthousiasme pour l'aider à trouver des habitations à photographier lorsqu'elles pensaient pouvoir en tirer une publicité gratuite.

Elle était au milieu de la deuxième rue quand elle repéra une femme séduisante qui arrosait les zinnias encadrant l'entrée pittoresque de sa maison. Elle semblait âgée d'un peu moins de trente ans, et ses cheveux courts coiffés en pointes étaient d'un rouge presque fluorescent. Pas le genre de personne qu'on s'attendait à voir arroser des fleurs dans son jardin. La jeune femme sourit.

Macy lui rendit son sourire, l'interprétant comme une invitation.

— Bonjour, lança-t-elle.

— Bonjour.

La femme tenait le pulvérisateur sur le tuyau d'arrosage, et de l'eau en fine pluie retombait sur ses fleurs aux couleurs vives.

— Cette rue est pleine de belles maisons. (Macy leva les yeux sur le porche pêche pâle bordé de blanc.) Vous êtes propriétaire ou vous louez ? C'est magnifique.

— Elle appartient à ma famille depuis plusieurs générations, dit la femme en l'invitant à entrer d'un geste simple.

Macy mit son appareil photo sur son épaule et plongea la main dans son sac à dos pour en sortir une carte de visite.

— Macy Smith, je travaille pour *Maison Magazine* et pour d'autres publications consacrées à la maison et au jardin. Je recherche en permanence des maisons et des jardins originaux pour des reportages.

La femme éloigna le tuyau de Macy, accepta la carte, la lut et releva la tête.

— C'est drôlement chouette. Vous voulez visiter un peu ? proposa-t-elle en faisant un geste avec le tuyau. Derrière la maison, j'ai des rosiers irlandais vieux de plus de deux cents ans. La floraison est incroyable, dit-elle avec un sourire presque timide. Eva Hill. J'ai un faible pour les roses et d'autres choses piquantes, ajouta-t-elle dans un haussement d'épaules.

Macy sourit et lui tendit la main. Eva, avec ses cheveux en bataille et son maquillage foncé, était bien différente des passionnés de rosiers habituels. Macy aimait que les gens la surprennent.

— Enchantée, Eva.

La femme aux cheveux rouges ferma la valve du pulvérisateur et laissa tomber la lance d'arrosage pour serrer la main de Macy. Sa poignée de main était chaleureuse et ferme.

— De même. Venez voir derrière la maison. Je vous offre un thé glacé ? Ça va encore être la fournaise aujourd'hui.

Le soir même, incapable de trouver le sommeil et assise à la table du coin repas de sa chambre de motel, Macy visionna les photos qu'elle avait prises de la maison d'Eva et d'autres habitations dans la rue. Elle sirotait une tisane glacée. Il était plus de minuit. Elle était fatiguée, et aurait dû dormir, mais n'y parvenait pas, donc elle s'affairait. Mis à part faire l'amour avec des inconnus, seul le travail l'apaisait quand elle se sentait aussi agitée.

Après avoir fait le tour du magnifique jardin de roses d'Eva, elle avait fini par visiter aussi l'intérieur de la maison. Le courant était si bien passé qu'Eva avait non seulement accepté que sa maison figure dans un magazine, mais qu'elle pensait également pouvoir convaincre d'autres propriétaires de sa rue d'en faire autant. Macy envisageait un article de fond qui s'étalerait sur dix, voire douze pages. Cela nécessiterait beaucoup de temps et d'efforts, mais elle était persuadée que, parmi les éditeurs pour lesquels elle travaillait en free-lance, plus d'un serait intéressé. Ces maisons sur le littoral étaient si atypiques, de véritables merveilles perdues dans cette petite bourgade de la côte est des États-Unis. Peut-être serait-ce le sujet qui lui rapporterait le plus d'argent.

À 15 heures, elle avait joint Fia par téléphone et lui avait annoncé qu'elle restait en ville quelques jours. Elles avaient convenu d'un rendez-vous vendredi soir. L'agent n'avait pas sauté de joie que leur rencontre soit reportée mais était suffisamment intelligente pour savoir que Macy avait l'avantage. Macy fut soulagée de pouvoir décaler ce face-à-face. Cela lui laisserait le temps de réfléchir à ce qu'elle dirait. À ce qu'elle choisirait de révéler. Ou bien de se dégonfler et de retourner à toute vitesse en Virginie si elle le décidait.

Il serait peut-être plus difficile qu'à l'accoutumée de partir sans dire « au revoir ». Arlan n'était pas comme les autres hommes qu'elle avait connus. Quelque chose en lui faisait regretter à Macy de ne pas être différente. Mais qui pensait-elle berner ? Il n'était pas différent. Il n'était pas particulier. Aucun des hommes qu'elle avait rencontrés ne l'était. Personne ne pouvait la sauver. Bien sûr qu'elle pouvait s'enfuir. Elle l'avait déjà fait un nombre incalculable de fois.

Après avoir visionné les photos et rédigé plusieurs e-mails aux éditeurs de divers magazines, Macy se connecta à Internet en utilisant le code que Mme Cahall lui avait donné plus tôt dans la soirée. Bizarrement, elle n'avait pas été surprise que cette vieille dame alerte dispose d'un réseau WiFi.

Elle avait à moitié fini d'envoyer ses messages quand la fenêtre de messagerie instantanée apparut, accompagnée d'un signal sonore. C'était Winnie, bien évidemment.

Winnie : Je t'attendais. Où étais-tu ?

Elle contempla le curseur qui clignotait.

Winnie : Tu as lu les journaux ? Regardé les informations ? Elle est silencieuse ce soir, très silencieuse.

Il parlait de la voix. Celle qui, selon lui, le poussait à tuer. Elle sentit un mélange de peur et de colère nouer son estomac. Elle voulait fermer la fenêtre de dialogue. Le faire taire. Mais, si elle désirait vraiment aider le FBI, il lui fallait garder le contact avec lui et rester dans ses bonnes grâces.

Macy : J'ai vu.

Elle appuya sur la touche Entrée, puis ajouta :

Macy : Comment as-tu pu ?

Winnie : Je n'aime pas le ton que tu prends.

Macy fit courir ses doigts sur le clavier :

Macy : Tu es un menteur. Tu me mens. Tu te mens à toi-même.

Winnie : Orpheline.

Ah, tu veux jouer à ça, ce soir ? dit-elle à voix haute. On a douze ans ou quoi ?

Elle hésita avant de taper.

Macy : Si seulement tu m'avais parlé. Si seulement tu n'avais pas fait ça.

Winnie : Avec des si...

Macy : Je ne plaisante pas.

Macy ne savait pas d'où elle tenait un tel courage.

Macy : Il faut qu'on discute.

Winnie : Mais c'est précisément ce qu'on fait, chère Marceline. Tu es ma meilleure amie sur Terre. On se parle tout le temps.

La perspective d'être l'amie de ce monstre lui donnait envie de vomir. L'idée qu'il soit persuadé qu'ils pouvaient être amis après ce qu'il avait fait était d'une certaine manière encore pire.

Les doigts au-dessus du clavier, elle réfléchit à la réponse qu'elle devait faire. Si elle s'entretenait avec Fia vendredi soir, elle devrait lui fournir des renseignements, pour prouver qu'elle n'était pas une affabulatrice. Une information réellement utile.

Macy : J'ai remarqué la lune cette nuit-là. Elle n'était pas dans la bonne position, Winnie. Tu as raté la pleine lune. Tu as hésité. Puis tu l'as quand même fait.

Ses mots apparurent à l'écran presque instantanément.

Winnie : La lune ? Comment es-tu au courant à propos de la lune ????

Elle devina qu'elle avait touché une corde sensible.

Macy : Je sais tout à propos de la lune.

Winnie ne répondit pas. Elle attendit, et prit une gorgée de tisane. Les secondes devinrent des minutes. Elle se sentit tout à coup puissante. Pendant toutes ces années, elle avait eu peur. Peur de lui parler, de ne pas lui parler. À présent, c'était peut-être lui qui avait peur.

Au moment où elle s'apprêtait à éteindre son ordinateur et à regarder un programme stupide à la télévision, une nouvelle ligne de texte apparut.

Winnie : Personne n'est au courant pour la lune.

Elle réfléchit, puis tapa :

Macy : Personne, à part toi et moi. Parce nous sommes amis, pas vrai ?

Il hésita encore avant d'écrire :

Winnie : Amis.

Macy : Dans ce cas, pourquoi l'as-tu fait alors que la lune n'était pas pleine ?

Winnie : Je… je ne sais pas. Je croyais pouvoir attendre, mais c'était impossible.

Macy : Est-ce que quelqu'un te demande de le faire ?

Winnie : Non, personne. Je fais ce que je veux !

« Je fais ce que je veux ! » Ce surprenant accès de colère fit reculer Macy sur sa chaise. Elle regarda l'écran. Il semblait avoir régressé davantage. À présent, on aurait dit un enfant de cinq ans. Elle pensa à toutes les photos qu'il avait découpées dans des magazines et qu'il lui avait envoyées des années auparavant, quand il faisait encore ce genre de choses. Les petits garçons étaient alors un thème récurrent. À l'époque, elle s'était demandé s'il n'était pas aussi une sorte de prédateur sexuel, mais désormais elle se demandait si tous les petits garçons ne le représentaient pas lui, Winnie.

Macy : Donc, tu le fais de ton plein gré. Pourquoi ?

Il hésita.

Winnie : Il faut que j'y aille.

De toutes ces années, c'était la première fois qu'il se déconnectait en premier. La première fois qu'elle sentait qu'elle maîtrisait la situation.

Macy : Bonne nuit.

Puis elle ferma le capot de son ordinateur portable et se leva de table avant qu'il puisse répondre.

Par la fenêtre, elle regarda la rue devant l'hôtel. Calme et déserte. Clare Point était une station balnéaire familiale, sans bars ni salles de jeux. Tous les restaurants et magasins fermaient à 22 heures, ce qui était vraiment un peu étrange. Même le pub du coin où Macy avait trouvé Arlan la nuit dernière arborait un panneau « Fermé » à cette heure-là, bien qu'elle aurait juré apercevoir de la lumière filtrer à travers les stores baissés.

Toute la ville était plongée dans le silence et l'obscurité.

Un gros labrador noir trottait au milieu de la rue. Comme s'il avait perçu qu'elle le regardait, il s'arrêta et se tourna vers elle, les oreilles dressées.

Elle l'observa, et il en fit autant.

Elle se rapprocha encore de la fenêtre et posa la main sur la vitre froide. Elle fut soudain prise d'une folle d'envie d'aller vers le chien. De l'inviter à l'intérieur. Il ne semblait pas blessé ni affamé. En fait, il était musclé, avait le poil lisse et brillant et des yeux qui luisaient avec intensité. Mais elle sentait qu'il avait besoin d'elle.

N'était-ce pas étrange ?

Chapitre 13

Arlan dut se forcer pour continuer à remonter la rue en direction du musée. Il n'aurait pas cru voir Macy cette nuit, et ne pensait pas qu'elle aurait été là, à l'attendre.

Était-elle vraiment en train de m'attendre ?

Il passait simplement par là, s'occupant de ses affaires, sous la forme d'un labrador. Quand il était arrivé devant le *Motel du Phare*, il avait jeté un coup d'œil vers la chambre 22. Comme ça.

Et voilà qu'elle était debout à la fenêtre. *À l'attendre.*

C'était une pensée ridicule, bien entendu. Elle ne savait pas qu'il s'agissait de lui. Tout ce qu'elle avait vu, c'était un gros chien noir qui s'était éloigné de son jardin. Elle ne savait pas plus qu'il pouvait se changer en labrador qu'en renard. C'était une pure coïncidence qu'elle se soit trouvée derrière sa fenêtre ouverte, après minuit, pile au moment où il se rendait à la réunion au cours de laquelle il devrait peut-être décider de l'exécution d'un tueur en série ou d'un pédophile.

Deux rues plus loin, Arlan quitta le trottoir, emprunta une allée et faillit percuter une paire de longues jambes féminines.

— Salut !

Arlan aboya, puis lui emboîta le pas.

— Qu'est-ce que tu fais là ? demanda Fia, baissant les yeux sur lui. Joli collier.

Arlan passa de sa forme canine à sa forme humaine.

— Qu'est-ce que je fais là ? (Il se gratta derrière l'oreille.) C'est plutôt à toi qu'il faudrait poser la question. On est au beau milieu de la nuit. Tu es censée être à Philadelphie. Une de ces nuits, ton Don Juan va te surprendre, et tu devras lui fournir des explications.

Elle fronça les sourcils.

— Réunion du Haut Conseil. Tu te pointes, sauf si tu es mort.

— Très peu probable, plaisanta-t-il.

— Exactement.

Ils atteignirent l'arrière du musée. Elle tapa une série de chiffres sur le digicode et la porte s'ouvrit.

— Alors, Peigi t'a convaincu de remplacer Johnny Hill ? demanda-t-elle.

— Imposé, plutôt.

— Si ça peut te rassurer, je pense que le Conseil a raison. Tu as ta place ici.

Elle désigna une porte close, et adopta un ton solennel, presque comme s'ils se trouvaient dans une église.

— Les hommes se changent ici. Et les femmes là, dit-elle en lui indiquant une porte fermée. On se rejoint à la table.

Arlan observa Fia disparaître dans la pièce et refermer derrière elle. Au lieu d'aller à l'endroit où elle l'avait guidé, il marcha jusqu'au bout du long couloir et pénétra dans la salle principale du musée. Les lumières étaient éteintes, mais il n'eut aucun mal à distinguer les meubles. Il aurait pu s'orienter les yeux fermés.

Le bâtiment actuel, construit sur des fondations anciennes, avait été érigé à la fin des années soixante pour développer le tourisme florissant de la ville. Dépeignant Clare Point comme un repaire de pirates au début de l'époque coloniale, le musée mêlait fiction et réalité. Parmi les objets exposés se trouvaient de nombreux éléments du bateau à bord duquel le clan était arrivé d'Irlande trois siècles auparavant. Quand le vaisseau avait fait naufrage sur un récif lors d'une tempête et qu'ils avaient tous été rejetés à terre, ils avaient rassemblé les objets ainsi que les morceaux de bois trouvés sur le rivage et la coque fendue. Ils avaient utilisé ces planches déformées pour construire leurs premières maisons ; les hublots étaient devenus des fenêtres et la porcelaine anglaise blanche, à présent dans les vitrines en verre, avait servi au cours des repas pendant des dizaines d'années.

Quand les Kahill s'étaient échoués, une petite colonie de naufrageurs vivait dans des cabanes sur la plage, mais lorsque le chef du clan, Gair, avait déclaré qu'ils avaient atteint leur ultime destination, les femmes Kahill avaient sorti leurs crocs, les hommes avaient levé leurs épées et, réalistes, les pirates s'étaient déplacés vers le sud, en Virginie, sur des terres plus sûres.

Les vitrines du petit musée, signalées par des écriteaux imprimés parfois accompagnés de dessins humoristiques, renfermaient de nombreuses pièces de porcelaine, des chandeliers en cuivre et d'autres objets de pacotille du même acabit, provenant pour la plupart du bateau, même si certains d'entre eux avaient été abandonnés par les naufrageurs dans leur hâte de fuir une colonie de vampires. Il y avait aussi une petite exposition de flèches et de lances témoignant de l'histoire plus ancienne de la région, quand les Amérindiens pratiquaient la chasse et la pêche dans la zone remplacée aujourd'hui par la ville. Certains des objets étaient souvent exposés sur la table ronde qui venait de la cabine du capitaine du navire.

Arlan posa le regard sur ce meuble et réprima un frisson prémonitoire. Débarrassé de ses bibelots, il savait que c'était là que le Haut Conseil effectuait ses *aontas*. Ce soir, il devrait peut-être voter, planter sa dague dans la table marquée, et condamner à mort un homme ou une femme. Ou il différerait son *aonta* afin de demander plus de preuves de la culpabilité de l'humain en question. La responsabilité semblait écrasante pour un homme à tout faire.

Il détourna les yeux.

Pendant les heures d'ouverture, on projetait dans un coin de la salle un film de cinq minutes, et juste à côté du hall d'entrée, près des toilettes, se trouvait une petite boutique de cadeaux où l'on pouvait acheter des épées en plastique, des bandeaux de pirate, des pièces factices, des tomahawks et d'autres souvenirs du même genre. Quand il pleuvait, pendant les mois d'été, le musée parvenait étonnamment à réaliser une belle recette.

À présent, il se dégageait de la salle plongée dans l'obscurité une énergie étrange et inquiétante. Toutes ces années à prendre des décisions de vie et de mort, pensa Arlan. Cela ne pouvait qu'imprégner l'air de manière indélébile.

La climatisation se déclencha avec un petit bruit sec qui le fit sursauter. Il fit volte-face quand l'air froid lui arriva sur le visage. Il redoutait de pénétrer dans la petite pièce et de revêtir la robe du Conseil. Il appréhendait les souvenirs qui remonteraient à la surface. Il n'avait plus fait partie du Haut Conseil depuis le milieu du XIXe siècle. Depuis qu'il avait voté en faveur de l'exécution du frère de sa maîtresse.

Il était un peu plus de 3 heures du matin quand il raccrocha sa cape, rendit la dague de cérémonie que Gair lui avait prêtée et sortit dans l'air nocturne chaud et humide. Perdus dans leurs pensées après les débats de la nuit, les membres du Conseil sortirent l'un après l'autre par la porte de derrière, sans parler. Ce silence méditatif semblait de circonstance, comme le signe d'un profond respect pour les décisions fondamentales prises derrière ces portes closes.

Le groupe se dispersa, et chacun rentra chez soi pour dormir quelques heures avant d'avoir à se réveiller, et recommencer à accueillir et servir les touristes et à faire semblant d'être humains. Arlan raccompagna Fia jusqu'à son véhicule, puisqu'elle paraissait faire exception à la règle énoncée de manière si catégorique par Peigi, selon laquelle on ne se rendait pas au Haut Conseil en voiture.

— Ça va ? s'enquit Fia d'une voix douce tandis qu'il lui ouvrait la portière.

— Bien sûr. Pourquoi ça n'irait pas ?

Ils se faisaient face, séparés par la portière du véhicule.

— On s'y habitue, dit-elle en croisant les bras sur la portière et en se penchant vers lui. On arrive à faire ressortir les bonnes informations. À se fier à son intuition sur ces personnes. À savoir quand la décision est juste.

Arlan avait été vivement soulagé qu'on ne lui demande pas de voter cette nuit. Heureusement, il s'agissait d'une réunion pour échanger des renseignements et donner des ordres aux équipes pour des enquêtes complémentaires. Il avait simplement dû se tenir à table et écouter, vêtu d'une cape à capuche que certains membres de sa famille portaient depuis plus de deux cents ans. Fia avait proposé le Fossoyeur, ce qui en faisait désormais une enquête autorisée par le clan. Que Fia soit ou non officiellement mise sur cette affaire par le FBI, le clan l'en chargeait, et en faisait une priorité absolue.

Pendant un moment, Fia et Arlan restèrent debout dans le noir. La lune commençait déjà à baisser dans le ciel. Les insectes nocturnes sifflaient. Non loin de là, une grenouille coassa dans un fossé d'évacuation. Pour lui, ces sons étaient rassurants, car ils demeuraient les mêmes au fil du temps et sur tous les continents.

— Tu as l'air fatigué, dit-elle en tendant la main pour toucher sa joue couverte d'une barbe de plusieurs jours.

Il ferma les yeux, savourant ce contact physique. Il la désirait depuis si longtemps que parfois il oubliait la douleur, et voilà qu'elle réapparaissait soudain, si oppressante qu'il pouvait à peine parler. Il avait tant envie d'elle, pas seulement dans son lit, mais dans ses bras. Dans son cœur.

Mais elle appartenait à un autre homme. C'était son choix. Sa vie.

— La journée a été longue, avoua-t-il. J'ai réparé les fissures sur la tombe de Rob et j'ai installé une rampe de spots d'éclairage dans la nouvelle salle vidéo de Mary Hill.

— Tu as une vie trépidante, gloussa-t-elle.

Il ouvrit les yeux.

— C'est vrai, répondit-il avant de baisser le regard sur la ligne blanche qui délimitait la place de parking du musée. Alors, tu as parlé à Macy ?

Fia écarta une mèche de cheveux roux. Elle les laissait pousser. Ainsi, elle avait l'air plus jeune, moins sévère.

— Elle m'a dit qu'elle allait rester dans les parages quelques jours. Elle bosse en free-lance pour un magazine. Je vais me renseigner sur son travail et voir quelles casseroles je peux dégotter sur elle. On se rencontre vendredi.

— Tu reviens pour l'enterrement de Rob ?

Elle fit « non » de la tête.

— De temps en temps, je dois partager mon lit avec mon mec.

— Ah, reconnut-il. Tu ne veux pas qu'il ait des soupçons. Sinon, tu devras boire tout son sang, prononcer l'incantation magique et le faire entrer dans le monde des morts-vivants.

— Ce n'est pas drôle, dit-elle en lui donnant une tape sur l'oreille.

— Aïe.

Il recula en frottant son appendice offensé.

— Bonne nuit, lança Fia en se glissant dans sa voiture avant de refermer la portière.

— Bonne nuit.

Il rentra chez lui à pied, sous sa forme humaine, en prenant son temps, les mains enfoncées dans les poches, et ses lunettes de soleil sur le nez. Il aimait la façon dont les verres teintés changeaient la lumière projetée par la lune argentée. Peut-être était-ce la polarisation, ou la magie de la nuit. Que cela lui plaise ou non, il était à présent membre du Haut Conseil et la responsabilité inhérente à cette position pesait de nouveau sur ses épaules. Il avait oublié à quel point ce fardeau était lourd.

Arlan ne fut pas surpris de trouver Macy sur les marches de son perron. Peut-être aurait-il dû être étonné, mais ce n'était pas le cas. Il était content de la voir. En silence, il passa devant elle, monta les marches et tourna le bouton de la porte.

— Tu ne fermes pas ta porte à clé, fit-elle remarquer. (Elle ressemblait plus à un esprit de la nuit qu'à un être humain à ce moment.) Moi non plus, dit-elle dans un soupir.

Dans sa chambre, ils se déshabillèrent lentement l'un l'autre, comme s'ils l'avaient fait un millier de fois. Ils restèrent debout, nus, entourés d'une mare de vêtements. Arlan mêla ses doigts à ceux de Macy et les serra, les yeux plongés dans les siens. Il se sentait triste. Pour lui-même parce qu'il ne pouvait pas avoir Fia, pour Fia car elle ne pouvait s'affranchir de son addiction envers les hommes humains, pour Macy parce que… il ne savait pas vraiment pourquoi. Mais il avait envie de savoir. Il voulait découvrir son histoire.

— Raconte-moi comment tu le connais, dit Arlan en baissant la tête pour embrasser son épaule nue. (Il prit une profonde inspiration pour s'imprégner de son parfum de femme humaine.) Le tueur.

— Cela n'a aucune importance.

Elle posa la main sur sa joue et le guida vers elle. Elle effleura ses lèvres des siennes, une caresse à la fois douce et terriblement sensuelle.

— J'ai envie de comprendre, murmura-t-il contre ses lèvres. Je veux ressentir ta souffrance.

— Non, tu ne veux pas, dit-elle dans un souffle, avant de goûter les lèvres d'Arlan du bout de la langue. Crois-moi, tu n'as pas envie d'éprouver cette douleur. Moi non plus d'ailleurs.

Il l'embrassa plus violemment.

— Je peux t'aider.

Elle lui prit le visage entre ses deux mains et l'attira vers elle pour répondre à son baiser avec autant d'insistance et de désir que lui. Son souffle était déjà court, et sa voix rauque. Presque désespérée.

— Non, tu ne peux pas. Personne ne peut m'aider. Personne ne peut me sauver.

Elle posa sa main chaude sur son membre déjà en érection.

— Tu triches, dit-il dans un murmure qui se transforma en gémissement.

Elle le caressa sur toute la longueur, sans cesser de le regarder dans les yeux. La façon dont elle le contemplait provoquait une onde de choc qui se propageait dans tout son corps. Il la souleva dans ses bras et se dirigea vers le lit, avant de la jeter sur les draps défaits qui portaient encore l'odeur de leurs ébats de la veille.

Macy poussa un petit cri de surprise face à cette brutalité soudaine, mais ne protesta pas. Elle tendit les bras vers lui, l'attira sur elle et lui rendit son baiser fougueux.

Arlan ne savait pas ce qui lui avait pris. Peut-être l'importance de cette soirée. Il ne voulait pas se contenter de faire l'amour à Macy, mais la posséder. Il pressa ses seins et fit courir ses doigts le long de sa poitrine mince, en l'embrassant avec force et en enfonçant sa langue dans sa bouche. Il se frotta contre son sexe, puis attrapa ses jambes nues et les plaça autour de sa taille. Ils s'embrassèrent et se caressèrent avec une excitation frénétique, sentant leur désir monter un peu plus à chacune de leurs respirations haletantes.

— Arlan, dit-elle, le souffle coupé. Maintenant. Je te veux maintenant.

Mais il ne la prit pas. Il plaqua sa bouche contre son cou et goûta du bout de la langue le sel de sa peau. Il alla même jusqu'à découvrir ses dents.

Non. Il ne la mordrait pas. Il ne boirait pas son sang, même s'il pensait que cela ne la dérangerait pas. En cet instant, elle semblait tout aussi incontrôlable que lui.

Au lieu de la mordre, il la pénétra avec vigueur. Elle cria de plaisir. Et il poursuivit sur sa lancée, se mettant à donner des coups de reins fougueux. Leurs mouvements étaient si intenses qu'ils glissèrent sur le lit, entraînant les draps et le dessus-de-lit dans leur impétuosité. Macy s'agrippa à Arlan avec de petits gémissements passionnés.

Ils jouirent, Macy en premier, puis Arlan, tous deux les yeux fermés et haletant de plaisir. Avec une respiration laborieuse, il s'allongea, restant en appui sur les mains pour ne pas peser de tout son poids sur elle. Il écarta une mèche blonde qui était restée collée sur sa joue moite et embrassa ses paupières closes.

Elle posa les mains à plat sur le torse d'Arlan et le repoussa. Il roula sur le dos et ils restèrent allongés sans bouger dans le noir pendant un moment, chacun écoutant le cliquetis du ventilateur au plafond et l'autre qui reprenait son souffle.

Arlan était soudain si las et si épuisé qu'il se sentit dériver. Elle remua dans le lit à son côté, et il tendit le bras vers elle en ouvrant les yeux.

— Où vas-tu ? demanda-t-il, sonné.

Elle frôla la paume d'Arlan du bout des doigts et descendit du lit.

— Je rentre au motel.

— Tu peux rester dormir ici.

Il n'invitait jamais aucune femme à passer la nuit après avoir fait l'amour. Seule Fia avait ce privilège, mais quand il prononça ces paroles inattendues, il se rendit compte qu'il voulait que Macy soit là, et qu'elle dorme dans son lit, avec lui.

— Je ne reste jamais dormir, dit-elle en tentant de retrouver ses vêtements par terre et de déterminer lesquels étaient les siens.

Il ferma les yeux. Pas plus d'une minute. Pour décider ce qu'il pourrait dire pour la persuader de rester. Quand il les rouvrit, le réveil indiquait 9 h 10, et il était en retard pour aller réparer les étagères du garde-manger d'Eva.

— Tu l'as invitée à rentrer chez toi ? marmonna Arlan, des clous entre ses lèvres.

— Elle va peut-être faire un article sur la maison dans un magazine, s'enthousiasma Eva. Je n'en retire rien à part la gloire, mais elle m'a dit que parfois on peut gagner de l'argent grâce à la publicité. Tu sais, les gens voient des photos de la maison et décident de tourner leurs pubs pour vanter leur dentifrice ou leur crème pour hémorroïdes dans mon jardin de roses.

Il enleva un par un les clous de sa bouche et les posa sur le plan de travail sous les étagères, qui couraient le long du mur du fond de ce petit garde-manger qu'Arlan avait construit au XIXe siècle.

— Les clous ne vont pas suffire. Je vais devoir démonter certaines de ces étagères, les consolider et les fixer de nouveau. Depuis des années, je te dis que cette pièce nécessite des travaux d'entretien. (Il se tourna vers elle.) Eva, tu ne peux pas inviter Macy dans ta maison. Faire amie-amie avec elle. C'est une mortelle.

— Et toi, tu n'as jamais invité d'humains chez toi ? Laisse-moi rire, dit-elle en arquant un sourcil noir parfaitement épilé.

Eva se tenait dans l'embrasure de la porte qui menait à la cuisine.

— Elle est ici pour parler à Fia des meurtres commis par le Fossoyeur.

— C'est la balance de Fia ?

Il fronça les sourcils, désapprouvant le mot qu'Eva avait choisi. Il n'aimait pas sa connotation.

— Non, elle n'est pas une « balance ». Il se peut qu'elle ait des renseignements susceptibles d'aider le FBI dans son enquête, c'est tout.

Arlan n'était pas sûr de ce qu'il pouvait révéler. Il ignorait ce que Fia voudrait qu'il dise. Ce que Macy voudrait qu'il dise. Il pensait qu'il en avait déjà trop dit. Comment faisait-il pour se retrouver en permanence dans de telles situations ? Piégé au milieu des femmes.

— Bon, d'accord, il se peut qu'elle ait des infos pour Fia. Je ne vois pas en quoi cela me concerne, lança Eva en levant son nez de lutin avec arrogance. Elle est photographe. Elle prend de superbes clichés. Arlan, elle comprend mes rosiers.

Il leva les yeux au ciel.

— Elle n'est pas lesbienne, Eva. Tu te mets le doigt dans l'œil si tu cherches l'amour.

Il sortit son mètre de sa ceinture porte-outils en cuir et commença à noter des chiffres sur un bout de papier.

— Comment es-tu certain de son orientation sexuelle ? (Eva se tut un instant puis poussa un petit cri de surprise.) Ne me dis pas que tu as couché avec elle ! (Elle se donna une claque sur ses cuisses musclées.) Sainte Marie mère de Dieu ! Tu t'es tapé la balance de Fia !

— Elle n'est pas la balance de Fia !

Il saisit son morceau de papier et passa devant elle à grandes enjambées en direction de la cuisine. Il était exaspéré. Exaspéré qu'Eva se montre trop amicale avec Macy. Exaspéré que Macy soit allée fourrer son nez là où elle n'avait pas à le faire. Eva pouvait se révéler dangereuse ; bon sang, lui aussi pouvait l'être. Il était exaspéré par la relation que Fia entretenait avec Macy. Il se sentait énervé contre elles toutes.

— Je vais au magasin chercher du bois. Je repasse dans la journée. Ou pas.

Eva le suivit jusque dans l'entrée, déconcertée.

— Tu penses qu'elle pourrait être bi ?

— Ne t'approche pas d'elle, Eva. (Il ouvrit la porte d'un coup sec.) Je te préviens. Et je ne veux pas que tu l'invites à une de tes fichues *feasta oíche* chez ta mère.

Eva était célèbre pour ses fêtes de sang, au cours desquelles tous ses amis se déguisaient afin de ressembler à l'idée que les mortels se faisaient des vampires. Ils conviaient des humains tordus qui se prenaient pour des vampires. Cela se terminait en orgie, en festin de sang, ou les deux. Les *feasta oíche* étaient interdites depuis des années à Clare Point, mais Eva n'avait jamais été du genre à respecter les règles.

— Arrête, je t'ai déjà vu à mes fêtes, le taquina-t-elle.

Il sortit et pointa son crayon de menuisier vers elle.

— Je ne plaisante pas, Eva. Pas cette fois. Je suis sérieux. Je ne veux pas que Macy se retrouve entraînée dans tes conneries.

Elle le suivit sur le perron, s'appuya sur la balustrade et se moqua de lui tandis qu'il grimpait dans son pick-up :

— Arlan a une petite amie humaine, Arlan est amoureux.

Il aperçut son reflet dans le rétroviseur en mettant ses lunettes de soleil. Était-ce cela ? Est-ce qu'il tombait amoureux de Macy ?

Cette idée l'effraya jusqu'au tréfonds de son âme noire. S'il était amoureux de Macy, pouvait-il toujours aimer Fia ?

Chapitre 14

Fia avait calé son portable entre son oreille et son épaule et fouillait au fond de son sac en quête de pièces de vingt-cinq *cents*. Jusqu'ici, elle avait seulement trouvé des stylos, un tube de bonbons à la menthe et des bouts de tissu impossibles à identifier. Énervée, elle enfonça un peu plus la main et tâtonna le long des coutures.

Elle commençait à penser qu'il s'agissait d'une mauvaise idée.

Elle avait choisi de rencontrer Macy sur la promenade de Rehoboth Beach, surtout parce que ce n'était pas Clare Point. En quelques jours à peine, la jeune femme avait fait grande impression sur les habitants de la ville. Arlan couchait avec elle. Eva avait envie de coucher avec elle, et Mme Cahall voulait l'adopter. Tout le monde parlait de Macy, de sa réussite en tant que pigiste, de sa beauté, de son air mystérieux. Fia n'avait pas le temps d'écouter ce genre de foutaises. Elle tenait à sa famille. Elle se sentait responsable de ses membres, mais parfois ils racontaient vraiment n'importe quoi, et ils ne parvenaient jamais à garder les choses pour eux-mêmes. Ils se mêlaient en permanence des affaires des autres. De ses affaires.

Ici, à Rehoboth Beach, Fia pouvait échapper à la curiosité des siens et mener son entretien à l'abri des oreilles télépathiques indiscrètes. Un lieu public convenait bien pour rencontrer une informatrice nerveuse. Il y avait beaucoup d'humains dans le coin, beaucoup d'activité et d'effervescence. Fia espérait que Macy se sentirait en sécurité.

Mais elle n'avait pas anticipé l'affluence d'un vendredi soir de juin sur la promenade. Elle avait dû se garer à plusieurs rues de Rehoboth Avenue, l'artère principale de la ville. Elle allait devoir se dépêcher si elle voulait arriver à l'heure au rendez-vous qu'elle avait fixé à Macy, devant le kiosque à pop-corn.

— Fia, tu m'entends ? demanda la voix à l'autre bout de la ligne.

Merde. Elle avait presque oublié Glen.

— Oui, oui, je suis toujours là. (Elle parvint enfin à extirper quelques pièces du fond de son sac.) Excuse-moi, j'essaie de faire dix choses en même temps. Ça a été la folie… aujourd'hui.

— C'était juste pour te dire que je ne pourrai pas dîner avec toi ce soir. (Il semblait mal à l'aise. Sa voix était différente.) Je… Ce n'est peut-être pas non plus la peine que tu viennes ensuite. Je vais sûrement rentrer tard.

— Oh, d'accord.

Elle tenta d'avoir l'air déçu. Elle avait complètement oublié qu'on était vendredi. Enfin, elle savait qu'on était vendredi, mais elle avait été tellement occupée à essayer de progresser sur l'affaire du Fossoyeur qu'elle avait oublié que Glen et elle passaient toujours cette soirée ensemble, pour partager leur repas et leur lit. Le plus souvent, ils se donnaient rendez-vous au restaurant, puis allaient chez lui.

— Je suis vraiment désolé, dit-il.

En fait, elle se sentait soulagée. Quand elle s'en serait finalement souvenue, elle lui aurait téléphoné pour annuler, comme souvent ces derniers temps. Elle s'en serait souvenue… au bout d'un moment.

Fia alimenta le parcmètre avec trois pièces et un bonbon à la menthe ; il refusa de prendre le bonbon.

— Non, ce n'est pas grave, dit-elle. Je suis dehors, de toute façon. Et je ne sais pas quand j'aurai fini.

Elle ignorait pourquoi elle n'avait pas prévenu Glen qu'elle était retournée dans le Delaware pour travailler sur l'affaire. Il n'y avait aucune raison de le lui cacher. À part le fait qu'il réagissait bizarrement quand elle se rendait trop souvent à Clare Point. Il n'aimait pas Arlan. Il n'appréciait pas la relation qu'elle entretenait avec lui. Il ne la comprenait pas. Parfois, l'idée que Glen puisse être jaloux lui plaisait. Cette semaine, elle n'avait simplement pas le temps.

Elle s'éloigna du parcmètre d'un pas tranquille en direction de la promenade et du bruit des vagues qui s'échouaient sur la plage. Elle sentit dans l'air le parfum du pop-corn, de la barbe à papa et des palourdes frites, ainsi qu'un très léger soupçon de sang humain.

— Bon, dit Glen. On se voit demain ?

Leur conversation semblait si laborieuse. Quand cette gêne s'était-elle installée ?

— Pas de problème pour demain, répondit-elle sur un ton qu'elle voulait enjoué. On pourra faire un truc, aller au cinéma, peut-être ?

— Pourquoi pas ?

Arrivée devant l'hôtel *Plaza Boardwalk*, Fia tourna à droite et se dirigea vers le sud. Tandis qu'elle accélérait le pas, elle balayait du regard la foule composée de familles avec des poussettes, de couples qui se tenaient par la main et de célibataires dragueurs. Elle guettait Macy. Ou tout du moins la femme qu'Arlan lui avait décrite en détail. Cette fille était une anguille. Fia ne voulait pas qu'elle s'enfuie, pas à ce stade. Elle en avait marre de ne pas pouvoir la joindre au téléphone. Marre qu'elle la fasse marcher. Elle souhaitait apprendre ce que Macy savait.

C'est seulement après avoir raccroché qu'elle se rendit compte que Glen ne lui avait pas donné les raisons de son empêchement de ce soir. Si elle en avait eu le temps, cela aurait pu la contrarier.

Fia finit par arriver avec cinq minutes de retard, mais Macy en eut dix de plus. Elles se rencontrèrent au milieu de la promenade, entre l'avenue et l'océan Atlantique. Fia tenait dans les mains deux petites boîtes de pop-corn, une pour chacune d'elles, en gage de réconciliation.

— Macy Smith, dit la femme à la beauté saisissante en tendant la main.

— Ravie de faire enfin votre connaissance. C'est pour vous, répondit Fia en lui offrant le pop-corn tout en l'observant derrière ses lunettes noires.

— Merci.

Elle saisit la boîte tout en échangeant une ferme poignée de main avec Fia.

— J'avais peur que vous ne veniez pas. (Fia désigna de la tête un banc libre face à la vaste étendue de l'océan.) Vous voulez qu'on aille s'asseoir ?

— Bien sûr.

La femme, qui devait selon Fia avoir un peu moins de trente ans, portait une tenue appropriée pour une soirée sur la plage : un tee-shirt imprimé, un short et des tongs. Avec son pantalon habillé et son chemisier en soie sans manches, Fia eut vraiment l'impression que tout le monde la regardait. Même sans la veste, son ensemble trahissait sa fonction de flic.

Les deux femmes prirent place sur le banc en bois, assez près l'une de l'autre pour que les personnes sur les bancs voisins ne les entendent pas, tout en respectant l'espace vital de chacune.

— Il paraît que vous avez eu une semaine chargée à Clare Point.

— Ah bon ? Où avez-vous entendu ça ?

Macy parlait sur un ton tranquille, et scrutait Fia de ses intenses yeux verts. Elle tenait la boîte de pop-corn à deux mains.

Fia sourit et détourna le regard pour défaire le nœud du sac dans lequel se trouvait sa boîte de pop-corn au caramel. Macy avait une voix douce et timide, mais Fia sentait la détermination qui se cachait derrière la retenue, l'allure de mannequin et les mèches dorées.

— Il y a beaucoup de commères à Clare Point, et Arlan est sûrement l'un des premiers pour les potins.

Macy tourna la tête et contempla l'horizon. Elle posa sa boîte à côté d'elle.

— Je n'ai pas l'impression qu'il soit du genre à jaser. C'est un homme bien.

Fia glissa un pop-corn au caramel dans sa bouche pour dissimuler son sentiment de gêne. Pourquoi avait-elle sorti cette vacherie ?

— C'est vrai. Sinon, euh, quelle est la nature de votre relation au juste ?

— En quoi cela vous regarde-t-il ?

Macy continua d'admirer la vue panoramique de la marée qui montait, au-delà des dunes.

— OK, excusez-moi. (Fia croqua son pop-corn.) Ne vous vexez pas.

Bien sûr que Macy était blessée : Fia venait de dénigrer l'homme avec lequel elle couchait. Mais l'agent du FBI qu'elle était avait en ce moment besoin de fixer les bases de leur relation. Elle devait faire comprendre à Macy qu'elle tenait les rênes, et pour cela elle n'hésiterait pas à l'intimider quelque peu.

Macy ouvrit sa boîte de pop-corn et en goûta un.

— Je n'aime pas les questions personnelles.

— Vous refusez que je vous pose des questions personnelles, mais vous voulez que je vous croie quand vous affirmez détenir des informations sur cette affaire ? Que je vous fasse confiance sur parole ?

Macy mit délicatement un autre pop-corn dans sa bouche.

— Je lui ai parlé l'autre nuit.

Fia savait, sans avoir besoin d'explication, de qui il s'agissait.

— Il vous appelle ?

Elle secoua la tête et prit son temps pour mâcher.

— C'est pour cela que j'utilise toujours ces téléphones jetables. Ils ne sont pas déclarés. Non, il me contacte par messagerie instantanée.

— Et c'est ce qu'il a fait l'autre nuit ?

— Lundi soir, vers minuit.

— Vous étiez debout à cette heure-là, devant votre ordinateur ?

— Je souffre d'insomnie, dit-elle en se tournant vers Fia avec un air pensif. Vous aussi, n'est-ce pas ? Je suis sûre que parfois vous ne trouvez pas le sommeil, comme moi. Quand ça m'arrive, je couche avec des inconnus, ou alors… je travaille. (Elle prit un autre pop-corn.) Et vous, que faites-vous ?

Fia avait effectivement des problèmes aussi. Depuis des lustres. Mais comment Macy le savait-elle ? Fia dut se retenir de toucher du bout des doigts le contour de ses yeux. Avait-elle des cernes ? Quant à ce qu'elle faisait pour calmer son agitation… Elle pensa à l'appel embarrassant qu'elle avait passé à Arlan en plein milieu de la nuit. L'homme qu'elle s'était trouvé et qu'elle avait attaché à une gouttière. Triste spectacle. Elle n'en était pas fière, et ne voulait surtout pas partager cet épisode.

— C'est moi qui pose les questions ici.

Elle avait très envie d'interroger Macy à propos de ses inconnus. Elle se demandait s'ils étaient semblables aux siens, vite oubliés, presque des hommes jetables. Mais cela ne serait pas du tout sérieux.

— C'est moi l'agent du FBI qui tente de rassembler des éléments sur cette affaire, souligna-t-elle.

— D'accord, agent spécial Kahill, acquiesça Macy, un pop-corn à la main. Mais d'abord, dites-moi quelque chose. Dans votre ville, avez-vous tous un lien de parenté ? Il y a un nombre impressionnant de Kahill, déclara-t-elle posément. À la réflexion, tous les noms que j'ai rencontrés ont une sonorité très proche. Kahill avec un K. Cahill avec un C, Cahall, Hill…

— Je croyais qu'on était d'accord pour que je pose les questions, répliqua Fia en plongeant la main dans sa boîte de pop-corn.

D'habitude, elle se targuait de maîtriser parfaitement les interrogatoires. Quelque chose lui disait qu'elle ne contrôlait pas du tout celui-ci.

— Revenons à cet homme qui vous contacte. Vous pensez que c'est le tueur ?

— J'en suis certaine, répondit Macy en frottant ses mains l'une contre l'autre pour se débarrasser des miettes collantes.

— Comment en êtes-vous sûre ?

— Il m'affirme que c'est lui, mais, même s'il ne me l'avait pas dit, je le saurais.

Ses paroles semblaient mystérieuses, mais elle les avait prononcées sur un ton très détaché. Au fond d'elle-même, Fia savait que Macy disait la vérité, et qu'elle était son lien avec le meurtrier.

— Et vous êtes sûre qu'il s'agit d'un homme ?

— Il arrive à maîtriser physiquement des familles entières. Il creuse des trous suffisamment profonds pour enterrer les gens jusqu'au menton. (Elle regarda Fia.) Très peu de femmes seraient capables de faire cela, à part peut-être une de votre carrure. De plus, la plupart des tueurs en série ne sont pas des femmes.

Fia passa outre à la remarque personnelle. Du haut de son mètre quatre-vingts, elle devait en effet sembler très grande à Macy, si petite et menue.

— Comment savez-vous que la plupart des tueurs en série sont des hommes ?

— Homme, blanc, classe moyenne, âgé de trente à cinquante ans. Je regarde la télé. Ce ne sont pas les émissions sur les tueurs en série qui manquent. C'est très à la mode, apparemment. Surtout depuis l'affaire de BTK, l'Étrangleur de Wichita.

Fia sourit intérieurement. Elle ignorait qu'elle appréciait cette jeune femme ; elle n'était pas là pour ça. En fait, l'apprécier pourrait entraver son travail. Mais elle comprenait pourquoi Arlan aimait Macy. Outre la raison la plus évidente : ses deux chromosomes X.

— Donc, vous êtes sûre que c'est lui. Comment il vous connaît ?

— Je ne sais pas.

— Qu'est-ce qui vous lie ?

— Je ne sais pas.

— Il vous a choisie au hasard et a commencé à vous envoyer des e-mails ? Il y a un an, quand vous m'avez appelée ? Deux ans ?

— À peu près.

Fia lui jeta un regard. Elle portait des lunettes de soleil, contrairement à Macy. Elle distingua les petites taches marron de ses yeux verts, et remarqua la légère dilation de ses pupilles.

— Je ne suis pas certaine de vous croire.

— Je ne suis pas certaine d'en avoir quelque chose à faire.

Fia poussa un soupir et contempla la dune qui avait été érigée après une tempête du nordet, quelques années auparavant. Elle avait été construite pour contenir Mère Nature, afin de préserver les luxueuses propriétés de bord de mer et les points de repère tels que le kiosque à pop-corn. Toutefois, la bande de sable entre la promenade et l'océan se rétrécissait d'année en année. Un siècle plus tôt, elle s'étendait sur environ cent mètres à partir de l'endroit où elles étaient installées. Malheureusement, elle savait qu'un jour ou l'autre l'avenue, le banc sur lequel elle était assise et le kiosque disparaîtraient sous les vagues qui affluaient de manière implacable.

— Macy, ça fait un an que vous m'appelez. De toute évidence, vous voulez m'aider à attraper ce monstre. Arrêtons donc de tourner autour du pot. Dites-moi ce que vous savez.

Macy coinça ses mains entre ses genoux.

— Je refuse de parler de moi.

Elle s'exprimait si doucement que Fia dut se rapprocher d'elle. Un banc plus loin, un enfant dans une poussette criait pour obtenir une nouvelle bouchée de saucisse.

— Il me harcèle depuis des années, poursuivit Macy. À une époque, il m'avouait les crimes après les avoir commis. Il me disait d'aller chercher le journal, de regarder les informations du soir, un truc de ce genre. Pourtant, il y a environ un an, il a commencé à faire des allusions au moment où il allait tuer. La… la dernière fois… en Virginie. En gros, il m'a tout déballé et m'a dit qu'il allait le faire, avant de passer à l'acte.

— Mais il ne vous a pas précisé le moment, l'endroit ou les cibles ?

Elle fit « non » de la tête.

— Winnie est trop intelligent pour cela.

— « Winnie », reprit Fia en la regardant dans les yeux. Depuis combien de temps vous contacte-t-il, en réalité ?

— Depuis la famille Downing à Chattanooga, en 1997.

— Depuis la toute première affaire ? Sainte Marie mère de Dieu. Quel âge aviez-vous à l'époque ? demanda Fia en changeant de position.

— Dix-huit ans. Il a découpé leur avis de décès dans le journal et me l'a envoyé. J'ai déménagé. Il m'a retrouvée environ un an et demi plus tard.

— Les Shoran, en Pennsylvanie.

— Alors, j'ai encore déménagé, dit Macy. Ensuite, je me suis sans cesse déplacée. Quand il m'a trouvée sur Internet, je me suis dit que c'était relativement sûr. Il semblait satisfait de pouvoir me parler par ce biais.

— Est-ce qu'il vous demande de participer ?

— Non.

— À votre avis, pourquoi vous prévient-il des meurtres ? Vous croyez qu'il veut vous impressionner ?

— Non.

— Vous n'avez pas d'autre nom que « Winnie » ?

— Non. Et il est suffisamment malin pour savoir ça.

Macy observa le bout de la dune. La promenade, surélevée par rapport à la plage, offrait une vue imprenable. Une famille marchait vers l'océan, le père, la mère et leurs trois enfants, tous en file indienne, comme des canards. C'était plus difficile qu'elle ne l'avait imaginé… de parler à Fia. Elle avait cru pouvoir rester détachée. Pouvoir s'empêcher de penser à sa propre famille. Elle ne se rappelait pas avoir jamais marché sur la plage avec sa mère, son père et ses petites sœurs, mais en même temps ils habitaient dans le Missouri. Le Midwest n'est pas vraiment réputé pour son bord de mer.

— Macy ?

Macy regarda Fia et se rendit compte qu'elle avait manqué une question.

— Selon vous, pourquoi vous contacte-t-il ? demanda Fia.

Macy enleva ses tongs et remonta les jambes sur sa poitrine, les pieds posés sur le banc.

— Je suppose qu'il veut me terroriser.

— Pourquoi vous précisément ? insista l'agent.

Macy scruta l'horizon, enlaçant ses genoux.

— Il a dit quelque chose l'autre nuit. Je ne sais pas ce que cela signifie, mais je crois que c'est important.

— Quoi ?

— La lune, dit Macy en tournant la tête vers Fia. Vérifiez les dossiers. Les meurtres ont toujours eu lieu lors de la pleine lune, mais, cette fois, il avait un jour de retard.

— La pleine lune ?

Fia trouvait cela intéressant. C'était un véritable indice. Macy acquiesça.

— Je lui ai demandé si quelqu'un lui ordonnait de le faire. Vous voyez, je pensais à des voix dans sa tête, ou quelque chose de ce genre. Il a un peu explosé quand je lui ai posé la question. Il a écrit : « Je fais ce que je veux », mot pour mot.

— « Je fais ce que je veux » ? répéta Fia. Ça ressemble à ce que dirait un enfant qui pique une crise.

— C'est exactement la réflexion que je me suis faite.

— Bon, voyons voir. D'habitude, pendant la pleine lune, ou pas loin de celle-ci, je suppose. Mais personne ne lui dit de le faire. Il fait ce qu'il veut, personne n'est responsable de lui, raisonna Fia à voix haute. Intéressant.

— Vous trouvez ? demanda Macy, ressentant presque une lueur d'espoir. Ça ne me semble pas énorme, mais c'était la conversation la plus révélatrice que j'ai eue avec lui depuis le départ. Normalement, il se contente de me… provoquer.

— Cela peut sans aucun doute être une piste.

Fia tint le bout du sac en plastique et fit tourner la boîte de pop-corn pour le fermer. Elle regarda de nouveau Macy.

— Il vous provoque ? reprit-elle.

— Il me traite de tous les noms, murmura Macy. Surtout en rapport avec ma vie sexuelle. Je pense qu'il doit me suivre. D'une façon ou d'une autre, il finit toujours par savoir où je me trouve, et avec qui. Mais rien de précis. C'est très bizarre.

— Est-ce qu'il contacte les hommes avec lesquels vous couchez ?

— Je ne crois pas.

— Étrange, fit remarquer Fia en détournant le regard.

Cela semblait lui être égal que Macy ait pratiquement avoué être une prostituée. Enfin, pas une prostituée, car il n'y avait jamais transaction financière, ironisa-t-elle intérieurement. Le terme « traînée » convenait sûrement davantage.

— Et vous ignorez à quoi il ressemble ? Vous ne l'avez jamais vu ?

Macy constata que Fia faisait toujours travailler ses méninges d'agent du FBI.

— J'essaie en permanence d'ouvrir l'œil au cas où j'apercevrais un visage familier, par exemple à l'épicerie, ou dans une foule. Si je l'ai vu, c'est sans le savoir. Il n'a jamais cherché à me rencontrer en personne. Jamais.

Elles demeurèrent silencieuses pendant un moment.

Macy respira profondément. Son pouls avait repris un rythme normal. Cela lui avait fait peur de parler de lui tout haut, mais l'avait également soulagée. Elle pouvait presque se sentir libérée de quelques-uns des liens qui l'avaient attachée à Winnie pendant toutes ces années.

— C'est tout ce que je sais, dit enfin Macy.

— J'en doute. Mais c'est un bon début, ajouta Fia en se levant. Dites-moi que vous allez rester dans les parages encore quelques jours, Macy Smith. Laissez-moi un peu de temps pour passer de nouveau en revue tous les dossiers. Je pense que nous tenons peut-être une piste avec cette histoire de lune.

— Je ne suis pas pressée de quitter Clare Point. J'aime bien votre ville. Elle est un peu bizarre, dit-elle avec un sourire timide. Mais je l'apprécie. En plus, comme vous avez dû l'entendre, je vais peut-être écrire un article sur certaines des maisons de bord de mer, ce qui pourrait représenter deux semaines de travail.

— Si vous choisissez de partir, j'espère simplement que vous m'avertirez. (Fia la regarda attentivement à travers ses lunettes noires.) Vous avez le don de me glisser entre les doigts, Macy Smith.

Macy esquissa un sourire.

— Je ne vais pas m'installer dans une des chambres de votre mère. Je suis bien au motel. Mais si je décide de m'en aller, vous en serez la première informée. Je dois retourner en Virginie pour finir une séance photo, mais je ferai l'aller-retour dans la journée.

— Je pense que je vais rentrer et passer voir mes parents. Je suppose que vous avez entendu dire que mon frère semble avoir quelques ennuis. On ne sait pas vraiment où il se trouve. Vous rentrez ? demanda-t-elle en désignant le nord avec son pouce.

— Non, je crois que je vais rester ici encore un moment, dit Macy en se réinstallant sur le banc. Peut-être aller chercher une pizza. Il paraît qu'il y en a d'excellentes dans le coin.

— Vous voulez encore du pop-corn ? proposa Fia en tendant sa boîte.

— Non, merci. Il était très bon, mais je ne suis pas vraiment un bec sucré.

— Eh bien, merci encore de votre aide. Je vous demanderais bien votre numéro, mais je suppose qu'il aura changé d'ici à la fin de la semaine.

— Vous pouvez me laisser un message en appelant au motel.

— D'accord. Bon, laissez-moi un peu de temps pour réexaminer tous les dossiers, vérifier la présence de témoins, et je verrai si je peux mettre la main sur le Lunatik. Je vous recontacterai probablement en milieu de semaine prochaine.

— Merci de m'avoir écoutée.

Tandis que Macy regardait Fia s'éloigner, elle ressentit une étrange sensation, qu'elle n'avait pas éprouvée depuis si longtemps, sûrement depuis l'enfance, qu'elle fut presque incapable de l'identifier. Puis elle se rendit compte de ce que c'était, et elle sourit.

De l'espoir.

Chapitre 15

Arlan, perché sur un escabeau, se retourna en entendant la porte d'entrée s'ouvrir. Quand il aperçut Fia franchir le seuil, il reporta son attention sur sa conversation téléphonique.

— Tu es sûr que tu n'as pas besoin que je vienne ? *C'est Finn au bout du fil. Regan l'a aussi appelé*, communiqua Arlan par télépathie à Fia. *Il veut qu'il le rejoigne à Florence.*

Une fois dans le hall, elle posa une boîte de pop-corn au caramel sur une chaise où s'empilaient des liasses de journaux destinées au recyclage.

— Est-ce que Regan va bien ? demanda-t-elle en traversant le salon.

— *Finn croit que oui. Il a des ennuis, mais il a pu téléphoner. Apparemment, il pense pouvoir sortir de Grèce et se rendre en Italie.*

— Inutile que tu viennes. À mon avis, ce n'est qu'une nouvelle aventure de mon frère, dit Finn à Arlan. Un événement exagéré au possible pour impressionner ces dames plus tard.

— Tu en es sûr ? Parce que je peux être là-bas demain matin, ou au pire dans l'après-midi.

Arlan descendit de l'escabeau et laissa son couteau à mastic. Il essayait de réparer les fissures du plafond avant de le peindre.

— Il a avoué à Finn quel était le problème ? Quel genre d'ennuis il avait ? Finn est sûr qu'il va bien ? le bombarda Fia.

— Il pense que Regan va bien, dit Arlan à Fia, avant de reprendre le combiné : Ta sœur est ici. Tu veux lui parler ?

— Je ne peux pas, je suis en train d'embarquer dans un avion. Embrasse-la de ma part. Dis-lui que je ramènerai notre casse-pieds de frangin à la maison, et qu'elle dise à m'man d'arrêter de se faire du souci.

Arlan entendit des voix en bruit de fond. Un steward qui accueillait les passagers en allemand, puis en anglais, et enfin en italien.

— Classe économique, grogna Finn. Je vais tuer mon frère. Il m'a prévenu à la dernière minute, et impossible de trouver une place en classe affaires. Il sait que je déteste voyager en classe touriste. Faut que j'y aille. Fais attention à toi.

— Toi aussi, mon pote.

Arlan mit fin à l'appel et jeta le téléphone sur son fauteuil inclinable en cuir.

— Il dit qu'il ne faut pas que vous vous inquiétiez, ta mère et toi. Et qu'il va tuer Regan quand il va le retrouver, pour l'avoir obligé à prendre l'avion pour l'Italie en classe éco.

— Il va le tuer et me priver de ce plaisir ? demanda-t-elle sur un ton ironique, mais également teinté de soulagement. Finn pense donc vraiment qu'il va bien ? répéta-t-elle.

Arlan haussa les épaules.

— On dirait que c'est exactement ce qu'on croyait : encore une aventure à la Regan.

— Pourquoi n'arrivait-on pas à joindre Finn non plus ?

— Il était en mission pour le clan. À Prague. Il a eu des problèmes de réseau, dit Arlan en se dirigeant vers la cuisine. Tu veux une bière ?

Elle fronça les sourcils.

— Non, merci.

Elle s'appuya contre le montant de la porte qui séparait la cuisine avec coin repas du salon. Elle était très jolie ce soir, dans le genre dure à cuire du FBI. Son pantalon habillé mettait en valeur ses fesses musclées, et ses longues jambes semblaient interminables. Son chemisier bleu pâle en soie était moulant, sans tomber dans la provocation. Pour une femme de deux cents ans, elle était plutôt bien roulée.

Arlan prit une bière dans le réfrigérateur, de la Dogfish Head, brassée dans la région. Il la décapsula en se demandant vaguement pourquoi Fia était passée chez lui à l'improviste. Bien sûr, il était content de la voir ; avant de rencontrer son petit ami, elle lui rendait régulièrement visite. Parfois pour faire l'amour, ou juste pour parler. D'autres fois, simplement pour partager une silencieuse compagnie. Il sentait qu'elle n'était pas venue sans raison, mais elle avait dressé une solide barrière pour bloquer ses pensées. Arlan tenta de frapper mentalement à la porte, mais elle refusa de lui ouvrir.

De temps en temps, il lui fallait s'en tenir à ces bons vieux moyens de communication humains.

— Alors..., comment s'est passé ton entretien avec Macy ?

— Bien. Euh... il se peut qu'elle sache réellement quelque chose qui pourrait nous aider à trouver ce monstre.

— Ah bon ? Tu veux qu'on aille s'asseoir sur la terrasse ? Les moustiques ne sont pas encore agressifs.

— D'accord.

Il se dirigea vers la porte.

— Tu es sûre que je ne peux rien te proposer ? De l'eau ? Du sang ?

— Non, c'est bon.

— Et une alliance ?

Il poussa la porte dotée d'une moustiquaire et sortit sur la terrasse. La nuit, qui lui semblait toujours moins noire en été qu'en hiver, tombait sur la ville. Il prit l'un des deux fauteuils tournés vers le jardin clos, et elle s'assit dans celui d'à côté.

— Tu n'abandonneras donc jamais ? demanda-t-elle.

— Quoi ?

— Tu sais très bien. Cette histoire de mariage. Ce... ce truc entre toi et moi.

— Si, je finirai par renoncer, dit-il en lui adressant son plus beau sourire de tombeur. Dans un siècle ou deux. (Il but une gorgée et la désigna avec sa bouteille.) Mais je sens une petite faille en toi. Une pointe de jalousie, peut-être ?

— Envers Macy ? (Elle se mit à rire, tout en détournant le regard.) Depuis quand je suis jalouse de tes femmes ?

— Souviens-toi de Lizzy.

Elle se cala contre le dossier du fauteuil en planches de bois qu'Arlan avait fabriqué lui-même et peint d'un turquoise fantasque. Lui, s'était installé sur le mauve.

— OK, j'étais peut-être un peu jalouse de Lizzy, mais c'était une nana possessive. Et folle, ajouta-t-elle.

Il sourit d'un air triste. Elle s'était montrée jalouse de Lizzy, car il avait aimé cette femme. Pas de la même façon qu'il aimait Fia, mais c'était tout de même de l'amour. Il se posa alors la question : était-il en train de tomber amoureux de Macy, et Fia le percevait-elle ?

— OK, parlons des vieilles relations. Comment va ton ex, celui dont tu n'arrivais pas vraiment à te débarrasser ? Comment il s'appelait ? Jasper ? Joshua ? Crétin ?

— Tu n'es vraiment pas drôle, Arlan. C'était Joseph, et je crois qu'il s'est installé à Las Vegas.

— Je suis marrant ; enfin, au moins, je peux l'être, et tu le sais. Tu me trouves drôle.

Elle soupira.

— Je devrais y aller.

— Non, non, ne pars pas, répliqua-t-il en tapotant l'accoudoir du fauteuil de Fia. Parle-moi de Macy, et de l'enquête.

— Je n'ai pas le droit.

— Je suis au courant, mais à qui d'autre peux-tu en parler ? Et tu sais que je peux garder un secret, je suis très doué pour ça, dit-il en lui adressant un regard lourd de sens.

Elle posa les yeux sur lui, avant de les détourner.

— Il la contacte depuis des années, depuis les premiers meurtres.

— Tu plaisantes ? Elle… elle devait être gamine à l'époque.

— Dix-huit ans.

Il but une nouvelle gorgée.

— Et elle ne sait pas du tout pourquoi il l'a choisie ?

— C'est ce qu'elle prétend.

— Est-ce qu'elle avait un quelconque lien avec la première famille assassinée ?

— Je ne sais pas, je vais chercher. J'ai besoin de renseignements sur Macy. Maintenant que je dispose de son nom de famille, et j'espère qu'elle n'a pas menti, je peux essayer de voir d'où elle vient.

— Il est possible qu'elle ne le souhaite pas, dit-il. C'est peut-être la raison pour laquelle elle ne t'a pas donné son vrai nom au départ.

— Tant pis pour elle.

— C'est dur, fit-il remarquer en fronçant les sourcils.

— C'est la réalité. Je n'ai pas le temps d'être menée en bateau. Cet homme va tuer de nouveau, et il continuera tant qu'on ne l'aura pas attrapé. (Elle se tourna dans son fauteuil pour lui faire face.) Elle avait tout de même un détail intéressant à offrir. Elle pense qu'il existe un rapport entre les cycles de la lune et les meurtres. Ou au moins qu'il y en avait un. Je vais vérifier les procès-verbaux, mais Macy dit qu'il a toujours tué un soir de pleine lune… jusqu'à la famille en Virginie.

— Qu'est-ce qui a changé ?

Elle secoua la tête.

— Macy affirme qu'elle n'en sait rien. Qu'il n'a pas voulu lui expliquer. Il l'a contactée l'autre nuit…

— Depuis qu'elle est arrivée à Clare Point ?

— Par messagerie instantanée. Elle lui a demandé pourquoi il faisait ça, si quelqu'un lui en donnait l'ordre, et il lui a répondu, je cite : « Je fais ce que je veux. »

— Ah, il n'a pas réglé son Œdipe.

— Tu crois ? Je pensais à des problèmes avec l'autorité.

— Fort possible.

Elle se leva.

— J'y vais.

— Chez ta mère ?

— Je vais passer à la maison et ensuite je prends la direction du nord. (Elle traversa la terrasse à reculons, toujours face à lui.) Je vais peut-être me rendre au bureau et rester là-bas toute la nuit. J'ai beaucoup de dossiers à parcourir. Je vais comparer les listes des témoins, des personnes présentes sur place. Je veux m'assurer que le Lunatik ne se trouvait sur aucune scène de crime.

— Le Lunatik ?

— Ça sonne mieux que le Fossoyeur, répondit-elle en haussant les épaules.

Il lâcha un petit rire.

— On dirait la une d'un tabloïd, n'est-ce pas ? (Il baissa les yeux, puis la dévisagea de nouveau.) Tu vas travailler toute la nuit ? Et ton chéri ?

Cette fois, ce fut elle qui détourna le regard.

— Euh, il avait autre chose à faire.

— Ah, je vois, acquiesça Arlan.

— Non, tu ne vois pas. Tu ne vois pas parce qu'il n'y a rien à voir. Glen et moi avons chacun notre vie. Un métier, une famille. On n'éprouve pas le besoin de rester collés l'un à l'autre.

Elle s'était arrêtée en haut des marches de la terrasse, qui menaient au jardin. Il leva les deux mains, en tenant toujours sa bière.

— Hé, c'est ta relation. Qui suis-je pour me permettre de juger ?

— Exactement. Qui es-tu pour en juger, monsieur Je-couche-avec-tout-ce-qui-possède-un-vagin ?

— Oh, répliqua-t-il en grinçant des dents. C'est moche, Fi. Vraiment en dessous de la ceinture.

— Bonne nuit, dit-elle d'une voix sans animosité.

Elle savait comment était Arlan. Elle l'acceptait. Il pensait même que, dans une certaine mesure, elle le comprenait. Ce n'était qu'une des raisons pour lesquelles il l'aimait.

Elle descendit les marches à reculons.

— Au fait, merci d'avoir retrouvé la trace de Finn. Il ne m'appelle pas toujours en temps et en heure, mais j'étais sûre qu'il allait te répondre.

Il lui fit signe de partir.

— Allez, file, bourreau de travail. Tiens-moi au courant si tu trouves quelque chose.

— Compte sur moi. D'ici là, peux-tu garder un œil sur Macy ? Elle m'a dit qu'elle resterait encore au moins quelques jours. Je lui ai demandé de me donner un peu de temps.

— Pas de problème.

Arrivée au portail, Fia se retourna.

— Au fait, je t'ai laissé une boîte de pop-corn du kiosque de Rehoboth Beach. Elle est dans le salon.

— Mon préféré, lança-t-il alors qu'elle franchissait l'entrée et disparaissait dans l'obscurité.

Pourtant, il pouvait toujours la sentir. Et même si elle bloquait ses pensées, il percevait sa douleur. Les choses allaient mal entre elle et son Don Juan. Il regrettait qu'elle n'ait pas envie de lui en parler. Après tout, il avait connu bien plus de relations désastreuses avec des humains qu'elle. Il aurait voulu qu'elle lui fasse davantage confiance.

— T'es sûre que tu ne veux pas m'épouser ? cria-t-il.

Elle ferma le portail et le loquet fit un petit bruit sec. Arlan termina sa bière, seul dans le noir, et attendit Macy.

Du bout de la rue, Macy aperçut la silhouette d'Arlan plongée dans l'obscurité de son entrée. Ce qui était étrange, c'est que la lune et les ombres lui jouaient des tours ce soir. Quand elle avait levé les yeux sur le perron pour la première fois, elle aurait pu jurer qu'un ours se trouvait là, debout sur ses pattes arrière, au lieu d'un simple être humain.

Enfin, Arlan n'était pas qu'un simple humain, pensa-t-elle en souriant intérieurement. Il était un cran au-dessus de la plupart des hommes, ou tout du moins supérieur à ce qu'elle connaissait de la plupart.

Elle s'arrêta sur le trottoir en face de sa maison et le regarda. Il était en train de boire une bière, et elle distinguait les gouttelettes de condensation sur la fraîche bouteille marron. Il faisait chaud ce soir. « Lourd », comme disaient les habitants de cette région quand l'air était si étouffant et humide qu'on avait l'impression de marcher dans un pudding sorti du four. Elle sentit la sueur perler sur son front à la vue de cette boisson alléchante.

— Tu m'attendais ? demanda-t-elle.

Il haussa une épaule large et musclée. Il portait un tee-shirt de sport dont les manches avaient été coupées et qui mettait son physique en valeur.

Elle monta lentement les marches. Ce soir, elle était pieds nus et portait un tee-shirt et un short de gym. Pas de sous-vêtements. C'était superflu lors d'une nuit aussi chaude que celle-ci. Superflu dans les bras de son amant.

— J'aurais pu ne pas venir, tu sais, poursuivit-elle en faisant traîner ses doigts sur la rampe. Il y aurait bien besoin d'un coup de peinture ici, monsieur le bricoleur.

Arlan la contempla depuis le perron, sans bouger. Sa posture était si relâchée qu'elle semblait nonchalante, mais la rigidité de ses biceps et de ses quadriceps donnait l'impression qu'il pouvait bondir par-dessus la balustrade en un instant. Comme un félin sauvage.

Elle étouffa un petit rire en se demandant d'où lui venaient de telles idées, parfois. Arlan n'avait rien de spécial. C'était un homme séduisant. Elle en avait connu beaucoup au fil des ans. Mais surtout, se rappela-t-elle, il n'avait rien qui puisse la faire se sentir particulière.

En haut des marches, elle s'appuya contre l'un des poteaux. Il cherchait à accrocher son regard. Dans ses yeux, elle vit un désir ardent. Une faim de quelque chose qu'elle ne parvenait pas complètement à identifier.

Il tendit sa main libre et lui caressa la joue.

Instinctivement, elle couvrit cette main avec la sienne. Elle ressentait une telle intensité. Un tel désir… et une telle souffrance.

Un geste trop personnel. Elle s'en rendit compte dès qu'elle le fit. Cette intimité était mauvais signe. Elle rendait le départ plus difficile, et engendrait des regrets. Macy devait être capable de faire sa valise et de s'en aller sans remords. Cela faisait partie de la malédiction qui pesait sur elle, celle que le tueur lui avait infligée. Elle laissa retomber sa main, traversa la terrasse et entra dans la maison. Il la suivit.

Une fois à l'intérieur, elle repéra une boîte de pop-corn au caramel à moitié entamée sur une chaise. Une partie d'elle chavira. S'effondra. Elle sentit une boule se former dans sa gorge. Fia était venue là.

Elle passa devant la boîte de pop-corn et remonta le couloir pour se rendre dans la chambre. D'un côté, elle avait envie de l'interroger sur ce pop-corn. Sur Fia. Elle percevait qu'il y avait quelque chose entre eux, plus qu'une simple amitié, sans savoir quoi exactement.

Peut-être n'avait-elle pas envie de le découvrir.

Elle retira ses vêtements dans l'entrée de la chambre, se dirigea vers le lit et s'allongea, nue, sur les draps frais. Il les avait lavés et avait fait le lit. Délicate attention.

Arlan se tint sur le seuil et termina sa bière.

Elle s'étira, profitant de la sensation fraîche et douce des draps et de la légère bouffée d'air sur sa peau moite et chaude, qui la démangeait.

— Tu as envie d'en parler ? demanda-t-il.

— De quoi ?

— Tu ne m'avais pas dit qu'il te contactait depuis les premiers meurtres.

Elle leva les yeux vers le ventilateur qui tournait, et écouta son cliquetis régulier.

Arlan resta immobile pendant un long moment.

— Tu viens ou pas ? finit-elle par lancer, sans le regarder.

Il poussa un grand soupir et, quand il répondit, sa voix n'était qu'un murmure. Elle entendit son short et son tee-shirt tomber à terre.

— J'arrive.

Winnie arpenta la chambre d'hôtel en comptant ses enjambées. Huit. Seulement huit.

Il avait l'impression d'être piégé et perdu à la fois. Il fit volte-face quand il atteignit le mur et marcha dans la direction opposée. Il jeta un coup d'œil au bureau sur lequel il avait ouvert son ordinateur portable. Il avait attendu Marceline toute la soirée, mais elle n'était pas venue. Où était-elle ? Avec un autre homme ? Il sentit son estomac se nouer douloureusement à l'idée qu'elle soit dans les bras d'un autre.

— Je t'ai dit qu'elle ne voulait pas de toi.

Winnie se retourna brusquement.

— Tu ne devrais pas être ici, affirma-t-il à voix haute.

— Je te dis la vérité. Il faut que quelqu'un soit honnête avec toi, Winnie, puisque tu ne l'es pas avec toi-même, c'est certain.

Arrivé au mur, il fit de nouveau demi-tour. Ses chaussons en éponge claquaient doucement sur la moquette tandis qu'il marchait rapidement.

— Je dois travailler demain. Il faut que j'aille dormir, marmonna-t-il entre ses dents. Tu n'as rien à faire là.

— *Oublie-la.*

— Je ne peux pas ! dit-il en serrant le poing.

— *Tu n'as pas besoin d'elle. Tu m'as, moi.*

Mais j'ai vraiment besoin d'elle, pensa Winnie, sans le dire à voix haute. Il s'assit sur le bord du lit et plaqua les mains sur ses oreilles.

— C'est à cause de toi que j'ai besoin d'elle, murmura-t-il.

Chapitre 16

Arlan rentrait du bois par la porte située à l'arrière de la maison d'Eva quand son portable retentit. D'après la sonnerie, il savait que c'était Fia. Il était content qu'elle appelle. Pendant tout le week-end, il avait attendu de ses nouvelles. Il avait eu envie de lui téléphoner, mais avait résisté à la tentation. Au cours de ces derniers jours, il s'était senti perturbé. Partagé. Il éprouvait de véritables sentiments pour Macy. Mais Fia... restait Fia.

Il posa les planches de deux décimètres par quatre dans un coin de la buanderie.

— Salut, dit-il en décrochant.

— Salut, tu as eu Regan ou Finn ? demanda-t-elle.

Elle appelait rarement pour parler de tout et de rien.

— Non, aucune nouvelle, ni de l'un ni de l'autre.

Arlan se rendit dans la cuisine d'Eva et prit une bouteille d'eau dans le frigo. La journée promettait d'être encore étouffante.

— Ils étaient censés se rejoindre hier. Ils auraient déjà dû nous contacter.

— À ta place, je ne m'inquiéterais pas trop.

Arlan s'appuya contre le plan de travail en granit qu'il avait installé l'année précédente, ouvrit la bouteille et but une gorgée.

— Tu connais tes frères, reprit-il.

— J'imagine que tu as raison, reconnut-elle.

— Tu as l'air fatigué, dit Arlan. T'as travaillé tout le week-end ?

— Ouais.

— Et ?

— Et quoi ?

— Je sais que tu as trouvé quelque chose, répondit-il. Sinon, tu ne me téléphonerais pas pour bavarder au beau milieu de la matinée.

— Je t'appelle juste pour discuter, parfois, se défendit-elle.

— Pas quand tu travailles pour le FBI. Cela ne correspond pas du tout à ta personnalité, et tu en es consciente. (Il prit une grande gorgée d'eau glacée.) Alors, qu'est-ce que tu as découvert ? Le Lunatik a-t-il laissé ses coordonnées à la police à un moment ou à un autre ?

— Jusqu'ici, rien sur lui. Pas de Winnie, de Winifred ou de Winston. Je suis persuadée que Macy a raison, il n'utilise pas son vrai nom pour communiquer avec elle. Quant aux listes des personnes présentes sur les scènes de crime, aucun doublon. J'ai consulté le registre de tous les tuyaux reçus pendant toutes ces années, mais il faudrait plusieurs semaines pour le passer en revue. Tu ne peux pas savoir le nombre de tarés qui téléphonent en étant convaincus que leur voisin est un tueur en série.

— Ou un extraterrestre, proposa-t-il.

— Ou un vampire.

Ils se mirent à rire.

— OK, alors, qu'as-tu déniché ? demanda-t-il.

Elle soupira.

— Je t'appelle parce que j'ai besoin que tu dises à Macy de me contacter. Elle a encore mis un de ses fichus portables hors service. Je lui ai envoyé un mail ce matin, mais pas de réponse.

Il se dirigea vers la fenêtre au-dessus de l'évier et regarda dehors, dans le jardin d'Eva.

— Sûrement parce qu'elle est ici.

— Où ça ? Chez toi ?

— Chez Eva. Je fais des travaux dans son garde-manger. Macy prend des photos dans le jardin, expliqua-t-il en les observant. Eva et elle sont là-bas, en train de bavarder et de rire comme les meilleures amies du monde.

— Ce n'est pas une bonne idée, répliqua Fia.

— Je sais. C'est ce que j'ai dit à Eva l'autre jour. Et, en gros, elle m'a répondu de m'occuper de mes affaires. Elle dit qu'elle aime bien Macy. Tu connais Eva, elle n'en fait qu'à sa tête. Tu veux lui parler maintenant ? Tu veux que je lui passe mon téléphone ?

Les deux femmes étaient assises sur un banc, sous un poirier. Macy tripotait son appareil photo, et Eva papotait à toute vitesse.

— Je suppose que oui. C'est gonflant, cette façon qu'elle a de jouer les agents secrets comme ça.

— Tu crois qu'elle a de bonnes raisons de se planquer, ou qu'il s'agit d'une excentrique ?

Il marcha vers la porte de derrière, sans savoir quelle réponse il préférerait. Si elle se cachait, c'était soit parce qu'elle était de mèche avec le tueur, soit parce qu'il la persécutait. Aucune de ces explications n'était rassurante. Il valait peut-être mieux, au moins pour Macy, que Fia apprenne qu'elle était cinglée. Ce ne serait pas la première fois qu'il tombait amoureux d'une folle.

Il sortit dans le jardin en passant par la porte de derrière.

— Deux secondes, ne quitte pas, dit-il à Fia avant de baisser le combiné. C'est pour toi, Macy, affirma-t-il en le lui offrant.

— Pour moi ?

Elle se leva du banc et laissa son appareil photo à côté d'Eva, sans pour autant tendre la main pour prendre le téléphone.

— Qui est-ce ? demanda-t-elle.

Elle semblait… terrifiée.

— C'est juste Fia.

— Qu'est-ce qu'elle veut ?

Il secoua le portable.

— Elle a besoin de te parler. Je suppose que c'est en rapport avec l'enquête.

Il jeta un coup d'œil à Eva, qui n'en perdait pas une miette.

Macy avança lentement la main, sans être totalement sûre de vouloir répondre à cet appel. Une nouvelle conversation avec Fia changerait les choses. Elle en était consciente. Elle le sentait. Le souhaitait-elle vraiment ?

Elle n'avait pas parlé à Winnie depuis plusieurs jours, et cela lui avait plu. Elle avait passé un merveilleux week-end à prendre des photos et à bavarder avec les voisins d'Eva. La veille, elle avait même dîné avec Eva et certains de ses amis dans un petit restaurant au bord de l'océan. Macy n'avait jamais eu d'amis, pas même ceux d'une autre personne. Elle avait été heureuse de pouvoir discuter et rire avec quelqu'un.

Et il y avait aussi Arlan. Chaque nuit, elle se glissait dans son lit, ils faisaient l'amour, puis elle rentrait au motel. Il ne lui demandait rien. Il n'exigeait rien d'elle.

Si Macy parlait à Fia, elle devrait peut-être quitter Clare Point, et elle ne voulait pas partir. Elle savait qu'il le faudrait, au bout du compte, mais ce serait le paradis de rester seulement quelques jours de plus.

Mais il était toujours là, dans la nature, et allait tuer de nouveau. Macy savait que Winnie allait recommencer, et sûrement très prochainement. Si elle avait envie d'aider Fia à l'arrêter, elle n'avait vraiment pas d'autre choix que de poursuivre dans cette voie.

Elle approcha lentement le téléphone de son oreille et s'éloigna d'Eva et d'Arlan.

— Allô ? dit-elle doucement.

— Pourquoi m'avez-vous menti ? Qui êtes-vous ?

Fia venait de prendre Macy par surprise. Elle ne savait pas quoi dire.

— Je… je m'appelle Macy Smith, répondit-elle prudemment.

De toute évidence, l'agent avait effectué des recherches sur son passé. Elle était consciente que cela se produirait si elle donnait son nom de famille. C'était pourquoi elle avait évité de le faire pendant un an. Mais Macy ne savait pas jusqu'à quel point Fia était renseignée et, d'ici là, elle devait s'en tenir à son histoire.

— Je suppose que techniquement, mon nom est Mary Elizabeth Smith, poursuivit-elle. Mais mes parents m'ont toujours appelée Macy. (Elle s'arrêta sous un érable rouge dont la perfection était digne d'un tableau.) Quel est le problème ?

— Le problème, répondit Fia sur le ton de la colère, c'est que vous n'êtes pas Mary Elizabeth Smith et que vous utilisez de faux papiers.

Macy envisagea de raccrocher. Elle rentrerait à l'hôtel, prendrait son sac, monterait dans sa voiture et partirait. Elle ne pourrait pas aider Fia à attraper le tueur, mais elle s'aiderait elle-même. Elle ne pouvait sauver personne d'autre, elle en avait déjà eu la preuve, mais elle pouvait se sauver elle-même.

Voilà ce que Macy se disait depuis des années. Le prétexte dont elle se servait, parce qu'elle était lâche.

— Qu'entendez-vous par « faux papiers » ? demanda Macy. Vérifiez auprès du centre des impôts. Eux, ils pensent que je suis bien Mary Elizabeth Smith. Ils me ponctionnent suffisamment d'argent.

— Mary Elizabeth Smith est enterrée dans un cimetière à la périphérie de Saint Louis. Où êtes-vous née, Macy ?

— À l'hôpital Notre-Dame-de-Grâce de Saint Louis, dans le Missouri.

— Quelle est votre date de naissance ?

— Je suis née un 2 janvier. J'aurai trente ans en janvier. Faites le calcul.

Macy fut un peu surprise par le ton sarcastique qu'elle venait d'employer. Fia appartenait au FBI. Elle pouvait lui causer de graves ennuis à cause de cette histoire.

Fia garda le silence un moment.

— Cela signifie simplement que vous avez fait attention en achetant cette identité. Selon mes sources, Mary Elizabeth Smith est morte à la naissance.

— De toute évidence, vos sources se trompent, dit Macy avec un petit rire qu'elle-même ne trouva pas convaincant.

— Je peux envoyer un agent au cimetière pour qu'il prenne des photos de la pierre tombale. C'est ce que vous voulez que je fasse, Macy ?

Macy se tut à son tour.

— Qu'est-ce que ça peut vous faire ? lâcha-t-elle enfin en tournant le dos à Arlan et à Eva, qui se détendaient sur le banc, entourés des magnifiques roses.

— Cela prouve que vous m'avez menti. Et si vous me mentez à propos de votre identité, je suis obligée de me demander sur quoi d'autre vous ne dites pas la vérité.

Macy arracha une feuille de l'érable sous lequel elle se tenait et la garda dans sa paume, observant sa forme.

— J'ai changé de nom pour pouvoir me cacher. Pour que personne ne sache qui je suis.

— Qui êtes-vous ?

— Je suis une femme poursuivie par un tueur en série, dit Macy d'une voix étranglée. Une femme qui essaie de faire ce qu'il faut. Qui tente d'aider la police à attraper un meurtrier.

— Sur quoi d'autre m'avez-vous menti ?

— C'est tout, répondit Macy.

— Rien d'autre ? demanda Fia.

— Rien d'autre, répéta Macy. (Elle hésita.) Alors, avez-vous trouvé quelque chose, en examinant les anciens dossiers ? Je veux dire, à propos de Winnie ?

— Comment savez-vous que j'étais… (Fia ne finit pas sa phrase.) Arlan…

— Il m'a juste dit que vous alliez passer au peigne fin les listes des témoins. Il m'a expliqué que les tueurs se mêlent souvent à la foule sur la scène de crime, et que vous seriez peut-être capable d'effectuer un recoupement.

— Eh bien, je n'ai pas pu. J'ai rentré tous les noms dans un tableau Excel et aucun ne revient deux fois. Vous devez m'en dire plus sur ce type.

— Je ne sais rien sur lui.

Macy sentit sa gorge se serrer en pensant à tous les petits morceaux de papier conservés au fil des ans. Les nécrologies. Les articles de journaux. Les cartes qu'il lui envoyait quand elle était encore en famille d'accueil. Contenaient-ils un indice qui pourrait les mener au tueur ? Mais ces « souvenirs » étaient personnels. Trop personnels pour être partagés.

— Rien, si ce n'est qu'il me terrifie depuis… depuis toujours, me semble-t-il, poursuivit-elle, se rattrapant avant d'en révéler trop.

Elle devait faire attention à ne pas se voiler la face. Fia n'était pas son amie. Personne ne pouvait l'être.

— Merde, Macy. Il va recommencer.

— Je sais, répondit-elle d'une voix chevrotante qui ne lui ressemblait pas. Je le sais bien, vous ne voyez pas ? C'est pour cela que je suis encore à Clare Point. C'est l'unique raison.

— Vous ne restez pas à cause d'Arlan ?

Macy fut si étonnée par la question qu'elle se retourna et l'observa, assis sur le banc à côté d'Eva. Il dut sentir qu'elles parlaient de lui, car il leva les yeux vers elle au même moment.

Il le faisait tout le temps. Eva aussi, avait-elle remarqué. En ville, tout le monde semblait deviner ses pensées. C'était un peu bizarre.

Elle tourna de nouveau le dos à Arlan et à Eva.

— Il n'y a rien entre nous, si c'est ce que vous voulez savoir, dit-elle. C'est ce que vous me demandez ?

— Macy, vous pouvez coucher avec qui bon vous semble, ce ne sont pas mes affaires. Vous êtes tous deux des adultes consentants, mais je… je crois que je n'ai pas envie qu'Arlan souffre, c'est tout.

— C'est purement sexuel.

Et Macy en était persuadée en prononçant ces mots. Mais sa conviction était moins forte que d'habitude. Elle se demanda si elle n'était pas en train de violer l'une de ses règles de survie les plus essentielles : ne pas s'attacher. Elle s'appliquait aux villes, aux métiers, et sans aucun doute aux personnes.

Et elle l'enfreignait dans tous les domaines, n'est-ce pas ?

— Dites-moi ce que vous voulez que je fasse. Pour l'attraper.

Macy relâcha la feuille et la regarda voltiger vers le sol dans la tiède brise. Depuis le jardin d'Eva, elle sentait l'odeur de l'océan. Elle avait toujours pensé que si elle s'installait pour de bon quelque part, si elle le pouvait un jour, ce serait près de l'océan Atlantique.

— Je ne sais pas encore, Macy. Je vais devoir y réfléchir. (Fia marqua une courte pause.) Mais promettez-moi que vous n'allez pas céder à la panique et vous enfuir. Je ne suis pas là pour vous épingler pour avoir volé l'identité de quelqu'un, et…

— Je ne l'ai pas volée, je l'ai achetée, l'interrompit Macy. Ce n'est pas comme si elle avait besoin de ses papiers. Elle est morte.

— Du moment que vous ne faites rien d'illégal avec cette identité, poursuivit Fia. Je veux juste arrêter ce type avant qu'il tue de nouveau. Il faut que vous restiez en contact avec moi, Macy, car en ce moment, poursuivit-elle sans attendre la réponse, vous êtes toujours la meilleure piste dont nous disposions sur ce monstre.

— Je vous appellerai plus tard avec mon nouveau téléphone.

Macy entendit quelqu'un approcher et, quand elle se tourna, elle vit Arlan se diriger vers elle.

— Tout va bien ? s'enquit-il.

— C'est Arlan ? Est-ce que vous pouvez me le repasser ? demanda Fia.

Macy tendit le portable à Arlan.

— Oui ? (Il se tut et écouta.) OK.

Il raccrocha.

— Qu'est-ce qu'elle t'a dit ? l'interrogea Macy.

— Elle m'a demandé de garder un œil sur toi, répondit-il d'un ton sérieux. Elle a une raison de me dire ça ?

— Aucune que tu pourrais comprendre.

Elle partit sans lui laisser le temps de répondre. Si elle ne s'éloignait pas de lui et de son regard curieux, elle avait peur de s'effondrer et de tout lui déballer sur la pelouse impeccable d'Eva.

— Macy.

Elle fut surprise de le sentir la retenir par le bras. Personne ne l'avait jamais rattrapée ainsi. Jamais. Cette nuit-là, sa famille n'était certainement pas venue la chercher. Heureusement ou malheureusement ?

Elle s'arrêta, sans savoir comment réagir. Dans des moments tels que celui-ci, les liens se tissaient ou se brisaient. Avait-elle pris ses distances ?

— Macy, je ne comprends pas pourquoi tu refuses de me dire ce qui se passe. Je peux t'aider.

Elle ne pouvait pas le regarder. Ses yeux lui piquaient. Elle ne pleura pas, mais c'était la première fois qu'elle s'en rapprocha autant depuis ses quinze ans. Elle se rappelait parfaitement la dernière occasion où elle avait pleuré, deux jours avant les meurtres. Elle avait couru dans sa chambre en claquant la porte, les joues baignées de larmes, car sa mère l'avait embarrassée devant son petit ami. Macy s'était sentie tellement en colère, et blessée.

En cette période d'innocence, elle n'avait aucune idée de ce qu'était la souffrance.

— Quel est ton problème, qu'est-ce qui te fait penser que tu peux sauver les gens ? murmura-t-elle, l'accusant à moitié, tout en ayant très envie de le croire.

Il garda le silence.

— S'il te plaît, dit-elle à voix basse en clignant des yeux. Lâche-moi, poursuivit-elle, sans savoir vraiment si elle prononçait ces paroles au sens littéral ou au sens figuré. Il y a des choses que tu ignores sur moi. Que tu n'apprécierais pas.

Elle sentait la chaleur cuisante des doigts d'Arlan sur son bras.

— Tout le monde a des secrets, Macy, répondit-il. Nous avons tous fait des choses dont nous ne sommes pas fiers.

— Pas ce genre de secret.

Cette fois, il la laissa partir.

Tandis qu'elle s'éloignait, elle entendit un son étrange qu'elle aurait juré provenir d'Arlan. Un grognement ? Cela la fit sursauter, au point qu'elle se retourna pour le regarder, et elle vit qu'Eva avait les yeux rivés sur lui.

Elle sortit par le portail arrière, sans même récupérer son appareil photo.

Chapitre 17

Lorsque Macy arriva chez Arlan, un peu après minuit, il l'attendait sur les marches. Elle prit son temps pour approcher de la maison, tout en l'observant. L'air nocturne était chaud et humide, et des mèches de cheveux trempées de sueur lui collaient aux tempes. Quand elle remonta la rue, elle entendit le ronronnement des installations de climatisation qui dépassaient des fenêtres des vieilles habitations. Individuellement, elles n'auraient pas fait beaucoup de bruit, mais ensemble, alors que la nuit était si calme, les sons s'élevaient à l'unisson, comme le bourdonnement géant d'une nuée d'insectes.

Elle s'assit sur la marche en dessous de celle d'Arlan, lui tournant le dos, et contempla la rue éclairée par la faible lumière d'un lampadaire.

— Tu as volé l'identité d'une femme décédée ? lança-t-il d'un ton sec.

— Tu as parlé à Fia.

Il ne répondit pas.

— Elle n'avait pas à te le dire, poursuivit-elle sans se retourner. Qu'y a-t-il entre vous deux ? Elle est amoureuse de toi ou quoi ?

Sa réponse se fit attendre. Même sans le toucher, elle sentait la chaleur de son corps.

— Qu'est-ce qui te fait penser ça ? finit-il par demander.

Elle haussa les épaules. Elle portait un short de sport et un léger débardeur blanc. Elle aimait bien ceux qu'on trouvait au rayon des sous-vêtements pour hommes, car ils étaient ajustés, mais restaient agréables lors des nuits chaudes.

— Je ne sais pas, quelque chose dans sa voix. Ou peut-être dans la tienne quand tu prononces son prénom, dit-elle.

Elle se demanda si c'était de la jalousie qu'elle ressentait. Elle avait lu des livres et vu des films qui en parlaient, mais n'avait jamais vraiment éprouvé ce sentiment. Était-elle jalouse que Fia puisse avoir ce qu'elle ne pourrait jamais posséder ?

— Fia et moi, on se connaît depuis très longtemps.

— Tu me l'as déjà dit, répliqua-t-elle en regardant un bout de papier virevolter au milieu de la rue, entraîné par le vent estival. Je ne sais pas ce que cela signifie.

Il referma la main sur son épaule. Un geste intime. Macy sentit sa poitrine se serrer.

— C'est trop compliqué à expliquer, Macy. Mais tu n'as pas à t'inquiéter d'elle.

— Je ne suis pas inquiète. Pourquoi le serais-je ?

— Tu évites le sujet de l'identité que tu as volée.

— Je ne l'ai pas volée, je l'ai… empruntée. Si Fia t'a informé à propos des faux papiers, elle aurait au moins pu avoir la politesse de te raconter l'histoire dans son intégralité. (Elle posa ses mains à plat sur ses cuisses nues.) Je les ai achetés il y a plusieurs années. Cette identité appartenait à une fille morte à la naissance. Comme je l'ai dit à Fia, ce n'est pas comme si elle allait en avoir besoin.

— C'est illégal, Macy.

— Tout comme enterrer des gens et les étrangler. Ça ne l'a pas arrêté.

Elle se leva, se retourna et grimpa les marches. Une fois en face de la porte, elle hésita.

— Tu viens ou pas ? demanda-t-elle.

— Où ?

Elle s'entendit rire, et ce son inattendu dissipa sa mauvaise humeur.

—Au lit, bêta. Où voudrais-tu qu'on aille ?

Il la suivit, et referma la porte.

—Tu ne trouves pas que c'est… je ne sais pas, étrange ?

—Quoi ? dit-elle en se dirigeant vers la chambre, ôtant son short de sport au milieu du couloir. Deux adultes consentants qui couchent ensemble sans engagement ? Pour moi, cela n'a vraiment rien de bizarre. Je ne sais pas qui a décrété qu'il fallait être monogame.

Elle se retourna sur le seuil de la chambre et posa la main sur le montant de la porte. Son débardeur blanc se souleva, dévoilant un triangle de poils blonds et bouclés.

—Moi je n'ai jamais réussi. Et toi ? lança-t-elle en ouvrant de grands yeux.

Il enjamba son short, son regard ténébreux rivé sur son absence de culotte. Elle se demanda si c'était pour cela qu'elle aimait tant faire l'amour avec des inconnus. Parce qu'elle exerçait un pouvoir sur les hommes. Elle ne maîtrisait peut-être rien d'autre dans sa vie. Mais ici, elle contrôlait totalement la situation.

—Non, dit-il. Enfin, si… je crois.

—Quelle est ta réponse ? murmura-t-elle d'une voix sensuelle.

Du bout des doigts elle lui effleura la pomme d'Adam avant de descendre en ligne droite le long de son torse chaud et moite.

De la sueur perlait au-dessus des lèvres d'Arlan et une grosse bosse déformait son bermuda. Cette conversation ne durerait pas très longtemps.

—Tu choisis quoi, « oui » ou « non » ? le taquina-t-elle en prenant son menton dans une main et en guidant ses lèvres vers les siennes.

Il l'embrassa avec avidité, et enfonça sa langue dans sa bouche tout en faisant glisser la main de Macy vers la fermeture Éclair de son short. Il poussa un grognement.

— Macy, dit-il en se reculant pour la regarder dans les yeux. Tu sais de quoi je parle. Tu te pointes tous les soirs. On couche ensemble, puis… tu pars. Tu ne crois pas que c'est… étrange ?

Elle se mit sur la pointe des pieds et mordilla gentiment la lèvre d'Arlan.

— Tu ne veux plus que je vienne te voir ?

Il lui caressa la joue.

— Non, ce n'est pas ça, c'est juste que…

Il avait le souffle court. Son timbre trahissait déjà le désir brûlant qu'il éprouvait pour elle.

— En quoi est-ce que c'est bizarre ? déclara-t-elle avec un petit rire. Tu ferais mieux de te demander comment ça pourrait ne pas être bizarre. Toute cette ville l'est, on se croirait chez M. Night Shyamalan.

— Pardon ?

Il plissa les yeux d'une manière adorable.

— Tu sais, le réalisateur. Tous ses films sont comme ça : *La Jeune fille de l'eau*, *Sixième Sens*.

Il hocha la tête, sans paraître comprendre véritablement ce qu'elle voulait dire.

— Vu de l'extérieur, tout a l'air un peu étrange à Clare Point, expliqua-t-elle. La façon dont les habitants se parlent entre eux, la façon dont vous semblez savoir des choses que vous n'êtes pas censés connaître, la façon dont vous nous regardez, nous, les touristes, les étrangers. On est attirés par vous, par ce lieu, sans savoir pourquoi. Tu vois, je ne suis pas sûre de savoir comment j'ai atterri ici. En tout cas, j'ignore pourquoi je suis venue.

Il lui adressa un sourire sexy et espiègle.

— Oh, tu sais très bien pourquoi tu es venue.

Il l'attrapa par la taille et baissa lentement la tête, faisant courir sa bouche entre ses seins, descendant jusqu'à son nombril, puis plus bas.

— Tu es venue parce que tu ne pouvais pas te passer de moi, reprit-il.

Macy ferma les yeux et glissa ses doigts dans la sombre chevelure d'Arlan. Laisser un homme mettre fin à une conversation en se vantant effrontément de ses prouesses sexuelles. Mais cela ne la dérangeait pas vraiment. Elle-même avait employé ce stratagème plus d'une fois.

Elle battit des paupières et ferma les yeux en s'appuyant au chambranle. Ses jambes ne la soutenaient plus.

Issu ou non d'une petite ville étrange, cet homme savait certainement comment utiliser sa langue.

— Arlan, gémit Macy. (Elle lui prit le visage entre les mains et lui fit lever la tête jusqu'à ce qu'il la regarde.) Tu veux qu'on passe sur le lit, Don Juan ? murmura-t-elle.

Arlan lui lança un sourire. La pâle lueur de la lune, seule source de lumière de la pièce, éclairait ses longs cheveux blonds. Elle ressemblait à un ange. Si belle. Si fragile.

— Viens, susurra-t-elle en reculant.

Elle le prit par la main et l'attira jusqu'au lit sur lequel elle se jeta, avant de rouler pour le regarder. Il était en train de se baisser sur elle quand il vit un flash de lumière à l'arrière de sa tête. Il entendit une voix et grimaça.

— Arlan, ça va ?

L'avait-elle vu également ?

Il s'assit sur le bord du lit et se plaqua les mains sur les tempes. Le douloureux éclair lumineux le frappa de nouveau.

— Arlan, j'ai besoin de toi.

— Arlan, tu vas bien ?

La voix de Macy parvenait à peine à se frayer un chemin à travers le brouillard qui le submergeait.

Il avait les yeux ouverts, mais il ne distinguait ni sa chambre, ni la magnifique femme nue qui se trouvait à son côté. Il vit un arbre duquel pendait de la mousse espagnole. Une crypte en pierre.

La lueur soudaine réapparut dans sa tête, lancinante et aveuglante. Il perçut une odeur fétide. De la boue. Des végétaux en décomposition. De la chair en putréfaction...

Les images jaillissaient dans son cerveau. De nettes rangées de cryptes funéraires. Des croix en fer. Une statue en pierre représentant un ange planant au-dessus de sa tête. Un haut portail orné d'une simple croix. Il sentit le parfum fort et sucré des lilas des Indes en fleur, qui lui donna la nausée.

—*Arlan, viens vite. J'ai des ennuis.*

La voix de Regan était aussi précise que s'il avait été dans la pièce.

Arlan eut une vision furtive du beau visage de Regan derrière la grille noire en fer forgé. Puis, tout à coup, Arlan se retrouva de nouveau dans sa chambre.

—Arlan ? Arlan, qu'est-ce qui ne va pas ?

Macy se tenait devant lui, les mains sur son visage. Elle le regarda dans les yeux.

Il avait la bouche sèche. Tous les vampires Kahill pouvaient discuter entre eux par télépathie quand ils étaient ensemble, mais Regan avait la capacité de le faire sur de longues distances. Et il venait de s'adresser très clairement à Arlan. Il avait des problèmes.

—Tu te sens mal ? murmura Macy, visiblement inquiète.

Arlan cligna des yeux. Son cœur battait la chamade, il avait chaud, transpirait, et il sentait les poils de sa colonne vertébrale se hérisser, sauf qu'il était actuellement sous sa forme humaine et qu'il ne possédait donc pas de poils sur le dos. Un détail que lui-même ne s'expliquait pas.

Regan avait des ennuis. De graves ennuis. Mais où se trouvait-il, et où était Finn ? Ils auraient déjà dû s'être retrouvés à cette heure-ci. Ils auraient dû être tous les deux sur le chemin du retour.

—Je…

Arlan posa le front sur la paume de sa main. Il devait être prudent en présence de Macy. Parfois, quand il recevait un message télépathique d'une telle intensité, il éprouvait de la difficulté à ne pas se métamorphoser. Il avait envie de se changer en lynx, ou en loup. Il souhaitait ardemment devenir un être plus simple, plus élémentaire.

Il serra les poings, luttant contre son désir de transformation. Sa relation avec Macy était dangereuse, et il en était conscient depuis le début. Il ne pouvait plus la laisser le prendre de court. Ce matin, dans le jardin d'Eva, il savait qu'elle l'avait entendu grogner. Il n'avait tout simplement pas pu s'en empêcher. Elle n'avait rien dit, mais l'avait entendu. Heureusement, comme la plupart des humains, elle ne faisait pas confiance à ses propres sens.

Mais Arlan savait écouter les siens.

L'odeur de la chair putréfiée était toujours présente dans ses narines, mélangée au parfum suave des fleurs. Un vieux cimetière…

Il devait retrouver Finn. Découvrir ce qui s'était passé. Où diable se trouvaient-ils ?

—C'est une migraine, parvint-il à expliquer à Macy. Je suis désolé, ça m'arrive parfois, sans prévenir.

Il plissa les yeux et baissa la tête pour dissimuler le mensonge dans son regard, et fit semblant d'avoir mal.

—Oh, mon Dieu, mon pauvre. (Macy s'assit à côté de lui au bord du lit et lui caressa la tempe.) Est-ce que je peux faire quelque chose pour toi ? T'apporter de l'aspirine, ou un verre d'eau ?

—Euh…

Il essayait de mener deux réflexions en parallèle, ce qui n'était concluant ni d'un côté ni de l'autre. Il n'avait pas été frappé aussi violemment sur le plan télépathique depuis longtemps. Cela l'avait ébranlé. Regan devait avoir de sérieux problèmes pour envoyer de telles images.

— Je veux bien un verre d'eau, dit-il à Macy.

— Je reviens tout de suite.

Elle déposa un baiser sur le sommet de son crâne et se hâta hors de la pièce, les fesses à l'air.

Arlan s'allongea sur le dos et laissa ses jambes pendre au bout du lit. Il resta sans bouger pendant une minute pour essayer de reprendre son souffle, puis se redressa. Il glissa la main dans la poche de son short et sortit son téléphone. Finn ne décrocha pas, et Arlan finit par tomber sur son répondeur. Il ne laissa pas de message. Il composa un second numéro. Avant la deuxième sonnerie, il avait parcouru la moitié du chemin qui le séparait de la salle de bains. Quand il entendit Macy sortir de la cuisine, il se faufila dans la pièce et referma la porte derrière lui.

— Allô.

Fia était encore debout. Il le sentait au son de sa voix.

— Salut, dit Arlan en tentant d'avoir l'air calme. Tu as eu des nouvelles de Finn ou de Regan ?

— Non.

Il l'entendait taper sur son clavier d'ordinateur. Elle était sûrement toujours au bureau, ou travaillait chez elle. Elle n'était pas avec son petit ami. Sa voix était différente quand elle se trouvait avec un humain. Arlan savait que c'était mal, mais il se réjouissait que tout ne soit plus aussi rose au paradis que Fia partageait avec son mortel. Ce type ne lui convenait pas du tout. Trop de secrets les séparaient. C'était difficile pour elle.

— Quoi de neuf? demanda-t-elle en cessant de pianoter.

— Arlan ? l'appela Macy de l'autre côté de la porte close. Tout va bien ?

Elle frappa car il ne répondit pas tout de suite.

— Ouais. Ouais, ça va, cria Arlan en écartant le téléphone.

Elle demeura silencieuse un instant, mais il percevait sa respiration. Il sentait sa présence à travers la porte.

— Pourquoi restes-tu dans le noir ? le questionna-t-elle.

Arlan tendit la main vers l'interrupteur et alluma la lumière. Il entendait Fia parler dans le combiné, et le colla à son oreille.

— Arlan, à qui tu parles ? demanda-t-elle. Es-tu en train de m'appeler alors qu'elle se trouve dans ton lit ?

— Non, non. Écoute, Fia.

Il se mit dos à la porte et se dirigea vers la douche, essayant de s'éloigner le plus possible de Macy.

— J'arrive tout de suite ! hurla-t-il à cette dernière, avant de reprendre le téléphone. Je viens de recevoir un message affreux de Regan. Il a des problèmes.

— Merde, souffla Fia.

— Tu l'as dit.

— Et tu n'arrives pas à joindre Finn ?

— Non.

Il baissa la lunette des toilettes et s'assit. Il transpirait à grosses gouttes. Il se passa la main dans les cheveux pour les ramener vers l'arrière.

— Mais je ne crois pas qu'ils sont ensemble. Regan a besoin de mon aide.

— Où est-il ?

Arlan appuya ses avant-bras sur ses genoux et se pencha en avant, encore un peu étourdi.

— Je ne sais pas. Un cimetière. Des mausolées qui font froid dans le dos. Une grille en fer avec une croix. Des lilas des Indes en fleur. Je pourrais jurer que je suis déjà allé là-bas. (Il leva soudain la tête, et fit claquer ses doigts quand cela lui revint.) La Nouvelle-Orléans.

— La Nouvelle-Orléans ? répéta Fia.

— C'est mon intuition.

— Mais il était censé rejoindre Finn en Italie. Qu'est-ce qu'il fout à La Nouvelle-Orléans ? Et où est Finn ?

— Je ne sais pas, dit-il en se levant. Mais il faut que j'y aille. Cette nuit. Maintenant.

— Je viens avec toi.

— Fi…

— On ne connaît pas la nature de ses ennuis. Ça pourrait être très grave, ça pourrait être…

— Les frères Rousseau, l'interrompit Arlan.

— Merde.

— Tu es sûr que ça va ?

Macy était de nouveau devant la porte de la salle de bains. Elle frappa.

— J'arrive dans une seconde, lui dit-il. Je dois raccrocher, lança-t-il à Fia.

— On se rejoint à l'aéroport.

— Je m'y rends dès que possible.

Il glissa le portable dans sa poche, prit une profonde inspiration et sortit de la pièce.

Arlan trouva Macy assise sur son lit. Elle avait remis son short. Elle leva sur lui un regard tendre, teinté d'inquiétude et lui tendit un verre d'eau. Il but une gorgée et s'allongea de l'autre côté du lit, la tête sur l'oreiller.

Macy rampa jusqu'à lui et le dévisagea.

— Tu veux que je m'en aille ou que je reste avec toi ?

Il ferma les yeux.

— Je n'en sais rien. D'habitude, si je parviens à m'endormir, j'arrive à m'en débarrasser.

— Je vais y aller, dit-elle avant de déposer un léger baiser sur sa bouche. À bientôt ?

Il sentit qu'elle se levait. Sans ouvrir les yeux, il leva la main et la laissa retomber.

— À bientôt.

Macy rentra à l'hôtel à pied, prépara son sac à dos et son ordinateur portable et enfila une paire de baskets. Dehors, l'air commençait enfin à se rafraîchir. Elle monta dans sa voiture et parcourut les deux rues qui la séparaient de la maison d'Arlan, sans savoir pourquoi, juste une intuition. Il mijotait quelque chose. Elle l'avait senti quand elle se trouvait encore chez lui, et cette impression n'avait fait que s'amplifier. Elle ne savait pas ce qui se passait, mais c'était étrange. Comme dans les films de M. Night Shyamalan.

Il ne la remarqua pas lorsqu'il sortit de son allée en marche arrière. Elle le suivit de loin à travers la ville. Il emprunta l'autoroute en direction du nord. Macy se demanda où ils se rendaient.

Chapitre 18

Arlan et Fia réussirent à prendre un vol pour La Nouvelle-Orléans très tôt dans la matinée. Sans savoir où aller ni quoi faire, ils descendirent dans un hôtel pittoresque situé dans une rue proche de Bourbon Street. Avant midi, ils étaient assis dans la véranda de l'entrée de l'hôtel et partageaient un sandwich *muffuletta* accompagné d'un thé sucré.

— Tu as vérifié ton portable ? demanda Fia en saisissant une olive tombée du sandwich et en la mettant dans sa bouche. Pas d'appel de Finn ?

Arlan fit « non » de la tête et s'essuya le front avec sa serviette en tissu.

— Sainte Marie mère de Dieu, marmonna-t-il. Je déteste cette ville. Je hais cette chaleur.

Il tira sur le col de son tee-shirt à l'effigie du John Butler Trio. C'était l'un de ses groupes préférés. Le fait de porter l'un de ses tee-shirts favoris aurait dû l'aider à se sentir mieux. Mais ce n'était pas le cas.

Elle fronça les sourcils et croqua dans sa moitié de l'énorme sandwich.

— Il ne fait pas plus chaud que dans le Delaware au mois d'août. Arrête de faire ta chochotte, dit-elle en lui lançant une olive. Et sois honnête, ce n'est pas la chaleur qui te hérisse le poil. Ce sont les Rousseau.

Il recula sur sa chaise. Toute la matinée, il avait été d'une humeur épouvantable. En grande partie à cause de son inquiétude. Il avait gardé l'esprit ouvert, guettant un message de Regan, mais il n'avait rien reçu. Rien du tout.

L'éventualité que Regan ne le contacte plus… et peut-être plus jamais, lui glaçait le sang.

Et il se faisait du souci pour Macy, restée à Clare Point. Elle avait semblé s'accommoder de cette histoire de migraine, mais il craignait qu'elle ne l'ait pas cru. Il avait senti la suspicion dans son souffle. Et ses réflexions sur le caractère étrange de Clare Point l'inquiétaient encore plus. Tous les étés, la ville était envahie par les touristes. Aucun d'eux ne remarquait jamais que les Kahill étaient différents. Après tous ces siècles, les membres du clan parvenaient bien à s'intégrer, à paraître humains. Certains d'entre eux étaient tellement doués à ce jeu qu'ils en étaient presque persuadés eux-mêmes. Alors, qu'est-ce qui distinguait Macy d'un mortel moyen ? Était-ce elle, la personne sur un million qui possédait de légers dons paranormaux ? Ce n'était pas extraordinaire, bien sûr. Juste très peu probable.

— Je n'ai pas peur des Rousseau, marmonna-t-il en tendant la main vers son sandwich.

— Je n'ai pas dit ça. À ma connaissance, tu es le type le plus courageux du monde. Des pédophiles à Athènes, des tueurs en série armés de haches à Bruxelles. (Elle pointa le doigt vers lui.) Et tu te souviens de ces zombies à Amsterdam ? Des zombies ? Beurk, j'en aurais tremblé dans mes talons aiguilles.

Si elle essayait de le réconforter, c'était raté.

Elle se pencha un peu et l'observa à travers le verre teinté de ses Ray-Ban noires.

— Écoute, je n'ai pas plus envie que toi de me frotter aux frères Rousseau. (Elle haussa ses épaules musclées.) Mais, si ça se trouve, ils ne sont même pas dans le coup.

— Oh, ils sont impliqués, crois-moi. (Il mâcha son sandwich sans en apprécier le goût.) Si Regan a des problèmes à La Nouvelle-Orléans, je peux t'assurer que les Rousseau ont quelque chose à voir avec ça. Ils nous détestent depuis deux siècles.

Elle se cala contre le dossier de sa chaise et secoua sa serviette avant de l'étaler sur ses genoux. Avec son pantacourt kaki et son débardeur rouge, elle ressemblait aux touristes assises aux tables voisines. Mais peu de femmes pouvaient rivaliser avec l'allure sophistiquée de Fia. Elle était si séduisante qu'aucun mortel, jeune ou vieux, homosexuel ou hétéro ne pouvait marcher à moins de trente mètres d'elle sans éprouver d'attirance.

— Que penses-tu qu'on devrait faire maintenant ? demanda-t-elle. Commencer à chercher dans les cimetières ?

Il la dévisagea.

— Je n'arrive pas à croire que tu viens de me traiter de chochotte.

— Tu en es une, parfois. Tu es trop doux. Trop à l'écoute de la femme en toi.

— Heureusement que je t'aime bien, dit-il calmement. Sinon, je devrais me transformer en ours kodiak et te dévorer, ainsi que ta moitié de sandwich.

Elle ramassa en vitesse le reste de son déjeuner.

— Je suppose que nous n'avons pas d'autre choix que de commencer à le chercher. (Il prit une nouvelle bouchée.) Mais je ne sais pas s'il était vraiment dans le cimetière ou s'il m'a juste fait parvenir des images qu'il pensait que je reconnaîtrais.

— Il nous aurait simplifié la tâche en envoyant une adresse par télépathie, railla-t-elle.

— C'est Regan, répondit-il. À mon avis, nous pouvons attendre qu'il fasse nuit et aller dans le quartier français, histoire de parler à quelques-uns des monstres du coin. Qui connaît-on ?

Elle réfléchit pendant une minute.

— Les reines du vaudou dans le Vieux Carré. Ce convent de sorcières à côté de Dumaine. On peut prendre la température, demander à nos sorciers préférés s'ils ont des informations, et quadriller la zone en faisant du porte-à-porte.

Il parvint à sourire et à lui adresser un clin d'œil.

— Cela te rappellera les soirs où tu écumes les bars de Philadelphie.

— *Chochotte*, lui dit-elle par télépathie.

— Si tu continues, menaça Arlan à haute voix, on n'ira pas visiter le quartier d'Anne Rice.

— En voilà un coup bas ! Je reviens tout de suite, ajouta-t-elle en se levant. Je vais aux toilettes.

Arlan fit signe au garçon, et attendait qu'il vienne pour leur resservir du thé glacé quand il vit Macy franchir les portes de la véranda d'un pas nonchalant. Il fut si choqué qu'il dut y regarder à deux fois pour s'assurer que c'était bien elle. Pas de doute. Elle portait un short, un tee-shirt, une casquette, et tenait un grand cocktail mimosa.

— Cette chaise est libre ? demanda-t-elle en s'asseyant à côté de lui.

— Bon sang, mais qu'est-ce que…

Il détourna le regard. Quand le serveur eut rempli les verres et passa à la table suivante, Arlan se retourna vers Macy.

— Qu'est-ce que tu fais ici ?

— Des recherches pour un article sur la reconstruction des vieilles maisons après l'ouragan Katrina. (Elle lui lança un regard par-dessus le bord de son verre.) Et toi, qu'est-ce que tu fais ici ? poursuivit-elle en jetant un coup d'œil à l'assiette de Fia. Tu vois, tu me dis qu'il n'y a rien entre vous deux, et je pense que tu ne couches pas avec elle, mais une chose est sûre : il se passe un truc bizarre, affirma-t-elle en désignant son assiette puis celle de Fia. Comme dans les films de M. Night…

— S'il te plaît, l'interrompit-il, les deux mains levées. Ne recommence pas avec ça. Je n'ai pas la moindre idée de ce à quoi tu fais allusion, et, en toute franchise, ça ne m'intéresse pas plus que ça.

Arlan ne s'attendait tellement pas à voir Macy qu'il ne trouvait pas ses mots et ne savait par où commencer. Elle l'avait suivi. Non seulement elle l'avait suivi, mais il ne s'en était pas rendu compte. Que lui arrivait-il ? D'habitude, il était plus doué. Suivi par la mauvaise personne, il pouvait se faire tuer.

— Tu ne devrais pas être ici, Macy. (Il se pencha vers elle.) Tu n'as rien à faire là. C'est une mission pour le FBI, mentit-il.

Elle posa son verre sur la table et accrocha son sac au dossier de la chaise. Apparemment, elle avait l'intention de rester un petit moment. Fia allait l'assassiner. Elle allait séparer sa tête de son corps et précipiter son âme dans un purgatoire sans fin.

— Bon, j'essaie de voir de quoi il s'agit, dit Macy sur le ton de la conversation. Es-tu un agent secret du FBI, et ton métier de menuisier te sert de couverture, ou es-tu le Watson de Fia ? Ou son Ricardo Tubbs, peut-être ?

— Ricardo Tubbs ? répéta-t-il en secouant la tête, perplexe.

— Tu sais, le personnage de *Deux Flics à Miami*, Rico, le partenaire de Sonny. Je regarde beaucoup la télévision, dit-elle en haussant les épaules.

— Macy, je ne peux pas parler de ça avec toi, reprit-il en jetant un coup d'œil vers le hall. Fia t'a vue ?

— Non, mais moi, je l'ai vue. C'est inhumain d'avoir des jambes aussi belles. Combien mesure-t-elle, un mètre quatre-vingts ?

— À peu près.

Il s'avança sur sa chaise. Quand elle constaterait que Macy était là, Fia serait furieuse. Peut-être pouvait-il la pousser à partir, et Fia n'aurait pas besoin de l'apprendre.

— Tu es censée être à Clare Point. Fia t'a demandé de ne pas bouger. Quand le FBI te demande de ne pas bouger, tu obéis.

— Il faut bien que je gagne ma vie. Je te l'ai dit, je suis juste venue à La Nouvelle-Orléans pour…

— Tu ne me feras pas avaler ça, Macy. Ce n'est pas une coïncidence que tu aies pris un vol à 4 heures du matin pour La Nouvelle-Orléans. Le même que moi.

— J'ai pris celui de 6 heures.

— Tu m'as suivi, poursuivit-il, et tu m'avais juré ne pas être une harceleuse.

— Je ne suis pas une harceleuse ! répliqua-t-elle assez fort.

À la table d'à côté, un homme et son épouse, appareils photo autour du cou, jetèrent un coup d'œil dans leur direction.

C'était exactement la dernière chose dont Arlan avait besoin, que quelqu'un attire l'attention sur sa présence et celle de Fia. Tout ce qu'il voulait, c'était récupérer Regan, et déguerpir avant que les Rousseau apprennent qu'il avait mis les pieds à La Nouvelle-Orléans.

— En tout cas, la ressemblance est frappante, dit Arlan à mi-voix.

Il était à présent contrarié d'avoir laissé cela arriver alors qu'il était avec elle.

Elle détourna le regard, le visage défait.

Il se sentit soudain honteux. Il savait qu'elle n'était pas une harceleuse. C'était juste que…

— Je ne sais pas pourquoi je suis venue, dit-elle doucement, de cette voix éthérée qui faisait toujours vibrer la corde sensible d'Arlan. Je t'assure, ces derniers temps, j'ignore ce qui me pousse à faire la moitié des choses que j'accomplis. (Le coude sur le plateau en verre de la table, elle posa le front sur la paume de sa main.) C'est seulement que… je sens que je suis en sécurité avec toi, avoua-t-elle comme si elle redoutait de faire cette confession. Tu sais, hier, quand je t'ai demandé ce qui te laissait penser que tu pouvais aider les gens, je parlais de moi, pas de toi, continua-t-elle, le timbre voilé par l'émotion. Ce que je veux dire, c'est que je le ressens aussi. (Elle se passa la main dans les cheveux et s'appuya de nouveau contre le dossier de sa chaise.) Je sens que tu peux m'aider, alors que jamais personne ne m'a…

Les mots restèrent coincés dans sa gorge et elle fut incapable de finir.

— Macy…

Il lui prit la main. Il n'était pas un héros. Il faisait ce que le clan lui demandait, car il en était membre ; cela n'avait rien à voir avec de l'héroïsme. Mais il avait envie d'être le héros de Macy.

— Je suis désolée, soupira-t-elle. Je n'ai pas l'intention de te faire endosser une telle responsabilité. Vraiment pas, ajouta-t-elle en levant les yeux sur lui. Tu crois que je suis folle. Une harceleuse tarée.

Il observa ses yeux verts et les taches d'or qui paraissaient illuminer son âme même. Sa bonne âme. Même si tout semblait prouver le contraire, il ne pensait pas qu'elle était une harceleuse. D'une façon ou d'une autre, tout cela avait un lien avec le Fossoyeur ; il en avait l'intuition. Et il devinait qu'il aurait un rôle à jouer dans ce qui se tramait entre Macy et cet homme, mais il ne savait pas encore lequel.

Il porta la main de Macy à sa bouche et embrassa ses doigts.

— J'ai vraiment besoin que tu retournes à Clare Point. Il y a des personnes là-bas qui peuvent se charger de ta sécurité. Je pense que c'est ce qui t'a poussé vers Clare Point, dit-il en serrant les mains de Macy dans les siennes. À mon avis, quelque part au fond de toi, tu en as conscience. Je crois que c'est pour ça que tu m'as suivi ici.

— Tu crois que c'est possible ?

Ses yeux brillaient de joie, comme ceux d'un enfant, et Arlan ne voulait rien d'autre que la prendre dans ses bras.

Il sentit Fia approcher avant d'entendre le bruit de ses pas sur le carrelage. Il se redressa sur sa chaise et lâcha les mains de Macy.

— Je te préviens, marmonna-t-il dans sa barbe. Elle va s'énerver.

— Macy, s'écria Fia en s'arrêtant au bout de la table. Qu'est-ce que vous faites ici ? (Elle se tourna vers Arlan, sans laisser à Macy le temps de répondre.) Qu'est-ce qu'elle fait là ?

— Elle rentre dans le Delaware, dit-il en adressant à Macy un regard qu'il espérait intimidant. N'est-ce pas ?

— Dès que j'aurai vu les maisons pour lesquelles je suis venue.

La vulnérabilité qu'il avait perçue dans sa voix un moment auparavant avait à présent complètement disparu. Elle se leva, prit son sac à main et son verre.

— Bonne journée à tous les deux, et bonne chance pour votre affaire, dit-elle en levant son verre joyeusement, avant de s'éloigner.

— Je n'arrive toujours pas à croire que tu aies mis une vie humaine en danger de cette manière, lança Fia.

Ils remontaient dans le noir une étroite ruelle, l'un devant l'autre. De chaque côté s'élevaient, bien au-dessus de leurs têtes, les murs de brique des immeubles. L'endroit sentait la moisissure, le mortier qui s'effritait, les déjections de rongeurs et, contre toute attente, la gelée à l'orange.

Arlan marchait en tête.

— Et je n'arrive pas à croire que tu ne me croies pas quand je te dis que je ne l'ai pas invitée. Je ne l'avais même pas prévenue que nous venions ici.

— Elle t'a juste suivi ?

— Oui. (Il jeta un coup d'œil par-dessus son épaule.) On a déjà abordé la question, Fia. Je commence à penser qu'elle a des dons médiumniques. Mais qu'elle n'en a pas conscience.

— Selon moi, elle est cinglée. (Ils atteignirent le bout de la ruelle.) À gauche. C'est cette porte, dit-elle en la désignant. Celle avec l'os de doigt qui pend à la fenêtre.

— Charmantes, tes amies.

Fia passa la main dans le creux de ses reins pour s'assurer de la présence de son pistolet sous son tee-shirt ample.

— Ce ne sont pas mes amies.

— Encore des indics ? Des sorcières indics ?

Elle passa devant lui en le frôlant.

— Si elles te voient, elles ne diront rien. Déjà qu'elles ne me font pas confiance. Alors, vas-y, fais ton truc, ordonna-t-elle en claquant des mains. Transforme-toi en souris, ou autre chose.

— En souris ? répéta-t-il en lui lançant un regard noir, loin d'être amusé. Je ne me change jamais en souris.

— Peu importe.

Elle frappa à la porte. Pour Arlan, la boutique évoquait la chaumière de Hansel et Gretel dans la forêt bavaroise, sauf que le pain d'épice était peint en violet et qu'une pancarte accrochée sur la porte indiquait « POTIONS & BREUVAGES ».

— Chat ou chien ? demanda-t-il à Fia.

Ils entendirent un bruit de l'autre côté de la porte. Le rideau dans la vitrine de la boutique bougea.

— Rongeur, railla-t-elle.

Quand la porte s'ouvrit, Arlan se transforma en un maigre bâtard haut sur pattes.

Deux femmes se tenaient à la porte. Arlan ne trouvait pas de meilleur terme pour les décrire que « sorcière ». Ces femmes étaient des sorcières. Jeunes pour des sorcières, mais des sorcières quand même. Elles avaient les cheveux longs et secs. Sales. Les quatre yeux rivés sur Fia étaient blanchis par la cataracte, et les visages burinés par une vie difficile. Elles sentaient la fumée de cigarette, le gin, et l'odeur du Mal.

— *Je déteste les sorcières*, communiqua-t-il à Fia.

— *Chut, souriceau*, répliqua-t-elle.

Elle croisa le regard de la sorcière la plus proche d'elle.

— Gullveig, ça fait un bail.

— C'est fermé, cria la blonde d'une voix perçante en attrapant la porte de ses doigts osseux pour la claquer.

— Je ne veux pas un philtre d'amour, dit l'agent en glissant son pied dans l'embrasure. Vous voulez voir ma plaque, ou mes crocs, mesdames ?

La sorcière se tourna vers sa sœur, puis regarda de nouveau Fia. Ses yeux blancs auraient fait peur à la plupart des gens, mais pas à Fia. Pour elle, ça faisait partie des personnages.

— On s'est retirées des affaires l'an dernier. On ne vend que des potions ici.

— Ce qui signifie qu'une rafle dans votre maison serait une perte de temps pour le FBI, Gullveig ? (Elle dévisagea l'autre sœur.) Heid ?

Cette dernière laissa échapper un couinement et recula, observant Arlan qui s'était avancé pour se tenir au côté de Fia.

— Ces fichus corniauds, fit remarquer Fia en le poussant d'un coup de genou. Vous devriez appeler le ramasseur d'animaux, les filles.

Arlan gémit et recula.

— *Salope*, lui dit-il.

— *Chochotte*, riposta-t-elle.

Elle observa les deux femmes sur le seuil.

— Je recherche un dénommé Regan. Il se peut qu'il ait de petits ennuis. Vous avez entendu quelque chose à propos d'un vampire qui serait dans le pétrin ?

Les sœurs échangèrent un regard. Gullveig tenta une nouvelle fois de fermer la porte.

Fia la repoussa violemment du plat de la main et les deux femmes battirent en retraite. Fia entra. Arlan la suivit jusqu'à la porte, mais resta dehors, émettant un faible grondement guttural. Compte tenu de son humeur de ce soir, un rien suffirait pour qu'il se jette sur l'une des gorges filiformes des sorcières. Ou qu'il réduise en charpie le chat gris tigré qui le contemplait de ses yeux verts depuis la fenêtre à l'étage.

Il détestait les sorcières.

— C'est un « oui » ? demanda Fia d'un ton hargneux en dévoilant ses crocs. Vous êtes au courant de quelque chose.

Bizarrement, la plupart des gens ne remarquaient pas les canines des Kahill avant qu'ils les montrent. Limées par un dentiste du clan, elles semblaient presque normales, mais, une fois sorties, elles effrayaient les humains comme les sorcières, apparemment.

— Je sais que dalle, couina Gullveig en levant la main comme pour se protéger de la colère de Fia. Juste des rumeurs.

— Quelles rumeurs ?

— Quelqu'un a volé des drogues. Les a emportées. Un vampire. Un homme canon. Jeune. Un Kahill, d'après ce que j'ai entendu.

— Tu as dû mal entendre. Les Kahill n'ont rien à voir avec cette merde.

— J'ai dû mal entendre, répéta Gullveig d'une voix aiguë et terrifiée.

Arlan s'avança un peu.

— *Fi*, dit-il.

Elle ne lui prêta pas attention.

— Volé de la drogue à qui ? poursuivit-elle.

— Aux frères Rousseau, pardi ! ricana la sorcière.

Arlan grogna et avança encore, les pattes avant sur le seuil de la porte. Chaque muscle puissant de son corps de trente kilos mourait d'envie de se contracter et de bondir. Il se demanda quel goût aurait le sang des sorcières. De gin et de cigarettes ? Il serait sûrement si infect qu'il devrait le recracher. Mais cela ne l'empêchait pas de vouloir leur arracher la gorge.

Les sorcières jappèrent de peur quand Arlan progressa doucement vers elles.

Fia le fusilla du regard.

— File de là, le chien. Allez !

Arlan acquiesça et retourna dans la rue.

— Est-ce qu'ils l'ont ? Les Rousseau, ils détiennent le vampire ?

Les sorcières tremblèrent de peur.

— C'est possible, répondit Gullveig quand Fia sortit de nouveau les crocs.

— Où ?

— Ça pourrait être n'importe où dans la ville.

Arlan gronda.

Gullveig observa le chien près de la porte d'entrée.

— Au 1, Saint Louis Street, à l'angle des rues Saint Louis et Basin.

— Je sais où c'est, aboya Fia.

Elle sortit de la boutique et retourna à l'obscurité de la rue.

— Viens, Fido, murmura-t-elle à Arlan en tapotant sa cuisse. (Sa colère avait disparu en un éclair ; seule demeurait l'inquiétude d'une grande sœur.) Allons au cimetière chercher mon frère.

Chapitre 19

Cachée derrière une gouttière cassée, Macy se plaqua contre le mur en brique et observa Fia disparaître dans la ruelle. Un chien trottait à ses côtés. Macy observa la bête avec appréhension. Elle se demanda où Arlan était allé, et pourquoi Fia se montrait si gentille et parlait avec cet animal errant.

Macy jeta un nouveau coup d'œil à la boutique de potions. Les deux horribles femmes avaient claqué la porte, mais elle savait qu'elles se tenaient dans le noir derrière la vitrine à épier la rue. Elle sentait leurs regards.

Malgré la sueur qui dégoulinait le long de sa colonne vertébrale, elle frissonna. La ruelle dégageait une forte odeur, semblable à celle du soufre. Jusqu'alors, elle avait toujours considéré La Nouvelle-Orléans comme une ville tout à fait agréable. Elle aimait le quartier français. Elle appréciait l'anonymat qu'il offrait, et n'avait jamais de mal à rencontrer des hommes séduisants sur Bourbon Street. Mais la ville telle qu'elle la voyait cette nuit était différente. Étrangement différente. Bizarre comme dans les… Elle s'arrêta avant que les mots ne lui traversent l'esprit. Arlan avait raison, il fallait vraiment qu'elle trouve une nouvelle comparaison.

Arlan. Tout la ramenait à lui ces derniers jours, n'est-ce pas ? Fia et lui étaient sortis de l'hôtel ensemble. Macy les avait suivis jusqu'au *Café du Monde*, où ils s'étaient rendus à l'arrière du bâtiment et avaient parlé à un homme horrible vêtu d'un tablier taché de graisse. Elle avait aperçu Arlan pour la dernière fois à une rue de la boutique de potions. Elle avait tenté de ne pas les pister de trop près ; après tout, Fia appartenait au FBI, et peut-être qu'Arlan aussi. On ne pouvait filer des fédéraux sans se faire repérer.

Ce qui en tout logique soulevait la question : pourquoi était-elle en train de suivre le FBI ?

Macy ne connaissait pas vraiment la raison qui l'y poussait. Tout ce qu'elle savait, c'était qu'elle voulait trouver ce qu'Arlan et Fia faisaient à La Nouvelle-Orléans. Une fois de plus, et cela dépassait son entendement, elle avait besoin de savoir.

Elle avait l'impression qu'Arlan avait été là, et que l'instant d'après il avait disparu. Puis le chien était arrivé, ce chien bizarre…

Elle attendit que Fia tourne à gauche au bout de la ruelle, puis elle se précipita à sa suite. Tandis qu'elle s'éloignait de la cachette offerte par la gouttière, elle jeta un coup d'œil par-dessus son épaule. Les femmes scrutaient encore la rue et Macy secoua consciemment ses épaules comme pour se débarrasser de leur regard aigre.

Elle suivit Fia et le chien jusqu'à un cimetière à l'extrémité nord de Basin Street, au coin de Saint Louis. Elle n'avait absolument aucune idée de ce que Fia trafiquait dans un cimetière. Même les touristes brûlés par le soleil savaient que ces lieux n'étaient pas sûrs une fois la nuit tombée. Pas lorsqu'on était seul.

Macy s'arrêta devant la grille d'entrée en fer forgé. Elle ne parvenait toujours pas à croire que Fia puisse se rendre dans un cimetière en pleine nuit, dure à cuire du FBI ou non. Macy connaissait suffisamment la ville pour éviter des endroits dangereux tels que celui-ci. Derrière ces murs en pierre se trouvaient des voleurs, des gens qui vous agresseraient pour un portefeuille. Des toxicos capables de vous tuer pour une bague.

Elle jeta un coup d'œil des deux côtés de la rue, éclairée par les globes dorés des lampadaires. Il y avait quelques piétons sur le trottoir, mais le vieux cimetière se situait en dehors du quartier français, et les passants étaient peu nombreux.

Elle s'arrêta pour lire l'inscription sur le portail : « Premier cimetière Saint Louis, le plus ancien de La Nouvelle-Orléans ».

Macy scruta l'espace noir derrière la grille. Dans l'obscurité, elle distingua des formes, des tombes, des mausolées. Elle sentit sa bouche devenir sèche, regarda de nouveau par-dessus son épaule, puis à l'intérieur du cimetière. Pourquoi Fia était-elle ici ? Une mission pour le FBI ? Qu'est-ce qui avait poussé Arlan à la laisser se rendre seule dans un tel endroit ?

Elle franchit la grille et jeta encore une fois un coup d'œil en arrière. La rue était silencieuse. Elle contempla les ténèbres peuplées d'ombres mouvantes qui s'étendaient devant elle. Si elle décidait d'entrer, elle devait le faire tout de suite, avant que Fia ait pris trop d'avance.

Macy passa outre à son malaise et s'avança dans l'allée principale, guettant le bruit de quiconque arriverait par-derrière, ou depuis les pierres tombales qui l'encerclaient. Tandis qu'elle s'enfonçait davantage dans le cimetière, les mausolées semblaient se rapprocher. Le silence la mettait mal à l'aise. Elle n'entendait aucun des sons caractéristiques de la nuit. Aucun Klaxon de voiture. Aucun chant d'insecte. Juste le silence. Un silence de mort.

— Mon Dieu, marmonna-t-elle.

Elle s'effrayait toute seule.

Peu à peu, ses yeux s'habituèrent à l'obscurité. Les formes qu'elle peinait à identifier de loin se transformèrent en personnages de pierre. Des anges. Tous pleuraient.

Elle songea au lieu où sa famille était enterrée. Greenview Memorial Park. C'était joli, ensoleillé, verdoyant. Ce cimetière à l'ancienne se trouvait sur une butte d'herbe et l'on apercevait au loin une église blanche bardée de bois. Plutôt idyllique… en comparaison des autres cimetières. Elle n'y était plus allée depuis des années, mais juste après le meurtre de ses parents elle s'y était souvent rendue. Quand elle était adolescente, elle se blottissait contre la grande pierre tombale en granit rose et attendait que les larmes coulent. Elle avait finalement renoncé, et avait abandonné l'idée que, pour pleurer ses proches, il fallait se déplacer là où leurs corps étaient enterrés.

Macy marqua une pause au milieu de l'allée gravillonnée et posa les mains sur sa tête, les paumes plaquées contre ses oreilles. Que faisait-elle ici ? Pourquoi se préoccupait-elle des activités de Fia ? Elle savait qu'elle aurait dû être dans Bourbon Street en ce moment, à siroter un cocktail dans un immense gobelet en plastique et à mater les mecs dans les boîtes de jazz.

Elle s'apprêtait à tourner les talons pour rebrousser chemin quand elle entendit une voix… Elle se figea et tendit l'oreille. Quelqu'un parlait. Un homme et une femme. Leurs voix se propageaient dans l'humidité de l'air nocturne, mais elle ne parvint pas à les localiser. Elle était incapable de dire s'ils se trouvaient devant ou derrière elle. Elle tourna lentement sur place, faisant crisser le gravier sous ses baskets. Elle écouta.

Elle connaissait ces voix. Il s'agissait de Fia et d'Arlan. Comment Arlan avait-il bien pu entrer sans que Macy le voie ? De toute évidence, il y avait une autre entrée. Est-ce que Fia avait rejoint Arlan dans le cimetière ? Était-ce la raison de sa présence ? Cette théorie semblait la plus logique, même si Macy ne comprenait toujours pas le rôle du chien.

Elle s'enfonça de nouveau dans le cimetière. Elle pensait désormais que les voix provenaient de sa droite. Elle quitta le chemin principal qu'elle avait suivi jusque-là pour en emprunter un plus étroit. Là, les mausolées étaient encore plus proches. Elle sentit la forte odeur sucrée des fleurs, des végétaux en décomposition et de… ce qui ne pouvait être décrit que comme la mort.

Elle voulut faire demi-tour, mais quelque chose la poussa à continuer.

— Tu as entendu ? entendit-elle Arlan dire.

— Quoi ? répliqua Fia dans un murmure audible.

Macy repéra leurs silhouettes devant elle, et elle s'éclipsa rapidement vers la gauche, dans l'espoir de se cacher à l'ombre d'une tombe.

— Ça ! s'exclama Arlan.

Ils s'arrêtèrent au milieu du chemin. Arlan semblait regarder vers la gauche. Dans cette direction se dressait un mausolée à la taille menaçante, qui réunissait probablement de nombreux membres d'une famille.

— Je n'entends rien, lança Fia avec impatience.

Macy n'entendait rien non plus.

Fia fit soudain volte-face, et se trouva devant l'endroit où Macy s'était tenue un moment auparavant.

— Il y a quelqu'un ici, affirma-t-elle d'une voix plus calme.

— Ouais, je crois qu'on nous a suivis, dit Arlan en regardant de tous côtés. Regan ! cria-t-il en se précipitant vers le mausolée.

— Fais attention, l'avertit Fia en lui emboîtant rapidement le pas. C'est peut-être un piège.

Macy avança lentement en restant accroupie. Regan était le frère disparu. Fia et Arlan n'avaient rien dévoilé à son propos, mais Eva lui avait expliqué qu'il s'était rendu en Europe pour son travail, et qu'il n'était pas revenu. Macy savait que Fia et Arlan s'inquiétaient pour lui. Mais quel était le rapport entre le frère disparu et ce cimetière ?

Elle posa la main sur une pierre tombale qui dépassait du sol irrégulier, essayant de se rapprocher. Elle avait très peur, mais pas suffisamment pour s'enfuir.

En face de l'énorme mausolée, Arlan se débattait avec un objet situé directement devant l'entrée. Elle entendit le bruit de la pierre qui raclait contre la pierre. Était-il en train de déplacer un pilier de marbre ? La situation devenait plus étrange de seconde en seconde. Cette chose devait peser quatre cent cinquante kilos, ou deux cents au bas mot.

— Regan, Regan ! On arrive ! cria Arlan. Tiens bon, mec.

Macy se leva, trop choquée pour continuer à essayer de se cacher, et observa Arlan écarter le gros pilier en pierre et ouvrir d'un coup sec la porte du monument.

— Regan !

— Regan ! reprit Fia.

— Oh, mon Dieu, souffla Macy, sans vraiment croire ce qu'elle voyait. Il est à l'intérieur ? murmura-t-elle.

Une silhouette chancelante sortit par la porte ouverte et se jeta dans les bras d'Arlan.

— Vous en avez mis du temps, dit le jeune homme. Tu sais, il fait noir dans une tombe. Et il y a des araignées. Tu sais que je les déteste.

— Jésus Marie Joseph, tu vas bien. Pourquoi ne t'es-tu pas téléporté pour sortir ? demanda Fia.

— Le marbre était trop épais, et ces salopards le savaient, répondit-il. Vous n'auriez pas une clope ? Le sevrage de nicotine a été dur.

— Tu ne devrais pas fumer, dit Fia en donnant une tape sur la tête de son frère, mais Macy perçut le soulagement dans sa voix. Tirons-nous d'ici.

Macy en avait assez vu. Elle recula d'un pas. Elle n'entendit rien, mais peut-être avait-elle fait craquer une feuille ou déplacé un petit caillou sous ses pieds. Les trois Kahill se retournèrent et l'aperçurent.

— Macy ? demanda Fia. Macy, mon Dieu !

— Ah non, Macy, dit Arlan doucement.

— Je suis désolée.

Elle leva les deux mains comme si elle était en état d'arrestation. Inutile de courir à présent, elle était prise sur le fait.

— Je ne voulais pas…

Un hurlement inhumain déchira l'humidité de l'air nocturne et tous les quatre se retournèrent. Trois silhouettes vêtues de capes sortirent en volant de derrière le mausolée, poussant des cris stridents surnaturels. Macy cligna des yeux, se demandant si tout cela n'était qu'un rêve. Était-elle vraiment de retour à l'hôtel et endormie dans son lit ?

Les personnages au teint pâle tournèrent et firent des sauts périlleux dans les airs pour cerner Fia, Arlan et Regan. On se serait cru dans un remake de *La Nuit des morts-vivants* à la sauce *Tigre et dragon*.

Ce n'était pas possible.

Arlan, Fia et Regan se mirent dos à dos, si rapidement et si facilement que Macy eut la certitude qu'ils l'avaient déjà fait. Fia et son frère adoptèrent des positions de combat rappelant celles des arts martiaux, les mains levées.

Macy n'était pas tout à fait sûre de ce qui se passa ensuite. Un instant, son beau et ténébreux Arlan se tenait à côté de Fia, et celui d'après, il avait été remplacé par un tigre blanc du Bengale.

Un tigre blanc.

Dans un cimetière de La Nouvelle-Orléans.

Dans la folie de ce scénario, personne d'autre ne semblait juger l'apparition du fauve ou la disparition d'Arlan bizarres.

Je n'y crois pas, pensa Macy. Même pour un rêve, c'était trop insensé. Il fallait peut-être incriminer le cocktail qu'elle avait bu au dîner. Avait-on glissé une drogue hallucinogène dans son verre ?

Peu importe ce qui se passait, l'instinct de conservation de Macy lui dictait qu'elle n'aurait pas dû se trouver là.

Le tigre blanc se ramassa, la tête baissée, et émit un grondement si sauvage qu'elle ressentit sa fureur. Ses genoux flageolèrent. Quelque part au fond d'elle-même, Macy se rendit compte qu'elle avait déjà entendu ce grondement. Pas aussi fort, et pas aussi féroce, mais elle le connaissait. Elle l'avait entendu l'autre jour dans le jardin d'Eva. Elle avait entendu Arlan grogner.

Tandis qu'elle reculait, chancelante, incapable de détacher son regard de la scène étrange qui se déroulait devant elle, elle se dit qu'elle devait se tromper, que cet énorme tigre blanc n'était pas son amant.

L'un des hommes en cape s'élança vers Regan, et le jeune homme se retourna pour lui faire face. Macy grimaça en anticipant le choc. Mais Regan se volatilisa. Il disparut… pour mieux réapparaître à moins de deux mètres de là, debout sur un caveau qui dépassait de la terre. Vêtu d'une veste en tweed en lambeaux et d'un jean sale et déchiré, il rejeta la tête en arrière et éclata d'un rire enfantin, comme si un de ses camarades d'école l'avait manqué à chat.

Le tigre blanc bondit, toutes griffes et dents dehors, et percuta en plein vol un autre personnage à cape noire. Soudain, le bruit fut insupportable : les hurlements des hommes, le grondement du fauve, le tissu qui se déchirait, le craquement des os, le rire de Regan. Des voix aussi, des voix humaines, mais personne ne parlait une langue qu'elle comprenait. Elle entendit des bouts de phrase en cajun français qui, à son oreille inexercée, sonnait comme du gaélique. Fia fit face au troisième personnage pour le combattre à mains nues, et elle semblait faire le poids.

Macy continua à reculer, les deux mains plaquées sur sa bouche pour empêcher un son d'en sortir.

Fia et son adversaire se tournèrent autour, esquivant et portant des coups dans une danse dangereuse. Le tigre et son opposant roulèrent à terre près de la porte ouverte du mausolée, l'homme grognant sous l'effort, le grand félin grondant férocement. À côté de là, l'adversaire de Regan décolla vers lui. Puis un quatrième homme surgit de l'obscurité pour se joindre à la mêlée. Il bondit sur le dos de Fia qui, déséquilibrée, fit un tour sur elle-même, et reçut un uppercut au menton de la part de son premier adversaire.

Avec son énorme patte, toutes griffes dehors, le tigre déstabilisa le deuxième attaquant de Fia. Cette dernière n'hésita pas une seconde et se projeta en avant pour fondre sur le premier homme. Ils restèrent bras dessus bras dessous, et Fia le mordit au cou. Du sang jaillit, et il poussa un hurlement qui semblait exprimer la douleur et la joie avant de tomber à genoux, en tenant sa chair meurtrie.

Macy chancela en arrière et faillit chuter.

— *Cours. Cours!* commanda une voix dans sa tête.

Était-ce celle d'Arlan ? Pourtant, dans son esprit, cet ordre fut supplanté par la prise de conscience soudaine qu'elle avait envie de vivre. Pendant toutes ces années, elle avait pris des risques pour sa sécurité et pour sa propre vie, se disant qu'il lui importait peu de vivre ou de mourir. Mais elle voulait vivre, et son instinct lui dicta que ce moment et cet endroit n'étaient propices qu'à la souffrance et à la mort.

Macy, tremblant autant à cause de la peur que de cette révélation, se retourna et courut à toute vitesse sur le chemin par lequel elle était venue, entre les imposants mausolées.

Elle entendit le tigre gronder et un homme crier de douleur. Puis elle sentit le vent s'engouffrer dans sa direction. Elle jeta un coup d'œil par-dessus son épaule, et vit un des personnages en cape fendre l'air en fonçant droit sur elle.

Elle ouvrit la bouche et entendit un hurlement qui n'avait rien d'humain.

— Tu as entendu ça ? demanda Kaleigh.

— Quoi ?

L'adolescente leva le visage vers la brise de l'océan, hésitante, tendant l'oreille. Quelques jeunes étaient descendus sur la plage après le couvre-feu pour traîner ensemble, mais tous s'étaient éloignés vers l'eau ou plus bas sur la plage. De fil en aiguille, Rob Hill et elle s'étaient retrouvés seuls, assis sur le sable, ce qui ne la gênait pas du tout. Il était plutôt taciturne, mais cool. Incontestablement cool.

Kaleigh pencha la tête.

— Tu n'as pas entendu ça ? On aurait dit… je ne sais pas… un cri. Comme si quelqu'un était en danger.

Il jeta un coup d'œil en contrebas, là où leurs amis couraient dans les vagues. Ils riaient, plaisantaient et s'éclaboussaient. Il la regarda de nouveau et fronça les sourcils.

— Je n'ai rien entendu.

Une lueur soudaine apparut dans la tête de Kaleigh, suivie d'une image. Elle sursauta et ferma les yeux. Ces derniers mois, son pouvoir avait évolué dans cette direction. Son don de vision lui était revenu. Une autre des joies qui accompagnaient la fonction de Conseillère du clan.

Un combat avait lieu. Un groupe de personnes. *Merde.* Des types méchants. Très méchants. Elle les connaissait. Elle les avait déjà rencontrés. Le souvenir était là… mais elle ne pouvait pas y accéder. Elle poussa un gémissement de frustration.

— Kaleigh, ça va ?

Elle sentit la main de Rob frôler son bras. Une sensation… plutôt agréable.

— Ça va, murmura-t-elle, les paupières closes. Je viens de…

Elle ne savait pas vraiment quoi dire. La renaissance de Rob ne remontait qu'à quelques semaines. Il ignorait certaines choses, et n'avait pas besoin d'en être informé. Comme les autres adolescents, il aurait l'occasion de s'habituer à sa nouvelle peau… et à ses crocs. Cela fonctionnait ainsi.

— C'est une migraine, mentit Kaleigh en appuyant son pouce et son index sur son front.

Des Kahill avaient des ennuis. Elle ne connaissait pas leur identité et le lieu.

Ce n'était pas ici. Pas à Clare Point. Pas même dans le Delaware.

Kaleigh ne pouvait rien faire.

Elle ouvrit les yeux, luttant contre la frustration qui lui faisait monter les larmes aux yeux. Tout le monde lui affirmait que son lien télépathique avec les autres membres du clan finirait par se révéler utile. Mais, pour l'instant, c'était juste pénible.

Et un peu effrayant.

— Tu es sûre que ça va ? demanda Rob.

Il lui prit la main et chercha à croiser son regard.

Elle lui offrit un sourire timide et le dévisagea à travers ses cils baissés. Il sentait bon. Un parfum de terre. Typiquement masculin.

— Je vais bien.

Tant que je reste ici avec toi, pensa-t-elle.

Chapitre 20

Le hurlement féminin se propagea jusqu'à ses os, mais, à l'intérieur de son corps félin, il fallut un moment à son cerveau pour identifier la nature de ce son et la personne qui avait poussé ce cri.

Arlan serra la mâchoire sur le cou du frère Rousseau, le secoua pour s'assurer qu'il était inconscient, et le lâcha. En un instant, il franchit la courte distance qui le séparait de la femme, ses muscles et ses ligaments se tendant et se détendant. D'un bond, il retomba sur le vampire qui tenait la femme plaquée au sol, le bras autour de son cou, une prise destinée à l'étrangler. Il planta ses griffes avant dans le dos de l'agresseur, ouvrit grand la mâchoire et la referma sur son épaule.

Le frère Rousseau hurla de douleur et se renversa en arrière, lâchant la femme.

Elle était allongée sur l'herbe, face contre terre, devant une tombe gardée par des anges de pierre en pleurs.

Si le vampire l'avait mordue, il était peut-être trop tard pour la sauver.

Arlan lutta contre cette pensée en donnant un coup de sa patte avant aux fesses du frère Rousseau. Ses griffes s'emmêlèrent dans des morceaux de cape noire et de chair. *Du sang.* Ses narines se dilatèrent. L'odeur était entêtante. Et plus les ruisselets rouges coulaient, plus le cerveau primitif d'Arlan se déchaînait. Un tigre au fin fond de la jungle indienne ne ressentait aucune colère, contrairement à l'homme qui se trouvait à l'intérieur de l'animal. Comment avaient-ils osé ? Comment les Rousseau avaient-ils osé emprisonner un Kahill ? Comment avaient-ils osé impliquer une mortelle dans une querelle de vampires qui durait depuis des siècles ?

Il planta les crocs dans la nuque du vampire et déchiqueta la chair tendre. Le sang dégoulina des coins de sa bouche, tachant sa fourrure blanche.

— *Arlan.*

Il maintint le frère Rousseau au sol et le mordit de nouveau en se délectant du craquement des petits os.

— Arlan, il est inconscient. C'est bon.

Il entendit la voix au ton ferme, puis la reconnut. Fia. Fia, sa bien-aimée.

— Allez, mec, ça suffit, s'éleva une voix masculine.

Arlan sentit une main se poser sur son arrière-train, et tourna brusquement la tête. Il montra ses crocs d'où coulait le sang, et gronda.

L'homme retira la main d'un coup pour éviter de se faire mordre.

— Arlan, c'est Regan. Arrête.

Regan. D'accord.

Son cœur battait à tout rompre. Il sentait le goût du sang du frère Rousseau sur sa langue – aigre, à l'image de l'âme tordue du vampire –, et le liquide qui mouillait sa fourrure.

Arlan leva les yeux et, à travers ses yeux couleur d'ambre, vit Fia s'agenouiller et faire basculer la femme inconsciente sur le dos.

Macy. Elle était blessée. Mourante. Peut-être pire.

Arlan recula, la queue frémissante. *Ça suffit.* Il ferma ses yeux de félin et reprit forme humaine. D'un revers de main, il essuya le sang de ses lèvres, chancelant sur ses pieds. Certaines transformations étaient plus difficiles que d'autres.

— Hé, mec, ça va ? lança Regan en reposant sa main sur l'épaule d'Arlan.

Le cœur encore tambourinant, Arlan n'essaya pas de mordre Regan, mais repoussa brusquement sa main.

— Macy…

Il se laissa tomber à terre à côté de Fia et scruta le visage de Macy. Sa peau était pâle, et ses paupières closes.

— Il l'a mordue ? demanda-t-il.

Il écarta les longs cheveux blonds de Macy des deux côtés, à la recherche des marques révélatrices.

— Apparemment, non.

— Alors pourquoi est-elle inconsciente ?

— Il l'a fait tomber quand il a volé sur elle.

Fia toucha doucement la naissance des cheveux de Macy, surprenant Arlan par la tendresse de son geste. Le bout de ses doigts fut taché de sang.

— Je pense qu'elle a dû se cogner la tête dans sa chute, reprit-elle en portant ses doigts à la bouche.

— Vous avez vu comme elle s'est battue contre lui ? fit remarquer Regan, debout au-dessus d'eux, les mains dans les poches, l'air désinvolte. Elle est coriace, cette petite humaine. Et sexy.

— Recule, Regan, l'avertit Arlan. (Il baissa de nouveau les yeux sur Macy.) Bon, elle n'a qu'une bosse sur le crâne, selon toi ?

Macy poussa un gémissement et bougea.

— Je crois, dit Fia en relâchant le poignet de Macy. Son pouls est correct, et sa respiration semble normale. (Elle regarda Arlan et hésita avant de poursuivre.) Tu sais qu'elle a tout vu ?

Il s'assit sur ses talons et se prit la tête entre les mains. Quand il reprenait sa forme humaine, il lui fallait quelques minutes pour s'acclimater. Son cerveau mettait parfois du temps à redémarrer.

— Je sais, grogna-t-il. Je n'avais pas remarqué qu'elle nous suivait.

Il fronça les sourcils et repensa à ce qui s'était produit quelques minutes plus tôt, mais qui paraissait avoir eu lieu des heures auparavant.

— Comment ai-je pu ne pas m'en apercevoir ?

— Cela n'a plus d'importance maintenant. Ce qui compte, c'est ce que tu vas décider de faire.

Fia continua à fixer son regard ténébreux et pénétrant sur Arlan. Incapable de le soutenir, il baissa de nouveau les yeux sur Macy qui, manifestement, reprenait connaissance.

— Tu sais ce que tu dois faire, l'exhorta Fia d'une voix calme.

Arlan secoua la tête. Il ne voulait pas. Macy et lui n'entretenaient pas ce genre de relation. Il… il avait cessé de le faire. Il avait abandonné cette pratique ignoble et interdite consistant à se nourrir sur un être humain.

— Si tu prends son sang, le souvenir de ces dernières minutes s'effacera de son esprit. Elle se rappellera peut-être nous avoir suivis jusqu'au cimetière, mais pas du tout des Rousseau. De ce qu'elle a vu.

Arlan pencha la tête en avant, et des mèches de cheveux lui retombèrent sur le visage.

— Bon sang, j'y vais, dit Regan en s'approchant d'eux, l'air avide. Laissez-moi le faire. Je parie qu'elle est sucrée comme tout.

Macy gémit, tourna la tête, puis remua les doigts.

— Arlan, l'encouragea Fia.

Il se pencha sur Macy, et Fia recula pour lui accorder un peu d'intimité. Il détestait faire cela. Il ne le voulait pas, mais il savait que Fia avait raison. Il n'avait pas le choix. Cela préserverait la sécurité de Macy, mais aussi celle du clan, et il devait avant tout protéger les Kahill.

— Tu dois te dépêcher, murmura Fia.

Arlan ouvrit les lèvres et sortit ses canines. *Que Dieu me pardonne*, pensa-t-il. Il enfonça les crocs dans la douce chair du cou de Macy, et le sang qui coula le submergea, comme une vague. Une vague d'extase. *Sainte Marie mère de Dieu*, il avait oublié le goût exquis des humains.

Il ferma les yeux pour tenter de faire durer ce moment. Depuis Lizzy, il n'avait pas goûté le sang d'une mortelle. Il avait aimé le sang de Lizzy, mais celui de Macy… Macy avait un goût encore meilleur. Plus illicite, d'une certaine façon.

Les souvenirs qu'il s'était efforcé de refouler resurgirent tandis qu'il savourait le goût et l'odeur de la femme qu'il tenait dans ses bras.

Lizzy lui avait volontairement offert son sang. Elle faisait partie des rares humains qui comprenaient que le monde était plus complexe qu'il semblait et qu'il possédait plusieurs dimensions, et elle avait accepté Arlan tel qu'il était. Elle l'avait supplié de boire son sang, et même de faire d'elle une vampire pour qu'elle puisse vivre éternellement et rester avec lui pour toujours. Puis le frère de Lizzy s'était fait prendre à assassiner des soldats confédérés malades et blessés. Il s'était déplacé de camp-hôpital en camp-hôpital pour tuer ses camarades. Il s'était donné lui-même le titre d'ange de miséricorde. Mais il avait étouffé des soldats en voie de guérison, et avait éprouvé bien trop de plaisir à effectuer son « travail ».

L'erreur d'Arlan avait été de se faire une fausse idée de sa relation avec Lizzy. Naïvement, en dépit des avertissements de Fia, il avait pensé que Lizzy et lui étaient des âmes sœurs. Il avait révélé à Lizzy les activités des Kahill. Il l'avait informée des crimes de son frère et lui avait indiqué que le Haut Conseil l'avait condamné à mort. Elle était devenue folle. Elle avait tué deux hommes innocents en tentant de sauver son frère. Ce dernier avait fini par être exécuté comme prévu. Arlan n'avait jamais revu Lizzy, mais avait entendu dire qu'elle s'était suicidée, ce qui était, aux yeux d'un vampire, le péché ultime, et le plus lâche.

Arlan, ayant pris assez de sang, rentra ses crocs et posa la joue sur la poitrine de Macy pendant un moment. Elle s'était calmée, et semblait à présent paisiblement endormie. Il sentit sa poitrine se lever et s'abaisser et inspira sa douce odeur féminine.

— Excuse-moi, murmura-t-il, le goût exquis de son sang toujours dans la bouche. Je suis vraiment désolé, Macy. Je me ferai pardonner, je te le promets.

Puis il se mit debout en la soulevant dans ses bras. Il la garda blottie contre son corps, ressentant le profond besoin de la protéger, non seulement des Rousseau, mais aussi du monde entier. De ce monstre quelque part en liberté qui la harcelait.

— Tu veux de l'aide ? demanda Regan, les bras tendus et les yeux rivés sur le cou de Macy qui portait deux traces de morsures desquelles le sang suintait.

— Ne la touche pas, menaça Arlan. Tu as déjà créé bien assez de problèmes comme ça pour ce soir.

Il s'éloigna en tenant fermement Macy dans ses bras. Il lui fallait la ramener à l'hôtel et la mettre au lit. Dans moins d'une heure, elle se réveillerait, et avec un peu de chance aurait tout oublié du cimetière et des événements qui s'y étaient déroulés.

— Moi ? Ce n'est pas moi qui ai causé des problèmes, se défendit Regan, qui avait emboîté le pas d'Arlan. Ce sont ces salopards, ajouta-t-il en désignant du pouce les quatre Rousseau, qui gisaient toujours inanimés au milieu des cryptes.

— Ah bon ? Et comment as-tu fait exactement pour te retrouver enfermé dans un mausolée à La Nouvelle-Orléans alors que tu étais censé être dans un avion pour rentrer à la maison avec ton frère ?

— C'est une longue histoire, mec, dit-il en donnant une tape sur l'épaule d'Arlan. Une longue histoire.

D'un mouvement brusque, Arlan se mit hors de portée de Regan et lui jeta un regard menaçant. Il ressentait encore cette colère intense qui semblait lui dévorer l'estomac, et il aurait facilement pu la diriger contre Regan.

— Les garçons, avertit Fia. Arrêtez. Nos amis Cajuns auront bientôt terminé leur sieste. Il faut qu'on se tire d'ici.

Elle pressa le pas pour les rattraper, et se faufila entre eux.

Arlan remarqua qu'elle boitait, mais ne fit aucun commentaire. Demain, ils seraient tous couverts de bleus et courbaturés de partout.

— C'est ton petit copain qui a commencé à me regarder d'un sale œil, dit Regan en mettant les mains dans ses poches. Nom de Dieu ! Je paierais cher pour une cigarette.

Arlan continua à marcher.

— Je vais la ramener à l'hôtel. De votre côté, voyez si vous pouvez nous trouver un vol de retour qui décolle dans quelques heures. On ne devrait pas rester à La Nouvelle-Orléans plus que nécessaire. Je pense que les Rousseau vont nous chercher.

— Ils seront furieux quand ils se rendront compte que je me suis enfui, hein ? ricana Regan.

— Éloigne-le de moi, bordel, dit doucement Arlan à Fia.

— On n'a pas encore eu son explication.

Ils s'arrêtèrent à l'entrée du cimetière. Fia regarda autour d'elle, tendit l'oreille, puis fit signe aux deux autres quand elle se fut assurée qu'ils pouvaient continuer en toute sécurité.

— Ça ne m'intéresse pas d'entendre une énième excuse de Regan, dit Arlan d'un ton monotone. Je te préviens, Fia, c'est toi qui gères, ou je vais m'occuper de lui.

Elle soupira.

— Arlan, je ne veux pas que tu te sentes coupable par rapport à ça, affirma-t-elle en avançant vers lui.

— Je ne culpabilise pas, grogna-t-il.

Bien sûr qu'il se sentait coupable. Affreusement coupable. Il n'aurait jamais dû retourner dans la chambre d'hôtel de Macy cette nuit-là. Il n'aurait pas dû la laisser entrer chez lui la première fois.

Ils marchaient sur le trottoir en file indienne, Arlan devant, Regan au milieu et Fia derrière, qui ouvrait l'œil en cas d'attaque surprise.

— C'est ce qu'il fallait faire, dit-elle.

Il n'avait pas envie de s'exprimer. S'il ne s'étendait pas et qu'il n'adoptait pas un ton trop doux, Fia comprendrait peut-être.

— Ouais.

Elle marqua une nouvelle pause et observa un couple de l'autre côté de la rue. Elle attendit de l'avoir dépassé pour reprendre la parole.

— Tu dois être prudent.

Il garda le silence. Il aimait avoir Macy dans les bras. Elle sentait bon. Elle ne pesait presque rien, il aurait pu la porter sur des kilomètres. Une partie de lui en avait envie. Pouvaient-ils simplement partir de La Nouvelle-Orléans à pied, et s'éloigner de cette vie ? Macy et lui pouvaient-ils s'en aller et laisser derrière eux les vampires et les tueurs ?

Probablement pas.

— Je te parle de Macy. Tu es en train de tomber amoureux d'elle, insista Fia.

— Non, répondit-il sans desserrer les dents.

— Tu sais pertinemment que c'est dangereux. Que ça finit toujours mal.

Pour la première fois depuis qu'ils étaient sortis du cimetière, Arlan jeta un coup d'œil à Fia par-dessus son épaule.

— Tu parles en connaissance de cause ?

Il planta son regard dans le sien.

Fia détourna les yeux en premier.

— C'est ce que je suis en train d'apprendre.

Macy prit lentement conscience du ventilateur de plafond qui tournait et brassait l'air chaud et humide au-dessus d'elle, ainsi que des bruits de circulation dehors. Elle sentit à son côté la tiédeur d'un corps. Masculin.

Se réveiller avec un homme dans son lit. Rien d'inhabituel pour elle.

Mais, cette fois-ci, elle s'était déjà réveillée près de cet homme. Arlan.

Elle prit une profonde inspiration. Elle s'attachait trop à lui. Elle s'en rendait compte. Bientôt, il serait temps de passer à autre chose. Le moment était même déjà venu, conformément à ce que souhaitait son ennemi juré, la maintenir à l'écart des autres, isolée sur le plan émotionnel. À sa façon, malsaine et solitaire, il voulait qu'elle lui soit fidèle. Macy savait tout cela, depuis des années, mais ignorait comment y mettre fin.

Elle ouvrit les yeux et tourna la tête pour consulter le réveil à côté du lit. Il était un peu plus de 6 heures du matin, d'où la lumière vive qui filtrait à travers les rideaux tirés. Elle roula de l'autre côté pour regarder Arlan, endormi près d'elle. Elle ne put retenir un petit sourire. En temps normal, il était mignon, mais sa barbe de deux jours et ses cheveux en bataille qui lui donnaient un air de mauvais garçon le faisaient monter de plusieurs crans, pour atteindre la catégorie des hommes beaux comme des dieux.

Comme s'il avait senti qu'elle l'observait, il ouvrit les yeux.

— Salut, lui dit-il d'une voix ensommeillée qui le rajeunissait et le faisait paraître plus innocent.

— Salut, murmura-t-elle. (Elle jeta un coup d'œil à la chambre d'hôtel. Ce n'était pas la sienne.) Comment j'ai atterri ici ?

Elle commença à s'asseoir et fut saisie d'un vertige qui l'obligea à reposer la tête sur l'oreiller.

— Hou là !

Elle porta la main à son front et trouva une bosse sensible sur laquelle une croûte se formait. Elle ne se souvenait pas d'être tombée la nuit dernière, alors que c'était manifestement le cas.

— Une fiesta de folie ? Une soirée de débauche bien arrosée sur Bourbon Street ? l'interrogea-t-elle.

— Tu ne te rappelles pas ? dit-il en se relevant sur le coude pour la regarder.

Prise d'une légère nausée, elle ferma les yeux et essaya de faire le point sur ses souvenirs de la nuit précédente. Elle les passa en revue, comme elle aurait feuilleté un album photos en noir et blanc. Elle avait dîné seule dans ce petit pub sur Toulouse Street, puis était retournée à l'hôtel, d'où elle avait suivi Fia et Arlan jusqu'au *Café du Monde*. La dernière image dont elle se rappelait vaguement avait été la conversation entre Fia et ces horribles femmes aux yeux brumeux de cataracte. Et le chien. Elle se souvenait de ce chien bizarre…

Elle fronça les sourcils. *Oui, mais ensuite ?* Elle n'avait jamais de pertes de mémoire. Même quand elle buvait trop. Une chose était sûre, elle n'avait pas consommé beaucoup d'alcool au cours du repas. Un seul verre de vin. Avait-elle bu davantage plus tard ? Peut-être ces cocktails qu'elle avait envisagés ?

Arlan attendait qu'elle lui réponde.

— Comment est-on tombés l'un sur l'autre hier soir, au juste ? demanda-t-elle.

— Tu ne t'en souviens vraiment pas ?

Un sourire taquin ourla ses lèvres sensuelles. Des lèvres que l'on avait tellement envie d'embrasser. Et de parfaites dents blanches. Mais ce dernier point s'appliquait à tous les habitants de Clare Point. Encore un détail à ajouter aux caractéristiques déjà bien étranges de la station balnéaire.

Elle toucha son menton couvert de barbe, appréciant la sensation drue sous le bout de ses doigts.

— Tu évites ma question.

— Tu évites la mienne, rétorqua-t-il en posant la main sur la sienne.

Elle balaya la pièce d'un regard circulaire. Elle se sentait toujours bizarre et quelque peu désorientée.

— Pourquoi ne suis-je pas retournée dans ma chambre la nuit dernière ?

— Je n'en sais rien, dit-il en lui embrassant la main. Peut-être parce que je te plais.

— C'est vrai que je t'aime bien. (Elle l'observa déposer un baiser sur chacun de ses doigts.) Mais cela n'explique toujours pas pourquoi je suis restée. Je ne reste pas après l'amour si j'ai la possibilité de dormir ailleurs.

— C'était peut-être ce que faisait l'ancienne Macy, et voici la nouvelle Macy.

Elle s'approcha de lui et plaqua les hanches contre les siennes. Elle scruta les yeux sombres d'Arlan sans rien dire.

— Si tu me révélais ton secret, Macy, tu n'aurais plus besoin de rester seule.

— Et si j'aime la solitude ?

— Impossible. Personne ne souhaite vraiment ça.

Elle lui prit le visage entre les mains et guida la bouche d'Arlan vers la sienne. Quand leurs lèvres se touchèrent, elle glissa la main sous le drap et la posa sur son sexe, ce qui mit fin de manière efficace au bavardage et au charabia psychologique.

Arlan la poussa sur le dos et plongea la langue dans sa bouche. Elle se délecta de sa saveur… et de cette sensation de puissance qui semblait émaner de lui. Elle griffa ses fesses fermes et musclées, le faisant gémir de plaisir.

Il blottit le visage contre ses seins recouverts d'un fin tee-shirt. Puis il lui mordilla les tétons, et elle gloussa.

Elle arqua le bassin pour le coller à celui d'Arlan, contrariée de porter un string. Pourquoi donc l'avait-elle gardé pour dormir cette nuit ? Elle ne remettait jamais ses dessous après avoir fait l'amour.

Était-il possible qu'Arlan et elle n'aient pas couché ensemble ? Elle avait du mal à le croire.

Mon Dieu, combien de verres ai-je bu hier soir ? se demanda-t-elle

Mais elle n'avait pas la gueule de bois. Elle se sentait bizarre, mais n'avait certainement pas mal à la tête à cause de l'alcool.

Arlan lui embrassait la gorge en donnant de minuscules coups de langue. La sensation était des plus singulières et des plus érotiques. Elle poussa un gémissement de plaisir.

— Ça te plaît ?

Elle perçut la chaleur du souffle d'Arlan sur son cou.

— J'adore ça, murmura-t-elle en pensant que, curieusement, cette zone n'avait jamais été particulièrement érogène avant… avant Arlan.

Il glissa la main sous son string et fit courir ses doigts sur le sexe de Macy. Elle gémit.

Déjà brûlante de désir, elle ne tarda pas à atteindre un premier orgasme. Puis, soudain, elle eut désespérément besoin de le sentir en elle.

— Attends, haleta-t-elle en baissant ses dessous.

Ils avaient jeté le drap sur le côté. Elle ôta son string en se tortillant puis le tee-shirt, à présent humide, qui lui collait à la peau.

— Pourquoi tu es si pressée ? lui souffla-t-il avant de lui mordiller le lobe de l'oreille.

Elle ouvrit les yeux pour river son regard au sien.

— Tu sais, parfois, je préfère que tu te taises.

Il rit et l'attrapa par les hanches. D'un mouvement fluide, il roula sur le dos en l'emportant avec lui.

Macy se retrouva sur lui, à califourchon, et n'eut pas besoin d'une autre invitation. S'aidant de la main, elle glissa sur lui et gémit au fur et à mesure qu'elle le sentait la remplir. Elle renversa la tête et se pencha en arrière, entrelaçant ses doigts à ceux d'Arlan. Elle demeura assise sans bouger pendant un moment, savourant cette sensation. Son cœur battait à tout rompre, et son pouls s'emballait. Elle se pencha en avant, et ses longs cheveux blonds vinrent dissimuler une partie de son visage. Elle commença à onduler sur lui, d'abord doucement, puis elle accéléra le rythme. Elle était déjà sur le point de jouir de nouveau.

Arlan était un amant extraordinaire. Elle l'avait su dès la première fois. Il savait quand se retenir et quand continuer. Il savait quand une femme ne plaisantait pas, et, à cet instant, Macy était sérieuse. Alors qu'elle accélérait le rythme, il faisait de même. Il posa les mains sur sa taille et lui laissa le contrôle.

Enfin, Macy parvint à se libérer des dernières pensées qui s'entrechoquaient dans sa tête. Plus rien ne comptait à part son corps et ces délicieuses vagues d'extase.

Elle eut un deuxième orgasme, puis un troisième et, quand elle reprit son souffle, elle s'allongea sur Arlan et ne tarda pas à le faire jouir. La respiration encore difficile, elle roula sur le dos, à côté de lui. Elle observa le ventilateur tandis que son souffle retrouvait peu à peu un rythme presque normal. Près d'elle, elle entendit Arlan en faire de même. Ils restèrent tous deux sans parler. Il n'y avait rien à dire, les mots étaient inutiles. Et elle savait gré à Arlan de le reconnaître. Il comprenait son besoin de conserver ses émotions dans des compartiments bien fermés.

Mais, l'instant d'après, il la surprit en glissant la main sur le lit pour prendre la sienne. Un geste simple, qui aurait pu bouleverser une femme jusqu'aux larmes… si elle avait encore su comment en verser.

Chapitre 21

Macy prit place devant la table de sa chambre d'hôtel plongée dans la pénombre et scruta l'écran lumineux de son ordinateur. Tout en haut à droite se trouvait l'icone de sa messagerie instantanée, qui l'avait narguée toute la soirée, malgré ses efforts pour ne pas en tenir compte. Elle était allée se promener, puis avait tenté de travailler sur son texte de présentation de l'article sur les maisons de Clare Point. Elle avait même joué au solitaire.

Mais il avait été présent tout le temps, à l'attendre. À l'appeler. Elle le ressentait.

Quand, la veille, elle était rentrée de La Nouvelle-Orléans en avion, Fia lui avait rappelé leur accord : elle ne contacterait pas Winnie et ne lui laisserait pas, dans la mesure du possible, l'occasion de la joindre. Fia voulait qu'il ait très envie de parler à Macy, et souhaitait être là quand il lui enverrait un message. Elle n'avait pas évoqué sa colère à propos du fait que Macy les ait suivis jusqu'à La Nouvelle-Orléans, et Macy n'avait pas vu la moindre raison d'aborder le sujet.

C'était bien beau sur le moment, mais ce soir Macy avait du mal à respecter ces consignes. Et si Winnie, énervé de ne pas arriver à communiquer avec elle, devenait fou et tirait sur des gens dans un centre commercial ou attachait une bombe sur un sans-abri dans le métro, ou quelque chose d'aussi dingue ? Il avait besoin d'elle. Il le lui avait confié une centaine de fois au cours de ces années. Parfois, pensa-t-elle avec morosité, il lui disait même qu'il l'aimait.

Quoi de plus tordu ?

Macy effleura le pavé tactile de la main. La flèche du curseur sembla se déplacer toute seule, et trouva l'icone de la messagerie. Elle hésita, l'index en suspens.

Fia essayait de résoudre cette affaire, et elle faisait de son mieux. Mais Fia ne connaissait pas Winnie. Pas comme Macy le connaissait. Fia ne comprenait pas à quel point il était fragile.

« Clic clic ».

La fenêtre de la messagerie instantanée s'ouvrit, et une seconde plus tard apparut un message de Winnie200. Elle en était sûre !

Winnie200 : Où étais-tu ? Je me suis fait du souci pour toi.

Macy eut un moment de doute avant de répondre. Elle se rendait compte qu'il serait plus sage de fermer la fenêtre et d'attendre Fia. Mais il était là…

Macy : Je voyage pour mon travail.

Winnie200 : Menteuse. Tu m'évites. Tu ne peux pas m'éviter, Marceline. Tu ne peux pas me faire ça.

Il semblait agité. Un Winnie agité était un Winnie dangereux. Elle le savait d'expérience.

Elle ne savait pas quoi dire. Elle hésita, les doigts au-dessus du clavier.

Comme elle tardait à répondre, il lui envoya un message :

Winnie200 : Qu'est-ce qu'il y a, Marceline ? Qu'est-ce qui ne va pas, mon ange ?

Elle détestait quand il employait des mots tendres. *Salopard. Espèce de salopard.*

Elle martela le clavier :

Macy : Qu'est-ce qui ne va pas ??? Tu ne crois pas que le fait d'être harcelée depuis quatorze ans par un PUTAIN DE TUEUR EN SÉRIE TARÉ puisse jouer sur mon moral ?

Elle attendit. Rien n'apparut à l'écran.

Merde, pensa-t-elle. C'était effectivement une mauvaise idée. À présent, c'était elle qui le provoquait, ce qu'elle n'avait jamais fait. Elle s'était toujours montrée docile. Elle avait toujours accepté ses règles du jeu à lui, pensant qu'en les suivant, elle le maîtrisait d'une certaine façon. Quelle idée ridicule ! Cela ne l'empêchait pas de continuer à tuer, non ?

Mais avait-il assassiné moins de personnes grâce à elle ?

Bon sang, elle était aussi folle que lui, pas vrai ?

Macy : Winnie ?

Macy : Tu es toujours là ?

Winnie200 : Tu m'as blessé, Marceline. Je suis contrarié.

Macy : Winnie…

Elle posa les mains sur ses genoux. Si elle voulait aider Fia, si elle désirait réellement l'arrêter, Macy savait que le mettre en colère n'était pas la bonne solution. Cela la chagrina de le faire, mais elle lui écrivit qu'elle était désolée.

Winnie200 : Il y a de quoi.

Elle réfléchit pendant un moment, puis demanda :

Macy : Comment te sens-tu ?

Winnie200 : Pas bien. Mais ça t'est égal.

Macy : C'est faux, Winnie. Comment est la voix ?

Winnie200 : Forte. Elle me donne la migraine.

Macy : Tu dois l'empêcher d'entrer. Il ne faut pas que tu l'écoutes. Elle te dit de faire des choses que tu ne veux pas faire.

Winnie200 : Comment sais-tu ce que j'ai envie de faire ? Peut-être que ça me plaît.

Macy : Non, Winnie, tu n'aimes pas ça, tu ne veux pas faire du mal aux gens.

« Faire du mal », quel étrange euphémisme pour de la torture et des meurtres commis de sang-froid, pensa-t-elle tristement.

Winnie200 : Je ne veux pas leur faire de mal. Mais elle me pousse à le faire. Elle me met tellement en colère que je n'ai pas le choix.

Macy s'appuya contre le dossier rigide de la chaise près de la table située vers la fenêtre. L'éclairage extérieur projetait une faible lueur dans sa chambre. C'était exactement pour cela que Fia avait voulu qu'elle reste éloignée de Winnie. Ses troubles mentaux, quelle que soit leur nature, s'aggravaient. Il était de moins en moins stable. Ses mots le laissaient clairement deviner.

— Eh ben, t'as vraiment tout fait foirer, cette fois, Macy, dit-elle tout haut.

Puis elle se pencha au-dessus du clavier et tapa :

Macy : Il faut que je te laisse. Il est tard. Je dois dormir un peu. Je travaille demain. On se reparle demain soir. Promets-moi que tu vas essayer de ne pas l'écouter.

Winnie200 : Tu ne comprends pas, Marceline. Elle insiste beaucoup.

Macy : Winnie, je t'en prie.

Ces mots lui coûtaient, mais elle les écrivit :

Macy : Fais-le pour moi. N'écoute pas sa voix, écoute la mienne.

Winnie200 : Je ne peux rien promettre.

Macy cliqua sur l'icone pour arrêter le programme. Même hors ligne, les messages de Winnie restèrent sur l'écran.

Elle ferma le capot de son ordinateur portable et jeta un coup d'œil au réveil digital dont les chiffres rouges luisaient à côté du lit. Il était 2 heures du matin. Arlan dormait.

Il lui avait téléphoné dans la journée pour prendre de ses nouvelles et savoir comment elle allait. Il lui avait proposé que le médecin de la ville examine la bosse et la croûte qui s'étaient formées sur son front. De manière surprenante, il ne lui avait pas raconté ce qui avait eu lieu cette nuit-là à La Nouvelle-Orléans. Elle ignorait encore comment elle s'était fait cette bosse ou comment elle s'était retrouvée dans le lit d'Arlan. Plus surprenant encore, elle n'avait pas insisté pour le savoir.

Macy se leva de sa chaise, marcha jusqu'au lit et s'assit au bout. Elle ne se sentait pas fatiguée.

Elle se dit qu'elle n'irait pas chez Arlan cette nuit. Elle ne s'y était pas rendue la nuit précédente non plus. Elle essayait de diminuer progressivement la fréquence de ses visites, ce qui lui faciliterait la tâche quand elle quitterait Clare Point.

Elle observa ses orteils nus sur la moquette bleue défraîchie.

En réalité, elle avait envie d'y aller. Besoin d'y aller. Même si cela la chagrinait beaucoup de l'admettre, elle avait besoin d'Arlan.

Elle se leva et enfila un short de sport. Elle glissa les clés de sa chambre dans sa poche et sortit, sans chaussures ni soutien-gorge.

Macy n'aperçut que deux piétons en se rendant chez Arlan. Et, à en juger par leur démarche et leurs vêtements, ce n'étaient pas des touristes. Une femme d'une cinquantaine d'années l'avait saluée d'un signe de tête en la croisant, comme si elle se promenait toutes les nuits dans la rue à 2 h 15. Macy la reconnut, elle était tombée sur elle un matin au café-restaurant. Elle s'appelait Mary, si elle se souvenait bien. Bien sûr, dans cette ville, la moitié des femmes de plus de quarante ans portaient ce prénom. Puis elle repéra un homme âgé qui s'efforça de faire comme s'il ne l'avait pas vue alors qu'il lui était quasiment rentré dedans.

Bizarre… très bizarre.

Elle se permit d'entrer chez Arlan. Évidemment, la porte n'était pas fermée à clé. Il l'attendait. Cette idée la fit sourire.

Elle fut cependant surprise de constater qu'il n'était pas dans sa chambre. Il n'était nulle part dans la maison.

Macy savait qu'il était plus sage de rentrer à l'hôtel. Mais elle n'en avait pas envie. Pas là-bas. Pas à l'endroit où se trouvait Winnie.

Elle réfléchit à la possibilité de retourner dans sa chambre déserte, où un tueur la hantait. Puis elle se déshabilla et se pelotonna dans le grand lit d'Arlan pour l'attendre.

— Je croyais t'avoir entendue dire qu'ils te traquaient et te décapitaient si tu ratais une réunion du Conseil, dit Arlan dans le combiné en marchant.

— J'ai dit qu'ils le feraient si tu manquais une réunion du Haut Conseil, le corrigea Fia.

Elle était visiblement ravie de l'avoir embrouillé. Il s'était rendu à cette réunion assommante, mais elle l'avait évitée.

— Donc, je n'étais pas obligé d'y assister ? demanda-t-il, incrédule. (Il ouvrit la bouteille qu'il avait prise au passage sur une table en partant du musée.) Punaise, elle m'a bien piégé.

— Qui ?

Il but une gorgée d'eau minérale.

— À ton avis ? Peigi ! D'abord, elle me demande de remplacer temporairement Johnny au Haut Conseil. Puis elle m'explique qu'il faut aussi que je vienne au Conseil.

Fia gloussa.

— Il y a eu quelque chose d'intéressant ?

— Pas vraiment, toujours la même histoire. Des plaintes concernant les jeunes qui ne respectent pas le couvre-feu et qui traînent le soir, à fumer des cigarettes et à boire des bières. Oh, et des gamins ont volé la voiture de Victor au milieu de la nuit pour faire une virée. Le plus drôle, c'est qu'ils l'ont rendue le matin, et le plein avait été fait.

— Bande de voyous, se moqua-t-elle.

— Tu te réjouis qu'ils ne se consacrent pas à vénérer Satan cet été, railla-t-il.

Il prit une nouvelle gorgée tout en regardant Johnny Jr. traverser le jardin de Mary McCathal. Au pub, les rumeurs affirmaient qu'il couchait avec elle, et également avec son ennemie jurée, Mary Hill. L'été précédent, le mari de Mary

McCathal, Bobby, avait été décapité. Mary Hill avait été sa maîtresse.

— Voyons voir, quels ont été les autres points ? poursuivit Arlan. On va creuser une mare supplémentaire dans la réserve de gibier. Les précipitations sont toujours en baisse. Mungo a peur que les cerfs souffrent en cas de grave sécheresse.

— Il y avait de bonnes choses à manger ?

— Non, comme d'habitude. Du pain de courgette et du gâteau à la fraise.

— Je vois que je n'ai rien raté. (Il perçut une hésitation dans sa voix.) Je suppose que le sujet de Regan n'a pas été mis sur le tapis ?

Il se renfrogna. Fia et lui s'étaient disputés à l'aéroport avant de prendre leur vol de retour. Macy était aux toilettes, et Regan en train d'acheter de la bière au bar. Arlan avait révélé à Fia que Regan ne s'était pas présenté pour l'exécution à Athènes, et qu'il l'avait prévenu qu'il n'allait plus le couvrir. Fia avait cherché des excuses à son petit frère, comme d'habitude, mais Arlan n'avait rien voulu entendre. Regan avait refusé d'expliquer pourquoi les Rousseau l'avaient fait prisonnier, et avait nié savoir quelque chose à propos de la drogue mentionnée par les sorcières.

Arlan commençait à penser que Regan était peut-être impliqué dans un trafic de drogue, ce que le clan interdisait formellement. C'était déjà arrivé, au XIXe siècle. À l'époque, Regan privilégiait l'opium. Il s'était frotté à des vampires immigrés mandarins dans la région de la baie de San Francisco. Cette fois-là, son frère Finn l'avait tiré d'affaire.

— En effet, répondit Arlan. Personne n'a évoqué Regan. Personne n'est au courant pour Athènes à part Jimmy, Sean et moi.

— J'ai eu une conversation avec lui. Je lui ai dit qu'on ne supportait plus son comportement irresponsable, et que, s'il voulait rester membre de l'équipe d'exécution, il devait agir en tant que tel.

Arlan voulut lui dire qu'elle aurait mieux fait d'économiser sa salive, mais il tint sa langue. Il ne prétendait pas comprendre le lien fraternel ; sa sœur avait été décapitée et était morte très tôt, à l'époque où les raids des tueurs de vampires se multipliaient sur le vieux continent. Il comprenait en revanche que Fia éprouve un farouche besoin de protéger Regan, et il ne pouvait s'empêcher de la respecter pour cela, même si parfois elle faisait fausse route.

— Alors, tu travailles tard, ce soir ? demanda Arlan, décidant qu'il valait mieux changer de sujet.

— Non, je plie du linge.

— À deux heures et demie du matin ? Tu n'es pas au lit avec ton chéri ?

— Cela ne te regarde pas.

Ce n'était donc pas son imagination. Les choses allaient mal avec son humain. Fia passait de plus en plus de nuits seule, et parlait de moins en moins de lui.

— Je suis arrivé à la maison. Je vais te souhaiter bonne nuit. J'ai des travaux à faire chez Eva demain. Elle veut que je répare sa clôture avant la grande séance photo.

Il atteignit son perron. Avant même de poser la main sur le bouton de la porte, il sut que quelqu'un se trouvait à l'intérieur. Macy.

— Fais de beaux rêves, dit Fia.

— Je parie que les miens seront plus agréables que les tiens, la taquina-t-il en franchissant la porte, avant de la refermer doucement derrière lui.

— Mon Dieu, ne me dis pas qu'elle est là à t'attendre, grogna-t-elle dans son oreille.

— Tu es jalouse, c'est tout, parce que je fais plus l'amour que toi, murmura-t-il.

— Je raccroche, déclara Fia.

La ligne fut coupée. Se souriant à lui-même, Arlan remonta le couloir plongé dans l'obscurité. Elle n'avait laissé aucune lumière. Beaucoup d'humains avaient peur du noir, mais pas Macy. Elle semblait préférer les ténèbres.

Arlan s'arrêta dans l'embrasure de la porte de sa chambre. Macy était allongée sur le côté, nue et endormie au milieu du lit, les mains en guise d'oreiller.

Il posa son téléphone sur la table de chevet et se déshabilla. Il essaya d'entrer délicatement dans son lit, pensant qu'il ne la réveillerait pas. Il avait apprécié se réveiller auprès d'elle la veille à l'hôtel.

Mais dès que le matelas s'affaissa sous son poids, Macy bougea.

— Salut, dit-elle d'une voix ensommeillée en tendant les bras vers lui.

Il aimait quand elle était à moitié réveillée, sans méfiance. Elle était toujours belle. Mais ainsi, plus vulnérable, moins épuisée par son existence, elle l'était encore plus. Lorsqu'il la voyait dans cet état, Arlan éprouvait une forte envie de la protéger et de s'occuper d'elle. L'espace d'un instant, il s'autorisa même à envisager à quoi ressemblerait la vie avec elle, et une relation suivie.

— Salut, répondit-il en passant son bras autour d'elle.

Elle jeta un coup d'œil au réveil et il attendit qu'elle lui demande où il était allé. Il se dit qu'il lui expliquerait être resté tard au *Tertre*.

Mais elle ne l'interrogea pas. Elle ne prononça pas un mot, et se contenta de mettre la tête sur son épaule et de se blottir contre lui.

Elle n'avait pas posé la question.

Bien sûr, cela arrangeait Arlan. Il valait toujours mieux se taire plutôt que de mentir, puisque, au bout d'un moment, il y avait tant de mensonges qu'un homme ne se souvenait plus de la vérité. Mais il ne put s'empêcher de se demander pourquoi

Macy n'avait pas voulu savoir où il était. Et s'il avait été dans les bras d'une autre femme ? Est-ce que cela lui était égal ?

Il l'embrassa sur le haut du crâne et resta silencieux, regrettant de ne pas être celui qui s'en moquait.

— Vous n'avez pas fait ça, dit Fia.

— J'ai bien peur que si.

Macy s'assit sur le sable et sortit un sandwich au poisson frit d'un sac en papier marron. Le poisson était frais. Pêché par un vieux type le matin même, selon la fille à la caisse du café-restaurant. Elle adorait le poisson frais. Elle aimait déjeuner sur le pouce. Dans le Midwest, où elle avait grandi, il n'était pas possible d'avoir du poisson frais à emporter.

— Jésus Marie Joseph, jura Fia, je ne comprends pas. Vous n'aviez qu'une chose à faire, ne pas vous connecter à Internet.

— Je sais, je sais. (Macy tint le sandwich emballé dans sa main.) Je n'ai pas pu m'en empêcher. C'est comme si j'avais su qu'il se trouvait là, à m'attendre. Il était très agité. Ça faisait des jours qu'il essayait de me joindre.

Fia soupira.

— Bon, qu'est-ce qu'il avait à raconter ? demanda-t-elle, n'en revenant toujours pas.

— Il m'a dit que la voix était forte.

— La voix de qui ?

— Je ne sais pas. Il dit juste sa voix, à elle. Il n'a jamais voulu m'avouer qui c'était.

— Vous pensez que c'est une vraie personne qui lui parle ou que c'est dans sa tête ?

— Je n'en suis pas sûre, répondit Macy, mais je pencherais pour une voix dans sa tête. Il dit que parfois, elle est si forte qu'elle lui donne la migraine.

— Il a dit autre chose ?

Macy déballa le sandwich sur ses genoux.

— Pas vraiment. (Elle hésita.) Mais il était très énervé. J'ai essayé de le convaincre de ne pas écouter la voix, et de ne pas faire de mal à qui que ce soit.

— Nom de Dieu, Macy !

— Je suis désolée. C'est comme ça que la conversation s'est déroulée.

À l'autre bout de la ligne, Fia se tut pendant une minute.

— Vous pensez qu'il va tuer encore ? Bientôt ?

Macy réfléchit une seconde.

— Ouais, s'entendit-elle répondre. Je crois que oui. Je peux peut-être lui soutirer plus d'informations. Je lui ai dit que je lui parlerai ce soir. Je lui ai promis que je serai là.

— Vous n'auriez pas dû, Macy.

— Je voulais aider, et essayer de l'empêcher de tuer des gens.

— Il a utilisé le même pseudonyme ?

— Légèrement modifié. Comme je vous l'ai déjà indiqué, il en change assez régulièrement. Cette fois, c'était Winnie200.

Fia poussa un nouveau soupir d'exaspération.

— Jusqu'ici, nous avons fait chou blanc avec tous les autres que vous nous avez donnés. Il a tout fait pour que nous ne puissions pas retrouver sa trace. (Elle resta silencieuse un moment.) Écoutez, ils parlent ici de rerouter votre adresse de messagerie afin que ce soit l'un d'entre nous qui communique avec lui.

— Hors de question, répliqua Macy. Il saura que c'est un piège. Si vous l'énervez, j'ignore ce qu'il fera. Dès le départ, il a insisté pour que je ne contacte pas les autorités. Jamais.

— Et qu'a-t-il dit qu'il ferait si vous les préveniez ? Il vous a menacée ?

— Non, répondit Macy doucement.

— Donc il a menacé de faire du mal à d'autres personnes. À qui ? Vous m'avez affirmé n'avoir ni famille ni amis.

— Il n'a pas indiqué exactement ce qu'il ferait, dit Macy en remballant son sandwich, incertaine d'avoir encore de l'appétit. Mais il a beaucoup employé les mots « innocent » et « carnage ». (Elle marqua une pause.) Fia, j'ai peur qu'il recommence. Bientôt, dans très peu de temps.

— Mais les MacPherson ont été tués il y a à peine deux semaines, lâcha Fia d'une voix tendue. Cela n'a aucun sens.

Macy fit un geste de la main.

— C'est un taré, pourquoi devrait-il suivre une logique ?

Lorsque Fia reprit la parole, son ton était calme comme celui d'un agent du FBI :

— Le truc, c'est que dans sa tête, d'une façon ou d'une autre, ça a un sens. C'est pour cela que j'ai besoin de votre aide. C'est pour cela que j'ai besoin que vous soyez plus disponible que vous ne l'avez été jusqu'à présent pour me donner des informations.

— Quelles informations ? Je n'en ai aucune.

Macy pensa à la boîte à chaussures en bas de son placard, dans sa maison en Virginie. Contenait-elle quelque chose qui serait utile à Fia ? Elle regarda vers la plage et vit Eva approcher au loin. Elle portait un véritable caftan noir et blanc et ses cheveux étaient enveloppés dans une sorte de turban.

— Écoutez, je ne peux plus parler. J'ai une réunion.

Ce n'était pas vraiment une réunion, mais plutôt un rendez-vous pour déjeuner. Eva avait suggéré qu'elles partagent un sandwich au poisson quand elle avait appris que Macy les aimait aussi. C'était donc un repas entre amies. Macy n'avait jamais mangé avec une copine.

— Qu'est-ce que vous voulez que je fasse concernant la conversation de ce soir avec Winnie ? demanda Macy.

Elle savait qu'Eva était au courant qu'elle collaborait avec Fia pour retrouver la trace du Fossoyeur, mais n'avait pas envie de la mêler à cette histoire. Elle souhaitait préserver la sécurité de la première amie de sa vie.

— Ne lui parlez pas. Voilà ce que je veux que vous fassiez. Avez-vous imprimé les messages échangés avec lui hier soir ?

— Oui, ce matin. Vous voulez que je vous les faxe quand je rentre à l'hôtel ?

— Cela me serait utile, dit Fia.

Macy fit signe à Eva.

— Bon, je vous appellerai plus tard.

— Quelle belle journée ! lança Eva en guise de salut, les bras ouverts.

Le vent fouetta le tissu soyeux du caftan.

Macy raccrocha son téléphone et le jeta dans son sac à dos, qu'elle avait laissé sur le sable derrière elle.

— Tu as faim ? demanda-t-elle en souriant.

Eva lui rendit son sourire, et s'assit à son côté.

— Je suis morte de faim.

Winnie contemplait l'écran vierge de son ordinateur portable. Il changeait régulièrement de fournisseur d'accès et passait par un proxy pour rendre la tâche de la police plus difficile au cas où l'on chercherait à le localiser à partir des messages qu'il envoyait à Marceline. Enfin, il ne pensait pas qu'elle le trahirait en le dénonçant.

L'écran restait vide. Elle ne venait pas. Sa fiancée ne venait pas.

— Non, murmura Winnie. Pas ce soir, Marceline. Ce n'est pas le moment de se montrer désagréable.

— Elle ne viendra pas. Je ne sais pas pourquoi tu es resté assis là toute la nuit. Tu sais qu'elle ne viendra pas.

Il plaqua les mains sur ses oreilles.

— Je ne t'entends pas, chantonna-t-il.

— Elle ne viendra pas parce qu'elle s'en fiche.

— C'est faux, dit-il d'une voix chevrotante. Marceline m'aime.

— Elle ne t'aime pas ! Qu'est-ce qui te fait croire qu'elle t'aime ? Elle te l'a déjà dit ?

La lèvre tremblante, Winnie scruta l'écran de l'ordinateur pour la supplier mentalement de se connecter.

— *Elle te l'a dit ?* cria la voix.

Les yeux de Winnie se remplirent de larmes.

— Non.

— *Non, non. Elle ne t'a jamais dit qu'elle t'aimait parce que ce n'est pas le cas. Elle te méprise.*

— Non.

Il secoua la tête. Marceline lui avait dit de lutter contre elle. De ne pas l'écouter.

— C'est faux, insista-t-il, sur le point de pleurer. Elle s'intéresse à moi. Elle se préoccupe de savoir comment je vais. Comment je me sens.

— *Ce sont des mensonges. Des mensonges que tu te racontes, Winnie !* hurla la voix.

À présent, elle était à la fois à l'intérieur et à l'extérieur de sa tête. Mais il ne pouvait pas la voir. Il ne la voyait jamais.

— *Elle ne t'aime pas, et tu sais pourquoi ?*

Il se leva de son siège de bureau, tremblant de tout son corps. Il savait que la lune n'était pas dans la bonne position, mais, quand il était dans un tel état, il ne connaissait qu'un seul moyen pour se calmer. Pour se soulager.

La voix le suivit quand il descendit les marches qui menaient à la cave. C'était dans cette pièce qu'il conservait son matériel.

— *Elle ne t'aime pas parce que personne ne pourra jamais t'aimer. Pas même ta mère.*

Winnie enleva les mains de sa tête, sachant que c'était désormais inutile. Elle ne partirait plus, jusqu'à ce que ce soit fait.

— *Dis-le !* cria-t-elle d'une voix perçante.

— Personne ne pourra jamais m'aimer, répéta Winnie en ramassant le sac qui contenait les éléments dont il aurait besoin pour les maîtriser. Pas même toi, maman.

Chapitre 22

Consciente qu'il s'agissait d'une erreur, Macy obéit à Fia et ne s'approcha pas de son ordinateur cette nuit-là. Mais toute la journée suivante se déroula dans l'attente et l'appréhension. Au fond d'elle-même, elle savait que ce n'était qu'une question de temps avant que Fia lui téléphone pour lui annoncer ce qu'elle redoutait. Pour la première fois, elle acheta des minutes de communication pour son portable, gardant son appareil et son numéro.

Il était 16 heures quand elle s'arrêta à la réception de l'hôtel pour relever son courrier. Mme Cahall se montra aussi bavarde que d'habitude. Ce jour-là, elle portait un pull sans manches jaune et rose à losanges par-dessus un polo blanc, ainsi qu'une jupe de tennis jaune. La teinte de son rouge à lèvres était « rubis sexy », confia-t-elle à Macy, de la marque Cover Girl. Sept dollars les deux tubes, à la *Pharmacie Hill*.

Lorsque son téléphone sonna, Macy sut que c'était Fia. Elle eut envie de jeter le combiné dans la poubelle la plus proche, de retourner dans sa chambre, de faire son sac et de tourner la page. Elle pouvait simplement abandonner l'article sur les maisons de Clare Point. Elle n'avait pas vraiment besoin de ce travail, et certainement pas de l'argent. Celui que ses parents lui avaient laissé dans leur testament était amplement suffisant pour toute sa vie. Il était plus que grand temps de passer à autre chose, de toute façon, raisonna-t-elle en contemplant le portable dans sa main.

— Vous allez répondre ? demanda Mme Cahall.

Elle buvait à petites gorgées dans un verre à cocktail en plastique. Du gin pur, sans aucun doute.

— Non.

— Pourquoi ? voulut savoir la vieille dame.

— Parce que c'est une mauvaise nouvelle.

— Hein ?

Mme Cahall mit sa main derrière l'oreille.

— J'ai dit que c'était une mauvaise nouvelle, répéta Macy d'une voix forte.

— Et vous pensez qu'elle va disparaître si vous ne décrochez pas ?

Elle scruta attentivement Macy, d'un air perspicace même s'il s'agissait probablement de son deuxième ou troisième verre de l'après-midi. Elle secoua la tête.

— Ce n'est pas ce que j'ai pu constater, poursuivit-elle. Et laissez-moi vous dire, mademoiselle, que j'en connais un rayon en matière de mauvaises nouvelles.

Macy porta lentement le téléphone à son oreille. Elle tourna le dos à Mme Cahall et s'éloigna en abandonnant son courrier de la veille sur le comptoir.

— On est dimanche, c'est votre jour de congé, dit-elle en décrochant.

— Apparemment, notre tueur ne possède pas la notion de week-end. Saviez-vous qu'il allait le faire ? demanda Fia à l'autre bout de la ligne, énervée. Ne me mentez pas, Macy. Est-ce qu'il vous avait dit qu'il allait assassiner une autre famille ?

Macy sortit de l'hôtel et se retrouva sur le trottoir. La chaleur et l'humidité de cette fin d'après-midi s'abattirent sur elle comme une chape de plomb.

— Non, il ne m'a pas dit qu'il allait tuer quelqu'un. Vous avez reçu le fax, vous savez ce qu'il m'a écrit.

— Je n'ai aucun moyen d'avoir la certitude que c'était votre seule conversation. Vous m'avez peut-être montré seulement celle-là pour me déstabiliser.

— Vous êtes en train de m'accuser d'être impliquée là-dedans ? demanda Macy.

Son cœur cognait dans sa poitrine. Contacter Fia avait été une erreur. Elle aurait dû se douter que ce serait une perte de temps. C'était voué à l'échec. On ne pouvait pas arrêter Winnie. Elle le savait, et lui aussi.

— Vous croyez réellement que j'ai quelque chose à voir avec ces meurtres ?

Elle était si en colère et si bouleversée que sa voix tremblotait.

— Non, dit Fia d'un ton plus calme.

— Mais vous avez envisagé cette hypothèse ? insista Macy.

— Cela fait partie de mon métier. (Fia se montrait franche, mais sa voix n'était pas hostile.) Ce ne serait pas la première fois qu'un tueur ou une personne mêlée de près à un meurtre chercherait à se faire attraper.

— C'est vous que j'ai appelée l'autre nuit, Fia, reprit Macy. Je n'étais pas obligée de vous informer que je lui avais parlé après que vous m'aviez demandé de ne pas le faire. Pourquoi mentirais-je à propos de notre conversation ?

— Je ne sais pas. Pourquoi me mentir tout court ?

Macy marcha jusqu'à un arbre qui ombrageait en partie le parking de l'hôtel. Elle s'effondra à terre, les genoux remontés sur la poitrine et le dos plaqué contre le tronc rugueux. Elle fixa les yeux sur une canette de coca abandonnée sous une voiture.

— Je vous dis la vérité sur ma dernière conversation avec Winnie. Je ne vous ai pas menti une seule fois depuis le jour où je vous ai téléphoné.

Pas à propos de quelque chose d'important, pensa Macy, en se demandant si l'on pouvait brûler en enfer pour avoir menti à un agent du FBI. Faire de la prison, peut-être, mais aller en enfer ? Elle s'y trouvait déjà.

Elles restèrent silencieuses pendant une minute. Fia n'était pas dupe. Elle savait que Macy dissimulait certaines informations.

—Ce n'était même pas la pleine lune, fit remarquer Macy.

—Il semble que ça ne l'ait pas arrêté la dernière fois.

—Qui a-t-il tué ? s'enquit Macy en regrettant de devoir l'apprendre.

—Les Miller : le mari, la femme et leurs six enfants. Le plus jeune était un nourrisson.

Macy ferma les yeux. Elle sentit sa poitrine se serrer jusqu'à gêner sa respiration.

—Six ? murmura-t-elle.

Elle se représenta les visages de ses deux petites sœurs, les imagina enterrées, mortes, les bras sur les côtés. À cette époque, Winnie était encore dans sa phase d'apprentissage. Ce n'était que plus tard qu'il avait commencé à les positionner avec les mains au-dessus de la tête.

—Qui peut bien faire six enfants de nos jours ? demanda-t-elle, autant à Fia qu'à elle-même. Où ?

—À Lancaster. Une famille amish. On les a trouvés il y a environ une heure. Ils ne sont pas venus à l'église, donc, après le service, un ami de la famille s'est rendu chez eux pour vérifier. Ils appartiennent au Vieil Ordre, et n'ont pas le téléphone. Selon le médecin légiste, ils sont morts à midi.

Macy baissa la tête.

—C'est ce que je craignais. Il n'a pas eu besoin de me le dire, mais bizarrement je savais qu'il allait le faire. (Elle releva la tête.) Comment est-ce que je l'ai su, Fia ?

Fia ne répondit pas tout de suite.

—Je l'ignore, Macy. Vous avez peut-être une sorte de lien télépathique avec lui ?

—Je ne crois pas à ces conneries.

Fia partit d'un petit rire sarcastique, comme si elle venait d'entendre une blague dont Macy n'était pas au courant. Macy n'apprécia pas cette réaction.

— Écoutez, je suis en route pour la scène de crime, dit Fia. Mais il faut qu'on parle. Qu'on ait une conversation sérieuse. Jusqu'à présent, vous représentez la seule piste que nous ayons sur ces meurtres. Vous affirmez m'avoir tout révélé, mais vous mentez, et nous le savons toutes les deux. Il a un lien avec vous. Macy, vous devez décider si vous avez vraiment envie d'arrêter ce type et si vous voulez véritablement nous aider. Et, si oui, il faut que vous soyez disposée à nous dire ce que vous savez. Sans exception.

Macy leva les yeux. Deux adolescents passèrent en skateboard sur le trottoir, riant et plaisantant ensemble. Macy pensa à la famille Miller. Elle les imagina, morts et enterrés jusqu'au menton, les bras tendus au-dessus de la tête dans une sorte de spectacle macabre. Comment la vie pouvait-elle se poursuivre, comment des garçons pouvaient-ils continuer à faire du skate et à rire, se demanda-t-elle, tandis que les Miller se tenaient debout dans leurs tombes, à attendre qu'on les sorte de là ?

— Appelez-moi plus tard, dit Macy avant de raccrocher.

Arlan fut surpris de voir Macy assise sur la plus haute marche de son perron quand il rentra du travail à 17 h 30. C'était tôt pour elle, qui passait d'habitude après la tombée de la nuit, ce qu'il trouvait ironique, vu que c'était lui le vampire.

Elle le regarda. Son visage enfantin était à la fois beau et profondément triste.

— Winnie a recommencé, affirma-t-elle d'une voix qui trahissait son émotion.

Arlan resta immobile pendant un instant, les bras ballants, sans savoir que dire. Les premiers mots qui lui vinrent à l'esprit furent « Tu n'y es pour rien ».

Elle était assise là, les bras sur les genoux, la tête baissée.

Il s'installa à côté d'elle.

— Fia t'a appelée ?

Elle fit « oui » de la tête.

— Tu as eu des précisions ?

— Pas vraiment. Pas encore. Une famille de huit personnes à Lancaster. Des amish du Vieil Ordre. Fia est sur place en ce moment.

Elle se redressa et repoussa quelques mèches de cheveux qui s'étaient échappées de sa queue-de-cheval et lui retombaient sur le visage.

L'idée de se rendre à Lancaster traversa l'esprit d'Arlan. Il pensa que Fia avait besoin de lui.

Il crispa les poings. *Mais Macy aussi.*

Ils restèrent assis un moment, sans parler.

— Allez, viens.

Il se leva, attrapa la main de Macy et la tira de la marche. Elle essaya de résister, mais il ne céda pas.

— On va où ?

Il la précéda en la traînant plus ou moins jusqu'au trottoir.

— Chez *Dairy Queen*.

— Huit personnes ont été tuées aujourd'hui par un homme qui me harcèle, et tu veux manger une glace ? demanda Macy, les yeux rivés sur lui.

— Une glace aux M&M's nous ferait le plus grand bien en ce moment. (Il passa un bras autour de l'épaule de Macy.) Et je voudrais te présenter quelqu'un là-bas.

— Tu déconnes. Hors de question que je lui parle.

Debout devant une friteuse, Kaleigh remplissait des cornets en papier avec des frites.

— Kaleigh, s'il te plaît. Elle traverse une mauvaise passe. Elle a besoin… (Arlan chercha les mots qui convenaient.) Elle a besoin d'un peu de sagesse.

L'adolescente le regarda de travers. Elle portait une blouse rouge et un calot de papier avec l'emblème de *Dairy Queen* sur le côté.

— Et tu trouves que j'offre de sages conseils ? demanda-t-elle en levant les yeux au ciel.

— Kaleigh, elle peut aider à résoudre cette affaire. J'en suis convaincu. C'est juste qu'elle a peur ; elle est désorientée.

Elle vida un sac de frites surgelées dans un panier et le fit descendre dans l'huile chaude, qui grésilla et crachota.

— Et ça ne marche jamais, n'est-ce pas ? songea-t-elle tout haut. On ne peut pas échapper à sa personnalité, ajouta-t-elle sans s'adresser à quelqu'un en particulier.

— Tu vois, dit Arlan en lui donnant une tape sur l'épaule, c'est exactement ce dont je parle. Des paroles de sagesse. (Il remonta ses lunettes de soleil sur sa tête.) Je t'en prie, fais-le pour moi. Je laisserai les clés de mon pick-up sur le contact pour que tes copains et toi puissiez le voler et faire un tour pendant quelques heures. J'ai juste besoin qu'il soit de retour le lendemain matin pour aller travailler.

— Je n'étais pas dans le coup, protesta-t-elle en désignant un groupe de jeunes rassemblés sur le parking. Je leur avais dit de ne pas emprunter la voiture de ce drôle de vieux bonhomme, et qu'il allait les balancer.

Arlan sourit en remettant ses lunettes.

— On est dehors sur une des tables de pique-nique, annonça-t-il en se dirigeant vers la porte de derrière de la cuisine. Et on prendra deux glaces, en plus.

— Je ne les distribue pas gratuitement, lui lança Kaleigh.

Dix minutes plus tard, elle franchit la porte d'entrée du glacier avec trois coupes à la main. Elle marcha tranquillement jusqu'à la table de Macy et d'Arlan, et posa les glaces.

— J'ai dix minutes de pause, dit-elle en donnant sa coupe à Arlan. Glace au chocolat et M&M's. Casse-toi. Oh, et tu me dois 6 dollars et 66 *cents*, ajouta-t-elle. Passe à la caisse.

Arlan s'éloigna, sans laisser à sa petite amie humaine l'occasion de protester de se retrouver coincée avec une adolescente affublée d'un calot de papier et qui sentait la sauce au chocolat. Kaleigh prit place en face de Macy et fit glisser l'une des coupes vers elle.

— Je ne sais pas ce qu'Arlan vous a dit à mon sujet, lança Macy en baissant les yeux sur sa glace. Mais, honnêtement, ce ne sont pas vos affaires.

Kaleigh enleva son chapeau et le jeta sur la table. Elle sortit la longue cuillère en plastique de la coupe et la lécha. Glace aux Oreo. Sa préférée.

— Eh bien, je ne sais pas ce qu'Arlan vous a raconté, mais j'arrive à, comment dire, capter des choses, expliqua-t-elle en haussant les épaules. Vous voyez ce que je veux dire ? Beaucoup de gens me parlent. Vous seriez surprise.

Macy se retrouva fascinée par le regard calme de l'adolescente. Il y avait quelque chose dans ces yeux juvéniles qui ne semblait… pas si jeune, et Macy eut le sentiment étrange de comprendre ce que Kaleigh entendait par « capter » des choses.

Il fallait absolument que Macy parte de cette ville. Elle était trop bizarre, comme dans les films de M. Night Shyamalan, pour être sans danger. Et elle avait toujours besoin de trouver une nouvelle comparaison.

Kaleigh regarda sa glace et y planta sa cuillère. Elle la retira en observant la façon dont la glace à la vanille et les petits morceaux de cookies au chocolat formaient un monticule sur le plastique rouge. Quand la cuillère toucha sa langue, elle vit un flash de lumière. Une image. Comme une photographie, ce qui était assez étrange, car elle n'avait pas l'habitude de voir des choses de cette façon.

Macy. Mais plus jeune. Debout, seule, dans un cimetière, vêtue d'une jupe en jean.

Kaleigh ressentit le chagrin accablant de la jeune Macy, et lutta pour empêcher cette tristesse de pénétrer dans son propre cœur. C'était parfois difficile pour Kaleigh. On lui conseillait de se protéger des émotions des autres, mais c'était plus facile à dire qu'à faire.

Tandis que la cuillère en plastique frottait contre ses dents, elle eut un nouveau flash. Une autre photo. Deux petits cercueils blancs, l'un à côté de l'autre. À l'intérieur, deux fillettes aux cheveux blonds, vêtues de robes d'été jaunes, allongées. Mortes.

Sans le vouloir, les yeux de Kaleigh se remplirent de larmes. La glace sucrée et froide avait soudain un goût de boue dans sa bouche. Elle avait du mal à l'avaler.

— Kaleigh, ça va ?

Les paroles de Macy semblèrent provenir de très loin, avant de se rapprocher.

Kaleigh cligna des yeux.

— Elles portaient des robes d'été jaunes. Vos sœurs. Celles qui sont mortes.

Macy dévisagea Kaleigh comme si elle avait vu un fantôme. C'était exactement comme dans les livres. D'un seul coup, elle était aussi blanche que la serviette sur la table.

— Comment l'avez-vous su ? Je ne l'ai jamais avoué à personne. Arlan…

— Arlan ne m'a rien dit du tout.

Kaleigh fronça les sourcils. Elle aurait probablement mieux fait de se taire, mais il était trop tard à présent.

— Je sais certaines choses, c'est tout, ajouta-t-elle.

Macy resta assise, les mains sur la table, semblant sur le point de détaler.

— Tout va bien, dit Kaleigh doucement, je ne répète rien.

Macy avait les yeux rivés sur elle, telle une biche nerveuse.

— En fait, je me faisais la réflexion que vous ne pouvez pas continuer à fuir, poursuivit Kaleigh. C'est ce que je perçois. Que, si terrorisée que vous soyez, vous ne pouvez pas le distancer. (Elle reposa sa glace.) Parfois, le seul moyen d'éteindre le feu est de faire demi-tour et de le percuter de plein fouet. Vous voyez ?

— De quoi parlez-vous ? demanda Macy.

Kaleigh se leva. Elle prit son calot en papier, mais laissa sa coupe de glace.

— Je n'en ai aucune idée. Mais je pense que vous, si. À bientôt.

À la fois sidérée et effrayée, si c'était possible, Macy regarda l'adolescente s'éloigner. Comment cette fille avait-elle pu être au courant pour Mariah et Minnie ? Comment était-ce possible ?

Elle observa Arlan parler à Kaleigh avant qu'elle retourne travailler, puis il s'approcha de la table.

— Que lui as-tu dit sur moi ? lui demanda-t-elle sur un ton accusateur dès qu'il s'assit.

Arlan avait fini sa glace ; il prit celle laissée par Kaleigh et commença à la manger.

— Qu'est-ce que tu veux dire ? Je ne lui ai rien dit. Qu'est-ce que j'aurais pu lui dévoiler ? Je ne sais rien sur toi. Tu refuses de me raconter quoi que ce soit.

— Mes sœurs sont mortes. On les a enterrées dans des robes jaunes, murmura Macy, les mains tremblantes.

— Je suis vraiment navré, Macy.

Il leva les yeux vers elle, la cuillère suspendue au-dessus de sa coupe.

— Non, mais ce n'est pas la question, Arlan. Comment elle a fait pour savoir ?

— Je te l'ai expliqué, Kaleigh sait certaines choses, répondit-il en haussant les épaules avant de retourner à sa glace. Ici, on appelle cela un don.

Macy sentit sa tête tourner. Tout ça n'avait aucune logique, mais qu'est-ce qui en avait dans sa vie ?

— Elle n'est pas au courant pour Winnie, si ? À propos du fait qu'il me harcèle ?

— Elle sait que Fia travaille sur l'affaire du Fossoyeur, mais je ne lui ai pas dit que tu aidais le FBI. Je suis sûr que Fia n'a rien répété, et Eva non plus, enfin, si tu lui en as parlé.

Pensive, Macy fit glisser sa coupe devant elle. Le carton était humide et froid. Elle leva sa cuillère et la plongea dans la crème glacée, qui était en train de fondre. De la glace à la vanille avec de vrais morceaux de fraise. Comment Kaleigh avait-elle bien pu savoir que c'était l'un de ses parfums favoris ? Elle ne l'avait jamais dit à Arlan. Et même à personne. Elle la goûta timidement.

La glace sucrée et fraîche était affreusement délicieuse.

— Kaleigh m'a dit que je ne pouvais pas continuer à fuir, et que la seule façon de mettre fin à ça était de l'attaquer de front. Un truc en rapport avec le feu, poursuivit Macy en levant les yeux vers Arlan. Elle parlait de Winnie. Elle sait qu'il a un lien avec la mort de mes sœurs.

Arlan la regarda à travers ses lunettes noires. En plus de sa beauté, son visage était doux. Elle aimait ce qu'elle voyait dans ses yeux, comme s'il se sentait vraiment concerné. Toujours plongée dans ses pensées, elle reprit une cuillerée de glace.

— Je crois qu'il faut que je parle à Fia.

Il tendit la main au-dessus de la table pour prendre celle de Macy, et la serra.

— C'est ce que j'espérais.

Winnie préparait une présentation pour le lendemain en attendant Marceline. Il vérifia l'écran de son ordinateur portable. Il était encore tôt, mais il gardait sa messagerie instantanée connectée, au cas où elle n'arrive pas à résister.

Et il savait que ce serait le cas.

Comme toujours.

Chapitre 23

Installée dans une des alcôves du café-restaurant, Macy avait posé la boîte de baskets Nike à côté d'elle. La nuit d'avant, elle avait conduit jusqu'à Charlottesville pour aller la récupérer, puis était revenue à Clare Point. Bizarrement, elle ne se sentait pas fatiguée. L'adrénaline, supposait-elle, et la sensation étrange que tout serait bientôt terminé.

Contrairement à Kaleigh, Macy n'avait pas de don, mais elle pressentait que la conclusion approchait. Elle ignorait si Winnie allait la tuer ou si Fia allait l'attraper. Mais elle voulait vivre. Pour une raison ou pour une autre, c'était une certitude qu'elle avait acquise à La Nouvelle-Orléans, et cette prise de conscience avait fait germer une émotion qu'elle ne pensait pas pouvoir encore éprouver : la peur. Des années auparavant, elle s'était résignée à l'idée que Winnie finirait un jour par la tuer, par se lasser de ce jeu malsain du chat et de la souris, et par l'assassiner. Elle avait peur, car elle ne voulait pas mourir. Mais son nouveau désir de vivre lui avait également donné la volonté de se défendre. Elle avait envie de se battre pour rester en vie.

Fia entra dans le restaurant, vêtue d'un tailleur ajusté et de ses habituelles lunettes noires, arborant une attitude de dure à cuire. La veille au soir, au téléphone, elle s'était montrée intéressée par la boîte, et avait souhaité que Macy se rende dans les bureaux du FBI à Philadelphie. Macy n'était pas du genre à aller dans les bureaux des fédéraux, ni à Philadelphie. Sans être capable d'expliquer pourquoi, elle n'aimait pas cette ville.

— Nuit blanche ? demanda Macy quand Fia prit place en face d'elle.

— J'arrive directement de la scène de crime. Normalement, je ne bois pas de caféine, mais ce matin je vais faire une exception. (Elle désigna sa tasse, que la serveuse vint remplir.) Et un toast au pain de seigle, nature.

— Vous désirez quelque chose, mademoiselle ?

Macy secoua la tête et attendit que l'employée s'éloigne.

— Merci de vous être déplacée, dit-elle.

— Vous avez les affaires ?

— Comme je vous l'ai dit au téléphone, il n'y a pas grand-chose là-dedans qui va vous aider.

— Et comme je vous ai répondu au téléphone, déclara Fia avant de s'interrompre pour avaler une gorgée de café noir, c'est au FBI d'en décider. (Elle retira ses lunettes et dévisagea Macy.) Pourquoi ne pas m'avoir dit qu'il vous envoyait du courrier par la poste ?

— C'était il y a longtemps, et ça n'a duré que quelques années. Quand j'ai obtenu mon diplôme universitaire, j'ai commencé à bouger pour l'éviter. Et l'accès à Internet s'est répandu. C'est un moyen de communication qu'il aime, sans aucun doute.

— Ce qui ne m'explique pas pourquoi vous m'avez caché ce que vous possédiez.

Macy réfléchit avant de répondre, pour se montrer franche à la fois envers Fia et elle-même. Elle avait décidé qu'il était temps d'être honnête. Elle était lasse de fuir et de vivre avec la perspective de la mort. Elle était déterminée à faire ce que Kaleigh lui avait suggéré, faire demi-tour et se précipiter dans le feu, même si cela mettait sa vie en péril.

— Je crois que je n'avais pas envie de vous parler de ces choses qu'il m'avait adressées parce que vous alliez les vouloir et, vous voyez ce que je veux dire, les garder.

— Et vous souhaitez les conserver, mais… pourquoi ? Vous aimez les souvenirs de salopards tordus ?

Macy repoussa une de ses mèches derrière son oreille. Elle s'était lavé les cheveux le matin et ne les avait pas encore attachés en queue-de-cheval. Fia n'avait pas tort. En effet, pourquoi refuser de se séparer de ces trucs ? Mais elle connaissait la raison, depuis le départ. Elle avait gardé les coupures de presse envoyées par Winnie car, si malsain que cela puisse paraître, il était son seul lien avec sa famille assassinée. Ces souvenirs lui rappelaient également, de peur qu'elle l'oublie, le rôle qu'elle avait joué dans leur meurtre.

Toute sa vie tournait autour de ça, n'est-ce pas ? Tous ses aspects, son incapacité à nouer des relations avec qui que ce soit, le fait de multiplier les conquêtes sexuelles, d'être sans arrêt sur les routes, et la façon dont elle s'était isolée du monde.

— Faites-moi voir ce que vous avez, dit Fia en tendant la main.

Macy baissa les yeux sur la vieille boîte à chaussures à côté d'elle. Elle avait fait l'aller-retour entre Clare Point et Charlottesville sans l'ouvrir. En fait, elle ne savait plus quand elle l'avait ouverte pour la dernière fois. Pas depuis qu'elle avait emménagé dans sa maison, un an auparavant, elle en était sûre. Elle trouva la boîte à tâtons et l'attrapa avant de la lever doucement jusqu'à la table.

— Je ne crois pas qu'on découvrira un sens à ce qu'il y a là-dedans. À l'époque, je demandais à Winnie pourquoi il me faisait parvenir ça, mais il n'a jamais voulu me le dire.

Fia prit la boîte et la fit glisser devant elle. Elle souleva le couvercle puis, tout en jetant un coup d'œil à l'intérieur, sortit une paire de gants en latex de sa poche et les enfila.

— Vous n'allez pas attendre d'être de retour au bureau pour examiner le contenu ?

— Si, mais je suis curieuse. J'aimerais juste me faire une première idée.

— Pour la plupart, ce ne sont que d'étranges coupures de magazines, et quelques mots qu'il m'a envoyés au début.

Fia feuilleta les bouts de papier qui s'étaient décolorés au fil du temps.

— Vous avez gardé les enveloppes ? demanda-t-elle en s'efforçant de détacher son regard d'une image qui représentait un petit garçon dans un chariot, tiré par une figure maternelle.

— Non. Aucune adresse d'expéditeur. Les cachets de poste viennent de tous les États-Unis. Je pense que son métier l'amène à voyager.

— Bonne hypothèse. C'est également ce qu'indique le profil que nous avons établi. (Fia sortit une coupure de journal.) Il vous a envoyé ça ?

Macy se pencha par-dessus la table pour mieux voir. C'était un article du *Chicago Tribune* à propos du meurtre d'une famille. Les Patel, en 2001.

— Les toutes premières coupures qu'il m'ait fait parvenir. Je les ai toutes gardées.

— Jésus Marie Joseph, jura Fia à mi-voix. Elles sont toutes là ? Une pour chaque famille ?

— Il n'y a rien sur les MacPherson… ni sur les Miller, s'entendit dire Macy. La boîte en contient onze.

— Onze ? reprit Fia en jetant la photo d'un garçon assis à table, souriant tandis que sa mère lui versait des céréales. Avec les Miller, ça fait douze, Macy. Si les MacPherson et les Miller ne sont pas dans cette boîte, il devrait y en avoir dix.

— La boîte en contient onze, répéta Macy.

— Encore du café ? proposa la serveuse en passant devant leur table avec une carafe.

— Non, merci, répondirent Macy et Fia en chœur.

— Il y en a une dont je n'ai pas entendu parler ?

Fia semblait en colère, et peut-être aussi un peu blessée.

Elle avait déçu Fia. C'était logique. C'était tout ce qu'elle pouvait offrir, déception… et mort.

Elle regarda par la fenêtre et vit une famille passer en vélo. C'était l'occasion. Il lui suffisait de se lever et de partir. Fia ne pourrait pas l'en empêcher. Bien sûr, elle pourrait l'arrêter, mais il n'y avait pas assez de pièces à conviction pour la relier aux meurtres. La boîte n'était rien de plus qu'une collection de vieilles coupures de presse et d'avis de décès. Il était étrange qu'elle les possède, mais ce n'était pas illégal, car elles ne constituaient pas des preuves à proprement parler.

— L'autre famille. Qui d'autre a-t-il tué ? insista Fia.

La salle était bruyante et l'éclairage violent. Les clients parlaient et riaient. La vaisselle s'entrechoquait tandis que les serveuses débarrassaient les tables. L'odeur du bacon grillé flottait dans l'air. Près de la caisse, un enfant pleurait.

Mais pour Macy, la pièce n'avait ni lumière ni bruit. Soudain, le restaurant lui semblait sombre et petit. Il n'existait plus rien autour de Fia et elle, à part les ténèbres qui menaçaient de s'emparer de son esprit.

— En 1994, dit-elle, impassible. Lawrenceville, dans le Missouri.

— Macy, pour le FBI, le premier meurtre remonte à 1997, répliqua Fia en la regardant attentivement. Chattanooga. La famille Downing. La mère, le père et leurs deux enfants.

— C'est là-dedans, sur une carte de condoléances. (Macy avait l'impression de parler au ralenti.) Au fond, ajouta-t-elle en désignant la boîte.

Fia se mit à feuilleter les éléments.

— Beaucoup de photos découpées de garçonnets souriants avec leurs mamans, hein ? observa-t-elle.

— Il n'a visiblement pas réglé son Œdipe, commenta Macy, qui se sentait quelque peu détachée des événements.

Fia sortit de la boîte de baskets une carte de vœux blanche ornée de fleurs aux couleurs pastel. Elle l'ouvrit et rattrapa la coupure de journal qui s'en échappa avant qu'elle touche la table en Formica.

— Ils ont été étranglés dans la maison puis allongés dans des tombes peu profondes. Le mode opératoire est différent, dit-elle en levant les yeux sur Macy.

Macy sentit sa lèvre trembler. Sa voix se transforma en murmure rauque :

— Je crois que c'était son premier meurtre.

Fia posa un regard intense sur Macy, avec ses yeux sombres dont Macy pensait qu'ils pouvaient même pénétrer jusqu'à l'âme d'une personne.

— Qui étaient ces gens, Macy ?

— John Carpenter, le mari, sa femme Alice et leurs filles Minerve et Mariah, âgées respectivement de quatre et dix ans.

Macy détourna le regard vers une horloge située sur le mur à l'extrémité de la pièce. Elle se concentra sur les chiffres et la trotteuse noire dont le « tic-tac » égrenait les secondes tandis qu'elle parlait.

— Il les a étranglés dans leurs lits, et les a ensuite transportés jusque dans le verger de la ferme familiale, où il a creusé des tombes et les a allongés.

Sa voix se brisa.

— Il ne les a pas recouverts, poursuivit-elle. Le matin, leur fille aînée, adolescente, les a trouvés, les uns à côté des autres, sous un cerisier.

Macy sentit avec surprise la main de Fia se poser sur la sienne, alors qu'elle ne lui avait jamais semblé être du genre émotif. Jusque-là, la jeune femme ne savait même pas si l'agent pouvait ressentir quelque chose.

— L'adolescente, c'était vous, dit Fia avec douceur.

C'était une affirmation, pas une question.

Elle voulut répondre, mais les mots refusaient de se former. Elle avait cru pouvoir le supporter, mais s'apercevait qu'elle avait eu tort. Elle se leva.

— Macy.

Macy sortit du restaurant et remonta la rue. Elle marcherait dans le feu, mais il faudrait se contenter de petits pas de bébé.

Le premier réflexe de Fia fut de la suivre, afin d'exiger des réponses. Elle avait pour habitude d'attendre que cette impulsion s'estompe, car ce n'était souvent pas la bonne, et elle en avait fait plusieurs fois les frais.

Elle ôta les gants en latex qu'elle avait mis dans l'éventualité très peu probable où l'on trouverait des empreintes ou des traces d'ADN sur les coupures ou les cartes. Puis elle referma la boîte et termina son café. Elle ne toucha pas à son toast. Elle devait rentrer à Philadelphie. D'abord, le labo devait vérifier tout le contenu pour chercher des preuves. Puis plusieurs jours pourraient être nécessaires pour tout passer en revue et essayer d'en dégager du sens. Mais, en premier lieu, elle allait récupérer des renseignements sur le meurtre des Carpenter. Dès qu'elle serait sur la route, elle téléphonerait à la police d'État du Missouri.

Fia sentit son cœur de vampire au grand sang-froid se serrer en pensant à Macy, à la jeune fille qu'elle avait été, et à la femme d'aujourd'hui. Ses yeux se remplirent de larmes quand elle imagina Macy debout sous un arbre, regardant les membres de sa famille assassinés.

Dieux du ciel, la vie ne faisait pas de cadeau aux humains.

Elle se massa les tempes. Pas le temps de s'émouvoir. Elle n'était pas là pour s'apitoyer sur les victimes. Si elle voulait attraper ce monstre, pour le clan, et pour le monde, elle devait avoir les idées bien en place, et raisonner de manière logique.

Évidemment que Macy connaissait certaines victimes du Fossoyeur, et Fia s'en doutait depuis le départ. D'après le comportement de Macy, elle aurait dû savoir que c'était personnel. Mais comment aurait-elle pu deviner qu'il avait assassiné sa famille ?

Ce qui amena Fia à la question suivante, celle qu'elle aurait posée à Macy si cette dernière ne s'était pas soudain enfuie.

Si Winnie a assassiné les proches de Macy, pourquoi ne pas l'avoir tuée en même temps que les autres ? Et pourquoi ne l'a-t-il pas poursuivie quand il s'est rendu compte qu'un des membres de la famille était absent cette nuit-là ? Pourquoi l'avoir harcelée pendant toutes ces années ?

Après avoir réglé l'addition, Fia retrouva la lumière éclatante du jour en sortant. Elle appela Arlan en traversant le parking pour regagner sa voiture.

— J'ai besoin de toi, dit-elle dès qu'il décrocha.

— Où tu veux, quand tu veux, ma belle.

— Depuis quand est-elle là ? demanda Arlan à Eva.

Ils étaient assis côte à côte dans le solarium qui donnait sur le jardin de roses d'Eva. Macy, installée sur un banc en pierre, son appareil photo sur les genoux, observait la clôture et prenait des notes. Si elle savait qu'Eva et Arlan la regardaient, elle ne le montrait pas.

— Pas très longtemps, une demi-heure, peut-être. Elle se charge elle-même des photos qui illustreront l'article. Elle m'a dit qu'elle voulait obtenir des clichés préliminaires pour se faire une idée de ce qu'elle recherchait. Quoi de neuf ? demanda Eva en se tournant vers lui.

— On dirait qu'il va y avoir du grabuge dans l'affaire du tueur en série.

Il contempla Macy en songeant à la meilleure façon de l'approcher. Au téléphone, Fia avait semblé préoccupée, mais pas autant par l'enquête que par l'état émotionnel de Macy.

Assise sur le banc au milieu des roses, Arlan la trouvait très fragile. Tous les humains semblaient fragiles, mais Macy encore plus. Fia lui avait dit qu'elle s'était enfuie du restaurant. Fia avait craint qu'elle quitte la ville. Dès son appel, Arlan, qui était en train de changer les serrures chez Victor Simpson, s'était précipité à l'hôtel. Ils avaient convenu qu'il valait mieux que Fia se mette un peu en retrait, et que si Macy devait parler à quelqu'un dorénavant, ce serait à lui.

La voiture de Macy était garée devant le motel. Mme Cahall avait expliqué à Arlan qu'elle était rentrée, qu'elle avait pris une sacoche photo dans sa chambre, était sortie par la porte principale à 9 h 37 et s'était dirigée vers l'est. Arlan se demanda si le FBI avait de la place pour embaucher Mme Cahall ; la vieille dame était plus observatrice que la moitié des types avec lesquels Fia travaillait.

Il avait deviné que Macy avait quitté l'hôtel pour se rendre chez Eva. Il savait qu'elle avait décidé de s'occuper elle-même des clichés et qu'elle voulait commencer ce jour-là. Il avait espéré qu'elle s'était conformée à ses plans malgré son entretien avec Fia. Heureusement, c'était le cas, et elle se trouvait là, en sécurité, du moins pour le moment. Fia ne lui avait donné aucun détail, mais lui avait expliqué que la famille de Macy avait été assassinée par le Fossoyeur quand elle était adolescente, et que le FBI n'était pas au courant de cette affaire.

Arlan avait demandé comment c'était possible, mais il savait parfaitement que certains meurtres des tueurs en série passent souvent entre les mailles du filet, surtout au début de leur « carrière ». Un jour, à Bordeaux, il avait traqué un homme qui, avant de mourir, avait avoué que la police n'était pas au fait de la moitié des trente-sept personnes qu'il avait torturées et tuées.

L'évocation de Dauncy lui laissa un goût amer en bouche, qu'il essuya d'un revers de main.

— Qu'est-ce que je peux faire pour t'aider ? proposa Eva.

— Là, tout de suite, probablement la prévenir que tu pars, et aller travailler. (Il jeta un coup d'œil au tablier noir tout propre qu'elle avait posé sur le dossier d'une chaise.) Elle sait où te trouver si elle le souhaite. Je pense qu'elle a besoin de rester un peu seule.

— Tu crois qu'elle va partir avant qu'on attrape ce salopard ?

— Difficile à dire. (Arlan observa Macy s'accroupir et regarder par le viseur de son appareil photo.) Elle a construit sa vie sans jamais s'attarder nulle part. Ce genre de schéma ne se modifie pas facilement.

Eva le dévisagea.

— Tu éprouves réellement des sentiments pour elle, n'est-ce pas ? demanda-t-elle d'une voix étonnée. Arlan Kahill, serais-tu tombé amoureux d'une humaine ?

Il jeta un coup d'œil furtif à Eva, puis détourna les yeux en tentant d'endurcir son cœur.

— Non, je ne suis pas assez stupide pour ça.

Elle lui donna une petite tape sur les fesses avant de s'éloigner.

— Heureusement.

Winnie regardait par le hublot de l'avion, regrettant de devoir voyager ce jour-là. Il aurait préféré rester chez lui et découper tous les articles publiés à son sujet dans les journaux. Il se rendait dans le sud. À Atlanta. Macy travaillait parfois dans cette région, mais pas en ce moment.

Non, elle était bien plus près de la maison. Elle ne le lui avait pas dit, mais la nuit, quand il scrutait la lune, assis sur son perron, il sentait qu'elle était proche de lui. Tous les jours, ils se rapprochaient l'un de l'autre. Et, malgré ce que sa mère affirmait, il savait qu'elle tombait amoureuse de lui.

Winnie avait attendu cela toute sa vie. Il avait espéré, prié, et s'était montré patient. Et à présent il était temps de faire des projets.

Chapitre 24

Kaleigh, assise avec ses amis autour du feu qu'ils avaient allumé sur le sable, riait d'une blague lancée par un des garçons. Le 4 juillet figurait parmi ses jours fériés préférés, car la ville organisait une grande fête pour célébrer le jour de l'Indépendance, et les feux de joie sur la plage étaient autorisés, ce qui n'arrivait que rarement dans l'année.

Ce jour-là, on avait pu assister à un défilé, et des stands avaient été installés dans la rue qui longeait le rivage, rendue piétonne pour l'occasion. On pouvait y acheter de la nourriture et profiter d'attractions. À un pâté de maisons de l'océan, le parking d'un petit centre commercial prenait des airs de mini-fête foraine avec des manèges pour enfants. Bien entendu, le clan n'en comptait aucun, mais les vacanciers semblaient enchantés. Il y avait aussi un kiosque à musique et une piste de danse au bout d'une des rues du front de mer. La scène était en ce moment occupée par un stupide groupe de country, mais, plus tard dans la soirée, il serait suivi par une super formation rock de la région. La journée aurait été plus agréable sans ces tripotées de touristes humains, mais Kaleigh comprenait que les Kahill avaient besoin d'eux, au moins sur le plan financier. Cette fête annuelle permettait également à Clare Point d'offrir l'image d'une ville ordinaire malgré ses habitants hors du commun.

Quelqu'un rejoignit les vampires adolescents rassemblés autour du feu de joie, et Rob Hill se rapprocha de Kaleigh pour laisser de la place. Son bras frôla celui de la jeune fille, mais elle ne s'éloigna pas. Elle aimait bien le sentir ainsi près d'elle. Elle le voyait environ deux fois par semaine. Ils ne sortaient pas ensemble, mais s'efforçaient clairement de fréquenter les mêmes personnes et de pratiquer les mêmes activités. La veille, il était passé chez *Dairy Queen* pour la saluer. Cette timide attention avait plu à Kaleigh, tant qu'elle ne s'attardait pas sur ce à quoi il ressemblait quinze jours plus tôt, lors de sa veillée funèbre. Elle savait que tel était le fonctionnement du cycle de vie dans le clan, mais ne voulait pas trop y songer.

— Et si on jouait à quelque chose ? proposa Katy, l'une des meilleures amies de Kaleigh, en se levant et en tapant des mains, ce qu'elle faisait chaque fois qu'elle donnait un ordre au groupe.

Elle devait parler suffisamment fort pour couvrir la musique d'un gros radiocassette apporté par l'un d'eux, et qui tournait à plein volume.

— Ouais, jouons à un truc, intervint un des jeunes.

— Comme le jeu de la bouteille ? surenchérit un garçon. Sinon, action ou vérité !

Toutes les filles protestèrent. Quelqu'un jeta une canette de Coca-Cola vide.

— Pas question qu'on lèche vos minables culs de vampires, lança une des filles de l'autre côté du feu de camp.

— Non, j'ai une idée, dit Katy en regardant Kaleigh.

Kaleigh fit « non » de la tête.

— *N'essaie même pas*, lui communiqua-t-elle par télépathie en bloquant le message pour tous les autres.

Elle savait parfaitement où celle qui était censée être sa meilleure amie voulait en venir. Kaleigh, Katy et Maria avaient déjà joué à ça lors d'une soirée pyjama. Elles s'étaient bien amusées, mais les choses étaient différentes dans un cadre privé. Ici, elle se trouvait devant tout le monde, devant tous les garçons. Et si ça ne marchait pas ? Elle passerait vraiment pour une nase.

—Allez, insista Katy. Ça va être sympa. C'est une sorte de jeu de devinettes, précisa-t-elle au groupe.

—On ne va pas s'amuser, dit Kaleigh sans desserrer les dents.

—Arrête, bien sûr que si, répliqua Maria.

Kaleigh grogna.

—Écoute, tu n'es pas obligée de le faire si tu n'en as pas envie, lui glissa Rob à l'oreille.

Elle le regarda. C'était très gentil de sa part.

—Non, c'est bon, dit-elle. Elle me considère comme son chien savant. Elle aime frimer avec moi, ajouta-t-elle en levant les yeux au ciel. Vas-y, Katy, cria-t-elle.

—OK.

Katy se dressa sur les genoux. Elle portait un short en jean et un haut de Bikini qui se résumait à deux triangles de tissu rose.

—Johnny, choisis un nombre avec tes doigts, et laisse tes mains derrière le dos, ordonna-t-elle à l'un des garçons de l'autre côté du feu de camp, dont Kaleigh distinguait à peine le visage à cause de l'éclat des flammes qui léchaient le bois flotté entre eux.

—C'est bon, cria-t-il.

—Combien ? lança Katy à Kaleigh.

Elle se renfrogna. C'était ennuyeux.

—Quatre.

—Et moi ? brailla un autre garçon.

—Trois.

—Et moi ?

—Six, dit-elle.

C'était débile. Elle en était capable depuis presque un an. En revanche, la nouvelle évolution de ses pouvoirs la faisait vraiment flipper, et visiblement fascinait ses amis.

— Combien ?

— Un, Wills, répondit Kaleigh. Tu me fais un doigt d'honneur, ce qui te garantit une crème glacée toute fondue la prochaine fois que je te sers.

Rouge de confusion, il lui montra le majeur en question devant tout le monde.

Elle ne lui fit pas le plaisir de lui retourner le geste.

Les adolescents hurlèrent de joie. Certains intervinrent pour dire qu'ils étaient impressionnés, ou comment ils utiliseraient ce don s'ils l'avaient.

— Attendez, attendez, vous n'avez encore rien vu !

Katy s'était de nouveau agenouillée. Elle aimait être la meneuse et commander. Kaleigh lui conseillait souvent de faire des études de droit pour devenir juge. De toute façon, il était temps que les Kahill comptent un membre de la Cour suprême dans leur clan.

— Il faut qu'un d'entre vous, n'importe qui, se rende jusqu'à la glacière et prenne un soda, en bloquant ses pensées pour qu'elle ne puisse pas les lire.

— J'y vais, dit Joe en se levant d'un bond.

Katy scruta Kaleigh.

— Elle va nous indiquer ce qu'il va choisir, avant qu'il le fasse. Vas-y, Joe, ordonna-t-elle en le chassant d'un geste de la main. Garde le dos tourné.

Tous regardèrent Joe, torse nu, s'enfoncer d'un pas nonchalant dans l'obscurité. Ils avaient traîné une grande glacière empruntée chez l'une des filles qui habitait près de la plage. Elle était installée à dix mètres du feu de joie et contenait des dizaines de canettes de soda dissimulées sous un monticule de glaçons.

— Préviens-nous quand tu y seras, hurla Katy, mais attends avant de soulever le couvercle.

— Ça y est, cria-t-il.

Les adolescents tournèrent la tête vers Kaleigh. De l'autre côté du feu de camp, deux se levèrent afin de mieux voir.

— Qu'est-ce qu'il va prendre ?

Kaleigh hésita. Cela ne lui plaisait pas du tout d'être l'attraction de la soirée. Mais ces jeunes étaient ses amis… et ce jeu lui paraissait plutôt innocent.

— Pas un soda, dit-elle d'un ton cassant en croisant les bras. Il va fouiller et s'apercevoir que Pete a caché un pack de bières sous les boissons gazeuses.

Elle adressa un regard à ce dernier, assis à sa droite, à côté de Katy.

— Demain, poursuivit-elle, ton père va se rendre compte que tu les as piquées, te punir pour toute la semaine, et tu ne pourras pas assister au concert de Coheed and Cambria avec Rob et Joe.

Tous la dévisagèrent d'un air incrédule, les yeux écarquillés.

— Non mais tu déconnes, grogna Pete. Quitte à me faire choper, je devrais au moins pouvoir descendre cette bière.

— C'est bon, beugla Katy. Choisis un soda et reviens pour nous le montrer.

Joe s'approcha d'eux d'un pas nonchalant, la main dans le dos. Il s'arrêta juste derrière Kaleigh, à sa gauche. Elle ne le regarda pas.

— Alors, qu'est-ce que tu as pris ? cria un des jeunes.

D'un geste solennel, il dévoila une canette de bière recouverte de gouttelettes d'eau.

Certains commencèrent à applaudir, à siffler et à brailler. Kaleigh se leva. Tout le monde la félicitait. Joe protestait, prétendant qu'elle avait dû tricher. Elle se contenta de s'éloigner. C'était difficile d'avoir seize ans et d'être la Conseillère du clan, parce qu'elle voulait être une ado comme les autres, mais elle savait que ce n'était pas possible. Quand elle arriva au bord de l'eau, elle tourna vers le nord, en direction des lumières éclatantes suspendues entre les stands, dans l'idée d'aller chercher quelque chose à manger. Tandis qu'elle marchait, elle se sentait suivie. Consciente de qui il s'agissait, elle sourit.

Rob.

Elle s'arrêta et attendit qu'il la rattrape.

— Hé, dit-elle.

— Hé, répliqua-t-il en lui emboîtant le pas pour remonter de la plage.

— J'ai faim, pas toi ? demanda Kaleigh.

Il avançait, une main dans la poche, ayant laissé l'autre, la plus proche de Kaleigh, plus ou moins pendre.

— Tout le temps.

— C'est ce que je ressentais aussi, pendant les premières semaines. Ça fait du bien de retrouver de bonnes dents.

Ils marchèrent en silence, tandis que leurs mains se frôlaient de temps à autre.

— Alors, qu'est-ce que tu as pensé de mon tour ? Tu n'as pas dit grand-chose.

— C'est cool, c'est clair. (Il haussa les épaules.) Mais je n'aime pas qu'ils en fassent toute une histoire. Ils connaissent tous ton identité, et savent ce que tu vas devenir. Enfin, tu vois, je commence à peine à me souvenir, mais c'est énorme comme responsabilité. Je n'aime pas qu'on en plaisante. C'est grâce à tes pouvoirs que nous sommes restés en sécurité pendant toutes ces années.

Une fois encore, elle fut touchée par la sollicitude dont il faisait preuve. Pas mal pour un ado dégingandé de dix-sept ans.

— C'est beaucoup dire. Nous nous protégeons tous les uns les autres.

Attendrie, elle lui jeta un coup d'œil timide. Elle se sentait presque hors de danger, là, avec Rob.

— N'empêche, je te trouve vraiment cool, répliqua-t-il en lui adressant un sourire discret et en lui prenant la main, ce qui la surprit. Tu veux des beignets d'huîtres ou des croquettes de crabe ? demanda-t-il. C'est moi qui régale, mon père m'a donné de l'argent de poche.

Ils coupèrent à travers le sable plus doux et se dirigèrent vers les marchands.

— Pas facile. On peut choisir les deux ? Comme ça, on partage ?

Il serra sa main dans la sienne.

— Tes désirs sont aussi les miens, Kaleigh.

— Très bien, pas de problème, ne viens pas, lança Fia, juchée sur le pare-chocs d'une voiture mal garée, à l'extrémité nord de la rue où étaient installés les jeux.

L'endroit était plongé dans l'obscurité, et Fia se trouvait loin des piétons, ce qui lui offrait une certaine intimité. Cependant, la musique en provenance du kiosque était si forte qu'elle devait boucher son oreille libre avec le doigt pour entendre Glen.

— Je suis désolé, je pensais pouvoir sortir d'ici au plus tôt, dit-il à l'autre bout de la ligne.

Il avait sincèrement l'air peiné, même si son chagrin résultait peut-être d'un sentiment de culpabilité. Il s'apitoyait sur son sort, ce pauvre nase. Il était encore à Baltimore, avec une nouvelle excuse bidon. Elle voulait lui demander franchement s'il s'était remis à fréquenter son ex, Stacy, l'hygiéniste dentaire. Mais elle n'était pas certaine d'avoir envie de connaître la réponse ou, du moins, pas tout de suite.

— Écoute, il faut que j'y aille. On se voit demain, et on dîne ensemble ?

Elle baissa la tête sur la paume de sa main, et ses cheveux lui retombèrent sur le visage. Ce soir, elle les avait détachés, malgré la chaleur, pour avoir l'air sexy pour Glen. À présent, elle regrettait de ne pas avoir pris un élastique.

— Bien sûr, assura-t-il d'un ton qu'il voulait sans doute enjoué, mais qui ne parvint pas à la convaincre.

Elle raccrocha sans lui dire « au revoir ». Quand elle releva les yeux, Arlan se tenait devant elle, vêtu d'un short de bain délavé, d'un tee-shirt de surf et de tongs. Il portait ses lunettes de soleil comme un serre-tête, ce qui lui dégageait le visage. Il était bronzé, détendu, et sacrément beau.

— Salut, surfeur. Où est ta mortelle ?

— Où est ton mortel ? rétorqua-t-il en s'asseyant à côté d'elle sur le pare-chocs.

— Il ne vient pas. (Elle lui montra son téléphone, puis le glissa dans la poche de son pantacourt.) J'aurais préféré le savoir avant de m'épiler.

— Désolé.

— Oh, ce n'est pas grave. De toute façon, il n'avait pas envie de se déplacer. Il trouve que ma ville est étrange, et que vous êtes tous bizarres.

— Il a raison.

Elle se pencha en arrière sur le capot.

— Je voulais juste faire un tour avec lui, manger un bout et, pourquoi pas, qu'on se promène sur la plage. Qu'on parle d'autre chose que du boulot. Voire qu'on fasse l'amour sur le sable. (Elle regarda Arlan et, curieusement, sentit qu'elle était sur le point de pleurer.) Est-ce que je suis exigeante, est-ce que c'est trop demander ? Est-ce que j'attends trop d'une relation avec un homme ?

— Avec un humain ? Certainement, plaisanta-t-il, avant de se montrer plus grave. Non. Bien sûr que non, tu n'en demandes pas trop. Tu mérites d'être heureuse, Fia. (Il posa la main sur la sienne.) Tu penses que c'est fini ?

Elle se mit à observer le fil formé par les lumières vives entre le stand de churros et celui des glaces à l'italienne. L'odeur des churros était alléchante. Grasse, mais bonne.

— Je crois que oui. Et ce qui est bête, c'est que je ne sais même pas pourquoi. Trop de secrets. Pas assez en commun. Lui le mortel, moi la suceuse de sang.

Arlan eut un petit rire, mais il comprenait, et elle en était consciente. Elle appréciait la sensation de la main d'Arlan sur la sienne.

Elle le dévisagea, puis détourna les yeux.

— Alors, où est Macy ?

— Elle est rentrée à l'hôtel pour poser son appareil photo et prendre un pull. Elle ne devrait pas tarder à revenir. J'avais besoin de te parler en tête à tête, dit-il en serrant sa main.

— Est-ce qu'elle a confessé d'autres choses ? Parce jusqu'ici, j'ai obtenu que dalle de cette boîte, à part apprendre que ce type était peut-être encore plus taré qu'on croyait, si ça se peut. Et j'attends toujours les infos de la police du Missouri. Il semble que leur salle d'archives ait subi un dégât des eaux quand un contractuel a malencontreusement déclenché l'extincteur automatique. Ils ont changé les documents de pièce, mais la personne qui les a sortis n'a pas tout noté précisément. (Elle le regarda en esquissant un geste, les bras ouverts.) Comment des choses comme ça peuvent-elles arriver ? demanda-t-elle en laissant retomber ses bras. Bref, ils jurent que le dossier n'a pas été détruit, juste égaré, et qu'ils me feront tout parvenir d'ici à lundi, ou mardi au plus tard.

— Aucun nouvel indice grâce à l'affaire Miller ?

Fia fit « non » de la tête.

— Non, rien n'a été laissé au hasard. Pas de fibres ni d'empreintes de pas. (Elle ricana.) En revanche, le labo m'a dit qu'un des poils relevés sur place provenait d'un animal de l'espèce *Canis lupus*.

— Un loup en Pennsylvanie ?

— Ils ont envoyé le poil à un autre labo. Il y avait plusieurs chiens sur la propriété. Je suis sûre qu'il appartenait à l'un d'entre eux, poursuivit-elle en secouant la tête. Je te jure, je pense qu'il s'améliore. (Elle serra le poing.) Cette affaire m'énerve tellement ! J'aimerais que Macy nous aide davantage. Je lui ai parlé à deux reprises, mais elle se montre trop renfermée avec moi. Ce qui est tout à fait compréhensible, maintenant que l'on connaît son lien avec le Fossoyeur, raisonna Fia à voix haute. Mais, pour l'instant, elle refuse d'aborder les détails concernant l'assassinat de sa famille, et donc je n'en sais pas plus que ce que j'ai pu apprendre dans les journaux et les magazines d'actualités. (Elle se tourna vers Arlan.) Macy t'a dit pourquoi elle n'avait pas été tuée en même temps qu'eux ?

— Je ne lui ai pas posé la question, répondit-il en mettant les mains sur ses genoux.

— Moi non plus, reconnut-elle en regardant de nouveau les lumières étincelantes. Je voulais connaître tous les faits avant d'en discuter avec elle. J'ai vraiment très peur qu'elle parte, qu'elle disparaisse. Et, si c'est le cas, je suis certaine que je n'entendrai plus jamais parler d'elle.

— Ouais, acquiesça-t-il, l'air soucieux. C'est aussi mon avis. Elle a fini de photographier le jardin d'Eva, et elle termine avec les deux autres maisons de la rue. Elle va penser n'avoir aucune raison de s'attarder plus longtemps.

Fia leva les yeux sur lui. Elle aimait toujours être avec Arlan ; avec son mètre quatre-vingt-quinze, il était bien plus grand qu'elle.

— Elle ne resterait pas pour toi ?

— Pour moi ? demanda-t-il en lui adressant un des sourires de mauvais garçon dont il avait le secret. Non.

Elle sentit qu'il était plus déçu qu'il ne le laissait paraître, mais préféra se taire. Comme elle sortait avec un humain, elle comprenait ce qu'il traversait. Elle regrettait seulement de ne pas s'être montrée aussi pragmatique que lui environ un an plus tôt.

— De quoi avais-tu besoin de me parler ? s'enquit-elle.

La cacophonie du groupe de country venait enfin de s'arrêter, mais Fia ne se faisait guère d'illusions sur le prochain. L'un des musiciens était passé devant elle vêtu d'un tee-shirt de Korn.

— C'est au sujet de Regan, Fia.

— Il va bien.

— Non, il ne va pas bien, il prend de la cocaïne.

Elle tourna brusquement la tête pour le regarder.

— N'importe quoi !

— Tu sais ce qu'on a volé aux frères Rousseau ? J'ai donné quelques coups de téléphone. J'ai parlé à un zombie de Baton Rouge. C'est une cargaison de cocaïne qui a été dérobée, ce qui explique pourquoi les capes étaient dans tous leurs états.

— Tu ne devrais pas lancer de telles accusations, Arlan. Est-ce que tu te rends compte…

— Ce n'est pas une accusation, dit-il doucement en faisant craquer ses jointures, les yeux rivés sur elle. C'est un fait. Ça me vexe que tu oses suggérer que je puisse mentir à ce propos. Jamais je n'essaierai de te faire du mal, ou de blesser quelqu'un à qui tu tiens. Tu le sais, Fia.

— Tu n'as jamais aimé Regan, répliqua-t-elle, à court d'arguments.

Regan prenant de la coke ? Il ne risquerait pas sa position au sein du clan de cette façon. *Bien sûr que si*, résonna une petite voix sinistre dans sa tête. Et ce ne serait pas la première fois. En vérité, elle avait souvent des soupçons quant aux actions de son frère. Ils ne s'entendaient pas particulièrement bien, sauf quand il voulait quelque chose. Était-ce la raison de sa gentillesse envers elle depuis quelques mois ? Parce qu'il était retombé dans la drogue et qu'il savait qu'en cas de problèmes il aurait besoin d'une alliée ?

— Il me faudra des preuves, dit-elle après un moment de silence, tandis qu'un musicien aux cheveux teints encore plus noirs que tous les vampires de sa connaissance accordait sa guitare électrique dans un vacarme assourdissant.

— Pose-lui la question, dit Arlan.

— Il se contentera de me mentir.

Arlan se tut pendant une minute.

— Alors tu me crois ? demanda-t-il.

Fia jeta un regard vers le stand de churros, mourant d'envie d'en goûter un. Elle avait besoin de quelque chose de gras, de sucré et de bien trop calorique.

— Je te crois, reprit-elle d'un ton malheureux en sautant du pare-chocs de la voiture. Ça te dit d'aller manger des churros et boire une bière ?

— Bien sûr, répondit-il en souriant.

Ils se dirigèrent vers les lumières et le brouhaha. Fia aperçut alors une ombre à l'arrière d'un stand. Deux jeunes qui s'embrassaient. Elle plissa les yeux ; parfois, cette vision nocturne surhumaine se révélait pratique.

— Pas possible ! s'exclama-t-elle en se rendant compte de l'identité des deux adolescents.

— Quoi ?

Fia les désigna du doigt.

— Ça ne serait pas Kaleigh et Rob Hill ?

Macy regarda des deux côtés puis traversa la route en enfilant son pull à capuche. Il avait fait chaud dans la journée mais, à présent que le soleil était couché, la brise de l'océan était fraîche. Elle avait couru jusqu'à l'hôtel pour laisser son appareil photo et prendre son sweat-shirt tandis qu'Arlan était resté à la fête de quartier. Il avait parlé de rejoindre Fia et son petit ami.

Elle remonta la rue en passant devant des parents qui trimbalaient des enfants épuisés en poussette, ou qui les tiraient dans des carrioles. Des ballons d'hélium rouges, blancs et bleus flottaient au-dessus de leurs têtes et dansaient au gré du vent. Les gens qu'elle voyait, pères, mères et enfants, avaient l'air fatigué, mais heureux.

Macy se souvint de la foire du comté où elle se rendait tous les étés avec sa famille. Elle se rappelait les tours de manège, la barbe à papa et le sourire de ses parents.

Tout en marchant, les mains dans les poches de son pull, elle se demanda si le moment n'était pas idéal pour charger sa voiture et partir. Cette journée et cet instant ne mettraient-ils pas un parfait point final à son séjour à Clare Point ?

Elle savait que Fia serait déçue et en colère si elle s'enfuyait à ce stade. Et Arlan aurait de la peine. Son doux Arlan, si beau et si sexy. Mais elle n'avait pas l'intention de lui dire au revoir quand elle s'en irait, puisqu'elle ne faisait jamais d'adieux.

À l'angle de la rue, elle remarqua une foule composée de touristes bronzés portant des enfants sur leurs épaules. Ils essayaient de mieux voir ce qui se passait. Macy les contourna. Il y avait plusieurs caméras de télévision. On interviewait le sénateur Malley, originaire de Clare Point.

Des caméras de chaînes d'information. Des flashs d'appareils photo.

Si Macy adorait prendre des clichés, étrangement elle n'aimait pas être photographiée, même par hasard. C'était la conséquence d'années passées à se cacher. Elle accéléra le pas pour dépasser l'agitation et emprunta une petite rue qui menait vers les lumières et les stands de restauration. Elle avait laissé son téléphone dans son sac à l'hôtel, mais ne pensait pas avoir de problème pour retrouver Arlan. Quand il y avait de la bière et de la nourriture, il n'était jamais loin.

Chapitre 25

— Ah, tu es là.

Arlan leva les yeux au moment où Macy approchait. Fia et lui étaient assis sur le bord du trottoir et mangeaient des churros en buvant de la bière dans des gobelets en plastique. Installée pour la journée entre le stand de beignets d'huîtres et les bateaux de pêche, Tavia faisait un tabac avec ses bières artisanales.

— Je commençais à m'inquiéter, ajouta-t-il.

— Que je me sois perdue ? demanda Macy en saluant Fia d'un signe de tête avant de prendre place à côté d'Arlan, qui se retrouva au milieu.

Fia répondit à Macy par le même geste.

— Non, je ne pensais pas que tu t'étais égarée, dit-il en lui proposant l'assiette qu'il avait posée en équilibre sur ses genoux. C'est juste que…

— Il a peur que je parte, expliqua-t-elle à Fia tout en se servant un bout de churros.

— Moi aussi, avoua Fia. Vous voulez dire que vous n'en avez pas l'intention ?

— Effectivement, répliqua Macy. Je compte aller jusqu'au bout de cette affaire.

Il remarqua qu'elle n'avait pas affirmé qu'elle ne s'enfuirait pas, mais simplement qu'elle ne le souhaitait pas. Elle était douée, sa Macy, elle savait manier les mots.

— Vous êtes toute seule ce soir, Fia ?

Le churros avait laissé du sucre glace sur la lèvre supérieure de Macy, qu'il eut envie de lécher.

— Je pensais avoir le plaisir de rencontrer votre sexy monsieur muscles du FBI, poursuivit-elle en prenant un autre bout de churros.

— Mauvais sujet de conversation, lança Arlan.

Macy se pencha en avant pour s'adresser à Fia.

— Désolée de l'apprendre. C'est un problème passager ou définitif?

— J'ai peur qu'on se dirige vers du permanent. C'est inévitable dans mon métier, on dirait que les relations ne peuvent pas durer.

Arlan fut surpris qu'elle accepte d'aborder sa vie privée avec Macy. D'habitude, elle se refusait à commenter tout ce qui s'y rapportait. Il admira le cran dont elle faisait preuve en sortant de son cocon pour apprivoiser Macy. À ce stade, cela ne pouvait que faire progresser l'enquête. Elles avaient l'une comme l'autre bien besoin de compagnie et de solidarité féminine.

Fia avait elle aussi du sucre glace sur les lèvres.

Arlan se lécha les babines, en essayant de ne pas penser à la bouche de Fia. Il se demandait ce qui clochait chez lui. Il était vraiment du genre monogame. Enfin, dans l'ensemble. En ce qui concernait Fia, impossible de prévoir ce qui allait se passer, comme toujours. Non pas qu'il se réjouissait que sa relation avec son humain parte à la dérive, mais il avait su dès le début que c'était une mauvaise idée, vouée à l'échec. Simplement, il ne voulait pas la voir souffrir, et c'était justement ce qui était en train d'arriver.

Elle s'essuya la bouche avec une serviette en papier.

— Je devrais recevoir le rapport de police à propos de votre famille d'ici à lundi ou mardi, dit-elle à Macy sur un ton professionnel. J'aimerais le parcourir et en parler ensuite avec vous.

Macy tendit la main pour attraper le gobelet d'Arlan.

— Je t'en avais pris une, lui expliqua-t-il, mais tu as mis si longtemps que j'ai fini par la boire.

Elle lui sourit en portant le verre à ses lèvres. La première gorgée la fit grimacer, et elle s'essuya la bouche d'un revers de main.

— Beurk ! C'est affreux, la bière avec le sucre.

— La bière, ça va avec tout, dit-il en riant.

— Je file. Vous voulez le reste ? proposa Fia en se levant.

— Bien sûr, répondit Arlan en acceptant l'assiette.

Elle lécha ses doigts collants et les sécha avec sa serviette.

— Je vous appelle mardi ou mercredi, Macy ? Au même numéro ?

— Au même numéro.

Fia semblait sur le point de partir, mais hésita.

— Vous lui avez parlé ?

Ils savaient tous à qui ce « lui » faisait référence.

Macy prit un bout de churros.

— Il y a deux nuits. Il n'a pas évoqué les Miller, et moi non plus. Je pense qu'il était en déplacement pour son travail. D'habitude, j'arrive à le deviner. Il va mieux quand il voyage. Il dit qu'il ne l'entend pas aussi fort. (Elle leva les yeux.) Je peux vous envoyer une copie de la conversation, mais la discussion n'avait pas grand intérêt.

— Faxez-la-moi quand même, rétorqua Fia avant de se tourner vers Arlan. Et je me pencherai sur cette autre histoire, d'accord ? (Elle jeta un coup d'œil à Macy.) À plus tard.

Macy la regarda s'éloigner.

— De quoi elle parlait ?

— Hein ? demanda Arlan avant d'avaler une grosse bouchée.

Il adorait les churros frais et bien chauds sortis de la friteuse, recouverts de sucre glace. Parfois, pendant les réunions du conseil, ils s'asseyaient en cercle et évoquaient le bon vieux temps : les feux de tourbe pour chauffer les maisons, les chevaux pour se déplacer, la messe du dimanche dans un bâtiment de pierre dépourvu de toit. Arlan aimait le présent. Il appréciait les voitures puissantes, les téléphones portables, et raffolait des churros frits.

— Cette histoire qu'elle a mentionnée, insista Macy. Ça a un rapport avec moi ?

— Non.

Il se retourna pour la regarder. Le visage de Macy ne se trouvait qu'à quelques centimètres du sien.

— Tu as un peu de sucre, là, lui indiqua-t-il en lui effleurant le coin de la bouche du bout de l'index.

— Là ? demanda-t-elle en plantant ses yeux dans les siens et en passant lentement sa langue sur sa lèvre supérieure.

— Ici, répondit-il, avant de lui lécher le coin de la bouche. (Puis il l'embrassa avant de se reculer.) On finit de manger, puis ça te dit d'aller te promener ? J'ai piqué un drap de bain à un ami de ma nièce. On pourrait s'asseoir sur la plage et regarder la marée monter.

Elle posa ses yeux verts perçants d'humaine sur lui :

— Ou faire autre chose.

Arlan rit, et pensa à la tristesse qu'il éprouverait quand Macy disparaîtrait de sa vie.

Ils terminèrent la bière et les churros et jetèrent les déchets dans une poubelle avant de couper à travers le sable pour rejoindre la plage, laissant derrière eux le bruit et les lumières de la fête. La serviette de plage sur l'épaule, Arlan marcha main dans la main avec Macy. Arrivés au bord de l'eau, ils tournèrent vers le nord, et passèrent devant un feu de joie autour duquel s'étaient rassemblés des jeunes du coin. Le camp des vampires, comme l'appelaient les gamins. Arlan en avait gardé de bons souvenirs d'adolescent.

— Les feux de joie sont autorisés sur une plage publique ? demanda Macy.

Il haussa les épaules.

— Quand on a un permis. Les gamins du coin font ça une ou deux fois par an. Souvent pour Halloween.

Il aperçut Kaleigh et leva la main pour la saluer.

Blottie contre Rob Hill, elle lui fit signe. Un sourire niais illuminait son visage.

Arlan ne put s'empêcher de sourire. Il était heureux pour sa nièce. Elle avait attendu plus d'un an que Rob meure et renaisse. Elle était prête à avoir un petit ami.

Arlan et Macy dépassèrent le feu de joie. Ils continuèrent à s'éloigner jusqu'à être seuls et sortirent de la ville pour atteindre la portion de plage derrière la réserve naturelle.

— On s'installe ici ? suggéra Arlan en se mettant suffisamment loin de l'eau pour que la serviette ne soit pas mouillée par la marée montante.

Macy fit doucement un tour sur elle-même pour s'imprégner de l'obscurité. À sa droite comme à sa gauche, le sable clair s'étendait à perte de vue. Il y avait des dunes derrière eux, et devant, la baie du Delaware s'étirait dans l'immensité de l'océan Atlantique.

— C'est parfait, murmura-t-elle.

Elle s'assit sur le drap de plage aux couleurs vives, et laissa de la place à Arlan. La nuit était chaude, mais la brise marine fraîche. Elle se félicita d'être retournée chercher son pull. Elle scruta le ciel. Dans deux jours, la lune serait de nouveau pleine.

— Tu crois qu'il regarde la lune, en ce moment ? murmura-t-elle en se tournant vers Arlan. Je pense que oui.

— Macy…

Elle savait qu'Arlan voulait la réconforter, mais qu'il ne trouvait pas les mots. Qu'aurait-il bien pu dire ?

Elle mit les mains derrière son dos et s'appuya sur les coudes afin de voir la lune qui rasait l'horizon en se levant.

— Tu ne m'as pas demandé pourquoi il ne m'avait pas tuée. Ça fait plus d'une semaine que j'ai révélé mon inavouable secret, et personne ne m'a interrogée à ce sujet.

— J'essayais de respecter ta vie privée. (Il s'allongea à côté d'elle et cala sa tête sur son bras.) J'ai pensé que tu me le dirais quand tu serais prête, si tu en avais envie.

Elle tourna la tête et lui adressa un regard inquisiteur.

— Es-tu humain ?

Il sembla si surpris de sa question qu'il ne répondit pas tout de suite.

— Pardon ?

— Es-tu humain, ou es-tu une sorte de créature venue d'une autre planète ? Créée pour le seul plaisir des femmes ? (Arlan éclata de rire.) Parce que tu n'agis pas comme les autres hommes. Tu sais trop bien écouter. Et, franchement, tu es beaucoup trop gentil.

— Eh bien, merci. Enfin, je crois, dit-il en fronçant les sourcils et en détournant de nouveau les yeux vers le ciel.

— Et Fia ? lança-t-elle en s'allongeant à son tour. Pourquoi ne m'a-t-elle pas demandé pourquoi je n'avais pas fini dans une tombe sous cet arbre ?

— Tu sais comment elle est. À mon avis, elle voulait d'abord lire le rapport officiel.

— Ah, pour s'assurer que je n'aie pas tout inventé afin de me faire passer pour la pauvre victime terrorisée.

— C'est quelqu'un de bien, Macy, dit-il avec un sourire dans la voix. Elle mène ses enquêtes avec minutie.

Macy contempla le ciel noir en essayant de ne pas songer à la lune sur l'horizon, ni à Winnie qui, lui, elle en était certaine, pensait à elle. Elle avait affirmé à Fia qu'elle ne croyait pas aux dons paranormaux, mais c'était un mensonge. Il s'agissait d'un phénomène qu'elle avait tenté de nier depuis des années. Comment expliquer autrement cette étrange connexion qui la reliait à lui, et qu'elle ne pouvait pas rompre ?

— Cette nuit-là, je me suis disputée avec ma mère, commença-t-elle lentement. Je voulais sortir avec mon petit copain pour aller écouter un groupe de rock dans la ville voisine. J'avais cours le lendemain, et maman a refusé. Elle s'inquiétait de mes fréquentations, à juste titre. Ils n'étaient pas méchants, mais buvaient de l'alcool, fumaient des joints et conduisaient trop vite. Tu vois, des gamins partis pour mal tourner. (Elle soupira.) Bref, ma mère ne m'a pas donné la permission. Elle n'aimait pas le type avec lequel je sortais. Il avait deux ans de plus que moi. Elle avait peur qu'on ait des rapports sexuels, et d'ailleurs c'était le cas, mais je ne supportais pas qu'elle m'accuse. Je suis allée demander à mon père si je pouvais m'y rendre, mais il a consulté ma mère, et là, je me suis retrouvée vraiment dans le pétrin.

Arlan écoutait sans rien dire.

— J'étais tellement en colère contre eux que j'ai boudé pendant tout le repas. Elle avait fait des côtelettes de porc et des macaronis au fromage maison, se souvint Macy. Ils m'ont fait asseoir à table en famille, même si j'ai refusé de manger. (Sa voix s'étrangla tandis que les images défilaient dans son esprit comme les pages d'un album photo.) J'ai été méchante avec mes deux petites sœurs, j'ai dit des choses affreuses.

Arlan roula sur le côté et se releva sur le coude. Quand il parla, sa voix était enrouée par l'émotion, ce qui la toucha.

— Tu avais à peine quinze ans.

Elle scrutait toujours le ciel. Elle avait trop honte pour le regarder dans les yeux.

— Après le dîner, ils m'ont envoyée dans ma chambre. J'ai mis la musique très fort, jusqu'à ce que mon père menace de me priver de sortie pendant une semaine. Après qu'ils se furent endormis, je me suis éclipsée par la fenêtre, et j'ai remonté le chemin qui traversait le verger, dont la plupart des arbres avaient été plantés par mon grand-père. Mon père en était tellement fier. Dans le coin, beaucoup de gens possédaient de grands vergers, et le nôtre était petit, mais il l'adorait.

Elle resta silencieuse pendant quelques instants. Elle ne s'était pas autorisée à faire resurgir ces souvenirs depuis longtemps.

— Arrivée au bout, j'ai rejoint mon copain, je suis montée dans sa voiture, et on est partis. Je suis allée écouter le groupe, et j'ai découché, juste pour…

Sa voix se brisa de nouveau.

— … juste pour me venger de mes parents.

C'était vraiment éprouvant, bien plus qu'elle l'avait imaginé. Elle n'avait pas parlé de ces événements depuis que la police l'avait interrogée. Le jour où les corps de sa mère, de son père et de ses sœurs avaient été transportés en ambulance.

Des ambulances. Macy, en les regardant remonter l'allée, avait été frappée par l'absurdité de la situation. À quoi bon ? Ses parents et ses sœurs étaient morts depuis des heures. Elle se rappelait avoir pensé : « On n'appelle pas plutôt un corbillard pour des cadavres ? »

— Apparemment, Winnie s'est rendu à la ferme vers minuit. J'étais sûrement assise dans ce garage à écouter ce groupe débile quand il s'est introduit avec la clé qui se trouvait sous une pierre de la plate-bande devant la maison. Il les a tous tués dans leur lit en les étranglant, avant de les emmener un par un dans le verger. Il ne les a pas enterrés à proprement parler, il a juste creusé un peu et les a allongés. Il leur avait fait prendre une pose, expliqua-t-elle en croisant machinalement les bras.

Elle les laissa retomber en se rendant compte de son geste.

— Voilà comment mes proches sont morts, et moi, j'ai survécu, car j'avais fait le mur pour aller m'amuser avec mon petit copain.

— Ah, Macy, dit Arlan en lui caressant le bras.

Elle avait la chair de poule.

— J'aurais dû me trouver là-bas, murmura-t-elle.

— Non.

Même si elle ne pleura pas, quelque chose qui ressemblait à un sanglot s'éleva dans sa gorge.

—J'aurais dû mourir en même temps qu'eux. C'était ma famille. J'aurais dû être avec eux.

—Non, non, Macy, c'est faux.

Il se pencha au-dessus d'elle et posa la main sur sa joue pour la forcer à tourner la tête et à le regarder.

—Écoute-moi, poursuivit-il. C'est qu'il devait en être ainsi, tu n'étais pas censée mourir cette nuit-là.

—C'est ridicule. Je serais morte si je m'étais trouvée là-bas, répondit-elle, hors d'haleine, éprouvant une soudaine sensation de vertige.

—Ce qui signifie donc que tu ne devais pas rester chez toi.

Il était toujours si proche d'elle qu'elle sentait son souffle sur son visage et, l'espace d'un instant, elle eut l'impression de le laisser respirer à sa place.

—Tu ne comprends pas, dit-elle en fermant les yeux de toutes ses forces.

—C'est vrai, mais toi non plus. Nous ne pouvons pas tout comprendre, Macy. Certaines choses ne sont pas faites pour être comprises.

—Il m'a envoyé une carte de condoléances avec l'avis de décès à l'intérieur, puis des coupures de journaux au cours des trois années suivantes, quand j'étais trimballée de famille d'accueil en famille d'accueil. Et ces photos ridicules de petits garçons. Trois ans après avoir assassiné ma famille, il en a tué une autre. Et ce salopard a eu le culot de me faire parvenir aussi leur nécrologie.

—On va l'attraper, Macy.

—Pourquoi moi ? demanda-t-elle. Pourquoi ne m'a-t-il pas laissée tranquille ?

—Je n'en sais rien, mais Fia…

—Elle ne le retrouvera pas. Ça ne finira jamais, dit-elle, la mâchoire tremblante. Pas avant qu'il le décide.

— Tu ne peux pas en être sûre, rétorqua-t-il en la regardant droit dans les yeux et en lui caressant les cheveux.

Macy leva la tête jusqu'à ce que ses lèvres rencontrent celles d'Arlan. Elle le fit taire d'un baiser passionné. Elle ne voulait plus évoquer ce drame ni éprouver ces sentiments.

Elle l'enlaça et le poussa à se mettre sur le dos, puis s'allongea sur lui. Ils s'embrassèrent à pleine bouche, et leurs langues s'entremêlèrent.

Elle avait envie de chasser cette angoisse.

Elle s'assit, haletante, et défit la fermeture de son pull, avant d'ôter son tee-shirt. Ses tétons se dressèrent sous l'effet de la brise en provenance de l'océan et de l'érection qu'elle voyait poindre dans le short d'Arlan. Elle fit passer le tee-shirt d'Arlan par-dessus sa tête, envoyant ses lunettes de soleil dans le sable.

Ils s'embrassèrent de nouveau et cette fois elle se retrouva sur le dos, sous lui. Ils étaient à moitié sur la serviette et à moitié sur le sable. Après un baiser supplémentaire, il descendit vers le cou de Macy et se mit à le lécher de manière incroyable. Elle gémit doucement en passant les doigts dans ses cheveux.

— Tout va bien, Macy, lui murmura-t-il à l'oreille.

Elle n'avait pas envie d'entendre des mots de réconfort. Elle voulait juste le sentir en elle.

Elle glissa la main entre leurs deux corps et atteignit le renflement, qu'elle se mit à caresser. Arlan poussa un grognement.

Il parcourut son visage, son cou et ses seins de baisers. Elle planta les ongles dans la chair de son dos, folle de désir.

— Enlève-le, enlève-le, haleta-t-elle tandis qu'elle tentait d'ôter son short.

— Chut! lui susurra-t-il pour la calmer.

Il écarta la main de Macy, se releva puis s'assit sur ses talons, entre les jambes de la jeune femme, et déboutonna doucement son short en jean. Dans la pénombre, les yeux rivés sur elle, il le fit glisser sur ses cuisses, ses genoux et enfin ses pieds.

— Le tien aussi, ordonna-t-elle.

Elle ferma les yeux, incapable de soutenir son regard insistant. Il ne comprenait pas à quel point elle était quelqu'un de mauvais. Il ne se rendait pas compte. Ils étaient morts et elle avait survécu. Comment pouvait-elle avoir le droit de vivre ?

Arlan se mit debout pour enlever son short, et elle ouvrit les yeux pour le contempler. Elle avait toujours aimé les corps masculins, les muscles fermes et bien dessinés, et cette anatomie différente de la sienne. Elle tendit les bras vers lui, puis écarta les jambes et effleura son triangle de poils blonds du bout des doigts. Elle était déjà humide et tremblante de désir.

Il s'agenouilla et se pencha sur elle.

— Moi au-dessus, ou toi ? demanda-t-il d'une voix rauque en ajustant la serviette pour éviter que la tête de Macy repose sur le sable.

— Toi, répondit-elle en soulevant le bassin, brûlant de sentir son membre chaud et dur à l'intérieur d'elle.

Il lui caressa les cheveux et lui embrassa les tempes, dans un geste de tendresse. Mais elle n'avait pas besoin de cela. La tendresse ne lui permettait pas de se sentir vivante, contrairement à la passion.

Elle enlaça les hanches étroites d'Arlan, se souleva du drap de plage et s'ouvrit à lui. Elle poussa des gémissements de plaisir quand il la pénétra profondément. C'était l'aspect de sa personnalité qu'il comprenait. Il s'enfonça violemment en elle, et elle accueillit chacun de ses va-et-vient.

Elle entoura le cou d'Arlan et le serra fermement, se laissant porter par les vagues de l'extase qui montait. Une partie d'elle avait envie que ces minutes se prolongent jusqu'à former des heures, mais elle avait plus besoin de se soulager que de faire durer la satisfaction. Elle se balança sous lui, en gémissant.

Il murmura son nom.

Elle avait lu qu'atteindre un orgasme simultané n'arrivait que rarement dans un couple, et qu'en tout cas ce n'était pas commun. Est-ce que cela impliquait qu'Arlan était l'amant idéal, ou simplement qu'ils fonctionnaient parfaitement ensemble ?

Bien trop vite, la pression qu'elle ressentait augmenta, jusqu'à éclater. Chaque muscle de son corps sembla se contracter et se relâcher tandis que la jouissance la submergeait. Elle s'agrippa à Arlan, qui grogna et donna un dernier coup de reins. Il s'effondra sur elle et l'enlaça avec délicatesse avant de les faire rouler sur le côté. Macy posa la tête sur l'épaule d'Arlan, plaquant son visage contre sa peau humide et musquée. L'air était chargé de l'odeur du sel de l'océan et de celle de leurs ébats et elle prit une profonde inspiration, souhaitant que ce moment puisse être la fin de sa vie, plutôt que le point de départ de ce qui allait suivre.

Vêtu d'un caleçon et d'un tee-shirt propres, Winnie s'assit devant la télévision pour regarder le journal de 23 heures, une tasse de thé à la camomille dans la main. Sa mère lui en faisait souvent pour l'aider à s'endormir. Malgré tout le miel qu'il pouvait ajouter, il détestait le goût de cette boisson, mais si maman disait que c'était bon pour lui, impossible d'en douter.

Il attrapa la télécommande et zappa sur la chaîne de la région de Philadelphie. C'était agréable d'être rentré. Même s'il avait chargé un de ses voisins, un adolescent, de garder un œil sur sa maison et d'arroser les fleurs pendant son absence, il n'aimait pas s'éloigner trop longtemps de chez lui.

Le journal du soir s'ouvrit sur un reportage à propos de la cloche de la Liberté et du nombre de visiteurs américains qu'elle attirait chaque année, suivi d'un sujet sur le taux de criminalité en augmentation. Les homicides étaient en baisse, mais les agressions et les vols progressaient. Heureusement qu'il habitait à la campagne, loin des crimes et de la pollution. Apparut ensuite une écolière qui organisait une collecte de lunettes usagées en faveur des citoyens âgés et démunis du centre de Philadelphie. Quand la chaîne diffusa le numéro de boîte postale où expédier les dons, Winnie le nota. Le sourire de la petite fille lui plaisait, tout comme l'idée qu'une jeune personne tente d'aider les plus pauvres. Il allait envoyer sa contribution.

Il sirotait son thé chaud quand le sénateur Malley apparut à l'écran. Visiblement, ce jour-là, il avait tenu le rôle de Grand Marshal du défilé pour la fête nationale de sa ville natale. Comme c'était gentil. Winnie sourit à la vue des enfants et de leur barbe à papa, et des ballons rouges, blancs et bleus. Tandis que l'homme politique parlait des Pères fondateurs, la caméra balaya la foule. Un visage retint son attention. Il l'identifia immédiatement.

Winnie faillit renverser sa boisson en posant sa tasse. Dans le plan, une femme était passée derrière les badauds, occupant l'image à peine une fraction de seconde, mais c'était suffisant. Marceline ! Sa Marceline se trouvait à Clare Point, dans le Delaware.

Il se carra dans son fauteuil inclinable, sidéré. Depuis des années, il ignorait sa localisation exacte, car elle se déplaçait en permanence. Elle était intelligente, sa Marceline. Même s'il lui vouait un culte de loin depuis longtemps, il n'aurait pas forcément réussi à la localiser s'il l'avait voulu. Mais, à présent, il savait où elle était.

Était-ce une intervention divine ?

Allaient-ils enfin être réunis ?

Bien sûr. Winnie en avait la certitude.

Chapitre 26

— Tout est vrai, déclara Fia d'un ton incrédule.

Sur la terrasse à l'arrière de sa maison, Arlan changea son téléphone d'oreille pour ouvrir le couvercle du barbecue. Il était surpris de percevoir de l'agitation dans le ton de la voix de Fia. Quand il lui avait parlé le matin même, elle semblait juste épuisée après une nouvelle nuit passée à travailler.

— Qu'est-ce qui est vrai ?

— Tout ce qu'elle a raconté à propos de sa famille assassinée dans le Missouri. Les faits se sont déroulés comme elle nous les a décrits.

— Tu croyais qu'elle avait tout inventé ?

Il vérifia la température du feu de la paume de la main. Il espérait préparer son repas avant la pluie, dont il sentait l'arrivée imminente dans l'air nocturne.

— On ne peut pas dire qu'elle se soit toujours montrée franche et directe avec moi.

— Je savais que c'était la vérité, affirma-t-il.

Il estima que le gril était suffisamment chaud et posa deux steaks dessus, laissant la brochette de crevettes dans l'assiette sur la table.

— Elle était trop bizarre, cette histoire, trop… tragique pour avoir été inventée, poursuivit-il. Ce drame explique la profonde tristesse que j'ai lue sur son visage quand nous nous sommes rencontrés.

— Épargne-moi ce débordement de sentiments, Arlan. Moi-même je ne suis pas loin de craquer.

— Toi, l'agent spécial Kahill, bouleversée par une affaire ? Ça ne te ressemble pas, la railla-t-il en plaisantant à moitié.

Il était quelque peu contrarié qu'elle n'ait pas eu plus confiance en Macy, et peut-être en lui.

— Ce n'est pas seulement ce dossier, c'est que…

Il tourna le dos au barbecue. Il était plus de 20 heures, et la nuit tombait. Au bout de sa terrasse, des insectes chantaient dans une plate-bande mal entretenue. Il faisait chaud et humide, et la pression atmosphérique chutait. Un orage se préparait, il le sentait dans l'air.

— Il t'a plaquée.

— Nous avons rompu d'un commun accord, et je ne veux pas en parler pour le moment.

— OK, dit Arlan. Plus tard ?

— Oui, après, une fois que j'aurai arrêté ce salopard de Winnie. (Elle hésita.) La journée a été catastrophique sur toute la ligne. J'ai aussi discuté avec Regan.

— Et ? demanda-t-il en vérifiant la cuisson des steaks avec une fourchette.

Il l'entendit soupirer.

— Il a avoué qu'il prenait de la coke, poursuivit-il à sa place. Fi, je sais combien c'est difficile pour toi…

— Il n'a pas vraiment confessé quoi que ce soit, l'interrompit-elle. Il a effectivement admis avoir « quelques problèmes ». J'ai appelé le centre de désintoxication de Londres et il a accepté d'y aller.

— C'est super, Fi.

— Bon, pour en revenir à nos moutons, dit-elle, ayant retrouvé son ton professionnel. Voilà ce que j'ai trouvé : aucun des noms liés aux meurtres de Winnie n'apparaît plusieurs fois, mais je dispose désormais de la liste de toutes les personnes interrogées par la police au moment de l'assassinat des proches de Macy : voisins, professeurs, réparateurs, collègues, et j'en passe. Macy est la seule qui ait jamais survécu ; il est obsédé par elle. C'est sa famille qu'il a tuée en premier. C'est elle le lien. Notre homme figure forcément sur cette liste, dit-elle avec conviction. J'ai rentré tout le monde dans la base de données pour vérifier. Je n'ai pas dormi de la nuit.

Arlan eut envie de pousser Fia à reprendre la conversation au sujet de Glen, mais il se ravisa. Elle avait pour habitude de se plonger dans le travail pour surmonter ses épreuves personnelles.

Il parlerait donc de ce qu'elle voulait aborder, et ferait tout son possible pour l'aider.

— Tu as une piste à partir de ces noms ?

— Ça se pourrait. Un type a disparu de la circulation. Un collègue du père de Macy. J'ai eu sa femme au téléphone hier soir, elle prétend ne pas l'avoir vu depuis quatorze ans.

— Plus aucune trace depuis l'époque des meurtres, alors ?

Arlan s'assit sur une des chaises de la terrasse. Macy lui avait affirmé qu'elle viendrait pour le dîner. Elle avait plus d'une demi-heure de retard, ce qui ne lui ressemblait pas. Il ne put s'empêcher de se demander si c'était fini, si elle était partie.

— Quelqu'un d'autre ? l'interrogea-t-il en tendant la main vers la bouteille de bière à ses pieds.

— Voyons voir..., dit Fia en parcourant la liste. On a un voyageur de commerce. Célibataire.

— Bonne possibilité.

— Absolument. Il habite en Pennsylvanie, depuis des années, et travaille pour un éditeur de logiciels qui vend surtout sur la côte Est.

— On se rapproche.

— Qui sait ? Je vais quand même téléphoner à son employeur.

— On dirait que tu as un bon point de départ. Fia, tu réussiras à l'attraper, ajouta-t-il après une hésitation. J'en suis sûr.

— Il va falloir des jours pour passer tous ces noms en revue. Mon chef m'a donné son feu vert pour me faire aider par un autre agent de notre bureau plutôt que d'attendre l'arrivée de ceux de Baltimore, ou qu'ils me demandent de les rejoindre là-bas. Mais j'aimerais que Macy jette un coup d'œil à la liste, pour voir s'il y a quelqu'un sur qui elle pense qu'on devrait enquêter.

— Je suppose que c'est ce que la police du Missouri a fait à l'époque.

— Bien sûr, mais elle avait quinze ans, et était sous le choc. Tout semble différent avec le recul. Désormais, elle peut avoir suffisamment de distance avec les meurtres pour se montrer plus objective. Elle est avec toi en ce moment ?

— Non, mais elle ne devrait pas tarder.

— J'ai essayé de la joindre sur son portable. Il fonctionne toujours, mais elle n'a pas répondu, dit-elle d'un ton agacé. Elle m'avait juré qu'elle décrocherait si je lui téléphonais.

— Elle est en retard. Elle était peut-être sous la douche.

Bien que parfaitement logiques, ses mots sonnèrent creux à ses propres oreilles. Même si Arlan n'était pas du genre paranoïaque, chaque seconde qui passait augmentait son inquiétude.

— Et si tu me faxais la liste ? suggéra-t-il. Je lui demanderai de la regarder après le repas et de t'appeler ensuite.

— Je ne sais pas trop, répliqua-t-elle d'une voix hésitante. Le FBI ne voit pas d'un bon œil que les agents fassent parvenir des informations confidentielles comme celles-ci à des civils.

— Tu t'entends parler, Fia ? Il s'agit de me l'envoyer à moi, que tu connais depuis toujours. Et pour l'éternité, ajouta-t-il, comme si elle avait pu l'oublier. Tu sais que je ne vais pas laisser cette liste tomber entre de mauvaises mains.

— Je ne sais pas, je pense que je souhaitais être présente pour observer sa réaction à la lecture des noms.

Arlan tenta de ne pas se sentir vexé. Il était conscient qu'elle devait parfois suivre les règles établies. Elle n'avait pas le choix, si elle voulait demeurer la plus performante dans son métier. Il comprenait combien il était difficile de vivre et de travailler avec les mortels.

— Très bien, dans ce cas. Passe demain. Tu sais qu'elle ne viendra pas te voir. Bon sang, viens ce soir si ça te chante.

Il inclina la bouteille et la termina tandis qu'elle réfléchissait.

— Non, dit-elle. Tu as raison, je dois rester là, car j'ai accès aux ordinateurs du Bureau.

Il se rendit soudain compte que les steaks cuisaient depuis cinq minutes, et se leva brusquement de sa chaise. Pour Arlan, un bon steak se devait d'être saignant.

— Je vais aller vérifier que mon fax est bien allumé. Laisse-moi cinq minutes. On t'appelle après manger.

— OK. D'accord, merci Arlan, répondit Fia. Pour tout.

Il glissa son portable dans sa poche et tendit la main pour attraper la pince à viande. Zut, il détestait gâcher du bœuf.

Quand Macy sortit de la salle de bains, drapée d'une serviette et les cheveux enveloppés dans une autre, elle ne fut pas surprise de voir l'homme assis au bout de son lit. Son corps fut parcouru d'une décharge d'adrénaline, mais en fait, dans un sens, elle se sentait presque soulagée par sa présence. Le moment était venu. Qu'elle vive ou qu'elle meure, elle sut que son cauchemar allait prendre fin.

— Marceline, dit-il en prenant la télécommande pour allumer la télévision, avant de monter le son.

— Winnie, répondit-elle, encore sur le seuil de la salle de bains, nue sous sa serviette.

— C'est la pleine lune. Mais on ne la distingue pas, à cause de la pluie.

Elle s'était toujours demandé si elle le reconnaîtrait le jour où elle le verrait. Ce n'était pas le cas. D'une apparence parfaitement ordinaire, il ne correspondait pas du tout à l'image qu'elle s'était faite de lui. Il avait au moins quarante-cinq ans, même s'il semblait en forme. Le front dégarni. Le menton fuyant. Vêtu d'un polo et d'un short à carreaux. *Un short à carreaux, nom de Dieu!* Qui aurait cru qu'un tueur en série avec autant de victimes à son actif porterait des carreaux bleus ? Et des sandales Velcro noires.

Si elle l'avait déjà remarqué auparavant, ses chaussures l'auraient trahi, plaisanta Macy intérieurement. Seul un assassin pouvait faire preuve d'un tel mauvais goût.

— La pleine lune, répéta-t-elle d'un air hébété. J'aurais dû le deviner.

— S'il te plaît, ne crie pas, dit-il doucement, ou ne tente pas de t'enfuir. (Sa voix était calme. Apaisée. Il essaya de détourner le regard en parlant.) Ou les autres vont… avoir mal.

— Tu vas rejouer cette carte ? demanda-t-elle en coinçant le bord de sa serviette humide sous son aisselle. On connaît la chanson.

— Tu sais que je n'hésiterai pas. Et que ce sera ta faute.

Il plongea la main dans un sac de fast-food blanc posé à côté de lui sur le lit, qu'elle n'avait pas remarqué jusque-là. Il sortit un pistolet, visiblement très coûteux, équipé d'un silencieux.

Comment un homme comme Winnie le tueur, le Lunatik, le Fossoyeur, avait-il bien pu se procurer une telle arme ? Elle n'était pas destinée à la chasse, ni au tir sur cible, mais conçue pour tuer… pour exécuter des gens.

— Je l'ai acheté dans la légalité la plus totale, dit-il, semblant savoir exactement ce qu'elle pensait. Le silencieux, en revanche…, poursuivit-il l'air contrit, est moins réglementaire. (Il le fit tourner dans sa main avec un regard admiratif.) Tu serais étonnée de voir ce qu'on peut acheter sur Internet.

Macy frissonna. Elle avait monté la climatisation avant de se rendre sous la douche, car elle avait eu chaud en se promenant en ville. Avec le recul, elle se rendit compte qu'elle avait plus ou moins fait ses adieux à Clare Point.

Mais elle aurait cru que son départ impliquerait plutôt un ou deux « au revoir », un salut de la main, une dernière glace pour la route, pas un pistolet avec silencieux.

Elle était en retard pour le repas terre et mer d'Arlan. À présent, elle allait l'être encore plus.

Une partie d'elle se demandait s'il viendrait la sauver. Mais elle savait que non. Il suivrait les règles établies dès le début, celles qu'elle avait déterminées, et qui supposaient de ne pas venir la chercher. Pas avant de nombreuses heures, peut-être un jour, ou même deux.

Elle posa les yeux sur le téléphone fixe à côté du lit, près de là où s'était trouvé son portable. Elle regarda de nouveau Winnie.

— Bien sûr, tu ne peux pas passer de coup de fil. Qui vas-tu appeler, ta maman ? lança-t-il en riant de sa blague stupide et cruelle.

Macy se dirigea vers la commode-coiffeuse et ouvrit le tiroir du haut. Elle enleva sa serviette.

Winnie sauta du lit et se détourna, les deux mains levées en position de défense, sans lâcher le pistolet, et Macy sursauta.

— S'il te plaît… Je t'en prie, ne fais pas ça. Je ne tolérerai plus ce genre de comportement indécent de ta part, jeune fille.

Elle passa outre à ce commentaire. Elle revêtit d'abord un short de sport, puis un tee-shirt bleu délavé. *Qu'est-ce qu'on portait pour mourir ?*

Elle ôta la serviette de sa tête, laissant retomber ses cheveux mouillés dans son dos.

— Tu vas le faire ici, ou ailleurs ? demanda-t-elle en prenant une brosse sur le meuble, se sentant étrangement détachée de la situation.

— Faire quoi ?

Elle fit volte-face et lui jeta un regard qui montrait que sa réponse coulait de source.

Il eut le souffle coupé.

— Oh ! Non, non, Marceline, très chère. Je n'ai aucune envie de te tuer, dit-il en faisant un pas vers elle et en baissant le pistolet. Je suis venu te chercher. Il est l'heure.

Elle laissa la brosse en suspens, les yeux rivés sur ce cinglé qui ne semblait pas si fou, si l'on exceptait l'arme à feu munie d'un silencieux et les sandales.

— L'heure de quoi ?

— D'être réunis, bien entendu, mon amour, répondit-il en arborant une expression plus douce. Pour toujours, souffla-t-il.

Elle se retourna face au miroir et démêla ses cheveux humides.

— Tu déconnes, marmonna-t-elle.

— Hé ! Hé ! Regarde-moi.

Elle voyait son reflet dans la glace. Il agitait le pistolet dans sa direction.

— Pas le temps de se faire belle. Nous devons y aller. Je t'autoriserai à faire ton sac si tu te dépêches. Mais nous sommes obligés de partir. C'est un long trajet, et l'orage arrive. Les routes vont être glissantes et dangereuses.

Macy avait toujours supposé que, quand il viendrait, ce serait pour la tuer. Pas une seconde elle n'avait envisagé qu'il pourrait l'enlever. Elle essaya de ne pas penser aux raisons qui motivaient les actes de Winnie, ni à ses projets pour eux. Il fallait simplement trouver comment lui échapper sans mettre en péril la vie de quelqu'un d'autre.

— Où va-t-on ? demanda-t-elle.

Il souleva son sac à dos et le lui offrit timidement, avec un sourire radieux.

— À la maison, bien évidemment, ma chérie.

— J'achète Marvin Gardens !

Allongée à plat ventre sur la moquette du sous-sol chez ses parents, Kaleigh tendit les billets en papier. Sa mère avait été contrariée que ses amis n'arrivent pas avant 21 heures, et les parties de Monopoly pouvaient s'éterniser. Mais son père avait convaincu sa femme qu'il n'y avait rien de dangereux à laisser les jeunes s'amuser avec un jeu de société un jour de pluie.

— Tu restes à la maison et tu n'abîmes rien, l'avait-il avertie.

— Pas de problème, papa, avait répondu Kaleigh.

Où croyait-il qu'elle allait se rendre avec ces trombes d'eau ?

— Tu ne peux pas prendre Marvin Gardens. J'ai Ventnor et Atlantic, protesta Pete, le petit ami par intermittence de Katy.

Comme Kaleigh et Rob, Pete et Katy étaient conjoints à vie. Cependant, les règles du clan n'exigeaient pas qu'ils soient exclusifs pendant leurs années d'adolescence, mais seulement qu'ils forment un couple quand ils seraient adultes. Katy avait rompu avec Pete au moins une fois le mois dernier, juste pour démontrer qu'elle en était capable, mais ils finissaient toujours par se remettre ensemble après quelques jours de mélodrame.

— Pas de bol, Petey, dit Kaleigh en arrachant la carte des mains de Rob, qui avait été désigné banquier, car tout le monde pensait qu'il était le moins susceptible de piquer de l'argent dans la caisse.

— Je déteste quand elle m'appelle Petey, déclara Pete à Katy.

— « Pas de bol, Petey », répéta Katy en imitant Kaleigh, avant de se pencher vers lui et de lui mordre l'oreille pour le calmer.

— Hé, tu n'es pas censée prendre du sang, se plaignit-il. Sauf ici, ajouta-t-il avec audace en exhibant son cou.

Katy et lui rirent bêtement.

— À mon tour, dit Rob en ramassant les dés, visiblement gêné par cet échange.

Il avait été informé de sa condition de vampire, et on lui avait expliqué ce qu'elle impliquait, mais Kaleigh sentait qu'il ne comprenait pas complètement cette soif de sang innée qu'il développerait au fil du temps. Ce désir, elle le savait, surgirait qu'il le veuille ou non.

— Allez, Pennsylvania Railroad, dit-il en soufflant sur les dés avant de les lancer.

— Qui a envie de boire quelque chose ? proposa Kaleigh en se levant pour se diriger vers le petit frigo que ses parents laissaient dans cette pièce.

— Une vodka-cranberry, ricana Pete.

Sans lui prêter attention, Kaleigh ouvrit la porte.

— On a de l'eau, du coca et du Fanta.

— Va pour un Fanta, annonça Pete. Rouge, si possible.

— De l'eau, s'il te plaît, demanda Katy.

— Rob ?

Kaleigh se baissa pour atteindre le réfrigérateur et attraper les bouteilles.

Quand elle se pencha en avant, la tête lui tourna. Au même moment, le tonnerre gronda dehors, et elle distingua un éclair par l'une des fenêtres du sous-sol, qui n'avaient pas de rideaux.

— Holà !

Elle essaya de se relever, mais un autre flash l'aveugla. Cette fois-ci, ce n'était pas un éclair, mais dans la maison. Derrière la lumière, elle vit les silhouettes de deux personnes qui ne se trouvaient pas dans la pièce avec elle.

— Non, grogna Kaleigh en s'appuyant contre le mur pour rétablir son équilibre.

Ces « flashs prémonitoires », comme elle avait commencé à les appeler, devenaient pénibles. Elle n'était pas d'humeur. Ce soir, elle n'avait pas envie d'être la Conseillère de la ville, mais voulait simplement jouer au Monopoly avec ses amis et se laisser peloter par Rob sur le canapé une fois que Katy et Pete seraient rentrés chez eux.

— Tu vas bien ?

Elle reconnut la voix de Rob qui semblait provenir de loin, même s'il n'était qu'à quelques mètres.

Kaleigh se sentait encore étourdie, la pièce tournait. Elle vit de nouveau les silhouettes, de dos. Ces deux personnes étaient dans une voiture. Elle avait l'impression d'être à l'arrière de l'auto. Elle sentait la pluie, et entendait les essuie-glaces fouetter le pare-brise.

Elle identifia aussi une odeur de peur, froide et tremblante.

— Macy ? murmura-t-elle.

— Kaleigh.

Rob lui prit le bras, et elle s'accrocha à lui pour garder l'équilibre, sans pouvoir le regarder. Elle ne voyait que la banquette avant et les deux individus.

C'était l'amie humaine d'Arlan, Macy… On l'avait forcée à monter dans le véhicule.

Kaleigh tourna doucement la tête, comme pour mieux distinguer la personne qui occupait le siège passager. Soudain, elle perçut une odeur si nauséabonde qu'elle eut un mouvement de recul.

— Kaleigh ? s'éleva de nouveau la voix de Rob, presque désespérée à présent. Katy ! Katy, viens ici.

Elle sentit une odeur de fourrure mouillée et d'urine de chien. Elle ferma les yeux de toutes ses forces, submergée par la panique.

Mais les images ne se dissipèrent pas.

Quand elle pivota pour examiner le passager, elle vit les cheveux humides de Macy et sa peau pâle. Il pointait un pistolet sur elle. Macy se montrait courageuse, mais elle était effrayée. Elle avait peur de mourir. Kaleigh regarda dans le rétroviseur et aperçut l'homme.

— Oh, mon Dieu ! murmura-t-elle.

Elle ouvrit brusquement les yeux. La scène s'évanouit. Rob et Katy l'entouraient, chacun lui tenant un bras. Tous deux la dévisageaient, les yeux écarquillés de surprise.

— Une autre vision ? demanda Katy.

Les lèvres serrées, Kaleigh acquiesça tandis qu'elle s'efforçait d'empêcher les émotions de Macy de devenir les siennes.

— Je… je dois trouver Arlan, dit-elle à mi-voix. Tout de suite. (Elle se tourna vers Pete.) Est-ce que tu peux me conduire avec le monospace de mes parents ?

— Tu n'as qu'à l'appeler, non ? fit remarquer Katy.

Kaleigh secoua la tête. Il fallait qu'elle y aille. Elle ignorait pourquoi, mais c'était impératif.

— Kaleigh ? s'enquit Rob, qui l'observait.

— Ça va, souffla-t-elle en essayant de sourire pour ne pas le faire paniquer.

Elle dégagea la main que Katy tenait, regarda Rob et lui caressa la joue du bout des doigts. Il avait besoin de se raser. Ses poils de barbe poussaient de manière anarchique, comme en début de puberté. Au fond d'elle, elle se souvenait qu'elle aimait sentir la peau un peu rêche de Rob contre la sienne.

— Ne t'inquiète pas, tu finiras par t'y habituer, lui dit-elle doucement.

Il ravala sa salive, ce qui fit saillir sa pomme d'Adam.

— Tu dois aller voir Arlan ?

Elle hocha la tête. Rob jeta un coup d'œil à Pete par-dessus son épaule, puis se retourna vers elle.

— OK, mais je t'accompagne, ajouta-t-il.

— Moi aussi ! cria Katy, comme s'il s'agissait d'une merveilleuse aventure.

Toujours chancelante, Kaleigh laissa Rob l'aider à monter les marches. Les quatre adolescents ne firent pas de bruit dans la cuisine plongée dans l'obscurité. Kaleigh attrapa le porte-clés de sa mère, celui avec le Schtroumpf bleu en caoutchouc, et ils se faufilèrent un par un par la porte de derrière.

La pluie tombait à verse et le tonnerre grondait. À quelques kilomètres de là, des éclairs déchiraient le ciel.

Ils s'entassèrent dans la voiture. Seul Pete avait le droit de conduire sans accompagnateur. Non pas que cet argument suffirait si ses parents apprenaient qu'ils avaient « emprunté » le monospace.

— Chez Arlan ? demanda Pete en reculant prudemment dans l'allée.

Il attendit d'être au milieu de la rue pour allumer les phares. À côté de lui, sur le siège avant, Kaleigh se retourna pour jeter un regard vers la maison et ne vit aucune lumière à la fenêtre de l'étage. Avec un peu de chance, ils seraient rentrés dans vingt minutes, et ses parents n'en sauraient rien.

— Ouais, chez Arlan, répondit-elle en se concentrant sur la route.

À mi-chemin, cependant, elle éprouva une sensation des plus étranges. Une voix dans sa tête, mais pas vraiment. Un ordre si puissant qu'elle ne pouvait qu'obéir.

— Non, non, tourne ici, commanda-t-elle à Pete.

Il fit crisser les roues en négociant un brusque virage vers la gauche.

— On va avoir des ennuis à cause de toi, dit Katy sur le siège arrière en donnant une tape sur le bras de Pete. Ralentis.

— Au *Motel du Phare*, indiqua Kaleigh. Elle ne savait pas pourquoi, mais il fallait qu'elle se rende là-bas.

Pete accéléra un peu et ils arrivèrent à destination en moins de cinq minutes. Dès qu'ils s'arrêtèrent devant le bâtiment, Kaleigh comprit ce qui l'avait envoyée là. *La voix ne s'était pas trompée. La voix était une bonne chose.*

Le pick-up d'Arlan était garé en épi sur une des places au fond du parking. Kaleigh bondit hors de la voiture et courut le long du trottoir. Avant d'atteindre l'aire de stationnement, elle vit Arlan, debout sous la pluie, qui parlait au téléphone.

Kaleigh se précipita vers lui. De seconde en seconde, ses cheveux se mouillaient. Ils ne tarderaient pas à être plaqués sur son visage, ce qui était vraiment agaçant, car elle avait passé une heure à les lisser avant l'arrivée de Rob.

— Macy est en danger ! cria-t-elle en traversant le parking à toute vitesse.

Ses tongs couleur lavande produisirent des bruits de succion humide sur la chaussée trempée.

— Ne quitte pas, dit Arlan dans son portable. C'est Kaleigh. (Il baissa le téléphone et écouta.) Tu sais quelque chose à propos de Macy ?

— Je l'ai vue. Elle a des ennuis. Elle est dans une voiture avec ce… ce…, dit-elle, incapable de poursuivre car elle ignorait la nature de cet être.

— Tu l'as vue ? demanda-t-il.

Il était plus mouillé qu'elle. Curieusement, avec son tee-shirt transparent collé à son torse et ses cheveux qui bouclaient en mèches folles au niveau de son menton, Kaleigh lui donnait le même âge que Rob.

— Pas en personne, expliqua Kaleigh en essayant de se calmer. C'était un flash. Je ne l'ai pas encore vraiment annoncé, mais j'ai des visions, avoua-t-elle, soudain au bord des larmes.

— Kaleigh a eu une vision, reprit Arlan dans le combiné. Macy à l'intérieur d'un véhicule avec quelqu'un. Ça doit être lui.

— Qui ? demanda Kaleigh. (Son cœur cognait dans sa poitrine et la pluie lui fouettait le visage.) Arlan, c'était très bizarre…

Mais il ne lui prêtait pas attention, il écoutait… Fia. C'était elle à l'autre bout du fil. Bien évidemment. Quand il adoptait ce ton, c'était toujours pour elle, et ce depuis des siècles.

— Sa voiture n'est pas là. Ils sont partis avec, j'en suis sûr. Le neveu de Mme Cahall les a vus sortir vers 20 h 45, déclara-t-il au téléphone. Il a dû la forcer à monter dans le véhicule, ce qui veut dire…, poursuivit-il en se retournant pour balayer le parking du regard, qu'il a certainement laissé la sienne ici. Elle doit être dans le coin, Fi ! (Il marqua une pause pour écouter Fia.) OK, OK, je vais relever les plaques d'immatriculation. Je parle à Kaleigh et je te rappelle.

Il referma le clapet de son portable d'un coup sec. Une fois le monospace garé dans la rue, Pete, Rob et Katy traversèrent le parking en courant pour les rejoindre.

— Il faut que tu m'expliques ce que tu as vu. Où allaient-ils ? demanda Arlan.

Kaleigh secoua la tête, essayant de lutter contre la peur qui s'insinuait de nouveau en elle. Cette chose sur le siège avant l'avait effrayée. Qu'est-ce que c'était ? Elle voulait poser la question à Arlan, mais n'osait pas. Et si son imagination lui jouait des tours ? C'était envisageable, non ? Si cela pouvait arriver dans la vraie vie, c'était aussi le cas pour les visions ? Après tout, cela restait sa propre interprétation d'une scène, ou quelque chose de ce genre.

— Kaleigh, c'est important, dit Arlan en l'attrapant par le bras et en la regardant droit dans les yeux. Macy a de graves ennuis. Je crois qu'elle a été kidnappée par le Fossoyeur.

— Le Fossoyeur ? Tu es sûr ?

Kaleigh l'observa, tentant de recouper ce qu'elle avait vu avec ce que son oncle lui expliquait. Cela ne concordait pas. Le Fossoyeur était un humain fait de chair, de sang et d'os.

Les trois adolescents s'arrêtèrent dans une série d'éclaboussures à côté de Kaleigh.

— Qu'est-ce qui se passe ? demanda Katy.

— Arlan pense que Macy, tu sais, l'humaine, la photographe qui s'est baladée dans toute la ville pour prendre ses clichés, a été enlevée par le Fossoyeur. C'est elle que j'ai aperçue dans ma vision.

— Nom de Dieu, jura Pete.

Kaleigh sentit la main chaude de Rob sur son bras nu, froid et trempé. Il ne dit rien, les mots étaient inutiles.

— Dis-moi exactement ce que tu as vu. Elle était dans une voiture ? l'interrogea Arlan.

Kaleigh hocha la tête.

— La sienne ? Une Honda bleue.

— Je n'en sais rien, répondit Kaleigh en essuyant ses yeux mouillés par la pluie qui tombait si fort qu'elle faisait mal. Mais elle était au volant, conduisant ce… ce type. Macy était terrifiée. Je crois qu'il avait un pistolet.

D'autres éléments lui vinrent alors qu'elle parlait.

— Elle ne pouvait pas s'échapper, poursuivit-elle. Elle avait peur qu'il blesse quelqu'un d'autre si elle essayait de s'enfuir en courant.

— Tu sais où ils allaient ?

Kaleigh secoua la tête.

— Tu penses pouvoir m'aider à la retrouver ?

Elle voulut répondre par la négative, mais avant même de prononcer le mot elle se rendit compte, au fond d'elle, de la présence d'un lien, à peine perceptible… qui la connectait à cette humaine qu'elle connaissait vaguement. Il n'existait pas quand elle était allée chercher les boissons dans le frigo, mais était désormais bien réel.

— C'est possible, murmura-t-elle en levant un regard sincère vers son oncle. Mais j'ai peur. Je n'aime pas ça.

— C'est normal.

Il tendit la main et lui toucha la joue. Cette caresse ne dura qu'une seconde, mais la réconforta, la fit se sentir forte, et lui apporta peut-être aussi de la confiance. Il croyait en elle, même si elle ne croyait pas en elle-même.

— Vous voulez nous aider ? demanda Arlan aux autres adolescents.

— Ouais, évidemment, renchérirent-ils.

— Non, il faut qu'ils ramènent le monospace de mes parents, insista Kaleigh, qui sentait la panique resurgir dans sa poitrine. Je vais être privée de sortie jusqu'à ma prochaine mort s'ils m'attrapent.

— Kaleigh, ils comprendront.

— Bien sûr que non. Je suis déjà dans le pétrin. Je n'ai pas envie d'être consignée.

Le visage mouillé et éclairé par les néons de l'enseigne du motel, Arlan la regarda.

— Tu crois qu'ils n'ont jamais traversé ça avant, ma belle ? lui demanda-t-il avec douceur.

Cette pensée ne lui avait pas effleuré l'esprit jusqu'à présent. Elle était la Conseillère du clan et leur fille depuis mille cinq cents ans. Michael et Cassie avaient évidemment déjà dû gérer ses visions, et probablement le comportement un peu irrationnel qui en résultait.

Arlan se tourna vers les jeunes :

— Kaleigh et moi devons y aller, mais j'ai besoin que vous commenciez à relever les plaques d'immatriculation de tous les véhicules que vous ne connaissez pas. D'abord dans ce parking, puis dans les rues autour de l'hôtel. Procédez de façon méthodique. (Il jeta un coup d'œil à Kaleigh.) S'ils ont pris la voiture de Macy, la sienne doit être là. C'est le seul moyen de transport pour venir en ville. Est-ce que l'un d'entre vous a un portable ? lança-t-il aux amis de la jeune fille.

— Oui, moi ! s'exclama Katy en exhibant son téléphone, tellement excitée qu'elle en faisait presque des bonds.

— Tu as son numéro, n'est-ce pas ? demanda Arlan à Kaleigh, qui acquiesça.

— OK, Katy, une personne du FBI va t'appeler pour avoir les numéros des plaques.

— Le FBI ? Cool !

— Peut-être Fia, ou quelqu'un d'autre. Tu lui donneras les chiffres. Il leur faut la plaque et l'État.

Kaleigh sentit la main de Rob se poser sur son épaule.

— Ça va aller ? lui murmura-t-il à l'oreille.

Elle serra les lèvres, de peur de se mettre à pleurer. Elle était terrifiée, mais savait que c'était sa destinée d'aider ainsi le clan. Elle le faisait depuis toujours, et continuerait. Même si elle ignorait le rapport entre cette humaine et les Kahill, on ne faisait pas appel à elle sans raison.

— Ne t'inquiète pas pour moi, tout va bien se passer, lui assura-t-elle d'un ton convaincant.

— Tu veux que je vienne avec toi ?

Elle sourit et serra son avant-bras.

— Je dois le faire toute seule, lui dit-elle.

Arlan prit Kaleigh par la main.

— Allez, on doit se mettre en route.

Elle se hâta derrière lui, le laissant la guider. Tandis qu'ils couraient, leurs semelles projetaient de l'eau, les trempant encore plus.

— Mais comment va-t-on savoir quelle direction prendre ? cria-t-elle.

Couvrant le bruit de la pluie battante, elle entendit la voix de son oncle dire :

— C'est toi qui vas me l'indiquer.

Chapitre 27

— S'il te plaît, Marceline, enlève ta main de la poignée, dit Winnie d'un ton calme. Tu n'as quand même pas l'intention de te jeter de la voiture. Tu conduis à cent kilomètres à l'heure. (Il regarda le volant.) Les mains à dix heures dix, merci.

Macy retira ses doigts glacés de la portière. Malheureusement, il avait raison. Sauter serait du suicide, et même si elle se savait dans une situation très délicate, elle n'était pas prête à choisir cette option.

— Ton pistolet me rend nerveuse, lâcha-t-elle en essayant d'avoir l'air effrayé.

Bien sûr, elle l'était, mais avait assez vite estimé que Winnie voulait endosser le rôle du mâle dominant dans cette relation foireuse. Il avait envie de la protéger. Il souhaitait qu'elle soit terrorisée pour qu'il puisse la secourir, et qu'elle se montre complaisante afin de la manipuler. Macy pouvait faire semblant d'éprouver tout ce qui lui faisait plaisir, si cela lui permettait de rester en vie.

Il l'avait obligée à prendre place sur le siège conducteur et lui avait ordonné de quitter Clare Point en direction du nord. Après deux heures de route, ils étaient arrivés à la périphérie sud-est de Philadelphie. La pluie avait cessé en même temps que l'orage, mais la chaussée était toujours mouillée et les automobilistes roulaient prudemment. Elle avait envisagé d'essayer d'attirer l'attention d'un des passagers des voitures qu'ils croisaient, avant de se raviser. De toute façon, ce n'était sans doute pas aisé. Les gens dans les véhicules étaient enfermés derrière les vitres, perdus dans leurs propres pensées. Ils ne voyaient pas le paysage qui défilait ou le tueur en série à côté d'eux. Et si elle tentait effectivement de faire signe à quelqu'un, Winnie s'en rendrait compte, et elle mettrait alors la vie d'un innocent en danger.

— Je suis désolé, ma chère. Je le garde juste pour te rappeler que tu dois être sage.

— Mais je le suis.

Elle le regarda à travers ses cils baissés, les mots de soumission lui restant presque littéralement sur l'estomac. Les réverbères qui filaient à toute allure projetaient sur son visage de fugaces arcs de lumière jaune, ce qui lui donnait un air effrayant.

— Dans le hall du motel et sur le parking, j'ai fait exactement ce que tu m'as demandé, dit-elle en minaudant le plus possible.

— Tst ! Tst ! Ne raconte pas de bobards, Marceline. Tu as fait ce que je t'ai ordonné parce que tu avais peur que je loge une balle dans la tête de cette gentille grand-mère qui tient la réception. Ensuite, tu t'es inquiétée pour ces gamins en skateboard sur le parking.

Il avait raison, une fois de plus. Elle lui avait permis de la faire sortir par la porte principale du motel, avec au moins six personnes à portée de voix. Il avait menacé d'abattre quelqu'un si elle tentait de s'échapper. Elle avait souhaité avoir une occasion de se sauver sur le parking, mais des garçons s'y trouvaient, capuches relevées, en train de faire du skate sous la pluie. Il lui avait dit qu'il les tuerait, avant de l'exécuter elle. Et qu'enfin il se suiciderait, si nécessaire. Il avait expliqué qu'il avait décidé depuis longtemps qu'il ne se laisserait jamais appréhender par la police. Il s'était montré très bavard, et avait également précisé être un bon tireur.

Elle espérait qu'il mentait, mais n'était pas en mesure de le mettre à l'épreuve.

— Je t'en supplie, Winnie. Est-ce que tu pourrais le ranger ? demanda Macy en arrêtant les essuie-glaces. J'ai appuyé mon bras sur la portière pour rester le plus loin possible du pistolet, c'est tout. Je t'ai dit que je viendrais avec toi, et c'est ce que je fais, d'accord ? Je viens avec toi.

— Tu promets de bien te tenir ?

— Je le jure sur la tombe de ma mère, Winnie.

— Tu… tu as envie de m'accompagner, n'est-ce pas ? l'interrogea-t-il avec un regard timide. Ça fait longtemps que tu veux que je vienne te chercher. Tu comprends que nous sommes faits pour être ensemble ?

Elle choisit ses mots avec soin en faisant mine de se concentrer sur la route.

— Je suis avec toi, pas vrai ? C'est ce qui compte, tu ne crois pas ? Que je reste avec toi et que personne ne soit blessé.

— Personne n'aura mal si tu es avec moi, répéta-t-il en posant son arme sur le plancher, sous ses pieds. C'est mieux ?

Il avait mis l'arme hors de portée de Macy.

— Oui, dit-elle en lui jetant un coup d'œil rapide, avant de regarder de nouveau droit devant elle.

Macy ressentit de la nostalgie en voyant par le pare-brise qu'ils passaient près de l'aéroport de Philadelphie. Elle se souvenait du vol pour rentrer de La Nouvelle-Orléans ; assise à côté d'Arlan, elle avait somnolé, la tête sur son épaule. Une lueur de bonheur dans sa vie. Elle n'avait jamais cru avoir été heureuse, mais elle se trompait. Il y avait eu aussi d'autres occasions. Faire l'amour avec Arlan sur la plage, le jour de la fête. Partager une bière fraîche avec lui sur son perron. Regarder des enfants faire du cerf-volant dans le parc de Clare Point. Manger des cookies en compagnie d'Eva dans sa jolie cuisine.

Macy avait ressenti plus de moments de plénitude, surtout lors de ces dernières semaines, qu'elle avait bien voulu se l'avouer. Winnie pouvait donc la tuer à présent, puisqu'elle avait été heureuse pendant quelques brefs instants. Peut-être était-ce tout ce qu'elle pouvait attendre de l'existence. Comme tout le monde, d'ailleurs.

Elle se tourna ensuite vers lui, cet homme pathétique qui avait assassiné ses proches et toutes ces familles innocentes et sans méfiance. Elle décida alors qu'elle n'avait pas à mourir en cet instant. Macy ignorait ce que la vie lui réservait, mais elle savait que ce bonheur fugace ne suffisait pas. Elle en voulait davantage.

Elle le regarda de nouveau, une seconde de plus que la fois précédente, avant de reporter son attention sur la route.

— Est-ce que je te connais ? demanda-t-elle en essayant de fouiller sa mémoire à la recherche d'un souvenir.

Elle devrait certainement le reconnaître. Elle avait toujours pensé qu'il pouvait faire partie de ses relations, même si ni elle ni la police n'avaient trouvé de suspect plausible à l'époque du meurtre de sa famille.

— Garde les yeux devant toi, ordonna-t-il. Évidemment que tu me connais, ma chérie. C'est moi, Winnie.

— Non, répliqua-t-elle en secouant la tête, je veux dire, je te reconnais, mentit-elle. Comment ça se fait ? Est-ce que tu me connaissais… quand j'étais petite ?

Elle le vit serrer les poings.

— Non, répondit-il.

— Allez, Winnie, insista-t-elle avec douceur, c'est moi, ta Marceline, ajouta-t-elle en se forçant à prononcer ces mots pour survivre.

— Tu… tu ne me connaissais pas. Tu ne m'aurais jamais remarqué. Tu étais si jeune et si jolie. (Il rougit.) Il… il fallait que j'attende que tu grandisses. Tu sais, je ne suis pas un pervers.

— Mais toi, tu me connais, suggéra-t-elle sans relever le sous-entendu sexuel. (Elle ne pouvait gérer qu'une question à la fois, et heureusement sa virginité n'était pas en jeu.) Tu savais qui j'étais.

Il hocha la tête et lui adressa un regard plein d'appréhension, avant de se concentrer de nouveau sur la route.

Elle continua tout de même à se creuser les méninges. Le type bizarre dans le magasin où sa famille faisait ses courses ? Celui que sa mère ne voulait pas que ses filles approchent ? Ou peut-être ce collègue de son père qui, selon Macy, avait fait preuve d'une gentillesse exagérée envers l'adolescente gauche qu'elle était. Non. Il n'était pas l'un de ces hommes. Rien ne remontait à la surface.

— Comment m'as-tu connue, Winnie ? persévéra-t-elle avec cette voix insupportablement douce qu'il semblait apprécier.

Il baissa la tête, tel un enfant timide.

— On était plus ou moins voisins à Lawrenceville.

— Voisins ?

Elle fronça les sourcils et serra un peu plus fort le volant. À l'époque, ils habitaient près d'une route de campagne, en dehors de la ville. D'un côté se trouvait un couple de personnes âgées, les Johnson, et de l'autre une femme divorcée et ses deux filles, qui venaient souvent jouer avec les petites sœurs de Macy.

— En bas de votre chemin, dit-il en lui jetant un nouveau coup d'œil à la dérobée.

Elle ne se souvenait toujours pas de lui. Quinze ans plus tôt, il devait avoir environ vingt-cinq ans. Il avait sans aucun doute la quarantaine à présent.

— Le *Verger paisible*. Tu te rappelles ? Ma... ma mère et moi, on vendait des pommes et des pêches au bord de la route. Jusqu'à ce qu'elle meure, ajouta-t-il, sans cesser de regarder droit devant lui.

— Elle est décédée ?

Winnie ne lui évoquait toujours rien, mais Macy se remémora en effet ce stand de fruits où elle s'était parfois arrêtée avec sa mère. Il se trouvait à au moins cinq kilomètres de sa maison. Pas vraiment ce qu'on appellerait des voisins.

— Je suis désolée de l'entendre, dit-elle pour entretenir la conversation. Elle doit te manquer.

— Pas du tout, répondit-il en lui jetant un nouveau coup d'œil. Pour tout te dire, Marceline, je l'ai tuée. J'ai raconté à tout le monde qu'elle s'était mariée et qu'elle était partie, mais en fait je l'ai enterrée dans notre verger.

Il avait prononcé ces mots de la même façon qu'il aurait évoqué un simple déménagement. Pas de remords. Aucune trace de peine. *D'où l'Œdipe non résolu*, songea Macy.

Étrangement, plus elle en apprenait au sujet de Winnie, plus elle était captivée. Une fascination écœurée, certes, mais bien réelle, et pour la première fois elle pensa comprendre ce qui poussait Fia à exercer son métier.

— Tiens, très chère, voici notre sortie, dit-il en lui indiquant une bretelle, le sourire aux lèvres.

Arlan conduisait vers le nord, roulant aussi vite que son vieux pick-up le permettait sans quitter la chaussée. Au moins, la pluie s'était changée en bruine. Il jeta un coup d'œil à Kaleigh, assise et attachée à côté de lui, tout en tendant la main pour attraper son portable qui sonnait.

— Toujours la même direction ?

— Continue, répondit l'adolescence en regardant droit devant elle.

Elle était pâle, et il songea qu'il avait peut-être commis une erreur en l'entraînant avec lui. Mais, au moment de sortir de Clare Point, il avait été convaincu que Kaleigh représentait sa seule chance de sauver Macy. Il se demanda aussi s'il aurait dû appeler ses parents, mais Mike et Cassie avaient déjà vécu ce genre de situations à de nombreuses reprises, et ils faisaient confiance à Arlan et à Fia. Ils savaient que le clan passait avant les proches. Et en ce moment, il était encore plus important d'attraper Winnie avant qu'il tue une autre famille que de secourir Macy.

Arlan porta le téléphone à son oreille.

— Ouais ?

— Rien pour l'instant. Aucun des véhicules garés sur le parking n'appartient à une personne figurant dans la base de données que nous avons établie pour l'affaire du Fossoyeur.

— Merde ! jura Arlan. Et les voitures de location ?

— C'est en cours, mais cela va prendre plus de temps. J'ai demandé aux jeunes de retourner vers ce type de véhicules et de me communiquer le nom des sociétés pour accélérer les choses.

— C'est logique que Winnie soit arrivé dans une voiture de location, pour pouvoir la laisser à Clare Point, expliquer au loueur qu'elle était tombée en panne et la faire remorquer. Solution coûteuse, mais qui lui éviterait de revenir chez nous.

— C'est aussi mon raisonnement, déclara Fia d'un ton las, et peut-être quelque peu découragé. Quoi de neuf du côté de Kaleigh ?

Arlan jeta un coup d'œil à l'adolescente. Elle regardait toujours droit devant, les mains sous ses cuisses.

— Elle a peur, mais s'en sort très bien. Elle dit qu'on doit quitter cette route et prendre celle vers le centre commercial, puis se diriger vers le nord.

— Elle sait où vous vous rendez ? demanda Fia.

— Pas exactement, mais elle paraît assez sûre de l'itinéraire à emprunter. Elle dit qu'il y a un fil qui la relie à Macy, qui va nous mener à la fois à Macy et au type qui l'a enlevée.

— Ça semble sacrément plus efficace pour épingler ce Winnie que les plaques d'immatriculation, dit-elle sèchement.

Arlan rit. La situation n'avait rien de drôle, mais il aimait le regard que Fia posait sur le monde.

— OK, poursuivit-elle en reprenant son ton professionnel. Je crois qu'on va laisser le FBI examiner les plaques, mais suivre l'intuition de Kaleigh. Il faut que je vous voie. Que je vous suive.

— D'accord, répondit-il en passant la main dans ses cheveux à présent presque secs, mais emmêlés par la pluie. Le problème, c'est qu'on ignore notre destination. Kaleigh me dit de tourner sur la grande route, et j'obéis.

— Mais tu es sur l'autoroute 95 en direction du nord.

— Pour l'instant, oui.

— Et si je me dirigeais vers l'aéroport de Philadelphie ? On peut se retrouver là-bas. Si jamais tu sors avant, appelle-moi. Je te rattraperai.

— Ça marche, mais laisse-moi d'abord consulter Kaleigh, c'est elle qui commande. (Il baissa le combiné.) Fia veut nous rejoindre à l'aéroport de Philadelphie, expliqua-t-il.

— Je ne crois pas qu'il l'ait emmenée dans un aéroport, déclara Kaleigh en plissant les yeux, plongée dans ses pensées.

— C'est seulement un bon point de rencontre... sur la même route, au nord d'ici. Et en cas de changement, si l'on doit tourner avant... elle pourra nous retrouver, dit-il en haussant les épaules.

Kaleigh regarda furtivement Arlan, et elle lui sembla très jeune dans le noir, avec ses cheveux mouillés sur le visage.

— Tu penses qu'on pourra s'arrêter assez longtemps pour que j'aille faire pipi en vitesse ?

— Sans problème.

Il lui lança un sourire rassurant, qu'elle lui rendit.

— Tu as le feu vert, Fia, annonça Arlan dans le combiné. On te rejoindra dans la zone des arrivées. Kaleigh doit faire un petit tour aux toilettes. Tu veux venir avec nous ? La cabine du pick-up est plutôt douillette.

— Je ferais mieux de prendre une voiture du FBI. J'ai parlé aux grands chefs du bureau opérationnel de Baltimore, et ils vont attendre de mes nouvelles. J'ai deux gars qui sont d'astreinte ici pour nous servir de renfort si on trouve quelque chose.

— Rendez-vous là-bas, alors. Dans une demi-heure ?

— D'accord.

Quand Arlan reposa son portable à côté de lui sur le siège, il constata que Kaleigh l'observait.

— Qu'est-ce qu'il y a ? Qu'est-ce qui ne va pas ?

— Ce type qui détient Macy, souffla-t-elle, le timbre voilé par l'émotion. C'est un monstre.

— Non, sans rire ? Il a tué plus de trente personnes, et je te parle juste des meurtres dont le FBI a connaissance.

L'adolescente se mordilla la lèvre avec nervosité.

— Non, Arlan, je veux dire que c'est vraiment un monstre. Pas un humain.

Chapitre 28

Macy examina attentivement les alentours tandis qu'elle remontait la longue allée dépourvue d'éclairage qui menait à « la maison ». Ils se trouvaient seulement à une heure de l'aéroport de Philadelphie, dans une zone rurale non loin d'une station de sports d'hiver dont elle avait reconnu le nom sur des panneaux d'affichage. Elle était passée très près de cette habitation au moins une fois au cours des deux dernières années. Elle avait roulé devant chez lui, sans jamais deviner qu'il était à côté.

Elle vit des lumières au loin, mais la propriété était isolée. À pied, il fallait certainement parcourir huit cents mètres pour atteindre la maison la plus proche, sur un terrain à la fois vallonné et rocailleux.

— J'ai vendu le verger quand tu es partie pour la fac, Marceline. Il représentait trop de bons souvenirs, dit-il avec nostalgie.

Elle se demanda s'il incluait dans les « bons souvenirs » le meurtre de sa mère, et le fait de l'avoir enterrée dans le verger, mais elle se garda bien de l'interroger sur ce point.

— Tu savais quand et où je suis partie faire mes études ?

— Bien sûr que oui, répliqua-t-il, apparemment vexé.

Droit devant eux se dressait une maison de plain-pied, dont Macy distingua la véranda et les volets. Une jolie demeure, pour autant qu'elle pouvait en juger dans l'obscurité.

— Winnie, je peux te poser une question ?

— Certainement, très chère.

— Quand tu… (Elle attendit une seconde avant de retrouver sa voix.) Quand tu as tué ma famille, est-ce que déjà tu… m'aimais bien ?

— Évidemment, répondit-il en la regardant. Tu étais ravissante, bien que distante, je dois avouer. Tu ne m'as même jamais salué quand je te tendais un sac de pommes. Arrête-toi ici, en face du garage, dit-il en désignant l'endroit. Mais si tu veux savoir si ce soir-là je t'ai épargnée intentionnellement, je vais être honnête avec toi, ma chérie : non. Ce n'est que plus tard que je me suis rendu compte que nous devions être ensemble.

— Tu t'en es rendu compte ? répéta-t-elle pour éviter de crier sur lui.

Elle stoppa la voiture devant la porte, comme il l'avait exigé.

— C'était le destin. Toi et moi, c'était écrit. D'où ton absence cette nuit-là. Tu étais partie dormir chez une copine, alors que tu avais école le lendemain. Tu n'étais pas là quand je suis arrivé, et il devait en être ainsi.

Elle se demanda où il avait entendu ces sornettes à propos d'une soirée pyjama, avant de se rappeler que c'était ce que les journaux avaient raconté. Quelqu'un en avait eu l'idée pour la protéger.

— Quand je suis arrivé là-bas pour faire ce qui devait l'être et que j'ai constaté que tu n'étais pas là, j'ai su qu'on me montrait la voie. Qu'on nous avait mis, toi et moi, sur un chemin, ensemble. Il se termine ici, je suppose. (Il baissa sa vitre et regarda dehors.) J'aimerais pouvoir voir la lune, mais il y a trop de nuages, s'inquiéta-t-il. Ce serait mieux si je l'apercevais.

— Attends un peu ! Reviens en arrière.

Macy tenta de garder une voix posée, mais il fallait qu'elle comprenne. S'il la tuait ce soir, elle ne voulait pas mourir dans l'ignorance.

— Tu prétends être allé là-bas pour faire ce qui devait l'être, c'est-à-dire les assassiner, poursuivit-elle. Qu'est-ce qui t'obligeait à le faire, Winnie ?

— Maman, dit-il en ramassant le pistolet sur le plancher, avant de dévisser le silencieux.

— Quel est le rapport entre ta mère et le meurtre de ma famille ?

— Je l'ai fait pour qu'elle se taise. Ne bouge pas.

L'arme au poing, il bondit hors de la voiture, se dirigea vers le côté du garage et enfonça les touches d'un digicode.

Elle resta assise, les mains sur le volant, et regarda la porte se soulever. Elle supposait qu'elle aurait dû tenter de prendre ses jambes à son cou, mais il était armé et trop proche d'elle. Elle ne parviendrait jamais à s'échapper.

Il agita le pistolet pour lui signifier d'avancer.

Elle fit doucement entrer le véhicule dans l'impeccable garage vide. La lumière des plafonniers tombait sur une rangée de pelles rutilantes, suspendues avec précision. Il y en avait douze, presque identiques.

Macy s'efforça de ne pas penser à cette collection d'instruments ni à leur usage. De façon intéressante, à sa connaissance, il s'était toujours servi des outils trouvés sur place lors de ses meurtres. Était-ce une manière de compter les points ?

Il fit le tour de la voiture pour lui ouvrir la portière.

— Rentrons, Marceline ; la soirée a été longue, et nous sommes tous les deux fatigués. Et pas d'entourloupe ! dit-il sans vraiment braquer le pistolet sur elle, tout en lui faisant comprendre ce que cela signifiait.

Devant l'escalier qui menait à l'intérieur de la maison, il appuya sur le bouton pour déclencher la fermeture du garage puis sortit une clé de sa poche et déverrouilla la porte, qu'il poussa. Il laissa Macy entrer en premier dans la sombre buanderie. Il referma derrière eux, verrouilla et alluma la lumière.

— Maman ! Nous sommes de retour ! (Il ouvrit une porte sur le côté de la buanderie.) Le cabinet de toilette, si tu souhaites l'utiliser.

Il y avait eu un accident mortel sur la route, et ils avaient fait du surplace pendant presque une heure. Macy avait vraiment besoin de soulager sa vessie. Elle avait demandé à Winnie de s'arrêter sur une aire de repos, mais il avait refusé, estimant que ce n'était pas sûr.

Elle entra, appuya sur l'interrupteur et s'enferma.

— Je vais t'attendre ici, dit-il. Ne t'inquiète pas, je ne t'écouterai pas faire pipi.

Macy eut envie de vomir en entendant son ricanement étrange et puéril.

Elle baissa son short et s'assit sur la cuvette.

« Maman, nous sommes de retour » ? Qu'est-ce que c'était que cette histoire ? Ne venait-il pas de lui raconter qu'il avait tué sa mère, et qu'il l'avait enterrée dans le verger, là-bas, dans le Missouri ?

Elle posa les avant-bras sur ses cuisses et se pencha en avant. La pièce n'avait pas de fenêtre. Aucun moyen de s'échapper. Simplement un endroit pour faire une pause, le temps d'imaginer ce qu'elle allait faire.

Pendant un bref instant, elle pensa à Arlan. Il était plus de minuit. Il devait sûrement se faire du souci parce qu'elle n'était pas venue pour le dîner. Ou était-il en ce moment même allongé dans son lit, à contempler le ventilateur de plafond qui tournait, dans l'attente de ce rendez-vous nocturne auquel elle l'avait habitué ?

C'était plus probable. Et elle ne pouvait s'en prendre qu'à elle-même s'il était dans son lit, chez lui. Pas en train d'essayer de la trouver, ni d'appeler Fia pour l'avertir que quelque chose clochait. Pas même inquiet. Arlan se contentait d'obéir aux règles fixées par Macy. Elle avait souhaité une relation sans engagement émotionnel, et les gens sans attaches mouraient seuls ; personne ne les cherchait.

Winnie tapa doucement à la porte :

— Marceline, ça va ?

Elle tendit la main vers le papier toilette, dont le bout avait été plié en pointe, comme parfois dans les hôtels.

— Une seconde ! cria-t-elle avant de finir et de sortir de la pièce.

— Un thé chaud ? Une boisson fraîche ? Qu'est-ce que je peux t'offrir ?

Ils entrèrent dans la cuisine et il alluma. C'était une cuisine rustique, aux murs jaunes, équipée de placards en chêne. Au bout de la pièce se trouvaient une table et quatre chaises du même bois. Aucun bibelot sur les plans de travail. Pas de courrier posé sur la table. L'endroit ressemblait à une cuisine d'exposition dans un magasin de meubles.

— Et si l'on mangeait quelque chose ? Je ne sais pas toi, mais moi, je meurs de faim. (Son expression se fit inquiétante.) Sauf si, bien sûr, tu es fatiguée. J'ai préparé ta chambre. J'ai conscience que tu n'aimeras pas les barreaux aux fenêtres et les verrous sur la porte, mais, à part ça, elle est jolie. Pour toi, je l'ai peinte en violet, exactement comme celle que tu avais dans le Missouri.

Elle avait treize ans quand elle avait repeint sa chambre de cette couleur, aidée par sa mère. Elle eut envie de lui demander s'il avait affiché des posters de Metallica aux murs, mais garda cette réflexion pour elle.

— Je veux bien manger un bout, j'ai faim aussi.

Elle voulait repousser autant que possible le moment où elle serait enfermée dans la cage violette. Ici, au moins, elle pourrait trouver une occasion de s'enfuir, ou de lui casser la figure. Quelque chose.

— Assieds-toi sur un tabouret, dit-il en désignant l'autre côté de l'îlot central de son pistolet.

Il posa l'arme, une fois encore hors de portée de Macy, mais pas de la sienne.

— Voyons voir.

Il ouvrit le réfrigérateur. Même s'il était plus rempli que le garage, chaque élément y était tout aussi nettement rangé : pots de condiment alignés, étiquettes toutes visibles, briques de lait et de jus d'orange parfaitement en ordre.

— Que dirais-tu d'un sandwich au fromage fondu avec de la soupe de tomate ? demanda-t-il en s'appuyant sur la porte du frigo pour lui jeter un coup d'œil par-dessus son épaule. Je sais que c'est plutôt un repas hivernal, mais c'est rapide, et je prépare un excellent sandwich au fromage fondu, avec juste ce qu'il faut de beurre et de fromage, suffisamment visqueux et moelleux, sans être gras.

Cet homme était complètement tordu.

— C'est très bien, un sandwich au fromage fondu, répondit-elle en se forçant à sourire.

Elle balaya la pièce du regard, et remarqua le téléphone sans fil sur le mur près de l'arche qui donnait dans le salon. Si elle parvenait à l'atteindre, elle pourrait composer le numéro des urgences.

— Donc, tu vis ici avec ta mère ?

Il posa un paquet de tranches de fromage et un beurrier devant elle sur le plan de travail.

— Marceline, tu n'as pas écouté ce que je t'ai dit, ma chérie ? Maman est morte. Je l'ai étouffée avec une serviette de bain bleue et enterrée dans le verger, sous le poirier Williams. C'était une de ses variétés préférées.

— Mais quand nous sommes arrivés, tu as dit : « Maman, nous sommes rentrés ! »

Il soupira et se pencha pour attraper du pain de mie dans un placard. Macy détestait le pain blanc et spongieux.

— On est obligés d'en parler ? demanda-t-il sur un ton laconique.

— Non, pas forcément, Winnie, dit-elle en le regardant de nouveau à travers ses cils baissés. Mais j'aimerais bien. Si toi et moi… si nous devons être ensemble, poursuivit-elle, je veux apprendre tout ce qu'il y a à savoir sur toi.

— C'est gentil.

Il sortit une petite casserole et une poêle du placard, puis de la soupe. Elle remarqua que sur l'étagère, toutes les autres boîtes de soupe étaient parfaitement alignées, les étiquettes tournées vers l'extérieur.

— Alors… est-ce qu'elle habite ailleurs, ou je vais être contrainte de te partager avec elle ?

Il gloussa en prenant une cuillère et une spatule en bois dans un tiroir.

Elle attendit.

— Nous sommes seuls, Marceline, je te le jure.

— Donc, elle n'est pas là ?

— En fait, je n'en suis pas sûr, dit-il après un temps d'hésitation.

— Pas sûr ?

Il posa les mains sur le plan de travail et se pencha vers Macy comme si elle était sa grande confidente.

— Tu vas penser que c'est fou, mais…

Pas plus dingue que tout le reste, songea-t-elle.

— Mais non.

— J'ai l'impression que maman est un fantôme, murmura-t-il.

Elle arqua les sourcils, incapable de résister.

— Un fantôme ? Ah bon ?

— Je l'entends, chuchota-t-il.

Elle crut voir un tic nerveux sur son visage, mais ce fut si bref qu'elle n'en fut pas certaine.

— Est-ce que je peux l'entendre, moi ? demanda-t-elle aussi doucement que lui.

— Je ne pense pas. Elle me hante parce qu'elle me déteste.

Il sortit quatre tranches de pain et prit son temps pour tourner le sac plastique comme il fallait avant de replacer la petite attache pour le fermer.

— Elle me hait, tu sais.

Pas étonnant, vu que tu l'as assassinée, songea Macy. Étrangement, elle ne pouvait refréner ces folles pensées, même dans une situation si désespérée. C'était tellement… surréaliste. Comme dans un rêve, sauf que ça n'en était pas un, bien sûr.

— Pourquoi tu dis ça ? s'enquit-elle. Qu'est-ce qui te fait croire qu'elle te déteste ?

— Elle m'a toujours haï. Depuis le jour de ma naissance. Elle m'appelait « bâtard de violeur ».

Le tic refit son apparition, plus visible cette fois. Il mit la poêle sur le feu, puis la casserole.

— Elle avait été agressée à l'âge de vingt ans pendant son sommeil, dans son lit, lors d'un voyage scolaire. Ses parents n'ont jamais cru qu'elle avait été violée, mais qu'elle avait péché avec un des garçons de sa classe.

Malgré elle, Macy éprouva une pointe de compassion envers lui. Un enfant issu d'un viol, méprisé par sa mère ? Pas surprenant qu'il soit devenu un meurtrier fou. Mais ce n'était pas juste. Certains de ces enfants finissaient médecins, avocats ou chauffeurs routiers. Il n'avait aucune excuse.

— Je suis vraiment désolée, Winnie, ça a dû être difficile pour toi de grandir dans ces conditions.

Il sourit de nouveau timidement, et détourna le regard tandis qu'il ouvrait la soupe.

— Pas toujours. Parfois, elle était gentille. Il lui arrivait de me surnommer « mon Winnie l'ourson », dit-il en levant les yeux sur elle, un rictus fier sur les lèvres.

— Donc tu ne t'appelles pas réellement Winnie ?

Il secoua la tête.

— Marvin. Marvin Clacker. Elle ne m'a pas donné de deuxième prénom.

— Tu as été élevé seul ? Pas de frères ou de sœurs ?

Il fit « non » de la tête.

— Il n'y avait que moi, ma mère, et mes grands-parents quand j'étais jeune. On restait à l'écart. Maman était… gênée par la situation. Le verger appartenait à ses parents avant qu'ils meurent. Elle les y a enterrés, eux aussi, mais pas sous le poirier Williams. Eau ou lait ? demanda-t-il en la regardant.

Cette fois, ce fut Macy qui tressaillit. Elle avait du mal à suivre l'histoire bizarre de Winnie tout en choisissant le menu de sa collation de minuit. Venait-il juste d'avouer que sa mère avait assassiné ses parents avant de les inhumer dans le verger ? Y avait-il un véritable cimetière là-bas ?

— Marceline, tu préfères ta soupe à la tomate avec de l'eau ou du lait ?

— De l'eau, s'il te plaît, parvint-elle à articuler.

Elle regarda fixement ses mains sur le comptoir. De façon malsaine, tout ce qu'il expliquait était logique. Ce qu'il faisait et ses motivations avaient un sens. Il enterrait les familles les unes après les autres, en essayant d'enterrer de nouveau sa mère, de se débarrasser d'elle. Mais pourquoi cette disposition grotesque des corps ? Pourquoi les mettre en terre avec les bras vers le ciel ? Elle avait besoin de savoir.

— Winnie, je peux te demander quelque chose ? À propos des familles… que tu as… auxquelles tu as fait ce qui devait l'être. Pourquoi les as-tu ensevelies avec les bras en l'air ?

Il adopta une pose macabre, les bras au-dessus de la tête, les doigts écartés.

— Un verger, dit-il doucement. Je les enterre toujours dans un verger comme maman et comme mes grands-parents, mais il est difficile d'en trouver, alors je fabrique les miens.

— Tu fabriques les tiens ?

L'espace d'un instant, elle crut qu'elle allait vraiment vomir.

— Est-ce que je ne ressemble pas à un jeune arbre si je me tiens comme ça ? demanda-t-il en reprenant la posture.

Avant que Macy puisse répondre, Winnie tourna brusquement la tête et laissa retomber ses bras.

— Chut, maman, je t'en prie.

Macy l'observa avec attention.

— Ta… ta mère est là, en ce moment ?

— Elle dit que je n'aurais pas dû t'amener ici. Elle dit que tu ne m'aimes pas, et que ça ne sera jamais le cas. Elle affirme que je vais devoir te tuer. (Il jeta un coup d'œil par la fenêtre.) Heureusement, on ne peut pas voir la lune ce soir. Je l'adore, mais parfois elle m'empêche de penser correctement.

La façon dont il prononça ces derniers mots donna la chair de poule à Macy. Elle devait sortir de là. Elle allait mourir avant le lever du jour, elle le savait au fond d'elle.

— Winnie, s'il te plaît, ne l'écoute pas, déclara Macy d'une voix douce. Écoute-moi, ajouta-t-elle en se forçant de nouveau à sourire. Moi, ta Marceline. Nous avons attendu longtemps avant d'être réunis.

— « Longtemps avant d'être réunis », répéta-t-il en remplissant la boîte de soupe vide avec de l'eau du robinet.

Elle l'examina tandis qu'il effectuait ces gestes simples de préparation, et pensa qu'il fallait continuer à le faire parler. Il était tellement fou et avait un tel besoin d'amour et d'attention qu'elle tenait peut-être une chance de s'en tirer grâce à ses mots.

Il posa violemment la casserole, éclaboussant la cuisinière immaculée avec de l'eau rouge qui gicla sur les côtés.

— Je n'écoute pas, dit-il d'une voix forte en plaquant les mains sur ses oreilles. Je n'écoute pas, maman. Tu es morte, des vers entrent et sortent en rampant de tes orbites, poursuivit-il avec humeur. Tu es morte, et moi, je suis en vie.

— C'est vrai, affirma Macy en se levant de son tabouret et en contournant le comptoir pour se rendre dans la cuisine. Tu es vivant, Winnie. (Elle ne put se résoudre à le toucher, mais resta debout à côté de lui.) Regarde-moi. Tu es vivant.

— Elle m'a fait du mal. Elle m'a battu, dit-il, la lèvre tremblante. Elle m'a brûlé, ajouta-t-il en remontant son short d'un côté.

Macy ne put s'empêcher de regarder les jambes très poilues, criblées de petites cicatrices rondes. Des brûlures de cigarette ?

— Je suis sincèrement désolée, murmura-t-elle, surprise par l'émotion qu'elle ressentait à son égard.

Elle le détestait toujours, mais, à présent, elle avait aussi pitié de lui. Elle le dévisagea. Au cours des dernières heures, une barbe d'un jour très prononcée avait poussé. Elle se demanda comment elle avait pu ne pas la remarquer avant. De fait, sous la vive lumière du néon de la cuisine, elle constata à quel point il était poilu.

Et il dégageait une odeur bizarre et forte, comme celle d'un fauve, qu'elle n'avait pas perçue dans la voiture.

Elle recula d'un pas.

— Elle a eu tort de te faire mal ainsi, Winnie.

Elle jeta un rapide coup d'œil au pistolet sur le plan de travail. Il était toujours hors de sa portée, mais, si elle parvenait à détourner son attention…

Elle n'avait jamais manié d'arme à feu, mais avait vu assez de flics et de truands s'en servir à la télévision pour deviner comment l'utiliser si elle arrivait à l'atteindre.

— Ferme-la, cria-t-il les paupières closes. Ferme-la !

— Moi, Winnie ? murmura Macy en se faufilant petit à petit vers le plan de travail.

Il était complètement déstabilisé par la voix qu'il entendait. Peut-être suffisamment distrait pour ne se rendre compte de ce qu'elle faisait que lorsqu'il serait trop tard.

— Est-ce que tu veux que je me taise, moi ?

— Non, non ! Je veux parler avec toi. C'est elle. Elle refuse de la boucler, expliqua-t-il avant de remettre les mains sur ses oreilles et de refermer les yeux. Elle dit que je ne peux pas te faire confiance. Elle dit…

Macy ne décida pas consciemment d'attraper le pistolet. À un moment, elle était devant Winnie, et l'instant d'après elle bondissait vers l'arme.

Soudain, il ouvrit les yeux et laissa tomber ses mains.

— Tu avais promis, et juré sur la tombe de ta mère, lui cria-t-il.

Elle se jeta sur le pistolet, heurtant Winnie et le poussant en arrière. Elle referma la main sur la crosse de l'arme et la fit tourner d'un mouvement brusque pour l'agripper correctement.

— Tu avais promis ! hurla-t-il, la voix subitement grave et sérieuse. Tu avais promis sur la tombe de ta mère.

Elle pivota d'un coup, braquant le pistolet sur un Winnie en larmes. Elle enroula son doigt autour de la détente.

— J'ai menti.

Elle ne comprit pas ce qui se déroula ensuite. Peut-être qu'elle se retrouva propulsée dans une sorte de monde imaginaire. Peut-être qu'elle avait rêvé pendant tout ce temps. Marvin Clacker, le front dégarni, vêtu d'un short à carreaux se tenait devant elle et une seconde plus tard, une créature velue, mi-homme, mi-loup, surgit au-dessus d'elle en montrant les crocs.

Macy poussa un cri perçant et pressa sur la détente.

Chapitre 29

— Tu as entendu ça ? Tourne ici ! Tourne ici ! cria Kaleigh en indiquant frénétiquement la direction.

Ils roulaient à quatre-vingts kilomètres à l'heure sur l'asphalte mouillé d'une route de campagne.

— Là ? demanda Arlan en écrasant la pédale de frein.

— Vite ! insista-t-elle.

Il effectua un virage serré vers la gauche et s'engagea sur une allée gravillonnée.

— Excuse-moi, murmura-t-il en regardant dans son rétroviseur la voiture du FBI conduite par Fia.

Il ne pouvait distinguer son visage à cause de ses phares, mais il l'imaginait en train de débiter un chapelet de jurons, dont plusieurs versions de son favori, « Sainte Marie mère de Dieu ».

— Elle est là ? demanda Arlan en accélérant sur le chemin cahoteux.

— Tu as entendu ? Tu as entendu ça ? Un coup de feu. Un… hurlement. Un grondement. Il lui grogne dessus.

Kaleigh était très pâle, et son ton presque hystérique. Elle était morte de peur, et tenait des propos incohérents.

— Un grondement ? répéta Arlan.

Elle s'agrippa à la portière du pick-up pour éviter d'être projetée et retenue trop violemment par sa ceinture de sécurité.

— Ça n'a aucun sens, cria-t-elle. Je n'arrêtais pas de me dire que ça n'était pas logique.

— De quoi parles-tu ? demanda Arlan en passant sur un nid-de-poule qui fit violemment rebondir le véhicule.

— Dans ma vision. L'individu qui a kidnappé Macy, ce n'était pas… ce n'était pas un homme.

Arlan fut soudain saisi d'un mauvais pressentiment. Ni Fia ni lui n'avaient jamais pensé que Winnie puisse être autre chose qu'un humain diabolique. S'ils se trouvaient face à une autre créature, ils ne disposaient peut-être pas à eux trois de l'arsenal suffisant pour la combattre.

— C'était quoi ?

— Je l'ignore… Ça ressemblait à… un loup… (Elle se cacha le visage dans ses mains.) Je suis désolée, dit-elle en secouant la tête. Ça a l'air dingue, c'est pour ça que je ne t'ai rien dit.

— Un loup ? Mais encore ?

Le mauvais pressentiment s'amplifia.

— Ce n'était pas un loup à proprement parler, mais plutôt… un homme-loup. Tout poilu, avec un museau. Et… et il empestait, on aurait dit de… de l'urine de chien.

Arlan jura entre ses dents tout en composant le numéro abrégé de Fia. Il éteignit ses phares en apercevant une maison au loin, en face d'eux. Derrière lui, Fia en fit immédiatement autant.

— Quoi ? On s'est mis au tout-terrain ? demanda-t-elle en décrochant.

— Il s'est passé quelque chose à l'intérieur de la maison. Il faut qu'on se dépêche de l'atteindre. Kaleigh pense avoir entendu un coup de feu.

— Pas moi.

— Fi, on n'a pas le temps de discuter, dit Arlan d'un ton cassant.

— Tu as raison.

Sa voix était voilée. Elle semblait excitée, sûrement par la possibilité d'être enfin sur le point d'arrêter ce salopard.

—Je suis désolée, s'excusa-t-elle, ce qui était rare. Elle a autre chose à part ce coup de feu ?

Arlan adressa un regard à Kaleigh sur le siège passager. Il ne savait pas ce qu'il pouvait dire en présence de l'adolescente, surtout quand lui-même n'était pas certain de ce qu'ils s'apprêtaient à affronter au juste.

—Prépare-toi, c'est tout, répondit-il. Ça va mal tourner.

Le pistolet produisit une détonation assourdissante et une odeur de poudre noire. Le choc se propagea dans tout le bras de Macy, jusqu'à son épaule, et elle faillit perdre l'équilibre. Le monstre qui avait été Winnie à peine un moment plus tôt poussa un hurlement de douleur et chancela en arrière.

Et elle n'arrivait toujours pas à se réveiller de ce cauchemar.

Courir. C'était la seule chose qu'elle savait faire. Mais où aller ? Dans quelle direction ? Dans la maison, il y avait peut-être d'autres portes qu'elle pourrait refermer à clé derrière elle, mais son instinct lui dicta de sortir et de s'enfuir le plus loin possible.

Elle se précipita vers la porte du garage, par où elle était entrée. Elle savait que Winnie détenait les clés de la voiture, et la créature ne portait pas de pantalon ; elle ne pourrait pas prendre son auto, et n'en avait pas vu d'autres.

Elle traversa la buanderie à toute allure et se heurta violemment à la porte qui menait au garage. Le verrou. Elle tâtonna d'une main, serrant le pistolet de l'autre, et parvint à le débloquer. Il… La chose se relevait. Macy entendit le bruit de ses griffes raclant le carrelage, suivi d'un hurlement tel que… tel qu'elle n'en avait jamais perçu chez un humain ou un animal, et qui lui glaça le sang. Elle pensait l'avoir touché avec la seule balle qu'elle avait tirée, mais, si c'était le cas, visiblement le coup n'avait pas été mortel.

La créature se lançait à sa poursuite.

Macy sentit son souffle chaud sur sa nuque au moment où la serrure se débloquait et où la porte s'ouvrit brusquement. Macy dévala l'escalier sans oublier d'appuyer sur le bouton pour actionner le mécanisme de la porte du garage.

La chose poussa un cri de rage, puis aboya et gronda en tanguant dans sa direction.

Épouvantée, Macy continua à courir, sans lâcher le pistolet. La porte s'ouvrait, mais pas assez vite. Pas assez vite ! Il allait la rattraper avant qu'elle parvienne à sortir.

En un éclair, elle décida de se jeter derrière sa voiture, sur le sol en ciment immaculé. Elle se cogna la tête dans sa chute, si fort qu'elle rebondit et fut assommée. La bête retomba à quatre pattes et essaya de l'atteindre.

Une douleur fulgurante lui transperça le mollet.

Elle roula sous la porte, puis tenta de viser et pressa sur la détente.

Arlan appuya de toutes ses forces sur la pédale de frein du pick-up au moment où la porte du garage se relevait. Le pick-up tangua, et il entendit les pneus de la voiture de Fia crisser sur le gravier.

— Il arrive ! hurla Kaleigh.

Avant qu'Arlan ait le temps de garer la voiture, elle détacha sa ceinture et ouvrit la portière passager.

— Kaleigh ! cria Arlan en ouvrant la sienne. Tu dois rester à l'intérieur !

Mais ses mots s'évanouirent dans la nuit tandis que l'adolescente remontait l'allée en courant.

Au même moment, quelqu'un… Macy, sortit en roulant par la porte à peine levée. Un coup de feu retentit.

— Fi ! rugit Arlan en se précipitant derrière Kaleigh.

— Je suis là, répondit-elle.

Il entendit le bruit de ses pas derrière lui.

Macy roula sur le chemin et bondit sur ses pieds avec une agilité déconcertante. C'est alors qu'Arlan s'aperçut qu'elle avait un pistolet, qu'il distinguait difficilement dans l'obscurité, mais dont il sentait l'odeur de poudre.

— Kaleigh, reviens ici ! Macy ! C'est Arlan ! Ne tire pas !

Le prédateur se glissa sous la porte en rampant et se remit debout en vacillant. Du sang s'écoulait d'une blessure à l'épaule gauche, enchevêtrant les longs poils de sa fourrure. Arlan n'avait jamais vu une telle furie de sa vie.

Kaleigh poussa un hurlement, avançant toujours à cause de l'élan qu'elle avait pris, et s'arrêta tant bien que mal.

— Arlan ! C'est lui ! cria Macy. Attrape ce salopard ! C'est lui !

— Nom de Dieu ! jura Fia. Arlan, je n'ai pas les bonnes munitions.

— Tire ! Tire ! brailla-t-il.

Macy dépassa Kaleigh, qui leva soudain les yeux sur la créature et resta paralysée de surprise. Elle n'avait jamais vu ni senti de loup-garou, du moins, pour autant qu'elle s'en souvenait. Mais sa nature et la réalité de son existence ne faisaient aucun doute pour elle.

— Baisse-toi Kaleigh ! ordonna Fia.

L'adolescente eut la présence d'esprit de plonger à terre. La première balle toucha la bête, qui arrivait sur Kaleigh. Fia tira de nouveau. Le loup-garou hurla de douleur, vacilla vers l'arrière, mais demeura debout sur ses pattes.

— Jésus ! répétait Macy. Jésus, qu'est-ce que c'est ?

— Donne-moi le pistolet ! lui dit Arlan en tendant la main.

Fia tira son troisième projectile. Il lui en restait quatre. Tuer un loup-garou ne nécessitait pas forcément une balle en argent, mais il fallait une grosse puissance de feu. Si Arlan avait eu un pistolet-mitrailleur à sa disposition, il en aurait embrassé le canon.

Quatrième balle.

— Macy, occupe-toi de Kaleigh ! cria-t-il.

Il ne fut pas du tout surpris de la voir se retourner et foncer sur la créature. Bon sang, cette fille avait autant de couilles que Fia.

Fia fit feu de nouveau. Cinq.

À présent, la bête était sérieusement en rogne. Elle se mit à quatre pattes et bondit sur Fia.

Six.

Soulagé que Kaleigh et Macy se trouvent en dehors de la ligne de tir, Arlan visa et pressa la détente du pistolet qu'il avait arraché à Macy.

Fia tira sa dernière balle, provoquant une explosion de fourrure, de sang et de morceaux de chair. Pourtant, la bête continua à avancer.

Macy se jeta à terre sur Kaleigh pour la protéger tandis que le loup-garou entrait en collision avec Fia.

Nom d'un chien, comment pouvait-il atteindre l'animal désormais ? Si une balle touchait Fia, elle ne la tuerait pas, mais la blesserait, et Arlan ne pouvait pas envisager de la mettre davantage en danger.

— Prends le pistolet !

Il enclencha le cran de sécurité avant de lancer l'arme à Macy, qui l'attrapa et la tourna pour la braquer sur Fia et le loup-garou qui luttaient à terre.

Arlan fit jouer sa mâchoire en se concentrant sur la créature qui attaquait sa Fia. Il sentit les muscles et les tendons de son corps se tendre comme des élastiques et sa vision se brouiller pendant la transformation. Dès que sa patte fut en contact avec le sol, il s'élança dans les airs et atterrit sur le dos du loup, qui ne s'y attendait pas.

Fia réussit à se dégager en roulant tandis qu'Arlan plantait ses crocs dans la nuque de la bête et serrait la mâchoire. Le loup-garou poussa un hurlement de douleur et tenta de lui faire lâcher prise.

— *Pistolet. Macy*, essaya-t-il de transmettre.

Sous sa forme animale, il avait plus de mal à formuler les messages et à les envoyer.

—*Fia!*

Celle-ci bondit sur ses pieds et courut vers Macy en boitant.

Le loup-garou parvint à déstabiliser Arlan et tous deux roulèrent en se mordant et en grondant férocement, submergés par la hargne. Une vague de douleur parcourut le dos d'Arlan lorsque la créature y enfonça ses crocs. Puis la bête réussit à le bloquer au sol, et le mordit à plusieurs reprises. Arlan hurla autant de douleur que de colère. Du coin de son œil jaune, il aperçut Fia qui se précipitait vers eux. Elle boitait, et du sang ruisselait le long de sa jambe. Elle était également blessée au cou.

De nouveaux coups de feu retentirent et le loup-garou partit en arrière, comme s'il avait été percuté par un camion. Arlan se retourna et se ramassa à quatre pattes, la langue pendante, tout essoufflé. Il avait mal partout.

Il regarda Fia tomber sur un genou, puis observa le loup-garou, couché sur le côté et inconscient. Sous les yeux d'Arlan, il se changea en homme.

—C'est fini, murmura Fia.

Arlan baissa la tête et sentit ses muscles se relâcher. Un instant plus tard, revenu à sa forme humaine, il se leva en tremblant et marcha jusqu'à Fia. Elle avait les mains sur son genou, et la tête penchée en avant.

—Ça va? demanda-t-il.

Elle acquiesça sans lever les yeux.

—Laisse-moi une petite minute. Il faut que je récupère mon arme de service. Je l'ai fait tomber dans l'herbe. Va voir Kaleigh et Macy.

Grâce à la lumière du garage, Arlan aperçut Macy, assise dans l'allée, les bras autour de Kaleigh, qui sanglotait en se cramponnant à cette jeune femme qu'elle connaissait à peine.

— Tout va bien, tout va bien, disait-elle d'une voix rassurante en berçant l'adolescente comme un bébé.

Arlan s'agenouilla devant elles.

— Ça va, vous deux ?

Il écarta les cheveux du visage de Macy pour mieux la voir.

— Macy ?

— On n'a rien, répondit-elle doucement. Que… qu'est-ce qui s'est passé ? Comment as-tu…

Elle était hébétée, et avait les yeux vitreux à cause du choc. Il savait qu'elle tentait de l'interroger sur sa métamorphose, sans parvenir à trouver les mots appropriés. Curieusement, elle ne semblait pas être effrayée par lui, ou pire, dégoûtée.

— Est-ce qu'il… cette chose… est morte ?

— Il est mort, dit-il en passant sa main sur le dos de Kaleigh pour essayer de l'apaiser.

Macy leva la tête pour regarder Arlan, les yeux remplis de larmes. C'était la première fois qu'il la voyait pleurer.

— Bien, déclara-t-elle.

Vingt minutes plus tard, Arlan et Macy étaient assis dans le pick-up. Fia s'apprêtait à appeler pour signaler la fusillade. Kaleigh et lui devaient filer à toute vitesse avant que l'endroit grouille de flics. Macy serait obligée de rester pour les aider à reconstituer les pièces du puzzle ; seulement, Fia et lui avaient déjà convenu qu'elle n'aurait plus aucun souvenir de la dernière heure à raconter à la police.

Marvin Clacker, alias Winnie le loup-garou, gisait dans l'herbe, près de son allée. Fia aurait quelques explications à fournir au FBI, mais elle s'était auparavant retrouvée dans des situations bien plus délicates, et avait su garder son poste. Ce qui compterait pour les autorités comme pour les citoyens, c'est que Fia ait abattu le Fossoyeur. Bien sûr, des enquêtes seraient ouvertes, mais toutes finiraient par tourner en sa faveur. Comme toujours.

— Tu es sûre que ça va ? répéta Arlan en entourant les épaules de Macy de ses bras et en essayant de croiser son regard.

Il avait utilisé de la gaze prise dans sa trousse de premiers secours pour bander sa blessure à la jambe. Elle avait une bosse sur l'arrière du crâne et ses beaux cheveux blonds étaient maculés de sang, mais elle ne semblait pas souffrir d'une commotion cérébrale. Arlan aussi était couvert de sang, de griffures et de morsures, mais avant le lever du jour presque tout aurait disparu. Encore un avantage lié à sa condition de mort-vivant.

Dans la cabine du pick-up plongée dans le noir, Macy rapprocha son visage de celui d'Arlan et le regarda dans les yeux.

— Qu'est-ce que c'était ? murmura-t-elle.

— Un loup-garou.

Inutile de mentir.

— Un loup-garou ? répéta-t-elle. Mais… mais il ressemblait à un homme.

— N'as-tu pas dit à Fia qu'il t'avait confié être né d'un viol ?

Après la mort de Winnie, Fia avait rapidement demandé à Macy de l'informer de tout ce qu'elle savait sur le tueur afin d'accorder leurs violons.

— C'est ce qu'il m'a avoué, déclara Macy. Que sa mère le détestait parce qu'il était un bâtard issu d'un viol.

— Elle avait certainement été agressée par un loup-garou, il était donc hybride. La plupart d'entre eux éprouvent moins de difficultés à s'adapter à la vie quotidienne, mais ils finissent souvent par devenir cinglés, précisa-t-il.

Cela expliquait également pourquoi ils avaient pu l'abattre relativement facilement.

— Un hybride de loup-garou ? demanda-t-elle.

Il hocha la tête.

— Avec des origines ukrainiennes probablement, du côté du père. Ils sont rares, mais très méchants. Je n'en ai pas vu depuis des siècles.

Elle détourna les yeux et regarda par le pare-brise du pick-up, abasourdie non seulement par ce dont elle avait été témoin, mais aussi par ce qu'elle entendait en ce moment.

— Et toi, tu… tu t'es transformé en loup pour le combattre et tu as sauvé Fia.

— C'est ce que tu crois avoir vu ?

— C'est ce que je suis certaine d'avoir vu.

— Et ça ne te dérange pas ?

— Je pense que non. (Elle ouvrit de grands yeux.) Comment fais-tu…

Il soupira en lui caressant les cheveux, puis l'embrassa sur le haut du crâne.

— C'est compliqué, mais la meilleure explication que je peux te donner, c'est que le monde tel que Dieu l'a créé est beaucoup plus complexe que tu ne le penses. Que nous le pensons tous.

Elle fronça les sourcils.

— Suis-je en train de rêver ?

— Tu en as envie ? répondit-il avant de déposer un tendre baiser sur sa joue.

Elle avait traversé tant d'épreuves. Il était ravi que tout cela soit derrière elle. Bien sûr, tout ne serait jamais entièrement terminé, et il était bien placé pour le savoir. Mais, avec la mort de Winnie, elle pourrait commencer à se remettre de la perte de ses proches, tant d'années auparavant, et surmonter la culpabilité de leur avoir survécu.

Elle ferma les yeux.

— Je pense que j'aimerais bien que ce soit un rêve. Tout cela n'a absolument aucun sens. (Elle ouvrit les yeux une seconde.) Mais je veux quand même qu'il soit mort.

Il se blottit contre son cou.

— Arlan, murmura-t-elle en s'accrochant à lui. Est-il vraiment mort ? Ce… cette chose, cette créature… qui a tué ma famille. Est-ce que je suis libre ?

— Le monstre qui a assassiné ta famille est mort, maintenant, Macy, dit-il avant de déposer un baiser sur son cou doux et sucré et de le mordiller timidement pour s'entraîner. Il ne fera plus de mal à personne. (Il l'embrassa de nouveau dans le cou.) Tu es libre.

Puis, sans lui laisser le temps de répondre, il planta ses canines dans sa chair.

Le goût de son sang chaud lui tourna la tête. Lui donna envie d'en prendre plus. Le corps de Macy se détendit entre ses bras, et elle perdit connaissance.

Une vague de plaisir se propagea dans l'organisme d'Arlan. Elle était si sucrée, si… Il en avait sûrement pris assez, mais…

— Arlan, intervint Fia en se penchant par la vitre du côté passager. Tu veux effacer sa mémoire, pas la changer en vampire, le gronda-t-elle doucement.

Honteux de s'être fait surprendre dans son égoïsme, Arlan leva la tête, essuya sa bouche, puis le cou de Macy, où deux minuscules filets de sang s'écoulaient des marques de sa morsure. Toujours en la tenant dans ses bras, il glissa vers Fia.

— Ouvre-moi. Où est-ce que tu veux que je la pose ?

— Juste là, dans l'allée, près de la porte. J'ai appelé les renforts, il faut donc que Kaleigh et toi preniez la route.

Elle le suivit le long de l'allée sombre, jusqu'au garage où l'adolescente attendait.

— Tu vas t'en sortir, ici ?

— Tout est réglé. La police locale, dit-elle en s'arrêtant assez longtemps pour écouter les sirènes, sera là d'un moment à l'autre. Le FBI arrive dès que possible, dans une heure quinze ou une heure trente, selon leurs estimations.

Arlan s'agenouilla et allongea délicatement Macy, toujours inconsciente, sur le gravier.

— Tu la ramèneras à Clare Point ?

— Le premier interrogatoire devrait être bref. Je pense qu'elle ne se souviendra même pas d'être arrivée ici. La bosse qu'elle a sur la tête l'expliquera facilement. Mais il faudra qu'elle se rende à l'hôpital. Ils la garderont en observation pour la nuit. On devrait rentrer à Clare Point demain.

Arlan détestait devoir laisser Macy, mais il savait qu'il n'avait pas le choix. Il se leva.

— Tu es sûre que tout ira bien ? demanda-t-il en cherchant le regard grave de Fia, tout en essayant de masquer son inquiétude. Avec le FBI et tout ?

— Je m'en occupe.

Elle lui caressa l'avant-bras, et il ferma les yeux l'espace d'un instant, réconforté par ce contact, puis il se détourna.

— Kaleigh ?

L'adolescente arriva vers lui à grandes enjambées, l'air de bien se porter malgré sa première expérience, du moins pour ce cycle de vie, avec un loup-garou.

— Prête, dit-elle en passant devant Arlan. Tu crois qu'on pourrait s'arrêter dans un McDonald's ouvert 24 heures sur 24 ? Je meurs de faim.

Arlan et Fia échangèrent un regard, et tous deux sourirent.

— À plus tard, lança-t-il à Fia.

— À plus tard.

Chapitre 30

Macy était nue, allongée sur le côté et en appui sur son coude, près d'Arlan. Un demi-sourire ourlait ses lèvres sensuelles tandis qu'il dormait, et les cheveux sombres derrière ses oreilles formaient des boucles aguicheuses dans son cou. Ses sourcils bien dessinés, son front haut et sa mâchoire large : sans en avoir la certitude absolue, elle pensait qu'il était l'homme le plus séduisant avec lequel elle ait couché. En tout cas, elle était sûre qu'il s'agissait du plus gentil, du plus généreux et du plus dévoué.

Et qu'elle détesterait le quitter.

Pourtant, c'était inéluctable. Ils savaient tous les deux depuis la première fois qu'ils avaient fait l'amour dans cette chambre de motel en Virginie que cet instant viendrait.

Du bout des doigts, elle effleura son torse nu, en prenant soin de ne pas le réveiller. C'était l'image qu'elle voulait garder de lui, détendu et souriant. Elle laissa son regard s'attarder sur son corps dévêtu, pour essayer de graver dans sa mémoire chaque muscle et chaque détail de sa peau.

Macy avait surmonté le premier interrogatoire du FBI. Elle avait raconté à la police tout ce dont elle se souvenait à propos de la nuit où Marvin Clacker l'avait kidnappée. Mais, à un moment donné, elle était visiblement tombée sur la tête en tentant de s'échapper, et avait été victime d'un léger traumatisme crânien. Après être passée devant l'aéroport de Philadelphie, elle ne se rappelait plus rien.

Apparemment, quand Arlan s'était rendu compte de sa disparition, il avait prévenu Fia, et cette dernière avait suivi son intuition. Marvin Clacker figurait en tant que voisin sur la première liste des personnes interrogées par les autorités après l'assassinat des proches de Macy. Fia avait déjà retrouvé l'adresse à laquelle il détenait la jeune femme. Un heureux pressentiment, avait-elle expliqué à Macy avec un petit rire, lors de ce premier entretien. Son ex-petit ami, l'agent spécial Duncan, lui avait confié qu'elle avait « toujours une chance folle ».

Elle sourit en pensant à Fia, qui avait cru en elle, écouté son instinct, localisé Winnie, et l'avait sauvée. À présent, il était mort, et plus jamais il ne torturerait ni ne tuerait une autre famille. Dans son esprit, ses parents, Minnie et Mariah pouvaient désormais véritablement reposer en paix.

Elle fit attention de ne pas bousculer Arlan pour éviter de le réveiller et sortit doucement du lit. Elle s'habilla lentement, debout au milieu d'un cercle que le clair de lune projetait sur le sol. La lune aurait peut-être dû avoir une connotation négative pour elle, mais ce n'était pas le cas. D'une certaine façon, à ses yeux, l'astre de la nuit représentait dorénavant la survie.

Pieds nus, vêtue d'un short et d'un tee-shirt, Macy se dirigea à pas feutrés vers l'autre côté du lit. Après un ultime regard appuyé sur le beau visage d'Arlan, elle se pencha pour l'embrasser. Elle aurait voulu sentir ses lèvres sur les siennes une dernière fois, mais, comme sa tête était tournée, elle craignait de le réveiller.

Elle déposa donc un baiser sur son cou, sans lui dire « au revoir ».

Elle sortit de la chambre, traversa le couloir dans le noir et se retrouva face à la porte. Ses valises se trouvaient dans sa voiture, qu'elle avait laissée devant le motel. Elle n'avait aucune idée de sa prochaine destination. Peut-être le Maine. Elle savait que le FBI la chercherait, mais elle espérait qu'ils ne seraient pas trop tenaces. Elle devrait se procurer une nouvelle carte d'identité, voire changer de nom.

Elle posa la main sur la poignée, et se sentit un peu triste. Pendant un bref instant, lorsqu'elle avait repris connaissance dans cette allée et constaté que Winnie était mort, elle avait pensé peut-être en avoir fini de fuir. D'errer. Mais elle s'était rendu compte qu'en réalité, cette impossibilité de se fixer faisait partie de sa personnalité. Elle était une femme qui ne verrouillait pas sa voiture et laissait ses fenêtres ouvertes la nuit.

Elle franchit la porte d'entrée et aperçut alors Fia assise sur une des marches. Macy aurait dû être surprise par sa présence, là, à 1 heure du matin, mais elle ne le fut pas. Sans pour autant avouer croire en des dons paranormaux, elle ne nierait plus leur existence. Elle partageait avec Fia un lien qu'elle ne pouvait pas expliquer.

—Vous partez, dit l'agent d'une voix étonnamment douce.

—Oui, répondit la jeune femme en prenant place à côté d'elle.

—Nous n'avons pas fini de vous interroger.

—Je sais.

Le regard de Macy se perdit dans l'obscurité. Elle écouta les sons nocturnes, les pépiements et les criquets. Elle entendit au loin un hibou ululer.

—Nous allons devoir vous chercher, déclara Fia.

—J'en suis consciente, lâcha-t-elle avant de se tourner vers Fia, qui la dévisageait. Mais ne vous attendez pas à me trouver.

Fia regarda de nouveau devant elle, et entoura ses genoux de ses bras. Contrairement à son habitude, elle portait un short, un tee-shirt et des tongs, et ses cheveux auburn lisses retombaient sur ses joues.

—Vous ne lui avez pas dit que vous partiez, n'est-ce pas ?

Elle remarqua que Macy avait les larmes aux yeux.

—Je suis désolée, s'excusa-t-elle en reniflant et en s'essuyant les yeux. J'ai passé les quatorze dernières années de ma vie à tenter de laisser les larmes couler, et à présent je ne semble plus pouvoir m'arrêter. (Elle retira les mains de son joli visage.) Le fait est, Fi, que je ne suis pas douée pour les adieux.

— Il va être triste que vous ne soyez plus là. Blessé que vous ne l'ayez pas prévenu de votre départ.

— Il savait que je m'en irais, mais pas à quel moment.

Elle se leva, les joues baignées de larmes.

— Et vous serez présente pour lui, pas vrai ? Vous saurez l'aimer comme jamais je ne le pourrai.

Macy gagna la rue sans se retourner pour saluer Fia.

Fia regarda Macy s'éloigner jusqu'à ne plus distinguer ses cheveux blonds et brillants dans le noir. Puis elle se leva, traversa le perron et entra dans la maison.

Elle pénétra dans la chambre plongée dans l'obscurité et vit qu'Arlan dormait sur le ventre, au milieu de son lit. Il était nu, les bras étendus, la joue sur l'oreiller.

Fia le contempla en enlevant ses tongs, et se demanda combien de temps il lui avait fallu pour en arriver là. Quelques semaines ? Quelques décennies ? Un ou deux siècles ? Arlan lui disait depuis mille ans qu'ils étaient faits l'un pour l'autre.

Il ne se trompait peut-être pas autant qu'elle le pensait.

Elle fit passer son tee-shirt par-dessus sa tête et se débarrassa de son short, puis elle laissa tomber son soutien-gorge en dentelle noire et sa culotte assortie sur la pile de vêtements. Toute nue, elle se glissa dans le lit à côté de lui, enroula son bras autour de sa taille étroite et se lova contre lui, sentant la chaleur et la puissance de son corps collé au sien.

Il bougea et se blottit contre les cheveux de Fia, avant d'ouvrir les yeux.

— Fi ?

Elle sourit et fut submergée par une vague de profonde tristesse. Macy allait leur manquer, à Arlan et elle.

— Arlan, dit-elle doucement en caressant ses cheveux foncés qu'elle jugeait toujours beaucoup trop longs.

Les yeux dans les yeux, ils plongèrent tous les deux dans le passé pendant un moment… et peut-être un peu dans le futur, où il restait une lueur d'espoir pour le clan Kahill, et où Dieu pouvait encore leur accorder la rédemption.

— Elle est partie, n'est-ce pas ? finit-il par demander.

Elle hocha la tête, préférant garder le silence, bien plus au bord des larmes qu'elle ne le souhaitait.

Il roula sur le côté pour lui faire face.

— Mais tu es là.

— Je suis là, dit-elle en le regardant dans les yeux, acceptant pour une fois de se montrer vulnérable. Et je veux que tu m'aimes, Arlan, murmura-t-elle, le souffle court.

Il l'embrassa sur la bouche, doucement et langoureusement.

— Aime-moi, répéta-t-elle.

— Ah, ma chérie, susurra-t-il d'une voix rauque en dégageant son visage pour river ses yeux à ceux de Fia. Tu ne vois pas que c'est ce que j'essaie de faire depuis toujours ?

EN AVANT-PREMIÈRE

Découvrez un extrait de la suite des aventures
du clan Kahill :

IMMORTEL
(version non corrigée)

Traduit de l'anglais (États-Unis) par Clémentine Curie

Chapitre premier

La radio de Finn grésilla dans son oreille et il grommela. Quatre heures qu'il était à son poste et pas moins de quinze kilomètres de marche au compteur. Il avait transporté deux parasols de plage jusqu'à une voiture, extirpé du sable une chaise roulante et son occupante – une octogénaire en bikini rouge – couru après un pékinois en fugue et sa laisse rose, et montré à une adolescente comment couper l'alarme de sa nouvelle Mustang. Deux fois. Voilà à quoi se résumait son travail de policier. Pas d'enlèvements. Pas d'agressions. Pas d'attaque à main armée. La seule plainte déposée par un civil à laquelle il avait répondu avait eu pour objet la taille de la portion de frites qu'une femme touchant une retraite fixe obtenait pour 4,75 dollars de nos jours.

— SB-5, annonça soudain la voix grésillante dans l'oreille de Finn. À vous.

Il tapota le micro sur son épaule.

— SB-5. Je vous écoute.

Il ignorait pourquoi il se retrouvait surveillant de baignade numéro 5. À l'heure actuelle, il était le seul policier de Clare Point à occuper ce poste. N'aurait-il pas pu être le numéro 1, au moins ? Et c'était à peine s'il méritait le nom de « policier » ; il n'avait même pas d'arme à feu, juste une matraque, une petite bombe lacrymogène, et sa mauvaise humeur qui affleurait plus souvent qu'il ne voulait l'admettre.

— SB-5, on nous signale une tentative de vol. Premier bloc océanique. Le drugstore de Hilly.

— J'y vais, répondit Finn dans la radio.

— Vous êtes censé dire « bien reçu », le corrigea le répartiteur.

— Excusez-moi, Mme McGill. Je vous avais prévenue que je n'étais pas doué pour ça, expliqua Finn tandis qu'il prenait la direction du sud.

La promenade qui longeait la plage du Delaware ne couvrant que trois pâtés de maisons, tout était à proximité quel que fut l'endroit où il se trouvait.

— Et je n'ai pas l'intention de le devenir, ajouta-t-il, irrité.

— Bien reçu, SB-5. Nous apprécions réellement votre aide, dit la sexagénaire. J'ai fait des cookies à la cannelle, passez donc chez moi demain avant de prendre votre service.

Finn ne put s'empêcher de sourire.

— Ça, c'est bien reçu. SB-5, terminé.

Veillant à ne pas attirer l'attention sur lui, il se fraya un chemin entre les familles équipées de poussettes, les adolescents torse nu qui portaient leur skate-board sur l'épaule, et les couples qui flânaient main dans la main. Il marchait vite, et non sans raison, mais il lui paraissait peu probable que ces gens s'imaginent qu'un vol se déroulait peut-être à deux pas de là. C'était une belle soirée, et les locaux comme les touristes en avaient profité pour sortir ; le ciel était dégagé, une brise tiède soufflait à la surface de l'eau. Malgré l'humidité, la température stagnait agréablement à 27 °C, comme l'indiquait l'énorme thermomètre rouge du stand de glaces à l'italienne.

À l'approche du drugstore de M. et Mme Hill, Finn ne remarqua aucune activité inhabituelle sous l'auvent bleu et blanc déroulé sur toute la longueur du vieux bâtiment en briques. Les clients entraient et sortaient par les portes vitrées au son d'une clochette qui carillonnait au-dessus de leurs têtes. On entendait des bavardages et des rires. Si un vol se déroulait réellement à l'intérieur du magasin, il se caractérisait par sa discrétion.

Finn passa la porte et fut frappé de plein fouet par une bourrasque d'air froid en provenance d'un climatiseur décoré de fanions rouges, blancs et bleus. Les clochettes au-dessus de sa tête saluèrent son arrivée. Une fois à l'intérieur il hésita, et prit le temps de passer le magasin en revue. Pas le moindre mouvement ou bruit suspect. Des transats aux couleurs vives, des seaux de plage et des canots étaient suspendus au plafond, et sur de longs rayonnages se côtoyaient divers articles typiques de l'industrie estivale. Ouvert depuis 1910, le vieux bâtiment sentait la crème solaire, le moisi, et les relents d'un passé de plus en plus lointain.

— Pas trop tôt, s'exclama Mme Hill de derrière le comptoir.

Elle encaissait deux seaux de plage, une pelle en plastique et un roman sentimental pour une cliente dont le bronzage fluorescent jurait avec l'orange vif de sa robe.

— On serait probablement morts s'ils avaient eu des pistolets. Tu sais, les pistolets devraient être interdits par la loi. Ça vous fera 12,40, madame.

Elle commença à mettre les articles dans un sac en plastique.

— Je suis venu dès que j'ai eu l'appel, Mme Hill, dit Finn respectueusement.

Il ne prit pas la peine de lui faire remarquer qu'elle ne risquait pas de mourir d'une blessure par balle. Ni d'une quelconque autre blessure, d'ailleurs. Scrutant les alentours, il aperçut des adolescents, deux garçons et deux filles, alignés au bout du comptoir. Apparemment, Mme Hill les retenait. Tous les gamins étaient du coin ; tous des hommes et des femmes que Finn et M. et Mme Hill connaissaient depuis le ve siècle. Les coupables, eux ?

Les adolescents n'avaient pas vraiment l'air de voleurs. Ni davantage de vampires. Il reconnut les filles, sa nièce Kaleigh, la future Conseillère, et sa meilleure amie Katy. Rob Hill et Pete Cahall, les jeunes hommes qu'elles fréquentaient, se tenaient à leurs côtés. Rob gardait les yeux baissés sur ses grands pieds. Pete semblait occupé à scruter un canot Scooby-Doo suspendu au-dessus de sa tête.

S'approchant de la petite troupe, Finn se fit la réflexion que si toutes les autres bourgades américaines pouvaient se limiter à ce genre de criminels, le monde serait certainement un endroit plus sûr.

— Quel est le problème, Hilly ?

Tout le monde appelait M. Hill « Hilly », mais la raison lui échappait. Ils avaient tous été des Kahill autrefois, mais depuis leur départ de l'Irlande pour le Nouveau Monde au XVIIe siècle, bon nombre d'entre eux avaient adopté de nouveaux patronymes pour ne pas éveiller les soupçons des humains. Finn trouvait amusant que la plupart des familles ne se soient pas tellement éloignées de leur nom d'origine.

Vêtue d'un débardeur microscopique, ses cheveux roux attachés en couettes, Kaleigh croisa les bras et adopta une posture blasée. *La coupable, sans l'ombre d'un doute.* Finn adorait Kaleigh, mais cette fille était une vraie plaie à chaque fois qu'elle redevenait une adolescente.

Avant que M. Hill ait pu prendre la parole, Mme Hill s'avança de derrière le comptoir.

— Bonne journée, au plaisir ! lança-t-elle à l'intention de la cliente à la robe orange. Le problème ? Je vais te dire ce que c'est le problème.

Elle se tourna vers Finn, gonflant et dégonflant les joues comme un poisson lune que Finn avait vu à l'aquarium de Baltimore.

— Ces gamins sont des voleurs et ils devraient être arrêtés !

— Puisque je vous dis qu'on a rien volé ! protesta Kaleigh avec véhémence.

Au même instant, Finn surprit l'ombre d'un sourire sur le visage de Pete. Ça oui, quelque chose se tramait.

— Petits menteurs. Mentir devrait être interdit par la loi. Les pistolets et les menteurs, voilà, proclama madame Hill.

Jambes légèrement écartées, Finn adopta une posture autoritaire pour donner le change face à l'arrogance de Kaleigh.

— Peux-tu me dire ce qui s'est passé, Hilly ? Et toi Kaleigh, tu te tais, la prévint-il.

L'homme à la couronne de cheveux blancs et courts eut à peine le temps d'ouvrir la bouche que sa femme intervint.

— Je vais te dire ce que s'est passé ! Ces gamins ont volé un paquet de chewing-gum. Du Hubba Bubba rose. Le maxi format. 79 cents, déclara-t-elle d'un ton moralisateur. Ils me doivent 79 cents et devraient aller en prison. Kaleigh pour l'avoir volé. Les autres pour ne pas l'avoir dénoncée.

Elle pointa sur eux un doigt accusateur, orné d'un faux ongle semblable à une griffe.

Finn revint à Kaleigh, convaincu qu'il n'y aurait pas l'ombre d'une chance que Mme Hill laisse Hilly s'exprimer en sa présence. Elle ne l'avait pas fait depuis au moins un siècle.

— Kaleigh ?

— On a pas volé ce fichu chewing-gum.

Elle brandit les deux mains, paumes en évidence.

— Menteuse ! Les chewing-gums étaient sur le comptoir quand j'ai regardé la caisse pour vous rendre la monnaie de vos boissons. Ensuite, ils se sont volatilisés.

— Vous pouvez regarder si vous voulez, dit Kaleigh en haussant ses épaules fines et bronzées. Rob, montre le sac à l'oncle Finn, pardon, à l'agent Kahill.

Rob, un jeune homme sympathique et timide, s'avança avec réticence et ouvrit le sac en plastique blanc. Finn en détailla le contenu : trois cannettes de soda et une bouteille d'eau.

— Mais évidemment qu'ils n'allaient pas le mettre dans le sac ! (Les joues de Mme Hill se gonflèrent de plus belle.) Fouille-les. Je vais porter plainte, je jure que je vais le faire. Les adolescents ne devraient pas avoir le droit d'entrer dans les magasins. Ça devrait être interdit par la loi ! Pas de mineurs à l'intérieur des commerces.

— Tu veux vérifier, oncle Finn ?

Kaleigh se retourna et posa les mains sur le comptoir, jambes écartées.

Pete rejoignit le comptoir en courant et adopta la même posture.

— Tu devrais me fouiller aussi, agent Kahill, dit-il, l'excitation audible dans sa voix. Comme dans *Starsky et Hutch*.

Katy entonna la musique du générique de la série télévisée.

— *Starsky et Hutch, Starsky et Hutch,* chantonna l'adolescente sur un ton théâtral. *Des nouveaux chevaliers au grand cœur mais qui n'ont jamais peur de rien !*

Après avoir lancé à Katy un regard qui la fit taire, Finn se retourna vers Kaleigh, de toute évidence le cerveau de l'opération. Comme d'habitude. Il attendit.

— Tu peux tous nous fouiller si tu veux. Peut-être que tu devrais fouiller tout le monde dans ce magasin.

Par-dessus son épaule, Kaleigh jeta un coup d'œil à un jeune asiatique avec un bébé harnaché sur le dos. Il faisait semblant de lire l'étiquette d'un flacon de crème solaire.

Le jeune père regarda à la dérobée les adolescents alignés devant le comptoir, bras et jambes écartés, puis Finn dans son uniforme et, abandonnant la crème solaire, s'empressa de gagner la sortie.

— Cette comédie a assez duré, Kaleigh, répondit Finn sèchement.

Il commençait à en avoir marre des gamins et de ce boulot. Sa nièce le décevait. Il avait du mal à croire que cette jeune femme suffisante s'était tenue la semaine passée devant le Conseil au grand complet et leur avait exposé plusieurs propositions intelligentes sur la manière dont le clan pouvait aider les membres qui venaient de renaître à s'adapter à la culture américaine. Un jour elle faisait partie intégrante de leur gouvernement, le lendemain elle se transformait en délinquante au rabais.

Finn jeta un coup d'œil à sa montre. Il terminait son service à 23 heures. Il se demanda s'il parviendrait à endurer deux heures et demie supplémentaires.

— Amène-toi là, Kaleigh, ordonna-t-il en désignant l'espace à côté de lui.

Voyant qu'il n'était pas d'humeur à plaisanter, elle se hâta d'obtempérer. Finn tendit la main pour récupérer le paquet de chewing-gum.

— Je ne l'ai pas. On l'a pas volé, insista Kaleigh.

Finn lui adressa un regard sévère.

Elle poussa un soupir.

— D'accord, d'accord. On voulait juste s'amuser un peu. Il est là.

Elle désigna le plafond.

Finn plissa les yeux.

— Où ça ?

— Sur le canot vert, dit-elle comme s'il était idiot.

Son regard s'arrêta sur un canot rayé vert et blanc à gauche de la caisse, suspendu à deux bons mètres du sol.

M. et Mme Hill observèrent le paquet de chewing-gum rose en équilibre sur le bord du canot.

— Menteurs ! les accusa-t-elle. Je n'ai détourné les yeux qu'une seconde.

Finn se retourna vers Kaleigh. Il attendit encore.

Au bout d'un moment, celle-ci soupira, leva un doigt et fit bouger son nez.

Elle essayait de lui faire passer un message, mais il n'y comprenait rien.

— Kaleigh…

— Tu sais bien, dit-elle avec insistance. (Cette fois-ci, elle remua le nez sans s'aider de ses doigts.) Comme dans *Ma sorcière bien-aimée.*

— On a regardé les rediffusions, expliqua Katy aux garçons. Je préfère le premier Jean-Pierre Stevens, mais Kaleigh trouve le deuxième carrément plus craquant.

Finn s'attarda sur Katy, puis revint à Kaleigh. Enfin, il saisit le sens de leurs propos. *Ma sorcière bien-aimée*, la série télé des années 1960 dans laquelle Samantha la sorcière jetait des sorts en remuant le bout du nez.

— Tu n'es pas censée te servir de tes pouvoirs en public et tu le sais, la réprimanda-t-il en baissant la voix.

Un humain en short de bain, tongs en caoutchouc et au nez badigeonné de crème s'avança vers la caisse. Tous se retournèrent vers lui de crainte qu'il ait surpris leur conversation, mais il avait l'esprit ailleurs, occupé qu'il était à empiler des paquets de chips « offre spéciale cinq pour 5 dollars » sur le comptoir. Madame Hill se précipita pour l'encaisser.

— Et depuis quand tu as des dons de télékinésie ? chuchota-t-il.

Elle haussa les épaules.

— Ça va, ça vient, comme la plupart de mes pouvoirs. Je m'entraînais. (Elle leva les yeux vers le canot au-dessus de sa tête.) Ça a marché. (Elle sourit, puis regarda Finn de nouveau et son sourire s'évanouit.) Désolée, chuchota-t-elle.

— C'est à M. Hill que tu devrais présenter des excuses.

Il lui indiqua le petit homme corpulent, qui semblait autrement plus intéressé par une humaine en bikini devant le présentoir de boissons fraîches que par le paquet de chewing-gum « égaré ».

— Euh, je suis vraiment désolée, M. Hill, dit Kaleigh, en affichant une mine angélique, mains croisées derrière le dos. C'était mal élevé de ma part de vous jouer cette farce, à toi et à Mme Hill. Mais je n'ai jamais eu l'intention de voler ces chewing-gums. Je le jure. Je voulais juste voir si j'étais capable de le faire. Je suis censée développer mes pouvoirs... dans l'intérêt du clan, bien entendu.

Katy ricana.

M. Hill ne quittait pas du regard le bikini à pois mauves. Se penchant pour sortir une boisson de la vitrine, la femme lui présenta ses fesses galbées.

Finn se racla la gorge.

— Tu vas faire descendre ces chewing-gums, Kaleigh, et ensuite tu sors d'ici.

Elle hocha vigoureusement la tête et leva les yeux vers le canot.

Les autres adolescents et Finn l'imitèrent. Hilly contemplait toujours la vue panoramique au présentoir de boissons fraîches.

Dans un effort de concentration intense, Kaleigh crispa les traits de son joli visage.

Les chewing-gums ne bougèrent pas.

Kaleigh souffla bruyamment.

— Allez, allez, marmonna-t-elle.

Le paquet de chewing-gum rose maxi format demeurait obstinément à sa place.

— Tu as réussi à le mettre là-haut, murmura Katy. Pourquoi tu n'arrives pas à le redescendre ?

— Je ne sais pas. (C'était presque un gémissement.) Arrêtez de le regarder. Vous me rendez nerveuse !

Finn patienta une minute encore puis, pris de compassion pour la gamine que la situation embarrassait visiblement, s'avança à ses côtés.

— Tu t'es contentée de le déplacer, ou bien tu l'as dématérialisé avant de lui faire reprendre forme sur le canot ?

— Dématérialisé, chuchota-t-elle, à deux doigts de fondre en larmes.

— Pas mal, dit-il. C'est beaucoup plus difficile.

Elle le dévisagea et esquissa un sourire en coin.

Finn le lui rendit, puis regarda en l'air. Il lui suffit d'imaginer le paquet de chewing-gum sur le canot regagnant sa place sur l'étagère sous le comptoir. Il disparut aussitôt, comme s'il ne s'y était jamais trouvé.

— Et voilà. Bon appétit, dit Mme Hill au client qui ne se doutait pas de ce qui se tramait à deux pas de lui.

Finn s'avança vers la caisse.

— Les chewing-gums ont été remis à leur place, Mme Hill. Je vais escorter ces jeunes demoiselles et messieurs hors de cet établissement. Bonne soirée !

— C'est tout ? Tu ne vas pas les arrêter ? s'écria-t-elle tandis qu'il poussait les gamins sous le climatiseur et par la porte.

Il avait tellement hâte d'échapper à Mme Hill qu'il ne vit pas la femme devant lui jusqu'au moment où il faillit la percuter.

— Excusez-moi, dit Finn pris de court, tendant la main pour s'assurer qu'il ne lui avait pas fait perdre l'équilibre.

— *Scusa*, murmura-t-elle, sans paraître le moins du monde offensée.

Alors que les adolescents prenaient le large, Finn leva les yeux et vit le visage d'un ange à la chevelure sombre.

Achevé d'imprimer en juin 2011
Par CPI Brodard & Taupin - La Flèche (France)
N° d'impression : 64142
Dépôt légal : juillet 2011
Imprimé en France
81120542-1